陳岸峰——著

鏡花水月

金庸武俠小說的思想與結構（增訂版）

中華書局

□ 責任編輯：濱　海
□ 裝幀設計：簡雋盈
□ 排　版：黎品先
□ 印　務：劉漢舉

鏡花水月：
金庸武俠小說的思想與結構（增訂版）

□
著者
陳岸峰

□
出版
中華書局（香港）有限公司
香港北角英皇道 499 號北角工業大廈一樓 B
電話：(852) 2137 2338 傳真：(852) 2713 8202
電子郵件：info@chunghwabook.com.hk
網址：http://www.chunghwabook.com.hk

□
發行
香港聯合書刊物流有限公司
香港新界大埔汀麗路 36 號
中華商務印刷大廈 3 字樓
電話：(852) 2150 2100 傳真：(852) 2407 3062
電子郵件：info@suplogistics.com.hk

□
印刷
深圳市雅德印刷有限公司
深圳市龍崗區平湖街道輔城拗工業大道 83 號 A14 棟

□
版次
2017 年 11 月初版
2024 年 5 月增訂版
© 2017 2024 中華書局（香港）有限公司

□
規格
特 16 開（210 mm × 153 mm）

□
ISBN：978-988-8861-69-9

總　論

　　小説之所以是小説，必須有故事，故事必須給讀者帶來或是趣味盎然，或是探索思考，在驚訝、震懾以至於愉悦中，獲得仿如西方戲劇中的「淨化」（Catharsis）作用：愛情或可此恨綿綿，而正義必須昭彰。在金庸筆下，蕭峰與阿朱的患難與共，此情不渝；郭靖與黃蓉俠侶相伴，最終戰死襄陽，柔情俠骨而悲壯；楊過與小龍衝開倫理禁忌，謳歌愛情，抨擊禮教之滅絕人性；令狐沖與任盈盈相契於魏晉風度，嘯傲江湖。以上種種的愛情，崇高而純美，風靡天下，淨化了幾代人心。趣味方面則乃金庸俠小説能吸引廣大青少年之關鍵所在。《天龍八部》中，天山童姥乃一畸人，其身心皆殘，以吸血而存活，而武功絕倫，其輕功真可謂御風而行。其携虛竹飛行一幕，真可謂金庸的神來之筆，閱後之感嘆，至今難忘。《射鵰英雄傳》中，郭靖在西湖初見女妝的黃蓉，其飄然出塵，猶如藐姑射之神人，開啟了郭靖懵懂的愛戀，兩情相悦，悄然而生。在此，讀者與文本互應，讀者進入文本，融入吸血的震慄、飛行的快感、初戀的甜蜜，此乃閱讀小説的趣味，這亦是小説魅力之所在。至於「降龍十八掌」、「凌波微步」、「打狗棒法」、「黯然銷魂掌」、「獨孤九劍」以及其他種種不同名目的

絕世功夫，皆是超群的想像與優美的國語相結合的武俠新創境。

閱讀小説，參悟金庸，必須咀嚼湯顯祖在《牡丹亭‧作者題詞》中的這段名言：

> 情不知所起，一往而深。生者可以死，死者可以生。生而不可與死，死而不可復生者，皆非情之至也。夢中之情，何必非真？天下豈少夢中之人耶！必因薦枕而成親，待掛冠而為密者，皆形骸之論也。……人世之事，非人世可盡。自非通人，恆以理相格耳！第云理之所必無，安知情之所必有邪！[1]

對於湯顯祖來説，「情」具有「出生入死」的無窮威力，故而他才説：「生者可以死，死可以生。」因此，「情」在湯顯祖的思想世界中實具有一超越的地位，甚至進而由此「情」觀更推進一步肯定「夢」的功能。「夢」在傳統的中國社會中乃邪思綺念之源，而湯氏卻説：「夢中之情，何必非真？天下豈少夢中之人耶！」湯氏大膽地指出傳統中的禁忌——「夢」可以成真，這正是對傳統的禁忌正式提出挑戰。而且，湯氏認為「夢」乃人性中不可缺少的合理成分。既然是合理的成分，那便沒有禁制的必要與理由。從而，湯氏曰：「必因薦枕而成親，

---

[1] 湯顯祖著；徐朔方、楊笑梅校注：《牡丹亭》（北京：人民文學出版社，1978），頁1。

待掛冠而為密者，皆形骸之論也。」「情」純屬自然，實無忌而不談的必要，而且在湯氏的文學觀來說，甚至是首要的。其情觀實乃其哲學與文學思想的結合，而且更進一步地將其情觀融入實際的劇本創作中，從而實際地發揮了情觀的影響力，得到天下不少有情人的共鳴。[2]湯顯祖有關「情」、「夢」及生死之觀念在文學創作而言，可以說乃開創了超越寫實的桎梏，故而死而可以復生，現實與虛構並存，由此方有「詩的正義」，歷史現實的殘酷與遺憾可以彌補於文學想像的書寫之中。曾經是編劇，更以小說成名的金庸必然深契湯顯祖以上思想之三昧：故蕭峰可以臥於馬匹之腹，在千軍萬馬中擒殺楚王父子，化解叛變；郭靖與黃蓉可以在五指峰上的危難之躍上大鵰，比翼而去；楊過可以在十六年後重逢小龍女於碧水潭中，終成眷侶；令狐沖與任盈盈可以相契於「廣陵散」的琴音中，笑傲江湖。此夢耶？非夢耶？夢與非夢，現實與想像，歷史的的燭影搖紅，江湖的兒女情長，這一切均幻化成為浪漫、悲壯而隱含具有時代思想意義的武俠傳奇，在淒風苦雨中慰藉無數彷徨愁苦的心靈。

2　《牡丹亭》一劇在當時產生了極大的影響力，獲得很多女性觀眾，甚至理學家的共鳴。而且，《牡丹亭》對後來很多的戲劇創作亦有頗大的影響。相關論述可參徐朔方：〈《牡丹亭》和婦女〉，《湯顯祖評傳》（南京：南京大學出版社，1993），頁147－153；徐扶明：《牡丹亭研究資料考釋》（上海：上海古籍出版社，1987），頁213－320。

以武俠而重構歷史，以武俠而刻劃人性，並創造性地融會貫通於博大精深的中國文化之中，這一切都是金庸畢生所致力的書寫。武俠的恩怨情仇，江湖的波譎雲湧，多少人假俠義而行兇，多少人沉冤待雪，最終亦是鏡中花，水中月，終歸寂滅。金庸筆下人物，遭遇各有不同，故事迥異，或以悲劇告終，或能超然物外。這一切，均是中外小說對金庸的啟迪。故此，閱讀金庸，則必旁涉中外小說，金庸武俠小說與中外小說的文本互涉，揭示其「隱型結構」，又何嘗不是另一層次的水中花、鏡中月的折射？故以《鏡花水月：金庸武俠小說的思想與結構》為名。

　　　　　　　　　　　　　　　　　　　　　　　　陳岸峰

目 錄

第四章　何足道哉：《倚天屠龍記》中張無忌的複合原型及其領悟

第五章　鏡花水月：《天龍八部》中蕭峰的原型及其命運

上篇

———

金庸武俠小說的
思想世界

推薦辭 （王晉光教授）

　　四十多年前，有一天，國文老師在課堂上說，美國許多華人教授，一下班就閱讀金庸小說，人手一冊。聽後頗感詫異，一則，理工科教授也追捧武俠小說，真是不可理解，心裏總覺得武俠神魔志怪分別不大；二則 1967 年「五月風暴」發生後，金庸被左派人士目為支持港英的「漢奸」，這「漢奸」的書怎麼會有那麼多高等知識分子喜愛？

　　有一段時間，我對梁羽生、金庸和蹄風的若干武俠作品，很感興趣。我未嘗習武，對於招式一向看不懂，看書時就輕輕忽略。某天終於想起，這些作品，如《書劍恩仇錄》、《射鵰英雄傳》、《白髮魔女傳》、《七劍下天山》等等，幾乎都在談明清易代之事，以至宋元交替之史，才驀然驚覺，這哪裏是講武俠，分明是故國之泣！戰後東西壁壘，逃亡海外的人士，無論貧富，其為知識分子或草根勞工，潛意識中，多少哽咽着「亡國」哀愁。蘇俄勢力延伸歐亞，而宋明淪喪於滿蒙，心理上容易類比。武俠者，其寄託哀傷乎？後來讀到其他材料，知道梁羽生和金庸，這兩位了不起的武俠小說家，都出身於大公報，但是，不約而同，兩家的父親在解放初期都被地方幹部鎮壓誅殺。所謂寧為太平犬，莫為亂離人，中年以後，更深切體會，上一代飽受

百年戰爭之苦，家散人亡，倖存者孤苦伶仃過其餘生，令人悲憫。而所謂俠義，無非揭示亂世男女情懷，在痛苦的現實中找尋午夜夢回的傷逝而已。無論說得多麼堂皇動聽，人間政權交替，改朝換代之際，除政治野心家之外，家家戶戶都是受害者，此即諸人筆下反清復明，抗元扶宋之真義。海內外流離失所者感同身受，其理亦在此。年輕時，我是這樣理解他們的作品的。

陳岸峰教授此書可謂彙集諸家研究成果。數十年來，金庸作品風行海內外，正版盜版翻版，各有市場。有機會閱讀及探析金庸作品的，或觀看電影電視片集的，固不限於中國內地及港臺，遠至南洋歐美，凡有華人之處，幾乎都能取金庸故事內容為話題。評論文章，見於報刊雜誌，實不計其量，處則充棟宇，出則汗牛馬。然則一般讀者，若想了解各地評論家之寶貴意見，存世材料如此繁富，搜集之功，何從做起？現在手持一冊《醍醐灌頂：金庸武俠小說的思想世界》（本書上篇），即可間接了解其中奧妙，而可以代替無窮之複印和抄寫。想進一步探討金學，亦可按圖索驥，根據陳教授書中提示之資料來源，進一步查找，即可收事半功倍之效。

陳岸峰教授此書是一部完整的、系統性的金庸研究的學術著作。導論、總結而外，中間細分為江湖、武功、俠義、情為何物、魏晉風度、

異域六項論述，每一項底下還有七至八個細節，確實做到綱舉目張，而又四平八穩。這個結構，表面看來簡單，實際上包含作者的智慧和心血。要將眾說紛紜、取自多方、原來複雜繁蕪的文字概括為條理清晰、簡樸扼要的項目，沒有縝密的思慮，沒有高度的學養，是無法做到的。駕馭材料，是學術人員的基本功，處理得巧妙，則反映研究者「內功」根柢深厚，不可小覷。「總結」之章，最能見到作者之視覺焦點、興趣所在與概括能力。這一章內容，既論述金庸一再修改其著作之經過，又揭示金庸作品優劣之情節，真可以為金庸文學之評價劃上句號。古人如歐陽修，終生改文，以期留傳千古。金庸一生所嚴肅期望者，其在此乎！陳教授指出當中仍有未盡善者，乃世間常態耳，須知道，「止於至善」，是一種理想，乃遙不可及之事，只有傳說中的至人神人聖人方可臻其境界。

王晉光

香港藝術發展局評審委員／香港中文大學榮休教授

2015 年 3 月 9 日

第一章　導論

一、啟蒙話語之下的「武俠」

　　1894 年中日甲午戰爭之後，不少國人由昔日的妄自尊大而陷入自卑情結。郁達夫（1896-1945）〈沉淪〉的中國留日學生，由於在日本感到祖國的羸弱，復備受日人歧視，因而大受打擊，最後選擇自沉，而在其臨歿之際更發出「祖國呀祖國！我的死是你害我的！」／「你快富起來，起來吧！」／「你還有許多兒女在那裏受苦呢！」。[1] 與此同時，戰敗後的中國，卻因救亡意識而俠風復熾。梁啟超（卓如，1873-1929）指出：

> 自甲午以前，吾國民不自知國之危也。不知國危，則方且岸然自大，僵然高臥。故於時無所謂保全之說。[2]

此際已非「自強」，而是「救亡」。故此，「尊俠力，伸民權」[3] 成為一時風潮。章太炎（枚叔，1869-1936）在〈儒俠〉中指出：

> 且儒者之義，有過於殺身成仁者乎？儒者之用，有過於除國之大害，扞國之大患者乎？[4]

他又在〈變法箴言〉進一步地對日本武俠作介紹：

1　郁達夫：〈沉淪〉，《郁達夫文集》(香港：三聯書店，1982)，第 1 卷，頁 53。

2　哀時客：〈尊皇論〉，《清議報》，第九冊，1899－03－22(9)。

3　中國史學會編：《戊戌變法》(上海：神州國光社，1953)，第 2 冊，頁 485。

4　姜義華：《章太炎全集》(上海：上海人民出版社，1984)，第 3 冊，頁 439。

至於書生劍客，慷慨國事，競為詭激，橫刀曰攘夷，撮袴曰脫藩，一言及尊攘，切齒扼挽，斥當軸為神奸，而笑悼老成宿儒之畏懦，悲歌舞劍，繼以泣涕，輾轉相效，為一世風尚……卒使幕府歸政，四鄰不犯，變更法度，舉錯而定。[5]

即是，日本的俠風，其力量大至可以干預政治，可作為中國借鑒，這是對當時流於空談的中國士大夫的鞭策。1897 年，梁啟超〈記東俠〉盛讚「日本以區區三島」而使列強「莫敢藐視」，因而成為「真豪傑之國」，強國秘密在於「當時俠者」成為社會民粹主流意志，「乃至僧而亦俠，醫而亦俠，婦女而亦俠，荊聶肩比，朱郭鬥量。攘夷之刀，縱橫於腰間；脫藩之袴，絡繹於足下」，「而以俠為國之用」。[6]俠成為日本民間主流風氣，梁啟超對此高度讚揚。梁啟超則對俠有以下定義：

國家重於生命，朋友重於生命，職守重於生命，然諾重於生命，名譽重於生命，道義重於生命。[7]

由於譚嗣同（復生，1865-1898）、梁啟超的特殊地位，他們重俠的宣言與主張掀起了清末民初中國知識界的尚俠熱潮。譚嗣同在〈仁學〉中指出如果不能實現變法，應任俠以有作為：

5　湯志鈞：《章太炎政論選集》(北京：中華書局，1977)，頁 19。
6　梁啟超：〈記東俠〉，《時務報》，1897－09－17(39)。
7　梁啟超：《飲冰室合集：專集之二十四》(北京：中華書局，1989)，頁 20。

若其機無可乘，則莫若為任俠，亦足以伸民氣，倡勇敢之風，是亦撥亂之具也 …… 與中國至近而亟當效法者，莫如日本。其變法自強之效，亦由其俗好帶劍行遊，悲歌叱咤，挾其殺人報仇之俠氣，出而鼓更化之機也。[8]

譚嗣同的任俠之說應該是受以兄弟相稱並傳授其武藝刀劍之法的大刀王五（子斌，1844-1900）的影響。1898 年 9 月 27 日，譚嗣同、康有溥（1867-1898）、林旭（暾谷，1875-1898）、楊深秀（毓秀，1849-1898）、楊銳（退之，1857-1898）、劉光第（裴邨，1859-1898）等「戊戌六君子」被斬於宣武門外菜市口，王五得知後悲痛欲絕。為了繼承譚嗣同的遺志和復仇，王五多次組織人員進行暗殺滿廷大員的活動，終未果。一代大俠王五，最終的結居卻是在 1900 年 10 月 25 日因參與義和團抗擊外國入侵而遭槍殺。

二、日本武俠的影響

1902 年日本青年押川春浪（1876-1914）寫成《武俠之日本》，書寫日本與美、俄兩國的軍事對峙，並將日本原有的「武士」昇華為「武俠」。《武俠之日本》全書使用「武俠」一詞達 92 次，書中諸如「武俠男兒」、「武俠精神」、「武俠團體」、「武俠帝國」等話語，鼓吹武士道的復仇精神。曾避難至日本的梁啟超深受押川春浪

8　譚嗣同：〈仁學〉，《譚嗣同集》(瀋陽：遼寧人民出版社，1994)，頁 79。

《武俠之日本》將「武俠」轉換為具有啟蒙現代性意義的民族自救道路的影響。梁智由在為梁啟超於 1904 年出版的《中國之武士道》的序中指出：

> 雖然，吾以為必有赴公義之精神，而次之乃許其報私恩焉。不然，彼固日日欲赴公義，而適以所處之地位，有不能不報私恩之事，而後乃以報私恩名焉。要之所重乎武俠者，為大俠毋為小俠，為公武毋為私武。[9]

梁啟超在《中國之武士道》一書中列舉了 16 種武士道行為，其中近一半是表彰赴國之難。二是為民剷除不平。梁啟超大力提倡「武俠」的「公武」精神，即泯除傳統的莽夫的門戶之見或私利惡鬥，遂將傳統俠義的附庸地位，提升至民族國家的啟蒙現代性精神，以「中國之武士道」精神衝擊陳腐的社會風氣，高度體現了啟蒙的現代性。[10] 梁啟超在〈中國積弱溯原論〉中即稱：「中國民俗與歐西日本相反者一事，即歐日尚武，中國右文是也。」[11] 梁啟超又將武士精神提升至國力層次而指出：

> 日本之武士道，垂千百年而愈久愈烈，至今不衰。其

9　梁啟超：《中國武士道》(北京：中國檔案出版社，2006)，頁 18。
10　關於梁啟超流亡日本及接觸西學的整體情況可參見 Joseph R. Levenson: Liang Ch'i-ch'ao and the Mind of Modern China, Chapter3, Berkeley: The University of California Press,1967; Hao Ch'ang: Liang Ch'i-ch'ao and Intellectual Transition in China,1890-1907, Chapter 5, Cambridge, Mass: Harvard U P: 1971.
11　梁啟超：《飲冰室合集：專集之二十四》，頁 24。

結果所成者：於內則致維新革命之功；於外則拒蒙古，勝中國，並朝鮮，僕強俄，赫然為世界一等國。[12]

有署名「壯遊」又在文中自稱「金一」者，亦即金天翮，在〈國民新靈魂〉一文中稱：

> 重然諾輕生死，一言不合拔劍而起，一發不中屠腹以謝，俠之相也；　友難傷而國難憤，財權輕而國權重，俠之概也。是故朱家、郭解、王公、劇孟俠也，荊軻、聶政、要離、倉海亦俠也，李贄、杜密、范滂、顧憲成、高攀龍亦俠也，富蘭克令、哲爾生、丹唐、羅伯斯比、瑪志尼、加里波的、噶蘇士、巴枯寧、西鄉隆盛、宮崎寅藏尤俠也。[13]

由此，「武俠」的範圍擴之古今中外，武夫與文人及政客以至於販夫走卒，皆可為俠。

三、報章與武俠小說的勃興

1915 年 12 月，包天笑（朗生，1876-1973）在《小說大觀》第

12　梁啟超：《飲冰室合集：專集之二十四》，頁 5。

13　張枬、王忍之：《辛亥革命前十年間時論選集》（北京：三聯書店，1977），第 1 卷下，頁 574。1903 年，吳江金天翮發表《女界鐘》一書，便署名「金一」，由上海大同書局出版。金天翮也就是宮崎滔天 (1871-1922)《三十三年落花夢》最早的中譯者之一，詩歌、散文及小說均卓然有成。

3 期上首次對「武俠小説」進行類型命名，以當時已經盛名之下的林紓（群玉，1852-1924）的文言短篇小説〈傅眉史〉，作為中國文學史上第一篇正式命名的「武俠小説」。1922 年的一則廣告聲稱：

> 吾國民氣，萎靡不振，看偵探小説與俠義小説，有振起精神、浚淪心胸之功用；吾國社會，奸詐謅偽，看偵探小説與俠義小説，有增進閲歷、辨別邪正之功用；吾國外侮，紛至遝來，看偵探小説與俠義小説，有鞏固民心、洗雪國恥之功用；吾國外債，日加無已，看偵探小説與俠義小説，有激發慷慨、將以救國之功用。[14]

1914 年，平江不肖生（向愷然，1889-1957）在日本創作《留東外史》，特別插敍了「以武保國強種」的具有以武俠救國的津門大俠霍元甲（俊卿，1868-1910）故事。自 1913 年與 1916 年兩次討袁失敗後，平江不肖生在上海專門從事寫作，然而並未放棄武術事業。1922 年，他應世界書局之邀而從事武俠小説創作，其《江湖奇俠傳》終於以「長篇武俠小説」的面世。而具有啟蒙意識的《近代俠義英雄傳》開篇，便從「戊戌六君子」的譚嗣同殉難寫起。1927 年春，平江不肖生離開上海，在孝感就任國民革命軍第三十六軍軍部中校秘書，他要將啟蒙的現代性，從小説宣傳變為革命軍事實踐。其兩部武俠小説，皆於此時停止連載。1931 年，平江不肖生勉強續完《近代俠義英雄傳》時，他所能感受到的已是一曲無盡的悲歌，如《近代俠義英雄傳》全書大結局所寫：

14　佚名：〈要看小説最好看偵探小説與俠義小説〉，《新聞報》，1922－03－09(1)。

奄奄一息的延到第二日深夜，可憐這一個為中國武術爭光的大英雄霍元甲，已脫離塵世去了，時年才四十二歲。[15]

除了《江湖奇俠傳》與《近代俠義英雄傳》之外，平江不肖生還撰有《江湖大俠傳》、《江湖小俠傳》、《江湖異人傳》、《現代奇人傳》、《半夜飛頭記》、《獵人偶記》、《江湖怪異傳》、《煙花女俠》、《雙雛記》、《豔塔記》及《滴血神劍》共十三部。此外，他還參與制作武俠電影火燒紅蓮寺（1950）、神俠金羅漢（1950）、《飛仙劍俠大破謀人寺（上集）》《飛仙劍俠大破謀人寺（下集）》（1957）及《江湖奇俠》（1956）；其將武俠小說改編為電影，應該對時在香港撰寫武俠小說兼編劇的金庸（查良鏞，1924-2018）有所啟迪。

與平江不肖生齊名的另一武俠小說作家趙煥亭（趙紱章，1877-1951），其《奇俠精忠傳》於 1923 年 5 月由上海益新書社初版發行，影響較大，其他作品包括《大俠殷一官軼事》、《殷派三雄傳》、《英雄走國記》、《驚人奇俠傳》、《雙劍奇俠傳》、《北方奇俠傳》、《雙鞭將》、《藍田女俠》、《說劍談奇錄》、《邊荒大俠》、《不堪回首》、《江湖俠義英雄傳》、《白劍蓮影記》、《奇俠平妖錄》、《尹氏三雄傳》、《昆侖俠隱記》、《俠骨紅裝》及《劍低簫聲》。趙煥亭經常以「武功」代替「武術」、「武技」、「武藝」，以作為所有如輕功、內力、暗器手法等的總稱，對武俠小說的發展具有一定的一種推進之功。

另一重要武俠小說作家還珠樓主（李壽民，1902-1961）一生

15　平江不肖生：《近代俠義英雄傳》(長沙：岳麓書社，2009)，下冊，頁 390。

著有武俠小說 36 部，多達 4000 餘萬字。他與「悲劇俠情派」王度盧（王葆翔，1909-1977）、「社會反諷派」宮白羽（宮竹心，1899-1966）、「幫會技擊派」鄭證因（鄭汝霈，1900-1960）、「奇情推理派」朱貞木（朱楨，1895-1955）共稱「北派五大家」。還珠樓主走出了一條與平江不肖生的啟蒙現代性完全不同的道路，其「蜀山」系列，蜀山系列包括：「蜀山劍俠正傳」（《蜀山劍俠傳》、《蜀山劍俠後傳》、《峨眉七矮》）；「蜀山劍俠前傳」（《長眉真人傳》、《柳湖俠隱》、《北海屠龍記》、《大漠英雄》）；「蜀山劍俠別傳」（《青城十九俠》、《武當七女》、《武當異人傳》）；「蜀山劍俠新傳」（《蜀山劍俠新傳》、《邊塞英雄譜》、《冷魂峪》）；「蜀山劍俠外傳」（《雲海爭奇記》、《兵書峽》、《天山飛俠》、《俠丐木尊者》、《青門十四俠》、《大俠狄龍子》、《蠻荒俠隱》、《女俠夜明珠》、《皋蘭異人傳》、《龍山四友》、《獨手丐》、《鐵笛子》、《黑孩兒》、《白骷髏》、《翼人影無雙》）。其餘還有：《萬里孤俠》、《黑森林》、《虎爪山王》、《血滴子大俠甘鳳池》、《征輪俠影》、《力》、《拳王》、《黑螞蟻》及《酒俠神醫》，以修仙的隱喻探尋人如何解脫於身體欲望與歷史欲望。錢理群指出，還珠樓主的武俠小說在中國文學（小說）想像力衰退以後，提供了「奇幻想像力與雄偉文體」的形而上的書寫。[16]

　　以上梁啟超等人的武俠啟蒙以及幾位武俠小說家的創作實踐，可謂中國武俠小說之先鋒浪潮。而中國武俠小說之巔峰時刻的到來，則有待金庸的創作面世之後，對清末以來的以武俠小說作啟

16　錢理群：《返觀與重構──文學史的研究與寫作》（上海：上海教育出版社，2000），頁 253-254。

蒙的理想作出全面呼應及拓展，並大放異彩，風靡世界。

　　金庸武俠小說是二十世紀文學界的旋風，席捲全球華人圈。[17]
金庸從 1955 年開始書寫《書劍恩仇錄》，直到 1972 年《鹿鼎記》
完成之後封筆，歷時十八載，成書十四部，撰成對聯是為：「飛雪
連天射白鹿，笑書神俠倚碧鴛」。在破碎的時空裏，金庸武俠小說
以虛擬的形式，回歸傳統，成為漂散於各地的華人的心靈慰藉，形
成了一個以傳統價值為核心的文化共同體。

　　然而，一次文壇排座次的評選卻引發所謂的雅俗文學之爭。
一切始於《二十世紀中國文學大師文庫・小說卷》的評選，主編王
一川將九位小說家排座次，金庸排名第四，在魯迅（周樹人，豫
才，1881-1936）、沈從文（1902-1988）、巴金（李堯棠，芾甘，
1904-2005）之後，而卻在老舍（舒慶春，1899-1966）、郁達夫
（1896-1945）、王蒙、張愛玲（1920-1995）、賈平凹之前。[18] 所謂的
「嚴肅文學」與「俗文學」的分壘的「傳統」，[19] 亦不外是一場滑稽
的鬧劇。文學史上有多少「經典」不是來自民間的通俗作品？從

17　有關金庸武俠小說的翻譯及其以電影的方式而流行的情況，可參閱柏楊：〈武俠
　　的突破〉與林以亮：〈金庸的武俠世界〉，分別見三毛等：《諸子百家看金庸》（香
　　港：明窗出版社，1997），第 4 冊，頁 144，頁 154-156。有關武俠小說與武俠電
　　影的相互激盪的論述，可參閱劉登翰：《香港文學史》（北京：人民文學出版社，
　　1999），頁 263-264。

18　陳墨：〈金庸小說與二十世紀中國文學〉，劉再復、葛浩文、張東明等編：《金庸
　　小說與二十世紀中國文學國際學術研討會論文集》（香港：明河社出版有限公司，
　　2000），頁 59。

19　田曉菲便在〈從民族主義到國家主義：《鹿鼎記》，香港文化，中國的 (後) 現代性〉
　　一文中指出：「金庸小說和香港電影都蒙受『俗』的批評，但是，我們的世紀需要
　　的不是已經太多的『雅』，而是一點『俗』。」而朱壽桐亦在〈在與精英文學的比
　　照中：再論金庸文學的通俗品性〉中認為「金庸作品作為通俗文學的品性已經成
　　為一種事實狀態」。分別見吳曉東、計璧瑞編：《2000＇北京金庸小說國際研討會
　　論文集》(北京：北京大學出版社，2002)，頁 369，頁 154。

《詩經》、樂府、元明戲劇以至於明清小説，莫非如此，而這些作品不亦一一進入文學史的殿堂而成為「經典」？無論如何，此次評選的排座次亦足以反映金庸在二十世紀中國文學史上具有衝擊傳統文學觀念的動能及實力，而其所引發的論爭，亦正是金庸武俠小説之成就尚未完全為世人或學界所理解之所在。以下將分別論述金庸在武俠小説的境界與語言上的傳承與創拓，下及其中蘊含的政治批判與文化想像，以還其在文學史上應有的位置。

四、武俠新境界

1. 俠的現代闡釋

　　金庸武俠小説之所以風靡天下，實乃其在武俠境界上有所突破所致。有論者指出清末以來武俠小説的桎梏在於「理性化傾向」：

　　　　清代是武俠小説鼎盛期，理性化傾向更為嚴重。《三俠五義》、《施公案》中，俠客變成皇家鷹犬，立功名取代了超逸人格追求，武俠小説甚至蜕變為公案小説。歷史經驗證明，古典武俠小説循着偏重社會理性一途走到了盡頭。[20]

---

20 楊春時：《俠的現代闡釋與武俠小説的終結——金庸小説歷史地位評説》，劉再復、葛浩文、張東明等編：《金庸小説與二十世紀中國文學國際學術研討會論文集》(香港：明河社出版有限公司，2000)，頁 181。

即是說，在清廷的高壓下，俠客難以有所作為，甚至淪為官府的鷹犬，武俠小說的發展備受壓抑，也是現實的反映。故此，民國初年的武俠偏向於「情」而非「義」：

> 民國初年開始了這種轉向，情取代義成為俠客人格的主導方面；江湖成為俠客主要活動場景，不是替天行道，而是情仇恩怨成為主題。《江湖奇俠傳》是這種轉變的標誌，它開闢了武俠小說的新天地，帶來了本世紀上半葉武俠小說鼎盛期。[21]

民國時期，武俠小說突然「轉變」，以至於「鼎盛」，亦屬必然。杜心五、王五及霍元甲等大俠的出現，正是時代劇變的徵兆。[22] 在此關鍵時刻，金庸在武俠小說中藉易鼎之際的書寫而令武俠擺脫淪為朝廷鷹犬，豪氣重現。此中，《書劍恩仇錄》、《碧血劍》、《射鵰英雄傳》、《神鵰俠侶》、《倚天屠龍記》、《天龍八部》及《鹿鼎記》等長篇的背景均屬易鼎時代。《天龍八部》乃以北宋末年宋、遼爭持的場域為背景，《射鵰英雄傳》、《神鵰俠侶》及《倚天屠龍記》則從宋、金對峙寫起，歷元蒙勃興以至於元末群雄並起，《碧血劍》寫「甲申之變」，[23]《鹿鼎記》與《書劍恩仇錄》則述天地會之反清

---

21 楊春時：《俠的現代闡釋與武俠小說的終結——金庸小說歷史地位評說》，劉再復、葛浩文、張東明等編：《金庸小說與二十世紀中國文學國際學術研討會論文集》，頁 181。

22 劉登翰先生將新派武俠小說的發展分為三個時期：1912 年至 1922 年為萌芽期；1923 年至 1931 年為繁榮期；1932 年至 1949 年為成熟期。關於派武俠小說的發展的論述，可參閱劉登翰：《香港文學史》(北京：人民文學出版社，1999)，頁 265。

23 有關「甲申之變」的專著，可參閱陳岸峰：《甲申詩史：吳梅村書寫的一六四四》(香港：中華書局，2014)。

復明故事。故此，有論者指出金庸武俠小說之突破在於：

> 金庸以及他所代表的新派武俠小說沿着民初武俠小說道
> 路發展，並有所突破，它真正對俠進行了現代闡釋，完成了
> 古典武俠小說向現代武俠小說的轉化。[24]

所謂的俠的「現代闡釋」，實即指金庸武俠小說傳承了五四文學中
「感時憂國」[25] 的歷史意識，在中華民族各個轉折時代均作出想像的
書寫之外，當代的政治人物以及歷史事件如文化大革命，均成為其
筆下的隱喻及批判所在。嚴家炎先生指出新武俠小說與「五四」以
來的新文學一脈相承，異曲同工。有論者指出：

> 他寫着武俠，寫着政治，又不時透出對武俠愚昧的嘆惋
> 和對中國政治文化傳統的根本上的鄙棄。正因為這樣，金庸
> 的小說才拓出了武俠的新境界，成為二十世紀裏真正有現代
> 意義的作品之一。[26]

金庸「武俠的新境界」中，小說中的主人公均是武功蓋世且心存天
下蒼生：郭靖從蒙昧少年，及至中原後便深受范仲淹、岳飛的心繫

24　楊春時：〈俠的現代闡釋與武俠小說的終結──金庸小說歷史地位評說〉，劉再復、
　　葛浩文、張東明等編：《金庸小說與二十世紀中國文學國際學術研討會論文集》，
　　頁 181。
25　夏志清：《愛情・社會・小說》（臺北：純文學出版社，1985），頁 80。
26　吳予敏：〈金庸後期創作的政治文化批判意義〉，劉再復、葛浩文、張東明等編：
　　《金庸小說與二十世紀中國文學國際學術研討會論文集》，頁 346。

天下蒼生的思想所感召，從而投身於保家衛國之行列；楊過更是捨小我之仇恨，承傳嵇康之「魏晉風度」，最終亦追隨郭靖抗擊蒙古大軍；張無忌在張三丰的精神感召之下，負起抗擊元蒙之重擔，最終又顧全大局而甘願飄然遠去。即是說，金庸確是既寫武俠，復寫政治，而主要的是突顯俠之正義與忘我，實乃對俠魂之召喚，而非「武俠愚昧的嘆惋」，至於「中國政治文化傳統」，亦不能做到「根本上的鄙棄」，只是讓俠客在歷史的時空中參預演出，卻天無法逆轉既定的歷史現實。

2. 歷史詮釋

金庸武俠小說的另一創造性突破更在於融入歷史的詮釋，有論者認為：

> 金庸小說「歷史感」之強烈，往往使讀者分辨不出究竟他是在寫「歷史小說」還是「武俠小說」。[27]

事實上，只有將武俠置於歷史環境之中，俠客才能綻放異彩。從司馬遷（子長，約公元前 145-87）《史記 • 俠客列傳》中最早的「俠以武犯禁」[28] 開始，便寫出了俠的使命，沒有特定的歷史時空，俠的「以武犯禁」亦必將落空而失去其存在的價值。金庸的歷史意識

27　林保淳：〈通俗小說的類型整合——試論金庸的武俠與歷史〉，劉再復、葛浩文、張東明等編：《金庸小說與二十世紀中國文學國際學術研討會論文集》，頁 162。

28　司馬遷著；馬持盈注：《史記今注》(臺北：臺灣商務印書館，1979)，第 6 冊，卷124，頁 3219。

於晚年的修訂本中益發深入，除了在有歷史證據之處作出説明之外，甚至將具體的年代標示出來或增入史料，如《天龍八部》的〈釋名〉中，舊版（1963年香港武史出版社）原無「據歷史記載，大理國的皇帝中，聖德帝、孝德帝、保定帝、宣仁帝、正廉帝、神宗等都避位為僧」、「本書故事發生於北宋哲宗元佑、紹聖年間，公元1094年前後」；舊版的《射鵰英雄傳》原僅有「山外青山樓外樓」一詩引首，略敘其歷史背景，而修訂版中則改為「張十五説書」，以引出其時宋、金的局勢。金庸在中國歷史的各個轉捩點上均予以省思，實乃傳承自魯迅（周樹人，1881-1936）以降的對國民性的拷問，例如《天龍八部》中的胡漢之分與蕭峰的捨身餵鷹；《神鵰俠侶》中楊過與小龍女的抗議名教與抗擊蒙古之後返回古墓隱居；《倚天屠龍記》中的復仇與寬恕；《笑傲江湖》中的正邪之辨。這一切均是國民性的關鍵以至於哲學思考的重大命題，絕非坊間談情説愛的俗套小説可以企及。

事實上，金庸武俠小説在其批評者夏志清對現代小説所評價的「感時憂國」的思潮上走得更深更遠，而在想像的空間上則拓展得更廣更闊，誠如舒國治所言：

> 其文體早已卓然自立。今日我國人得以讀此特殊文體，誠足珍惜。而金庸作品之涵於當代中國文學範疇，亦屬理所當然。[29]

---

29 舒國治：〈小論金庸之文學〉，三毛等：《諸子百家看金庸(肆)》(香港：明窗出版社，1997)，頁140。

確是的論。由此而論，若將金庸武俠小說置於五四文學之中，亦是獨樹一幟，光芒萬丈，不可逼視。治文學史者以陳見陋習而排斥武俠小說於文學史之外而聲言尋求現當代文學傑作，何異於刻舟求劍？

3. 想像的創造性突破

金庸武俠小說在新派武俠小說的眾多競爭者中脫穎而出，其關鍵之一在於其在武功上具突破性的創造。柏楊在〈武俠的突破〉中指出：

> 金庸先生武俠小說的興起，使武俠小說以另一副嶄新的面貌出現——它與眾迥然不同，不僅與今人的武俠小說迥然不同，也與古人的武俠小說迥然不同。第一、金庸先生的武俠小說是真正的武俠小說，有「武」，尤其有「俠」。第二、金庸先生的武俠小說是完整的文學作品，像大仲馬先生的《俠隱記》是完整的文學作品一樣，它的結構和主題給你的衝擊力，同等沉厚。[30]

柏楊指出金庸武俠小說在古今武俠小說中的「迥然不同」，亦即其創造性，同時又肯定其武俠小說乃「文學作品」，甚至將金庸與法國大仲馬（Alexandre Dumas）相提並論。[31] 馮其庸先生則認為：

30　三毛等：《諸子百家看金庸》，第 4 冊，頁 142-143。
31　相關論述可參閱嚴家炎：〈似與不似：金庸和大仲馬小說的比較研究〉，吳曉東、計璧瑞編：《2000' 北京金庸小說國際研討會論文集》，頁 227-239。

金庸的小説大大發展了俠義小説的傳奇性。傳奇性，這本來是俠義小説本身應有的不可或缺的特點，如俠義小説而不帶某種傳奇性，反倒令人不滿足，甚或失去其特色。問題是在於這種奇峰天外飛來之筆的可信程度，前後情節連接的合理程度，也即是傳奇性與可信性的一致，從這一點來説，金庸小説，常常又使你感到奇而不奇，甚至讀而忘記其奇。[32]

偉大作家之不同於平庸作家之所在，便在於想像力的神馳。金庸武俠小説的突破在於人物之奇、故事之奇及武功之奇，這一切均是其想像力的創造性，即「奇峰天外飛來之筆」所在。李陀指出：

　　回顧一下漢語文學史，特別是漢語敍事文學，我們很清楚地看到，無論魏晉志怪、唐宋傳奇、元明戲曲，或者是《三國演義》、《水滸傳》、《西遊記》和《山海經》、《太平廣記》、《閱微草堂筆記》這類準文學的筆記寫作，符合寫實原則的頗少，而「離奇荒誕」者居多：即使被認為是「現實主義」的偉大作品的《紅樓夢》、《水滸傳》其實也不乏「離奇荒誕」內容，甚至可以説，倘若沒有那些「離奇荒誕」的成分，《水滸傳》不成其為《水滸傳》，《紅樓夢》也不成其為《紅樓夢》。[33]

金庸武俠小説中主人公之種種奇遇，歷險、獲武功秘笈而練成絕世

32　馮其庸：〈讀金庸的小説〉，見三毛等：《諸子百家看金庸》，第 4 冊，頁 48。
33　李陀：〈一個偉大傳統的復活〉，劉再復、葛浩文、張東明等編：《金庸小説與二十世紀中國文學國際學術研討會論文集》，頁 30。

神功，其想像力真可謂上天入地，無奇不有，為五四文學至新中國文學之偏於寫實主義作出補濟。例如：一、蕭峰於千軍萬馬中伏於馬腹之下奔殺南院大王並擒拿楚王，猶如天神之縱橫天地；二、天山童姥與李秋水之決戰，死而復生，生而復死，令人拍案稱奇；三、丁春秋與虛竹之戰，優美如道家美學的呈現；四、鳩摩智「火焰刀」的武功，震撼人心；五、小龍女以左右互搏使劍，猶如天女撒花；六、黃藥師與歐陽鋒及洪七公以簫、箏及嘯之較量，猶如八仙中的韓湘子與妖怪及鐵拐李在海上搏鬥；七、張三丰以「喪亂帖」創造武功，實乃「魏晉風度」與武功之結合的崇高境界；八、張無忌力戰少林三高僧的「金剛伏魔圈」，其場景之恢宏，情節之扣人心弦，可謂驚天地泣鬼神；九、令狐沖在華山之上中了圈套而生命懸乎一線，憑藉鬼火而打敗左冷禪、林平之而化險為夷；十、韋小寶的種種奇遇及江湖手段，滑稽至極。劉再復則指出金庸武俠小說之突破更在於以下各方面：

> 金庸寫作的自由精神，不僅使他的小說能夠以自覺自創的文創把本屬於俗文學的武俠小說提升到與新文學同等的嚴肅文學的水準，而且使他的小說在審美內涵上突破了中國現代文學的單維現象（只有「國家」、「社會」、「歷史」之維），增添了超驗世界（神奇世界）和內自然世界（人性）的維度，使「涕淚飄零」（劉紹銘語）的中國現代文學出現了另一審美氛圍，並在很大程度上彌補了二十世紀中國文學缺少想像力的弱點。而在描寫「國家」、「社會」、「歷史」維度時，用現代意識突破狹隘的「民族—國家」界限，消解漢族主義，質疑了通行的本質化了的「中國人」定義，使得金庸小說成為

全球華人的共同語言和共同夢想。[34]

中國小說的想像力之極限不超乎《西遊記》與《封神榜》，而金庸武俠小說之想像乃奠基於現實，對武俠、奇遇以及人生際遇作了極致的發揮。因為金庸武俠小說之創造性的想像，方才令二十世紀中國文學走出所謂「寫實」的政治桎梏，在「超驗」與「人性」的層面作出極大的發揮，並以多元民族思維，促進民族共和。

4. 超越雅俗

金庸武俠小說乃五四以降的文學創作之中，不經任何的意識形態所刻意扶植而自然生成的重大文學成果。即是說，真正意義的白話文學的開花結果，始於金庸的武俠小說：

> 金庸對本土傳統小說形式的繼承和革新，既是用精英文化改造俗文學的成功，又是以俗文學的經驗對新文學的偏見作了最切實的糾正。這確實具有「存亡繼絕」的重大意義。[35]

又說：

> 歷史上的高雅文學和通俗文學，原本各有自己的讀者，

34　劉再復：〈會議導論：金庸小說在二十世紀文學史的地位〉，劉再復、葛浩文、張東明等編：《金庸小說與二十世紀中國文學國際學術研討會論文集》，頁 19。
35　嚴家炎：〈文學的雅俗對峙與金庸的歷史地位〉，劉再復、葛浩文、張東明等編：《金庸小說與二十世紀中國文學國際學術研討會論文集》，頁 42。

簡直涇渭分明。但金庸小說卻根本衝破了這種河水不犯井水的界限。[36]

嚴家炎甚至稱金庸武俠小說為「一場靜悄悄的文學革命」。[37] 故此，所謂的「高雅文學」與「通俗文學」之設置與論爭，[38] 本身便十分可笑，有論者便指出：

> 由於社會變化和外來文學影響，中國文學已逐步分裂為兩種不同的文學流向：一種是佔據舞臺中心位置的「五四」文學革命催生的「新文學」；一種是保留中國文學傳統形式但富有新質的本土文學。[39]

所謂的「雅俗對峙在二十世紀就成為小說內部的事」，[40]「雅俗對峙」事實上是一種文化霸權，金庸的武俠小說就因為被標籤為「通俗小說」而被摒除於文學史之外，[41] 或附於邊緣位置。事實上，金庸武

---

36 嚴家炎：〈文學的雅俗對峙與金庸的歷史地位〉，劉再復、葛浩文、張東明等編：《金庸小說與二十世紀中國文學國際學術研討會論文集》，頁 43。

37 轉引自劉登翰：《香港文學史》，頁 276。

38 王劍叢在《香港文學史》中便將金庸武俠小說列於「通俗文學」之中。王劍叢：《香港文學史》(南昌：百花洲文藝出版社，1995)，頁 347。

39 嚴家炎：〈文學的雅俗對峙與金庸的歷史地位〉，劉再復、葛浩文、張東明等編：《金庸小說與二十世紀中國文學國際學術研討會論文集》，頁 41。

40 嚴家炎：〈文學的雅俗對峙與金庸的歷史地位〉，劉再復、葛浩文、張東明等編：《金庸小說與二十世紀中國文學國際學術研討會論文集》，頁 35。

41 王劍叢指出：「俗」並非庸俗，而是深入淺出、是大眾化、民族化的需要。要真正地做到雅俗結合併非易事。這是一種自覺的藝術追求。」然而他卻又認為「香港生活節奏快、香港社會的世俗化傾向」而導致武俠小說的崛起，似乎沒有合乎邏輯的必然關係。見王劍叢：《香港文學史》，頁 16，頁 348。

俠小說無論在文字、人物、情節以至於思想上，均遠遠超越五四運動以來的所謂正統文學或嚴肅小說，其敍事、描摹、想像以及思想內涵，百年之內，無可匹敵。金庸自己便認為：

> 武俠小說本身是娛樂性的東西，但是我希望它多少有一點人生哲理或個人的思想，通過小說可以表現一些自己對社會的看法。[42]

可見，金庸亦已被迫接受武俠小說作為通俗、娛樂的屬性，但他又希望在既定的框架中有所作為，其在《天龍八部・後記》中金庸便贊同陳世驤（子龍，1912-1971）先生的見解：

> 武俠小說並不純粹是娛樂性的無聊作品，其中也可以抒寫世間的悲歡，能表達較深的人生境界。[43]

而事實上其武俠小說中所謂的「娛樂性的東西」絕少，如老頑童周伯通與桃谷六仙的滑稽，亦只如戲劇中的插科打諢的元素而已，況且老頑童與桃谷六仙的詼諧亦有其深意在其中，並非無聊與低俗。

42　王力行：〈新闢文學一戶牖〉，《諸子百家看金庸》(香港：明窗出版社，1997)，第5冊，頁71。嚴家炎：《文學的雅俗對峙與金庸的歷史地位》，劉再復、葛浩文、張東明等編：《金庸小說與二十世紀中國文學國際學術研討會論文集》，頁40。
43　金庸：〈後記〉，《天龍八部》，頁2210。

五、理想的國語

　　金庸武俠小說的成功，除了對武俠境界上的創拓之外，其最成功之處更在於其以小說的方式創造了「新文學運動」中所期待的「理想的國語」，即從胡適以至於周作人等人所追求的理想的現代白話文。「五四」之後的白話文運動，分化成歐化白話與舊式白話兩股潮流。[44] 金庸武俠小說中的文字，亦有過渡的痕跡，即從歐化白話到揉合文言、白話以及浙江方言的過程。[45] 有論者指出：

　　　　金庸以他獨特的語言面向了、宣導了另一種寫作。說這種語言源自「五四」之後的舊式白話，這當然不錯，但金庸的白話不僅與還珠樓主或張恨水的白話有很大的區別，其中明顯又吸收了歐化的新式白話的種種語法和修辭。[46]

金庸歐化白話的語法及修辭主要體現於《飛狐外傳》中，例如以下描寫南蘭與馬春花的文字：

　　　　終於有一天，她對他說：「你跟我丈夫的名字該當對調一

44　李陀：〈一個偉大傳統的復活〉，劉再復、葛浩文、張東明等編：《金庸小說與二十世紀中國文學國際學術研討會論文集》，頁 32。

45　關於金庸武俠小說在語言上的揉合古典與現代的論述，可參閱劉登翰：《香港文學史》，頁 270-271。

46　李陀：〈一個偉大傳統的復活〉，劉再復、葛浩文、張東明等編：《金庸小說與二十世紀中國文學國際學術研討會論文集》，頁 32-33。

下才配。他最好是歸農種田，你才真正是人中的鳳凰。」也不知是他早有存心，還是因為受到了這句話的風喻，終於，在一個熱情的夜晚，賓客侮辱了主人，妻子侮辱了丈夫，母親侮辱了女兒。[47]

在傳統中文中，「夜晚」不會用「熱情」作為形容詞，而且更不會連用三個「侮辱」。又如：

> 那時苗人鳳在月下練劍，他們的女兒苗若蘭甜甜地睡着……
>
> 南蘭頭上的金鳳珠釵跌到了床前地下，田歸農給她拾了起來，溫柔地給她插在頭上，鳳釵的頭輕柔地微微顫動……[48]

連用兩個「給她」，頗為生硬、累贅，而以鳳釵之顫動作為性象徵，亦源自西方文學技巧。福康安與馬春花在後花園偷情一幕的文字，更是明顯的歐化白話風格：

> 福公子擱下了玉簫，伸出手去摟她的纖腰。馬春花嬌羞地避開了，第二次只微微讓了一讓。
>
> 但當他第三次伸手過去時，她已陶醉在他身上散發出來的男子氣息之中。夕陽將玫瑰花的枝葉照得撒在地下，變成

47　金庸：《飛狐外傳》(中國香港：明河出版社，2004)，第1冊，第2章，頁56-57。

48　金庸：《飛狐外傳》，第1冊，第2章，頁56-57。

斑駁陸離的影子。在花影旁邊，一對青年男女的影子漸漸偎倚在一起（原版：終於不再分得出是他的還是她的影子）。太陽快落山了，影子變得很長，斜斜的很難看。

　　唉，青年男女的熱情，不一定是美麗的。[49]

「他的還是她的影子」，亦即徐志摩（1897-1931）《偶然》中的「你有你的，我有我的方向」。最後一句的嘆喟，很像巴金（李堯棠，1904-2005）《家》、《春》、《秋》中的腔調。以上所引，均為金庸創作初期在文字上的探索。在後來一再的修訂中，他已在幾部長篇小說中建構起流暢而優美的現代白話文。故有論者指出金庸武俠小說在白話文上的價值，便在於以其所創造的現代白話文抗衡西潮之下歐化白話文的衝擊：

> 　　新體白話文是新文學作家交出的一份答卷；金庸小說的白話文是金庸交出的另一份答卷，同時也是本土文學作家中交出的最好的一份答卷。兩者的孰優孰劣恐怕還會有爭論，但是無疑金庸的白話文比新體白話文負荷着更多的民族文化價值，假如我們要從語言觀察、體認、學習漢語本身的文化價值。金庸的白話文肯定比新體白話文提供更多有益的啟示。金庸透過寫作，不但提高了白話文的表現水準，而且在西潮滾滾的時代，在中國文化價值備受挑戰的時代，用他一以貫之的語言選擇承擔了重振民族文化價值的使命。[50]

49　金庸：《飛狐外傳》，第 1 冊，第 2 章，頁 101-102。
50　劉再復：〈會議導論：金庸小説在二十世紀文學史的地位〉，劉再復、葛浩文、張東明等編：《金庸小説與二十世紀中國文學國際學術研討會論文集》，頁 21。

語言是一個民族的文化與智慧的綜合呈現，中國語言的現代化始於五四時期，其時一切均為嘗試。五四時期的知名作家在語言方面仍然處於探索階段，很多作家在作品中的文字都帶有明顯的地方方言以及文言文的痕跡。故此，胡適（1891-1962）與周作人（星杓，1885-1967）等人均曾作了多方面的探討。周作人在為《中國新文學大系·散文一集》所作的《導言》中指出：

> 民國六年以至八年文學革命的風潮勃興，漸以奠定新文
> 學的基礎，白話被認為國語了，文學是應當「國語的」了……
> 但是白話文自身的生長卻還很有限。[51]

細味之下，周作人對當時所謂的白話文之成功已成事實的觀點，頗有保留。首先，他指出白話文在清末與民國已有所不同：一、現在白話，是「話怎樣說便怎樣寫」。那時候卻是由八股翻白話；二、不是凡文字都用白話寫，只是為一般沒有學識的平民和工人才寫白話的。[52] 周作人分辨白話文與古文之別在於「白話文的難處，是必須有感情或思想作內容」，而古文則「大抵在無可講而又非講不可時，古文是最有用的。」[53] 即是說，古文之書寫頗為曲折，而用白話文則是因為其時「思想上有了很大的變動」，[54] 要求的是直接、明快的表達方式。至於胡適則為「白話」作出如下三種定義：清楚、

51　周作人：〈中國新文學大系散文一集導言〉，《周作人文類編：本色》（長沙：湖南文藝出版社，1998），頁 666。
52　周作人著；止庵校訂：《新文學的源流》（石家莊：河北教育出版社，2002），頁51-52。
53　周作人著；止庵校訂：《新文學的源流》，頁 58。
54　周作人著；止庵校訂：《新文學的源流》，頁 58。

直接、簡單的語言，即其所謂的「白話」。[55] 為進一步説明「白話」的特徵，胡適以「生」與「死」判別「白話」與「文言」的關係，[56] 認為國語的文法是「一種全世界最簡易最有理的文法」。[57] 胡適又在《國語文法概論》一文中，從音韻、詞彙以至於句子，均作了詳細的論述。[58] 然而，胡適更多的關注則寄望於國語拼音的成功。[59] 事實上，早在 1922 年，周作人便已對建設現代國語作出了具體的建議：一、採納古語；二、採納方言；三、採納新名詞。與此同時，又建議從以下三方面進行：一、編著完備的語法修辭學字典；二、從文學方面獨立地開拓，使國語因文藝的運用而漸臻完善；從教育方面着手，實際地在中、小學建立國語的基本；三、學生要「能懂普通古文，看古代的書。」[60] 周作人「理想的國語」的構思，乃從自己對語言的了解出發而作出更為深入的探討及建議。他指出可以以口語為基本，揉和古文、方言以及歐化語，加以合宜的安排，知識與趣味並置，「集合敘事説理抒情的分子」，再加上自己的性

---

55 胡適：《白話文學史》(北京：東方出版社，1996)，頁 8。

56 胡適：《建設的文學革命論》，《胡適文存》(中國臺北：遠東圖書公司，1953)，第 1 集，頁 57。

57 胡適：《白話文學史》，頁 6。

58 胡適：《胡適文存》，第 1 集，頁 443-499。有關胡適《白話文學史》的論述，可參閱陳岸峰：〈革命與重構：論胡適的《白話文學史》〉，《南京理工大學》，2020 年第 1 期，頁 58-64。

59 胡適：《〈中國新文學大系〉第一集的〈導言〉》，歐陽哲生編：《胡適文集》(北京：北京大學出版，1998)，第 1 冊，頁 111-119 頁。周作人在《國語羅馬字》一文中雖對羅馬拼音存有質疑，但仍然表示支持。見周作人著；止庵校訂：《自己的園地》(石家莊：河北教育出版社，2002)，頁 61-62。

60 周作人：〈國語改造的意見〉，止庵校訂：《藝術與生活》(石家莊：河北教育出版社，2002)，頁 56，頁 57，頁 59。

情，[61] 從而造出雅致的現代漢語。[62] 他又進一步提倡「混合散文的樸實與駢文的華美」的文章，[63] 即在鍛煉文字中，將文人的優雅文字鎔鑄於市井俗語之中，中外兼採，古今並用，為傳統古文與現代白話文的滲透，開闢了一條新的途徑。[64] 他又於 1926 年撰寫《我學國文的經驗》，仔細羅列了《四書》以及部分的經、史類，而更多的是白話小說，如嚴復（幾道，1854-1921）翻譯的《天演論》、林紓翻譯的《茶花女》、梁啟超翻譯的《十五小豪傑》。最終，他建議博覽以吸取眾書之精華。[65]

然而，胡過與周作人可能都沒想過，「理想的國語」之成功，並不在於語法之嚴密，或不同元素之配合，他們所建議的一切均只是懸浮於理念上的想像。「理想的國語」之成功，在於一位可以集各項元素之大成而又能流行於所有華人地區的成功作家的出現，其成功的實踐比一切的構思更有示範性與影響力。最終，成功地實踐了胡適與周作人「理想的國語」之作家，便是金庸。自金庸作品面世以來，所有大、中、小學生以至於普羅大眾均在追捧閱讀，學生與大眾在追捧閱讀金庸小說的過程中，亦即是語言的學習過程，越多的讀者接受金庸的作品，證明除了思想層面獲得了普遍的認可之外，其語言之傳播亦同時為普羅大眾所接受，潛移默化，約定俗

61　周作人：〈近代散文抄序〉，止庵校訂：《苦雨齋序跋文》(石家莊：河北教育出版社，2002)，頁 127。

62　周作人：《〈燕知草〉跋》，止庵校訂：《苦雨齋序跋文》，頁 123。

63　周作人：〈後記〉，止庵校訂：《苦竹雜記》(石家莊：河北教育出版社，2002)，頁 221。

64　相關論述可參閱錢理群：《周作人傳》(北京：十月文藝出版社，2001)，頁 385-394。

65　周作人著；止庵校訂：《知堂文集》(石家莊：河北教育出版社，2002)，頁 7-11。

成，這就是五四以來所期待的「理想的國語」。有論者指出：

> 金庸小說的語言特點與成就有以下幾點。一是「述事如出其口」，真正地做到了口語化，明白流暢，言文一體；二是語言豐富，且出神入化，將成語、方言、俗語等等都「化」入他的現代口語之中；三是語言優美，生動活潑，發掘了漢語特有的詩性特徵（當然也繼承了古典詩、詞、曲、賦的優秀語言傳統，並將之「化」入小說的敘事語言之中）；四是機智幽默，隨處發揮，極富創造性，至於語言的準確和鮮明，以及人物語言的個性化等等。[66]

作為一個作家，如不能「述事如出其口」，那便沒有成功的希望，至於語言的豐富、優美、生動、活潑，都是成功作家的基本要求，而機智幽默則與語言沒直接關係，只是回到第一點的「述事如出其口」，即與作家的個性有關。金庸在「理想的國語」的創造性，可見於《天龍八部》中蕭峰在戰場上的一段文字：

> 蕭峰執了一張硬弓，十枝狼牙長箭，牽過一匹駿馬，慢慢拉到山邊，矮身轉到馬腹之下，身藏馬下，雙足鉤住馬背，手指一戳馬腹，那馬便衝了下去。山下叛軍見一匹空馬奔將下來，馬背上並無騎者，只道是軍馬斷韁奔逸，此事甚為尋常，誰也沒加留神。但不久叛軍軍士便見馬腹之下有

66　陳墨：〈金庸小說與二十世紀中國文學〉，劉再復、葛浩文、張東明等編：《金庸小說與二十世紀中國文學國際學術研討會論文集》，頁 87。

人，登時大呼起來。

　　蕭峰以指尖戳馬，縱馬向楚王直衝過去，眼見離他約有二百步之遙，在馬腹之下拉開強弓，發箭向他射去。楚王身旁衛士舉起盾牌，將箭擋開。蕭峰縱馬疾馳，連珠箭發，第一箭射倒一名衛士，第二箭直射楚王胸膛。[67]

再看《射鵰英雄傳》中郭靖與黃蓉在湖上約會的文字：

　　船尾一個女子持槳蕩舟，長髮披肩，全身白衣，頭髮上束了條金色細帶，白雪映照下燦然生光。郭靖見這少女一身裝束猶如仙女一般，不禁看得呆了。那船慢慢蕩近，只見那女子方當韶齡，不過十五六歲年紀，肌膚勝雪，嬌美無比，笑面迎人，容色絕麗。[68]

　　所謂「動如脫兔，靜如處子」，用以形容金庸以上兩段分別描寫戰場上仿如天神的蕭峰之神勇與湖上宛若貌如仙子的黃蓉的芳姿神態的文字，可謂恰如其分。這就是金庸作為一位元偉大作家在文字上所綜合與創造的陽剛與陰柔之美。

　　金庸的文字，除了歐化與文、白以至於方言的揉合外，其成功處主要還體現於以下幾方面：一、武功的動作及動詞的運用的準確與多姿；二、人物心理的描寫的細膩入微；三、風景描寫之到

67　金庸：《天龍八部》(香港：明河出版社，2005)，第 3 冊，第 27 章，頁 1181-1183。
68　金庸：《射鵰英雄傳》(香港：明河出版社，2003)，第 1 冊，第 8 回，頁 333。

位，特別是江南風物；四、切合人物所處的朝代及身份的語言。至於方言方面，金庸在着手修訂自己的作品之際，曾將《天龍八部》中的人物阿朱和阿碧的口語對話，改寫為蘇州白話。這說明他意識到方言的妙處，一番蘇州白話，令整段書寫妙趣橫生，同時亦令讀者隨段譽走出大理，一下子置身於吳儂軟語及蘇杭風物之中。故此，在建構「理想的國語」的同時，金庸亦不忘適時發揮方言的功能，這便是語言之妙用無窮，當然亦屬其巧思天成。

六、人的文學

武俠除暴安良、心繫天下，這一切均乃人性的善良與正義的召喚。金庸自己便曾說過：「我寫武俠小說是想寫人性，就像絕大多數小說一樣。」[69] 人性的文學，即人的文學，亦即呼應了周作人在五四時期的號召，這正是五四以來新文學的道路。更為重要的是，金庸武俠小說乃有意識地對五四以來的小說觀念的偏頗作出補濟：

> 自五四以來，知識份子似乎出現了一種觀念，以為只有外國的形式才是小說，中國的形式不是小說，例如一般人編寫的文學史或小說史，都很少把武俠小說列入其中，或是給予任何肯定。我想這和武俠小說本身寫得不好也有關。這也

69　金庸：〈後記〉，《笑傲江湖》（香港：明河出版社，2006），第 4 冊，頁 1749。

是情有可原。不過，一般知識份子排斥像張恨水那樣的章回小說，而把巴金、魯迅那些小說奉為正統，這個問題主要是基於政治因素甚於藝術因素。[70]

　　魯迅與巴金等小說之所以成為正統，基本上乃因政治因素而排的座次。[71]歷來掌握話語權者均有意識地規劃中國文學的發展，現代文學史根本就是在意識形態的嚴密掌控之下所製造，成為闡釋政權的合法性，以及作為現代中國進程中可以方便、統一敘述的標誌，違反以上意識形態標準的作品，均被排斥於文學史之外。[72]故此，現代文學的發展有很大程度上乃人工培植，而非任由優勝劣敗作出物競天擇的淘汰。武俠小說之被排斥與邊緣化，既中斷了俠義觀念的承傳，又滅絕了江湖的想像。故此，金庸武俠小說之崛起乃有意識地對傳統小說作出創造性的改造及發展，以對現代文學補偏救弊。有論者指出金庸武俠小說在語言、結構、情節、描寫等方面乃劃時代的「革故鼎新」，一如黃賓虹（樸存，1865-1955）之於山水畫的改革與梅蘭芳（畹華，1894-1961）之於京劇的「革命」。[73]

　　金庸武俠小說之弘揚中國傳統文化，重建倫理，召喚良知，

70　金庸、池田大作：〈關於武俠小說〉，《金庸、池田大作對談錄》，《明報月刊》，1998年5月。此處乃轉引自孫立川：〈金庸對中國傳統小說的改造和發展〉，劉再復、葛浩文、張東明等編：《金庸小說與二十世紀中國文學國際學術研討會論文集》，頁114。

71　關於作家在文學史上排座次的相關論述，可參閱陳岸峰：《文學史的書寫及其不滿》（香港：中華書局，2014)，頁204-212。

72　相關論述可參閱陳岸峰：《文學史的書寫及其不滿》，頁156-179；頁191-212。

73　孫立川：〈金庸對中國傳統小說的改造和發展〉，劉再復、葛浩文、張東明等編：《金庸小說與二十世紀中國文學國際學術研討會論文集》，頁116。

謳歌俠客，肯定愛情，批判虛偽，驅逐黑暗，這一切均是對五四文學精神的發揚，均乃「人的文學」之最成功的實踐。故此，金庸武俠小說乃對五四以來以激烈反傳統以至於文化大革命的極端摧毀傳統人倫、文化至於極致的救贖，可以說是在廢墟上想像傳統，重建價值。

七、政治批判

五四以來「人的文學」的觀念在金庸武俠小說中得以延續，實亦是出於政治運動之扭曲人性所激發。金庸武俠小說乃有為之作，其崛起正值新中國建立之初，而實際上亦是中國分裂而治、國人飄泊異域之始。新中國成立之後，絡繹不絕以至於顛倒是非黑白的政治運動以及瘋狂的政治領袖之崇拜，特別是文化大革命的十年浩劫，相關諷喻均反映於《天龍八部》與《笑傲江湖》及《鹿鼎記》之中。有論者指出：

> 《笑傲江湖》裏被人稱為魔教的「日月神教」，在報紙上連載時名為「朝陽神教」，經修訂「改寫」後則名為「日月神教」。《笑傲江湖》的創作時間起始於 1967 年，時值中國的文化大革命期間，用「朝陽神教」來命名一派魔教，無疑直指文革。[74]

---

74 李以健：〈以經典文學「改寫」的金庸小說〉，劉再復、葛浩文、張東明等編：《金庸小說與二十世紀中國文學國際學術研討會論文集》，頁 93。

這一系列的書寫，均是對俠客的崇高致意，同時亦面向大陸的反傳統、破四舊的歪風以及此起彼伏的政治鬥爭，而負起弘揚中國傳統價值之重任並對政治之黑暗作出批判。劉再復指出：

> 在政治權威侵蝕獨立人格、意識形態教條干預寫作自由的年代，金庸的寫作本身就是文學自由精神的希望；他對現代白話文和武俠小說都作出了出色的貢獻。[75]

這既是金庸武俠小說的現實關懷，亦是藉武俠之書寫，以召喚人性及傳統價值的回歸。故此，金庸武俠小說之崛起，本身便是以武俠抗議專制，實即司馬遷借韓非子（約公元前 280-233）所謂的「俠以武犯禁，儒以文亂法」。金庸在作為「異域」的香港以武俠之想像挑戰強權，[76] 批判政治偶像之愚弄蒼生、禍國殃民，在左派眼中實無異於「以文亂法」，遂導致金庸與左派的決裂。然而，金庸並非一味與左派唱反調，例如在李自成（1606-1645）這歷史人物的評價上便可見一斑：

> 值得注意的是，與社會主義編史學通常的敍述相比，金庸筆下李自成揭竿而起的行為，不完全是正面形象，李自成的義軍在滿清入關佔領中國之前，就已走向了暴政與驕奢淫

75　劉再復：〈會議導論：金庸小說在二十世紀文學史的地位〉，劉再復、葛浩文、張東明等編：《金庸小說與二十世紀中國文學國際學術研討會論文集》，頁 22。

76　有論者指出：「中國現代武俠小說的發展，毫無疑問地應以港、臺二地為重鎮。」而由於其時處於極端的政治敏感時代，金庸的作品均分別被中國大陸與臺灣列為禁書。見林保淳：〈金庸小說在臺灣〉，吳曉東、計璧瑞編：《2000'北京金庸小說國際研討會論文集》，頁 386；頁 386-390。

逸的深淵。也許《碧血劍》恰恰是金庸本人後來無論在小說中，還是在商業與政治生涯裏，與左翼分裂的先兆。[77]

金庸對李自成的書寫具有不同的階段性分別。在《碧血劍》中的李自成及其手下很明顯已被勝利沖昏了頭腦，金鑾殿之上討價還價，仿如山寨分贓，匪氣十足。然而，金庸在《鹿鼎記》中又寫出失敗後的李自成已有所悔悟，當他與李巖（？-1644）之子李西華生死互搏之際，原本不敵，然卻在瀕危一刻突然一聲怒吼震懾了李西華後，又獨自沉入江中再升起上岸，默默離去。[78]這一幕頗有失敗英雄的悲壯意味，可見金庸並非完全否定李自成。

在政治瘋狂的年代，遠在香港亦深受文化大革命之衝擊，金庸因為其對大陸的政治批判以及武俠小說中的諷喻而名列暗殺名單之上，不得不遠走他邦。故此，《碧血劍》中的袁承志與《倚天屠龍記》中的張無忌之退隱異域，實寓金庸的萬千感慨於其中。金庸在《笑傲江湖》的〈後記〉中也坦承創作時深受當時政治的影響：

> 寫《笑傲江湖》那幾年，中共的文化大革命奪權鬥爭正行得如火如荼，當權派和造反派為了爭權奪利，無所不用其極，人性的卑污集中地顯現。我每天為《明報》寫社評，對政治中齷齪行徑的強烈反應，自然而然反映在每天撰寫一段的武俠小說之中。[79]

77　韓倚松：〈金庸早期小說及五十年代的香港〉，劉再復、葛浩文、張東明等編：《金庸小說與二十世紀中國文學國際學術研討會論文集》，頁 195。

78　金庸：《鹿鼎記》(香港：明河出版社，2006))，第 4 冊，第 33 回，頁 1409。

79　金庸：〈後記〉，《笑傲江湖》，第 4 冊，頁 1749。

金庸能在如此瘋狂的時空之下，不顧性命之危而奮筆直書，這樣的武俠小說有甚麼「娛樂性」可言？金庸武俠小說中如此的政治批判與「感時憂國」，又豈是通俗小說之所為？有論者認為：

> 《笑傲江湖》並非一般的武俠小說，實為一部具有深刻寓意的政治寓言，這正是它具有經典文學的藝術魅力之所在。[80]

《笑傲江湖》的魅力並不止於是「深刻寓意的政治寓言」，而是傳承自《射鵰英雄傳》與《神鵰俠侶》以來的關於「魏晉風度」的書寫，在《笑傲江湖》中得到了全方位的呈現，以劉正風、曲洋的《笑傲江湖》之傳承嵇康（叔夜，約 223-263）的《廣陵散》，再下及令狐沖、任盈盈之琴簫合奏，以正義及風骨抗擊黑暗，最終歌頌的是自魏晉以降及至魯迅所推崇的「魏晉風度」，謳歌風骨之不朽。

八、文化想象

金庸離開中國大陸，寄跡於英國殖民地香港，無異於武俠小說中常出現的海外孤島或異域。其父查樞卿（1897-1951）在 1951 年以「抗糧、窩藏土匪、圖謀殺害幹部」的罪名在海寧被處決。這一人生軌跡與其小說中的很多作為孤兒的主人公的遭際有不少重疊之處，故而其小說實非無的放矢，實乃發憤以抒情之作。

80　李以健：〈以經典文學「改寫」的金庸小說〉，劉再復、葛浩文、張東明等編：《金庸小說與二十世紀中國文學國際學術研討會論文集》，頁 94。

金庸武俠小說在五十年代之出現，顯得頗為突兀，既非延續五四時期的書寫封建大家庭之黑暗，更與大陸沿着毛澤東（潤之，1893-1976）「在延安文藝座談會上的講話」而建構的英雄故事大相逕庭。[81] 金庸歌頌的是傳統價值中忠、孝、仁、義系統中的英雄人物，揄揚魏晉風骨，謳歌愛情，鞭韃強權，並對政治陰謀以及壓抑人性的禮教，作出了深刻的批判。劉再復指出：

　　　　金庸的意義在於香港殖民地一隅延續並光大了本土文學的傳統。特別是在摧毀傳統的二十世紀中國。[82]

劉登翰亦認為：

　　　　金庸以文學的方式，彌補了由於「五四新文學」激烈的反傳統意識而造成的「現代」與「傳統」之間的裂隙，從而使得中國傳統的美學意蘊，重新獲得深厚的生命力。[83]

本土文學傳統既在五四思潮之下遭受西方文學的衝擊，復絕跡於新中國建立之後，[84] 卻在動盪的時代中重生於作為「異域」的香港，其關鍵便在於金庸思想中所孕含的傳統價值觀的種子，藉其南下而重新發芽、生根並且更為葳蕤，蔚然已成參天巨木。

81　相關論述可參閱陳岸峰：《文學史的書寫及其不滿》，頁 191-197。
82　劉再復：〈會議導論：金庸小說在二十世紀文學史的地位〉，劉再復、葛浩文、張東明等編：《金庸小說與二十世紀中國文學國際學術研討會論文集》，頁 15。
83　劉登翰：《香港文學史》，頁 269。
84　王劍叢指出：「新中國成立後，它便銷聲匿跡了。」王劍叢：《香港文學史》，頁348。

其時，不少人在易鼎之際流亡或選擇隱居於異域，這批人的意識形態實無異於顧炎武（寧人，1613-1682）與黃宗羲（太沖，1610-1695）及呂留良（用晦，1629-1683）等明末遺民，彼等對於文化之摧毀，家國之淪喪，痛徹心肺。故此，金庸武俠小說之風靡海外，在在突顯二十世紀中期海外中國人之無依感：

> 目前在海外的中國知識份子精神苦悶異常，所以大家自然而然喜歡閱讀武俠小說，以求精神上有所寄託。[85]

如此氛圍，如此無奈，實即黃蓉藉辛棄疾（幼安，1140-1207）〈瑞鶴仙〉所唱的「寂寞！家山何在？」[86] 家山仍在，無奈物是人非。更有論者便認為金庸武俠小說的想像世界之出現乃基於以下原因：

> 金庸小說的想像世界，因為它與想像著它的香港遙迢相距，而變得必需，且成為可能——中國本身政權的改變所帶來的歷史與文化的距離，以及香港作為英屬殖民地這一地位所產生的更深一層的文化與地緣政治的距離，是導致這一狀況的原因所在。[87]

現實社會的卑微無力與二十世紀中國傳統之崩潰，這些微觀條件與宏觀環境，均令國人徬徨無措，金庸武俠小說中武俠之崛起及「江

---

85 林以亮：〈金庸的武俠世界〉，見三毛等：《諸子百家看金庸》，第 4 冊，頁 153。

86 金庸：《射鵰英雄傳》（香港：明河出版社，2003），第 8 回，頁 336。

87 韓倚松：〈金庸早期小說及五十年代的香港〉，劉再復、葛浩文、張東明等編：《金庸小說與二十世紀中國文學國際學術研討會論文集》，頁 205。

湖」之重現，實乃歷史的重構與傳統的回歸，從而成為全球華人及精神遺民的文化想像之所在。

九、研究綜述及節章安排

　　金庸及其武俠小說自被陳世襄（子龍，1912-1971）先生推崇為「無異於元曲之異軍突起」、「所不同者今世猶只見此一人而已」[88]之後，漸漸引發了兩岸三地的相關研究。在香港，有倪匡（1935-2022）、吳藹儀、潘國森等先驅作出品評。臺灣方面，則有溫瑞安、林保淳等先生之論述，甚至不乏以金庸武俠小說為題目的碩士與博士論文。八十年代之後，金庸武俠小說漸為大陸學術界所留意，北京大學的嚴家炎諸先生開始了相關研究。至於兩岸三地的影視之頻繁重拍金庸武俠小說，亦不失為另一種闡釋。可見兩岸三地關於金庸武俠小說之研究，方興未艾。

　　此書將金庸武俠小說置於五四以來的文學思潮與實際創作的脈絡中，勾抉其中之關鍵概念為研究焦點，包括「江湖」、「武功」、「俠義」、「情為何物」、「魏晉風度」、「異域」六組，再以大概念統攝小概念，概念之間互相貫通，猶如楊過與小龍女之「天羅地網勢」，期以一書而將金庸武俠小說中的所有概念厘清，由此而全面解讀金庸的武俠小說，從而得以把握金庸的思想世界，藉此以呈現其創作之意圖，並還其在文學史上應有的位置。

88　金庸：〈陳世驤先生書函〉，《天龍八部》，第 5 冊，頁 2220。

第二章　青衫磊落險峰行：
江湖與政治互動
及其重塑

一、前言

　　目前學界均認為，武俠小說始於唐傳奇《虬髯客傳》。其突出之處乃通過「紅拂夜奔」、「旅舍遇俠」、「太原觀棋」三個場面，塑造「風塵三俠」的形象，然卻並不注重人物、場景以及情節發展，故此際之「江湖」，僅為雛形。[1] 俠客的理想歸宿總是「江湖」，原因就在於《史記・貨殖列傳》中記載范蠡（少伯，生卒年不詳）助勾踐（約前 520—前 465）雪「會稽之恥」後，窺破勾踐「可與同患，難與同安」，「乃乘扁舟浮於江湖」。[2] 然而，范蠡的「江湖」，並非武俠小說中的「江湖」。武俠小說中的「江湖」，自古以來均是「廟堂」之對立面，《史記・遊俠列傳》中的「俠以武犯禁」便是最好的注腳。[3] 然而有論者認為「江湖」具超然避世、縱情適意的「自我世界」的文化意味，[4] 實非如此。《天龍八部》中的江湖便無是非可言，令享譽天下的丐幫幫主喬峰（蕭峰）飽受冤屈，從而退出江湖，遠遁大遼。

　　事實上，金庸的武俠小說，均可視作西方的「成長小說」或「小癲子」（Bildungsroman）的書寫模式。主人公幼時家庭遭厄，

1　林崗：〈江湖・奇俠・武功──武俠小說史上的金庸〉，劉再復、葛浩文、張東明等編：《金庸小說與二十世紀中國文學國際學術研討會論文集》，頁 121。

2　林崗：〈江湖・奇俠・武功──武俠小說史上的金庸〉，劉再復、葛浩文、張東明等編：《金庸小說與二十世紀中國文學國際學術研討會論文集》，頁 120。

3　司馬遷著；馬持盈注：《史記今注》（臺北：臺灣商務印書館，1979），第 6 冊，頁 2319。

4　林崗：〈江湖・奇俠・武功──武俠小說史上的金庸〉，劉再復、葛浩文、張東明等編：《金庸小說與二十世紀中國文學國際學術研討會論文集》，頁 120。

孤苦伶仃，機緣巧合之下，走向江湖，經歷奇遇、報仇、奪寶、爭霸，最終或壯烈收場，或退出江湖。[5] 由此可見，金庸武俠小說中的「江湖」，既繁富多姿，又極為複雜。

二、所謂「江湖」

俠客必然縱橫江湖，然則何謂「江湖」？陳平原認為「江湖」有以下兩種分別：一為現實存在的與朝廷相對立的「人世間」或「秘密社會」；一為近乎烏托邦的與王法相對的理想社會。[6] 陳平原所謂的「王法」，可以「廟堂」代替，取的是范仲淹（希文，989－1052）〈岳陽樓記〉中「居廟堂之高，則憂其民；處江湖之遠，則憂其君」，[7] 范仲淹該文雖非為區分「江湖」與「廟堂」而作，而其區分恰好鮮活地刻畫出兩者的地理位置及其文化象徵。[8] 故此，「江湖」似乎與「廟堂」更為對應，因為「江湖」一詞本身的義涵就相

5　趙毅衡：〈從金庸小說找民族意識〉，劉再復、葛浩文、張東明等編：《金庸小說與二十世紀中國文學國際學術研討會論文集》，頁 365。

6　陳平原：《千古文人俠客夢——武俠小說類型研究》（臺北：麥田出版社，1995），頁 108。另可參 Stephen Ching-kiu Chan, "Figures of Hope and the Filmic Imaginary of Jianghu in contemporary Hong Kong cinema", *Cultural Studies*, 15（3/4）2001, p.491-500.

7　范仲淹：〈岳陽樓記〉，安徽大學等合編：《中國古代文學作品選》（南京：江蘇人民出版社，1979），下冊，頁 4。

8　宋偉杰認為：「『江湖』作為一個尤其與朝廷相對的另類空間，或真實，或虛幻，或有所確指，或無處可尋。」見宋偉杰：《從娛樂行為到烏托邦衝動——金庸小說再解讀》（南京：江蘇人民出版社，1999），頁 61。

當複雜，其負荷遠超出其對立面「王法」。若按陳平原般將江湖與綠林及山林作出區分，那麼黃藥師是屬於山林？綠林？還是江湖？他桃花島中的珍寶書畫，都是搶掠所得，就如在牛家村曲靈風家密室所見，曲靈風在皇宮中所盜的珍寶書畫，便是為了獻給師父黃藥師，而黃藥師也不以為異，隨手就將珍珠給了女兒黃蓉，又將名畫給了未來女婿郭靖。[9] 江湖、綠林及山林，均有重疊互涉，難以截然釐清。至於「山林」與「綠林」，跟俠客也不無一點聯繫，在某種特殊情境下，還可能成為武俠小說中俠客的主要背景。然而作為一種文化符號，「山林」主要屬於隱士，「綠林」主要屬於強盜（或義軍），真正屬於俠客的，只能是「江湖」。

金庸的「江湖」，陳平原認為具備以下特徵：

> 小處寫實而大處虛擬，超凡而不入聖，可愛未必可信，介於日常世界與神話世界之間，這正是所謂寫實型武俠小說中「江湖世界」的基本特徵。[10]

實際上，「江湖」乃隱形的權力中心。唐代至清末以前的豪俠小說中的「江湖」，只是被營造出來的俠客活動的初步背景。[11] 豪俠小說，一方面借用了文人文化中「江湖」的意念，另一方面又複雜化了「江湖」的內涵，再加上尋寶、秘訣、奇遇以及形形色色的神奇武功，從而令「江湖」立體、充實而充滿神秘的情調：

---

9 金庸：《射鵰英雄傳》（香港：明河出版社，2003），第 3 冊，第 26 回，頁 1097。
10 陳平原：《千古文人俠客夢——武俠小說類型研究》，頁 204。
11 林崗：〈江湖・奇俠・武功——武俠小說史上的金庸〉，劉再復、葛浩文、張東明等編：《金庸小說與二十世紀中國文學國際學術研討會論文集》，頁 121。

舉凡荒漠、叢山、懸崖、峻嶺、險灘、密林、野店、古剎、道觀等等，都是這個虛構世界的地域符號；而兇僧、殺手、淫賊、劍客、女俠、武林高手等則是這個虛構世界的角色；劫財、獵色、追兇、復仇、尋訪秘籍、修煉武功、體悟大道等就是這個虛構世界發生的事件。三者聚合統一便是武俠的「江湖」。[12]

以上的「地域符號」，更多是主人公經歷奇遇而獲神功之所在：《天龍八部》中，段譽在天龍寺中偶然學得「六脈神劍」，掉進無量宮中的琅嬛玉洞而學會「凌波微步」，又因無意中學會「北冥神功」而吸收了眾多高手的內力，一躍而成為絕頂高手；《射鵰英雄傳》中的郭靖攀上懸崖而獲全真派掌教馬鈺傳授內功，在蒙古大漠一箭雙鵰並擊退敵兵而成為成吉思汗的「金刀駙馬」，在桃花島則獲周伯通授予空明拳、左右互搏之術及《九陰真經》；在《神鵰俠侶》中，楊過與小龍女在古墓中修煉武功，後來又於荒山中偶遇神鵰，在其訓導下練成獨孤九劍；《倚天屠龍記》中，張無忌生於冰火島，流落於崑崙山，被朱長齡追捕而掉下懸崖並進入山洞，獲蒼猿授予《九陽真經》，又被布袋和尚突然裝進乾坤一氣袋帶上了光明頂，在袋中練成九陽神功，進入光明頂秘道後，又練成「乾坤大挪移」之神功；《鹿鼎記》中的韋小寶更是從揚州妓院的小混混而被胡亂擒入皇宮，因緣際會地擒殺鰲拜，並協助康熙平定吳三桂、收服臺灣，再協助羅剎公主政變，同時且身兼天地會香主、神龍教

12　林崗：〈江湖・奇俠・武功──武俠小説史上的金庸〉，劉再復、葛浩文、張東明等編：《金庸小説與二十世紀中國文學國際學術研討會論文集》，頁 122。

白龍使、清朝鹿鼎公以及羅刹國的轄靼伯爵。至於其他角色之奇遇，同樣亦是目不暇給，精彩遞現。

一般而言，均是由於復仇或尋寶而陸續出現以下的軌跡：往往總有神奇的藥物迅速提升主人公的防毒功能或助其加速練就神功，主人公從而以小英雄的姿態出現於各派高手之前，成為重塑江湖的新一代領袖。在矛盾衝突的過程中，一般均會突顯各門派之不同風格，如少林寺高僧之迂腐，常受挑戰以至於遭受重挫，又突顯武當武術之創造性以及寬容博大，各派人物之心胸與關係互動以突顯人性之複雜以及道義之或隱或現。最終兇手原形畢露，兇案水落石出，小英雄傳承秘笈及武功，善惡昭彰。故此，有論者指出金庸武俠小說中的江湖的突破之處在於：

> 　　大多數武俠小說品味不高，就在於它們的江湖世界僅寫出了虛構的娛樂趣味，而缺少這個虛構世界的隱喻意味。金庸是一個不甘心於純粹娛樂讀者的人。在運用通俗文類寫作的同時，他總想把一些對人性的嚴肅洞見，對中國歷史的觀察等帶入「武俠的天地」。[13]

金庸早期的《書劍恩仇錄》、《碧血劍》還較多地沿襲舊派武俠的套路，對江湖境界的開拓，未見新意，及至《天龍八部》、《笑傲江湖》、《鹿鼎記》，金庸終於創造出「獨特的武俠天地」，尤以《笑

13　林崗：〈江湖‧奇俠‧武功——武俠小說史上的金庸〉，劉再復、葛浩文、張東明等編：《金庸小說與二十世紀中國文學國際學術研討會論文集》，頁 122。

傲江湖》為「奇中之奇」。[14] 金庸武俠小說將江湖複雜化，將「對中國歷史的觀察等帶入『武俠的天地』」，時而是江湖挽救廟堂，如《射鵰英雄傳》、《神鵰俠侶》、《天龍八部》；時而是江湖與廟堂的對立，如《倚天屠龍記》、《書劍恩仇錄》、《飛狐外傳》、《雪山飛狐》；甚至有時廟堂亦是江湖人物隱身之所，如《笑傲江湖》中的劉正風設法獲朝廷封為「參將」[15]，便是想藉此退出江湖的約束，並與魔教長老曲洋以琴簫相往還。

再下一個問題，便是「江湖」對於俠客有何重要性？陳平原認為：

> 選擇「江湖」而不是「山林」或「綠林」作為主要活動背景，實際上已內在地限定了俠客形象的發展方向。[16]

又：

> 只有身在「江湖」，俠客才能真正施展才華；而一入官場，再大的英雄豪傑也必須收心斂性，故難免頓失風采。[17]

「江湖」對俠客而言，如水之於魚，缺少了「江湖」，一如《天龍

14　林崗：〈江湖・奇俠・武功——武俠小說史上的金庸〉，劉再復、葛浩文、張東明等編：《金庸小說與二十世紀中國文學國際學術研討會論文集》，頁 123。

15　關於「參將」的官階的論述，可參閱潘國森：〈明代的《笑傲江湖》〉，《雜論金庸》（香港：明窗出版社有限公司，1995），頁 148－149。

16　陳平原：《千古文人俠客夢——武俠小說類型研究》，頁 193。

17　陳平原：《千古文人俠客夢——武俠小說類型研究》，頁 189。

八部》中的蕭峰與《射鵰英雄傳》、《神鵰俠侶》中的郭靖、《書劍恩仇錄》中的陳家洛、《鹿鼎記》中的陳近南，因背負着政治重擔而心事重重、愁眉不展，江湖似乎已與他們無涉，很顯然他們已失去作為俠客的最重要的自由精神，基本已成為英雄或組織領袖，而非《笑傲江湖》中令狐沖般自由地屹立於天地間的遊俠了。

　　江湖，究竟在地理上有何實際指涉？金庸在《天龍八部》中曾經提及：「翻山越嶺，重涉江湖」。[18] 在其筆下，俠客既可穿梭於廟堂與江湖之間，亦可在荒郊野店以至於民間寄宿。有論者指出：

> 　　不同於古典武俠小說的是，俠客真正的活動場景已經轉移到江湖上來。他們雖然介入政治鬥爭，但往往並無成效，而真正的衝突則是江湖世界的情仇恩怨，世俗社會則被虛置。俠客們不再以入世俗社會行俠仗義為己任，而是致力於江湖門派之爭，爭奪寶物、秘笈，求愛、報恩、復仇。由於俠成為普通人，江湖世界也落入凡俗，被現實化了。[19]

俠亦是普通人，洪七公、郭靖、楊過、張三丰、張無忌，均有日常生活的細節描寫。洪七公既潛入皇宮御廚偷吃，復背鍋上華山煮蜈蚣，張三丰號稱邋遢道人，郭靖拿了別人的點心放在衣褶中送予黃蓉，張無忌更曾淪為朱長齡家的僕人，有一段時間還在懸崖的洞中遇着猶如野人般的生活。要求俠客不是普通人，要求江湖世界不落

18　金庸：《天龍八部》，第 2 冊，第 20 章，頁 866。

19　楊春時：〈俠的現代闡釋與武俠小說的終結──金庸小說歷史地位評說〉，劉再復、葛浩文、張東明等編：《金庸小說與二十世紀中國文學國際學術研討會論文集》，頁 184。

凡俗，要求俠客棲身於懸崖或屋頂，只是讀者的誤讀、誤解以至於一廂情願的想像。俠客，其實是來自凡間，過着與普通百姓無異的生活，如任盈盈般在綠竹巷中過日子，何三七販賣餛飩。然而，他們又因身懷絕技而能縱橫於塞外絕域或深山大谷之中，來去自如，鋤奸懲兇，坐言起行。江湖既在深山峽谷，復在人煙世間，劉正風廣邀江湖中人前來參與他的金盆洗手，而儀式之前他卻仍與門人在湖南煙花之地「群玉院」搜索「萬里獨行」田伯光，[20] 可謂相當的反諷。故此，俠一方面活於現實，一方面又具備現實中人所不能的能力，甚至近乎神仙般的武藝，而這才是困於現實中的凡人對俠客及行俠之神往之所在。

金庸筆下的江湖，並非好地方，例如蕭峰眼中所謂的江湖如下：

> 丐幫素稱仁義為先，今日傳功長老……那麼這世上還有沒有天理良心？做人該不該講是非公道？……誰的武功強，誰就是對的，誰武功不行，誰就錯了，這跟猛虎豺狼有甚麼分別？只因我是契丹人，甚麼罪名都可加在我頭上，不管我有沒有犯了這些罪行，如此顛倒黑白，這「大義」當真狗屁之極。[21]

丐幫中人，遍佈南北，甚至參預跨國政治，影響極大，而江湖中人正邪不分，令丐幫幫主蕭峰（喬峰）大感迷惑：

20　金庸：《笑傲江湖》，第 1 冊，頁 188－189。
21　金庸：《天龍八部》，第 3 冊，第 24 章，頁 1066。

> 「喬某遭此不白奇冤，又何必費神去求洗刷？從此隱姓埋
> 名，十餘年後，教江湖上的朋友都忘了有我這樣一號人物，
> 也就是了。」霎時之間，不由得萬念俱灰。[22]

蕭峰的成長歷程乃人世的閱歷滄桑，而非段譽、虛竹的武功成長歷程，故其悲劇乃由此而生：

> 蕭峰臉露苦笑，心頭湧上一陣悲涼之意：「倘若無怨無仇
> 便不加害，世間種種怨仇，卻又從何而生？」[23]

江湖人物並非都是蕭峰、郭靖、楊過或張無忌的磊落灑脫、心繫天下，更多的是瑣屑猥瑣、低三下四。鮑千靈說道：

> 不錯，我想江湖上近來除了喬峰行惡之外，也沒別的甚
> 麼大事。向兄、祁兄，來來來，咱們乾上幾斤白酒，今夜來
> 個抵足長談。[24]

「聚賢莊」中，單正和他餘下的三個兒子悲憤狂叫，但在喬峰的凜凜神威之前，竟不敢向他攻擊，連同其餘六七人，都向阿朱撲去。[25] 所謂江湖中人，卻是如此卑鄙無恥。這些所謂的江湖人物，全無節操，大都是混混，然而江湖主要便是由這批人所組成，在

22　金庸：《天龍八部》，第 19 章，頁 820。
23　金庸：《天龍八部》，第 41 章，頁 1765。
24　金庸：《天龍八部》，第 19 章，頁 820。
25　金庸：《天龍八部》，第 19 章，頁 858。

「聚賢莊」圍攻蕭峰的是他們，後來在少林寺率領中原武林營救蕭峰的，同樣亦有他們的存在。所謂的江湖人物，大都是見風使舵，混日子、撈好處而已。《天龍八部》中，「聚賢莊」取名實在大言不慚，游驥、游駒何德何能？而兄弟兩人與神醫薛慕華為了在江湖上揚名立萬，便想藉此除掉蕭峰而一舉成名：

> 論江湖地位，這三人皆沒發聲的資格，在此不外想趁機揚名立萬、搶佔鋤奸先機而已。
>
> 請帖上署名是「薛慕華、游驥、游駒」三個名字，其後附了一行小字：「游驥、游駒附白：薛慕華先生人稱『薛神醫』」。[26]

然而，他們卻不知已中了馬夫人康敏及其幫兇的圈套，因此既引發一場無謂的江湖血腥，也白送性命，毀了家業，甚至令兒子游坦之流落江湖，誤入歧途，淪為半人半獸，成為阿紫的玩偶。一連串的貪慕江湖虛名，卻遭致無端的悲慘結局。

江湖中作為名門正派的少林寺同樣不堪。《倚天屠龍記》中武當派宗師張三丰帶着中了玄冰掌的張無忌前往少林寺，願意互享覺遠大師的《九陽真經》以換取救治張無忌，而少林寺主持卻為了寺規及昔日張三丰叛離少林另創武當之隙而見死不救。至於《笑傲江湖》中的所謂名門正派，如岳不群、余滄海、左冷禪等等，更是卑鄙無恥，彼等之行徑比所謂的邪教日月神教中的東方不敗以及任我

26　金庸：《天龍八部》，第 19 章，頁 824。

行實有過之而無不及。「江湖」中,「惡」無所不在。任盈盈早已在勸令狐沖時說:「江湖風波險惡」。[27]《射鵰英雄傳》中的洪七公在嘉興南湖邊上對眾人說道:「眼前個個是武林高手,不意行事混帳無賴,說話如同放屁。」[28] 故此,不少俠客倦於江湖,《俠客行》中的石破天(石中堅)盼望的是「這些日子來遇到的事無不令他茫然失措,實深盼得能回歸深山」。[29] 狄雲盼的是完成將丁典與凌小姐合葬的願望後回歸雪谷隱居,「他不願再在江湖上廝混」,最終他回到了川邊的雪谷。[30] 由此可見,江湖險惡,縱是身懷絕技,武功第一,亦不一定能全身而退。

關於江湖人物的形象之刻畫,金庸可謂苦心孤詣,其細微之處,入木三分:

> 這些江湖英雄慷慨豪邁的固多,氣量狹窄的可也著實不少,一個不小心向誰少點了一下頭,沒笑上一笑答禮,說不定無意中便得罪了人,因此而惹上無窮後患,甚至釀成殺身之禍,也非奇事。[31]

江湖中人,亦即日常生活的凡夫俗子,心胸狹窄者亦乃常態,為雞毛蒜皮的小事而拔刀相向者更是多不勝數。至於江湖人物,像洪七

---

27 林崗:〈江湖・奇俠・武功——武俠小説史上的金庸〉,劉再復、葛浩文、張東明等編:《金庸小説與二十世紀中國文學國際學術研討會論文集》,頁 125。

28 金庸:《射鵰英雄傳》,第 4 冊,第 34 回,頁 1410。

29 金庸:《俠客行》,第 1 冊,頁 248。

30 金庸:《連城訣》,頁 418、419。

31 金庸:《天龍八部》,第 19 章,頁 824。

公、周伯通、黃藥師、郭靖、楊過、張無忌、蕭峰、段譽、虛竹這些高手，當然是難得一見，而陳近南、陳家洛、九難更是忙於恢復大業而行蹤不定，最可能出現於市井的，應該便是常去茶樓聽說書及在市場買菜的韋小寶了。

江湖自有一套手段，高手可以中伏身亡，混混卻可以逍遙自在，甚至幫高手一把。故此，何謂「高手」？實在可圈可點。白衣尼（長平公主）行走江湖，卻閱歷不深，而為韋小寶所矇騙：

> 白衣尼向他瞪了眼，道：「……江湖上人心險詐，言語不可盡信。但這孩子跟隨我多日，並無虛假，那是可以信得過的。他小小孩童，豈能與江湖上的漢子一概而論？」[32]

事實上，韋小寶年紀雖小，卻是江湖上最狡猾的老手，其他江湖老手均望塵莫及。韋小寶騙在追殺白衣尼（長平公主）的喇嘛說他已練成「金頂門」：

> 韋小寶笑道：「我練成了『金剛門』的護頭神功，你在我頭頂砍一刀試試，包管你這柄大刀反彈轉來，砍了你自己的光頭。」……韋小寶摘下帽子，道：「你瞧，我的辮子已經練斷了，頭髮越練越短，頭頂和頭頸中的神功已練成。等到頭髮練得一根都沒有，你就是砍在我胸口也不怕了。」[33]

32　金庸：《鹿鼎記》，第 3 冊，第 25 回，頁 1065。
33　金庸：《鹿鼎記》，第 3 冊，第 25 回，頁 1103–1104。

以矇騙手段逃命，實在不夠光彩，然而他的謊言又救了大家一命。[34] 當然，這得助於他的刀槍不入的護身寶衣。這是一場生死之賭，而他是以自己的生命下注以救白衣尼及其他人的性命的。其後，韋小寶又再以海大富的「化屍粉」弄死其他喇嘛，化解白衣尼（長平公主）及他人的一場劫難。更為重要的是，韋小寶在白衣尼與阿珂面前證明自己比鄭克塽更有勇氣、更有應變能力。後來，韋小寶又藏身於棺材之中，在隱匿而漆黑的狀態下，「從棺材內望出去，見到一線亮光」，[35] 因而了解了鄭克塽與其兄長之內鬨以及他與馮錫範對陳近南的偷襲與誣陷。在陳近南臨將受害時，韋小寶終以「隔板刺人」與「飛灰迷目」刺傷了馮錫範並制服了鄭克塽，從而救了陳近南一命。[36] 而且，他善惡分明，一心拯救好人：

> 他在康熙面前大說九難、楊溢之、陳近南三人的好話，
> 以防將來三人萬一被清廷所擒，有了伏筆，易於相救。[37]

其舉措雖不瀟灑，但難道這便非俠義之舉？長平公主縱有神功，卻因為負重傷而無反抗之力，若非韋小寶的混混手段，她必然受辱或有生命之虞。韋小寶身兼多職，分別是清廷鹿鼎公、天地會香主、神龍教白龍使、羅剎國管領東方轄駐地方的伯爵，穿梭於海大富、假太后、陳近南、康熙、順治、白衣尼（長平公主）、吳三桂以至羅剎，來去自如，滑不溜手，真是間諜的不二人選，當然亦是江湖

34　金庸：《鹿鼎記》，第 3 冊，第 25 回，頁 1105。
35　金庸：《鹿鼎記》，第 3 冊，第 29 回，頁 1207。
36　金庸：《鹿鼎記》，第 3 冊，第 29 回，頁 1207－1217。
37　金庸：《鹿鼎記》，第 3 冊，第 28 回，頁 1192－1193。

的絕頂人材。所謂江湖手段，本身並沒所謂的正邪之分，而是使用者本身及目的是否正義而已。

由此可見，金庸其筆下的「江湖」比廟堂更複雜、更政治化，甚至根本就是另一爾虞我詐的政治中心，幾乎全無公義、是非可言。這就是金庸筆下江湖的突破所在。

三、寶藏秘笈

寶藏與秘笈乃江湖中人孜孜以求的目標，前者可練成絕世武功而稱霸武林，後者可一夜暴富，藉財富而於江湖上呼風喚雨。眾多秘笈中，計有《射鵰英雄傳》中的《九陰真經》，《倚天屠龍記》中的《九陽真經》、「乾坤大挪移」以及《武穆遺書》。而寶藏的書寫則有《雪山飛狐》與《飛狐外傳》中的闖王寶藏，《連城訣》中的《連城劍譜》與寶藏等等，均是江湖中人夜以繼日、爾虞我詐之目標。此外，《武穆遺書》亦是《射鵰英雄傳》中宋、金兩國爭奪的目標，最終卻為郭靖所得，並用於抗擊蒙軍，後又藏於《倚天屠龍記》中的倚天劍與屠龍刀之中，最後由張無忌贈予徐達，終於驅除韃虜，還我河山。《鹿鼎記》中的白衣尼（長平公主）意欲尋找《四十二章經》以斷滿清龍脈，恢復大明江山，然而她卻不知大部分的《四十二章經》卻早已落入她身邊貌似溫良恭敬的徒弟韋小寶手上。《射鵰英雄傳》中，歐陽鋒誤信郭靖顛倒次序的《九陰真經》而神智不清；《倚天屠龍記》中周芷若遵從滅絕師太之命，練就九陰白骨爪，一變成魔；《飛狐外傳》、《雪山飛狐》中，田歸農、寶

樹等人為闖王寶藏而奪人嬌妻、禍害別人，均不得好死。故此，有論者認為金庸武俠小說有他人不能及的地方，便是刻畫爭奪秘笈時各派的手段和機心。[38]

　　金庸圍繞「尋訪秘笈」而刻畫江湖的時候還有另一點是他人不能及的，這就是對武功秘笈的理解。《笑傲江湖》中的秘笈關乎人生，並非是純粹用於展開情節的工具。[39] 亦有論者指出：

> 《辟邪劍譜》雖有引導情節的作用，但它也隱喻着人性的貪慾：一方面可以其絕世武功獨霸武林，另一方面得了這種武功定要付出鑿損元陽走火入魔的代價。它是兼具損人害己的雙面刃。書中有三個武林人物學得此種武功：魔教的東方不敗，正道的岳不群與林平之。三人都沒有好下場，可以逞兇於一時，然不能得勢於久遠。他們得到武籍之時，就是他們走上死路之日。[40]

《辟邪劍譜》的厲害在於劍法無敵：

> 這七十二路劍法看似平平無奇，中間卻藏有許多旁人猜測不透的奧妙，突然之間會變得迅速無比，如鬼似魅，令人

38　林崗：〈江湖・奇俠・武功——武俠小說史上的金庸〉，劉再復、葛浩文、張東明等編：《金庸小說與二十世紀中國文學國際學術研討會論文集》，頁 125。

39　林崗：〈江湖・奇俠・武功——武俠小說史上的金庸〉，劉再復、葛浩文、張東明等編：《金庸小說與二十世紀中國文學國際學術研討會論文集》，頁 125－126。

40　林崗：〈江湖・奇俠・武功——武俠小說史上的金庸〉，劉再復、葛浩文、張東明等編：《金庸小說與二十世紀中國文學國際學術研討會論文集》，頁 126。

難防。[41]

而練者卻必須先自宮，這便等於說練者必在武功與做男人之間作出痛苦的抉擇，此價值設置亦可謂妙絕透頂。然而，為了《辟邪劍譜》，號稱「君子劍」的華山掌門岳不群甘於自宮，並一再陷害徒弟令狐沖，然而令狐沖卻偶然獲風清揚授予天下無雙的獨孤九劍而卻無須自宮。如此設置，可謂絕大的反諷。

在眾多秘笈引發的江湖風波中，《天龍八部》中的少林七十二絕技，成為遼國搶奪目標的謠言，同時亦是蕭峰悲劇的開端。而造此謠言以挑撥宋、遼兩國關係，意欲趁機興復燕國政權，便是長年潛伏於少林寺偷取絕技秘笈的慕容博，身受慕容博所害而家破人亡的蕭遠山，亦同樣藏身於少林寺以盜取秘笈，以待復仇。《連城訣》中的梅念笙與萬震山、言達平及戚長發三位徒弟為了《連城訣》而各懷鬼胎，最終梅念笙死於三位徒弟手下，[42] 三位徒弟為了爭奪《連城訣》而獲此中寶藏，陰招盡出，拚個你死我亡。同樣，戚長發陷害對他一直忠心耿耿的徒弟狄雲，甚至在天寧寺中為了寶藏而突襲狄雲，狄雲大是迷惘，道：「弟子犯了甚麼罪？你要殺我？」戚長發的回答是：

> 你假惺惺的幹甚麼？這是一尊黃金鑄成的大佛，你難道不想獨吞？我不殺你，你便殺我，那有甚麼稀奇？……他高聲大叫，聲音中充滿了貪婪、氣惱、痛惜，那聲音不像是人

41　金庸：《笑傲江湖》，第 1 冊，第 3 章，頁 92。
42　金庸：《連城訣》，頁 96。

聲，便如是一隻受了傷的野獸在曠野中嗥叫。[43]

最終，《連城訣》中的江湖中人都為了寶藏中的金銀財寶而變得如魔如獸，而卻全部中了劇毒而亡。[44]

如此江湖，如此不堪，正亟待小英雄的崛起，重伸俠義，重塑江湖。

四、幫派

1. 幫派

江湖之波譎雲湧，武林盟主之一呼百應，上可干預政治，甚至為國效力，抵禦外侮，下可肅清敗類，全賴幫派之成立。幫派之興衰，繫於傳承。少林的千年傳統，虎踞中原武林第一，即在其森嚴的傳承關係。然而，亦正因為過於森嚴，而跡近迂腐，從而在金庸筆下處處備受批評、揶揄。少林固然乃名門正派，卻常有武僧在寺內寺外遇害，甚至連遭無名之輩挑戰，多番艱險，幸賴虛竹、覺遠、張君寶（張三丰）、張無忌以及韋小寶等出力獻策，由此可見少林眾僧之不濟。少林乃武學重鎮，然而在《天龍八部》中，金庸卻從一開始即不斷地以一系列的少林高僧遭遇不測的災難展示於讀

43　金庸：《連城訣》，頁 413。
44　金庸：《連城訣》，頁 418。

者眼前，玄悲、玄難遇害，喬峰大鬧少林如入無人之境，鳩摩智挑戰少林無人應戰，雖有小沙彌虛竹應戰，而其所使用的武功亦非少林功夫，甚至舉寺上下無人看得出鳩摩智與虛竹兩人所使均非真正的少林武功。最終，方丈玄慈甚至被蕭遠山揭發其與四大惡人之一的葉二娘有染並產下私生子虛竹，玄慈自認不諱並接受杖責，最後自我圓寂以謝罪。少林之聲譽低落至此，然而金庸卻又突然筆鋒一轉，推出寂寂無名的掃地僧來，寥寥數語，如雷貫耳，輕輕幾下，降魔伏妖，當世兩大高手蕭遠山與慕容博在其手中，猶如小雀，提起飛躍，並令其死而復生，由此治癒兩人偷練少林武功而走火入魔所帶來的病痛。此所謂舉重若輕，大音希聲，少林高手就在掃地僧中，少林之臥虎藏龍，出人意表，令人震撼。金庸由一開始所作的一再壓抑少林的努力，在最終來了個反高潮，令失望的讀者重獲快感，其伏線不可謂不綿長，其用心不可謂不良苦。

同樣金庸在《倚天屠龍記》中書寫覺遠與張君寶為少林挺身而出，應戰前來挑戰的城外高手何足道，卻被迂腐的高僧驅逐出寺。由此張君寶別樹一派，另創武當，改名張三丰，並開創中原本土武術。更為關鍵的是張三丰不止文武兼資，更因曾在少林寺目睹一切陳規陋習，從而在其帶領下，武當派猶如一溫馨的大家庭，師徒情如父子。

金庸在《倚天屠龍記》中，先以數章力貶少林，再以餘下全書大力推崇武當，塑造張三丰之文武兼資以及博大慈愛的胸襟，武當與少林之地位，高下立判。此外，丐幫亦遍佈天下，[45] 勢力龐大，

45　關於丐幫與秘密結社及其組織的相關論述，可參閱岑大利：《中國乞丐史》（臺北：文津出版社，1992），頁 99－100、100－104。

從《射鵰英雄傳》、《神鵰俠侶》到《天龍八部》、《倚天屠龍記》及《鹿鼎記》，皆見其影響力，從汪劍通、蕭峰、洪七公、黃蓉再到耶律齊、魯有腳，皆心繫天下蒼生，關係國家安危，可謂轟轟烈烈，盛極一時。此中，尤以身為丐幫幫主的蕭峰而被丐幫中人驅逐最為發人深思：

> 蕭峰聽得丐幫眾人只顧念私利，維護丐幫名聲，卻將事實真相和是非一筆勾銷，甚麼江湖道義、品格節操盡數置之腦後，本來已消了不少的怨氣重又回入胸中，只覺江湖中人重利輕義，全然不顧是非黑白，自己與這些人一刀兩斷，倒也乾淨利落。[46]

隨後，丐幫終於衰敗，竟落入練邪功而被人要脅的游坦之手上。丐幫在蕭峰、洪七公手上，拯國救民，大為興旺，及至到了黃蓉手上，仍於魯有腳、耶律齊的帶領下參與守助襄陽。及至《倚天屠龍記》，丐幫幫主史火龍被害，陳友諒利用丐幫為非作歹，便已江河日下。及至《鹿鼎記》，丐幫已非書寫重心，然卻有神丐廣東提督吳六奇作為臥底，而其反清，實來自丐幫長老的棒喝：

> 吳六奇笑道：「你吳大哥沒甚麼英雄事跡，平生壞事倒是做了不少。若不是丐幫孫長老（原版為：查伊璜先生）一場教訓，直到今日，我還是在為虎作倀、給韃子賣命呢。」[47]

46　金庸：《天龍八部》，第 24 章，頁 1064。

47　金庸：《鹿鼎記》，第 4 冊，第 34 回，頁 1435。

如此棒喝，遂令吳六奇頓悟，成為天地會反清復明的重要人物。

此外，《倚天屠龍記》中的明教，以及《書劍恩仇錄》、《雪山飛狐》、《飛狐外傳》、《鹿鼎記》中的天地會，前者抗擊元蒙，後者反清復明，前仆後繼，可歌可泣。至於《射鵰英雄傳》與《神鵰俠侶》中的全真派，雖以王重陽居「中神通」之位置，而實際上自王重陽死後，除了周伯通之外，餘下弟子均力不從心，甚至幾為蒙古王子霍都及金輪國師所傾覆。至於其他外來的毒教邪派，更是數不勝數，五花八門，各出奇招，掀起江湖一片腥風血雨，鬼嚎神哭。各派爭奪江湖地位，陰謀不斷，正是江湖的驚險、神秘之處，亦是武俠小說的魅力所在。

2. 師徒關係

門派之興衰，實賴師徒之傳承。故此，師徒關係亦是江湖描寫的重要一環，亦是武俠小說中推動情節發展的重要元素。《射鵰英雄傳》中的江南七怪與丘處機在教學方法上均非好師父，然而老頑童周伯通嗜武成狂，而教學方法卻又細膩生動，在桃花島上竟無意中調教好了郭靖，在一個月內連續授予他通明拳、左右互搏以及《九陰真經》，郭靖在此期間茅塞頓開，漸入佳境。《神鵰俠侶》中的小龍女與楊過亦師亦侶，故而在武功上亦因心靈相通之配合而相得益彰，威力大振。《倚天屠龍記》中的張三丰將初創的太極拳與太極劍授予張無忌，可謂明師遇高徒，絕頂武功，頃刻意會，連克勁敵，從而化解了武當的滅門之災。這都是師徒的良好關係，甚至是明師遇高徒的佳話。

師徒的另一面，卻往往是怨恨的開端。《笑傲江湖》中的令狐

沖「天不怕，地不怕，便只怕師父」，[48] 而其師父號稱「君子劍」的華山掌門岳不群實際上是個卑鄙無恥之徒，為了奪得林家的《辟邪劍譜》而出盡陰毒手段，陷害徒弟令狐沖，甚至為了練成《辟邪劍法》而甘於自宮。《俠客行》中的謝煙客為了擺脫小丐（石破天），而教他可以致死的武功。《連城訣》中的梅念笙與萬震山、言達平及戚長發三位徒弟為了《連城訣》而各懷鬼胎，最終梅念笙死於三位徒弟手下，[49] 而三位徒弟為了爭奪《連城訣》並獲此中寶藏而陰招盡出。同樣，作為師父的戚長發又再陷害徒弟狄雲。甚至從一開始便故意授予「躺屍劍法」（唐詩劍法），後來在天寧寺中為了寶藏又突襲狄雲。至於《鹿鼎記》中的韋小寶，雖只學了白衣尼（長平公主）的「神行百變」以及洪安通的「狄青降龍」，卻已連克勁敵。而最關鍵則在於他心存俠義，該出手時便出手，從不畏縮，因此作為天地會總舵主的陳近南與白衣尼（長平公主）均認可並讚揚韋小寶是他們的好徒弟。

師徒關係，可親可敵，自古已然，小說與現實，亦並無二致。

3. 正邪之別

正邪之別，在金庸小說中甚是弔詭。《笑傲江湖》中的所謂正派中人，實際機心綿密，手段殘忍。岳不群號稱「君子劍」，就連少林方丈方證大師也向令狐沖說：「尊師岳先生執掌華山一派，為

---

48 金庸：《笑傲江湖》，第 1 冊，第 5 回，頁 205。
49 金庸：《連城訣》，頁 96。

人嚴正不阿，清名播於江湖，老衲向來十分佩服。」[50] 實際上，他卻是偽君子。衡山派的劉正風引魔教護法長老曲洋「一見如故，傾蓋相交」，深惡正邪之爭，而以「琴簫相和」。[51] 劉正風從曲洋的琴音中得知其「性行高潔，大有光風霽月的襟懷」，[52] 從而引為「生平的唯一知己，最要好的朋友」。[53] 然而，江湖上所謂的「正邪不兩立」，魔教的旁門左道之士，與所謂的俠義正道人物一見面就拚你死我活，而劉正風為了不與知己曲洋為敵，「不聞江湖上的恩怨仇殺」，[54] 於是便投向朝廷作為參將以「自污」，又金盆洗手，實則是為了彼此的精神之自由。然而，五嶽盟主左冷禪則洞悉其目的，故以武力挾持劉正風家小，更令他一個月之內殺了曲洋以表心跡，[55] 否則將面臨五嶽劍派的「清理門戶」。[56] 由此，劉正風身在江湖，便沒法「歸老林泉，吹簫課子，做個安分守己的良民」，[57] 更沒有選擇朋友的自由，真可謂欲罷不能，無處可逃。

　　華山派內部，更有氣宗與劍宗之爭而有正邪之別，[58] 手段卑劣，一代高手風清揚，便是早年中了氣宗的美色圈套而下山，來不及相助劍宗而遺憾終生，從此隱居華山之巔，生死無聞，絕跡江湖。至於令狐沖的遭遇更為難堪。當方生大師得悉任盈盈乃黑木崖

50　金庸：《笑傲江湖》，第 2 冊，第 18 回，頁 762。
51　金庸：《笑傲江湖》，第 1 冊，第 6 回，頁 247。
52　金庸：《笑傲江湖》，第 1 冊，第 6 回，頁 247－248。
53　金庸：《笑傲江湖》，第 1 冊，第 6 回，頁 246。
54　金庸：《笑傲江湖》，第 1 冊，第 6 回，頁 249。
55　金庸：《笑傲江湖》，第 1 冊，第 6 回，頁 242－247。
56　金庸：《笑傲江湖》，第 1 冊，第 6 回，頁 250。
57　金庸：《笑傲江湖》，第 1 冊，第 6 回，頁 250。
58　金庸：《笑傲江湖》，第 1 冊，第 9 回，頁 369。

中人後，他規勸令狐沖：「你是名門正派高弟，不可和妖邪一流為伍。」[59] 及至五霸岡上見悉江湖中人因為「聖姑」任盈盈的關係而大力推崇令狐沖後，岳不群便在江湖廣發逐徒令，以其「秉性頑劣，屢犯門規」、「結交妖孽，與匪人為伍」[60] 為由，將令狐沖逐出華山派。少林方丈方證大師道：

> 諸家正派掌門人想必都已接到尊師此信，傳諭門下。你就算身上無傷，只須出得此門，江湖之上，步步荊棘，諸凡正派門下弟子，無不以你為敵。[61]

此言一出，頓使令狐沖感慨「天下雖大，卻無容身之所」。[62] 此際，寬宏大度的便是方證大師，他願接納令狐沖為弟子，也就是他與師弟方生得知令狐沖獲華山派風清揚傳授獨孤九劍而深信其為人。[63] 然而，令狐沖拒絕改投少林門之後，便成為正邪雙方都欲殺之的人物。[64] 故此，金庸又設計了另一種正邪難以涇渭分明的情況，令狐沖受桃谷六仙所害，體內華山派內功盡失，卻反匯集了桃谷六仙、不戒和尚的內功，再加上五毒教的毒血以及五寶花蜜酒，由此其名義上雖是名門正派華山派弟子，而卻由少林大師方生把脈中得出「跟從旁門左道之士，練就了一身邪派武功」。[65] 方生大師以內力延

59　金庸：《笑傲江湖》，第 2 冊，第 17 回，頁 734。
60　金庸：《笑傲江湖》，第 2 冊，第 18 回，頁 767。
61　金庸：《笑傲江湖》，第 2 冊，第 18 回，頁 768。
62　金庸：《笑傲江湖》，第 2 冊，第 18 回，頁 768。
63　金庸：《笑傲江湖》，第 2 冊，第 17 回，頁 733；第 18 回，頁 763。
64　金庸：《笑傲江湖》，第 2 冊，第 18 回，頁 771。
65　金庸：《笑傲江湖》，第 2 冊，第 17 回，頁 728。

續令狐沖的性命，由此其體中又多了一道異種真氣。[66] 及至在西湖底下的牢獄，又因緣巧合地練就了任我行刻在鋼板上的「吸星大法」，成為任我行此武功的唯一傳人。[67] 由此，他正邪難分，欲辯無從。由此可見，所謂正邪是非，令人扼腕。如此「江湖」，何異於「廟堂」的政治陰謀？

五、江湖與政治

江湖中人之聚義，最終必走向政治，一如《三國演義》中的「桃園結義」、《水滸傳》中的「梁山聚義」。由此可見，江湖乃另一政治場域之雛型或根本就是另一無法無天的政治空間。《笑傲江湖》中，華山劍、氣二宗乃因武功取向的迥異而引起紛爭，而最終氣宗卻以陰謀誘騙劍宗的風清揚下山進入色局，再大舉圍攻、殲滅劍宗。這便是政治路向之不同的迫害。屬於氣宗的華山掌門岳不群在與徒弟令狐沖過招時竟以劍宗的招數進攻，旁人不知，而其妻子寧中則卻認為岳不群身為氣宗掌門卻使用劍宗的招數，如此舉措大失身份。為了達到稱霸江湖的目的，岳不群無所不用其極，先是以卑鄙手段掠奪林家的《辟邪劍譜》。及至成為五嶽劍派掌門，更以陰毒手段，打算一舉殲滅違背他的江湖中人。此實乃當代的政治諷喻。

66　金庸：《笑傲江湖》，第 2 冊，第 18 回，頁 763。
67　金庸：《笑傲江湖》，第 3 冊，第 22 回，頁 925。

《笑傲江湖》中，江湖猶如政治漩渦的中心，左冷禪在劉正風金盆洗手大會上，要挾其子女背叛父親，猶如文化大革命中的情境。魔教的「千秋萬載，一統江湖」，五嶽諸派的「連成一派，統一號令」，實無異於政治，或正在朝向成為政治組織。事實上，金庸在此小說中乃從武功、理念、權力再延伸至現實政治鬥爭的諷刺。令狐沖之拒絕政治化，正是俠客的自由獨立精神的體現。最終，令狐沖與任盈盈以彼等所傳承的「魏晉風度」重塑江湖。

　　江湖似乎又是退出廟堂的去處，《天龍八部》中蕭峰不願隨遼帝南征，「再沾血腥」，提出「隱居山林」。[68] 然而他已忘卻自身來自是非不斷、毫無公義的江湖。同樣，《碧血劍》中的袁承志亦對長平公主說：「天下將有大變，身居深宮，不如遠涉江湖。」[69] 然而，事隔多年，《鹿鼎記》中身在江湖的長平公主卻慨嘆無法擺脫政治的糾纏。[70] 此即范仲淹所謂的「進亦憂，退亦憂」，人在江湖，身不由己，俠客如此，世人亦復如此。江湖，即現實世間的羅網，能超脫而「笑傲江湖」者，唯有令狐沖與任盈盈。

六、重塑江湖

　　金庸筆下之江湖全無是非公義可言，道貌岸然者，實際則卑

68　金庸：《天龍八部》，第 5 冊，第 49 章，頁 2128。
69　金庸：《碧血劍》，第 2 冊，頁 643。
70　金庸：《鹿鼎記》，第 3 冊，第 28 回，頁 1188。

鄙無恥，為了秘笈、寶藏以至於權力而無所不為，此中典範莫過於《笑傲江湖》中的余滄海、岳不群、左冷禪。《飛狐外傳》中為了寶藏地圖而勾引苗人鳳之妻南蘭的田歸農，還有奸淫袁紫衣之母而號稱「甘霖惠七省」的湯沛，同樣卑劣。因此，重塑江湖則成為小英雄崛起的重任。

在《天龍八部》中，蕭峰、段譽及虛竹三人重塑的便是江湖義氣。段譽雖是一國之主，卻以武林中人的身份，冒險進入遼國拯救義兄蕭峰，從而令蕭峰大為感動地說：

> 你是大理國一國之主，如何可以身入險地，為了我而甘冒奇險？[71]

原本不屑江湖的段譽卻道出江湖上少有人提及的義氣：「所謂義結金蘭，即是同生共死！」[72] 蕭峰曾救過遼帝，甚至幫他重奪政權，而遼帝為了南侵，卻不顧昔日救命、復國之恩，連結拜之義亦拋諸腦後。在政治家眼中，義氣不值一提。《笑傲江湖》中的令狐沖被岳不群逐出師門，卻不承少林方證大師之好意轉投其門下，原因是：「師父不要我，將我逐出華山派，我便獨來獨往，卻又怎地？」[73] 這便是獨樹一幟的「笑傲江湖」。令狐沖的仗義相助，令日月神教的向問天心中自問：「這少年跟我素不相識，居然肯為我賣命，這樣

71　金庸：《天龍八部》，第 4 冊，第 50 章，頁 2156。
72　金庸：《天龍八部》，第 4 冊，第 41 章，頁 1767。
73　金庸：《笑傲江湖》，第 2 冊，第 18 回，頁 769。

的朋友，天下到那裏找去？」[74]《俠客行》中的張三、李四本來對石破天不懷好意甚至有意置之於死地，而眼見石破天之所作所為後卻不得不嘆服：

> 原來這傻小子倒也挺有義氣，銳身赴難，當真了不起。
> 遠勝於武林中無數成名的英雄豪傑。[75]

至於《鹿鼎記》中的韋小寶以混混手段而逍遙於江湖，大出江湖中人的意料，亦令許多論者大不以為然，認為此書寫乃「反俠」。基於以上關於金庸有關「江湖」的論述，可見「江湖」不外如此，所謂的「俠」亦不外如此，韋小寶亦是在不外如此的「江湖」以不外如此的手段應對一下而已。

七、結語

　　金庸武俠小說中的主人公往往在意氣闌珊之下或被迫或自願退隱江湖。然而，何處不江湖？歷來多少的書寫，均以「江湖」與「廟堂」作為對立面，甚至想像「江湖」乃遠離一切陰謀詭計的遼闊天地，實則大謬。金庸在武俠小說中指出「江湖」與「廟堂」在性質上並無分別。《笑傲江湖》中的令狐沖與任盈盈身處江湖，備

74　金庸：《笑傲江湖》，第 2 冊，第 18 回，頁 785。
75　金庸：《俠客行》，第 1 冊，第 11 回，頁 354。

受磨難，而他們並沒退出江湖，而是憑傳承自嵇康〈廣陵散〉的「魏晉風度」而「笑傲江湖」，為混濁不堪的江湖帶來一股凜然正氣。

第三章 奔騰如虎風煙舉：
武功與文化及其
創造性

一、前言

　　俠者必武，無武不俠，然而有武功者卻不一定具備俠的精神，武功低微者卻又不一定沒有俠行。金庸武俠小說中，武功之種類，源遠流長，目不暇給，繁富多姿。劉登翰指出：

　　　　作為形式上的武俠小說，金庸對武打招式、武打過程的描繪，別具匠心。[1]

王劍叢亦認為：

　　　　金庸本身不會武功，他或從詩詞，或從書法，或從地理環境中衍化出無窮盡的招式，他寫泰山派的「泰山十八盤」中的「五大夫劍」和「峻嶺橫空」等招式，是從泰山三門的五步一轉十步一回的「十八盤」羊腸曲折的小路和五大夫松等數衍出來的，這些招式，理趣相生，充滿動感，充滿蒼然古意，極有觀賞價值。[2]

此中關鍵在於，金庸武俠小說中學武歷程之曲折，爭奪武器秘笈之殘忍，高手過招之血腥，以至於人心變化之微妙，均令無數英雄競折腰。而以武功與文化及其創造性作為判別高低之準的，更是金庸

1　劉登翰：《香港文學史》，頁 269。
2　王劍叢：《香港文學史》，頁 361。

嘔心瀝血之所在。

二、武功與福澤

　　金庸武俠小說中的宿命觀念極之濃厚，即一切均在冥冥中自有安排，奸邪之徒即使費盡心思終難獲神功，而善良的主人公卻往往在無意之下，在極短時間之內練就絕技，有時甚至是欲罷不能。例如，《天龍八部》中的虛竹就是無端被逍遙派掌門無崖子強行注入他自己七十年的功力；《射鵰英雄傳》中的郭靖無端被參仙老怪梁子翁的大蟒蛇纏住，於是出於本能張口咬死蟒蛇以自保，卻從而獲得了百毒不侵的藥效；黃蓉以一頓又一頓的美食佳餚降服洪七公，令他一招又一招地傳授降龍十八掌予郭靖；在桃花島之際，郭靖不獲黃藥師待見，而在這一個月的時間之內，卻又與被囚於山洞之內的老頑童周伯通結為兄弟，獲他授予空明拳、左右互搏之技，又被誘騙背下《九陰真經》，為日後練就絕世武功打下良好的基礎；《神鵰俠侶》中的楊過在失去小龍女的音訊後，在落寞無依之下，竟獲神鵰引導而獲得獨孤求敗的玄鐵劍及劍法；《倚天屠龍記》中，童年的張無忌中了玄冥神掌而不死，跟隨常遇春前往蝴蝶谷中親炙神醫胡青牛，在此過程中翻閱醫書多年而成為醫學高手，以此醫治自己及俞岱巖、殷梨亭的重傷，這是其他主角在武功之外所沒有的深奧知識與技能；後來張無忌墜落懸崖、穿越山洞而獲蒼猿贈予《九陽神功》，在光明頂上的秘道獲得明教教主陽頂天遺留下來的「乾坤大挪移」之神功，又獲張三丰授予太極拳及太極劍，其後

又從波斯聖火令上學得波斯武功;《俠客行》中的石破天被謝煙客所害卻因禍得福而獲奇功,最後在俠客島上更因不識文字而經脈隨石壁上的蝌蚪文流動而自獲神功。俠客島的龍島主向石破天說:

> 你參透了這首〈俠客行〉的石壁圖譜,不但是當世武林中的第一人,除了當年在石壁上雕寫圖譜的那位前輩之外,只怕古往今來,也極少有人及得上你了。[3]

石破天目不識丁,全憑至樸至誠之心,以內力與圖譜上的蝌蚪文互相呼應,從而打通全身經脈穴道,練成「劍法、掌法、內功、輕功,盡皆合而為一」的武功。[4]以上這一切,皆乃福澤所至。

奸邪之輩如《射鵰英雄傳》中的西毒歐陽鋒雖位居當世五大高手之一,然而其蛤蟆功的姿態低下、醜陋至極。[5]他汲汲於獲得《九陰真經》,卻因郭靖顛倒經文之次序而令其神志不清。《笑傲江湖》中的東方不敗、岳不群及林平之為了練習「辟邪劍法」而揮刀自宮。此外,慕容博、蕭遠山、鳩摩智、天山童姥、青翼蝠王韋一笑、余滄海及海大富等則走火入魔,梅超風、丁春秋、阿紫、游坦之、周芷若及殷離等,則因邪功而近魔。彼等或精神失常,或病痛折磨,可謂功虧一簣,終落下乘。《俠客行》中,西域雪山派掌門白自在說:「武學猶如佛家的禪宗,十年苦參,說不定還不及一夕頓悟。」[6]其人雖狂妄自大,而此語卻實為得道之言。

3　金庸:《俠客行》(香港:明河出版社,2004),第 2 冊,第 21 回,頁 669。

4　金庸:《俠客行》,第 2 冊,第 21 回,頁 668。

5　金庸:《射鵰英雄傳》,第 2 冊,第 18 回,頁 762。

6　金庸:《俠客行》,第 2 冊,第 20 回,頁 659。

三、武功與文化

在金庸的武俠小說中,武功自然是稱霸江湖的最終決定性因素。然而,武功亦有境界高低之別,故而邪毒之術或可得逞於一時,而真正精妙的武功皆源自文化。[7] 甚至可以說,在金庸的武俠世界中,文化凌駕於武功,一切精妙的絕世武功皆源自儒、釋、道思想,特別是少林與武當之武功源自佛典與道家思想,追其極致,則又以武當之太極為一切武功之絕頂。在《倚天屠龍記》中,金庸成功地創造並凝定了國人對神秘的張三丰的想像。[8] 張三丰以王羲之(逸少,303-361)的「喪亂帖」以及以倚天劍與屠龍刀歌訣自創武功,後來張三丰又傳授張無忌以太極拳與太極劍。以上幾個場景,可謂出神入化,盡得張三丰仙風道骨之形象及其武功之深不可測、變幻無窮之三昧。金庸憑藉張三丰此傳奇人物,成功地創造了有別於少林的武當武功與文化。

《天龍八部》中,蕭峰的「降龍廿八掌」與儒、道哲學有密切關係:

　　「降龍廿八掌」,這是一門高深武學,既非至剛,又非至

7　有論者亦留意到金庸武俠小說中的「文化和武術」,可是並未深論。見 Meir Shahar(夏維明):〈金庸武俠小說:以文化為武器〉,吳曉東、計璧瑞編:《2000' 北京金庸小說國際研討會論文集》,頁 61-65。

8　劉登翰指出:「金庸的想像力之豐富,幾乎無人能出其右。」見劉登翰:《香港文學史》,頁 270。

柔，兼具儒家與道家的兩門哲理。[9]

《天龍八部》中的蕭峰一生奔波，金庸在敘及其刪減「降龍廿八掌」時亦並未提及此絕世武功的哲學底蘊，及至《射鵰英雄傳》中才由洪七公向郭靖略為提及，特別是「亢龍有悔」那一招的思想。[10] 虛竹與丁春秋之大戰，實乃逍遙派功夫與道家哲學武功的實踐，飄逸至極：

> 逍遙派武功講究輕靈飄逸，閒雅清雋，丁春秋和虛竹這一交手，但見一個童顏鶴髮，宛如神仙，一個僧袖飄飄，泠若御風。……當真便似一對花間蝴蝶，蹁躚不定，於這「逍遙」二字發揮到了淋漓盡致。……這二人招招兇險，攻向敵人要害，偏生姿勢卻如此優雅美觀，直如舞蹈。[11]

虛竹的飛躍之術，如莊子之逍遙遊，乃名符其實的「逍遙派」。

金庸以佛經融入武功，《天龍八部》中的少林高僧玄痛頓悟而圓寂：

> 玄痛心中一驚，陡然間大徹大悟，說道：「善哉！善哉！南無阿彌陀佛，南無阿彌陀佛。」嗆啷啷兩聲響，兩柄戒刀擲在地下，盤膝而坐，臉露微笑，閉目不語。[12]

9　金庸：《天龍八部》，第 5 冊，第 50 章，頁 2169。
10　金庸：《射鵰英雄傳》，第 2 冊，第 20 回，頁 497。
11　金庸：《天龍八部》，第 5 冊，第 41 章，頁 1775。
12　金庸：《天龍八部》，第 3 冊，第 30 章，頁 1297。

放下屠刀，立地成佛，這真可謂是聞道而逝之大樂。金毛獅王謝遜廢掉仇人成崑的眼睛並令其傷筋斷脈後，即自行「逆運內息」、「散盡全身武功」。[13] 這是他在復仇的憤怒與災難中掙扎數十年後，從《金剛經》的「一切有為法，如夢幻泡影，如露亦如電，應作如是觀」中，[14] 獲得的大徹大悟。金庸殫精竭慮地以武功結合佛家思想在於《倚天屠龍記》中以下一段描寫中的伏筆：

> 三僧的「金剛伏魔圈」以《金剛經》為最高旨義，最後要達「無我相、無人相、無眾生相、無壽者相」的境界，於人我之分、生死之別，皆視作空幻。只是三僧修為雖高，一到出手，總去不了克敵制勝的念頭，雖已將自己生死置之度外，人我之分卻無法泯滅，因此「金剛伏魔圈」的威力還不能練到極致。[15]

「金剛伏魔圈」本乃少林寺的最後一道防線，正是囚禁金毛獅王謝遜的重地，由三位高僧把關，按正常情況而言，應無人可破，包括已身負「九陽神功」、「乾坤大挪移」及波斯神功的張無忌。然而，張無忌最終能與三神僧不分高低，甚至能以一敵三，可謂已佔了上風，此中關鍵便在於三高僧以《金剛經》駕御鞭法而卻未達至經義的最高層次而功敗垂成。就在這一微妙之處，既給予了張無忌一展神勇之機，同時亦為少林功夫之高深莫測留下伏筆，即非少林功夫

13　金庸：《倚天屠龍記》，第 4 冊，第 39 章，頁 1636。
14　金庸：《倚天屠龍記》，第 4 冊，第 39 章，頁 1628。
15　金庸：《倚天屠龍記》，第 4 冊，第 38 章，頁 1606。

不濟，而是三高僧的境界仍有提升的空間而已。至於張無忌在使用波斯武功時又幾乎走火入魔，金庸又以謝遜默念《金剛經》而幫他脫險。

此外，《射鵰英雄傳》與《神鵰俠侶》中的黃藥師乃文化與武功之集大成者，既武功絕倫，又精通奇門遁甲之術，以至於行軍佈陣，可謂天文地理，琴棋書畫，無不所精。[16] 黃藥師以桃花落英掌法鬥全真派七子之天罡北斗陣時，尹志平看到暈倒；[17] 又在半個時辰之中連使十三般奇門功夫，又以梅超風之屍體擊打江南六怪。[18] 黃藥師的弟子梅超風與陳玄風之練成九陰白骨爪，實乃源於黑風雙煞沒文化而誤讀《九陰真經》之下卷所致：

> 下卷文中說道：「五指發勁，無堅不破，摧敵首腦，如穿腐土。」她不知經中所云「摧敵首腦」是攻敵要害、擊敵首領之意，還道是以五指去插入敵人的頭蓋，又以為練功時也須如此。[19]

本是桃花島弟子，卻因文化程度不高而淪為「雙煞」，十分可悲且反諷。

一燈大師的護衛朱子柳將書法與一陽指相結合的「一陽書

16　金庸：《射鵰英雄傳》，第 2 冊，第 12 回，頁 523。黃藥師行軍佈陣由救敦襄一幕可以看出，見金庸：《神鵰俠侶》，第 4 冊，第 39 回，頁 1678。
17　金庸：《射鵰英雄傳》，第 3 冊，第 25 回，頁 1081。
18　金庸：《射鵰英雄傳》，第 3 冊，第 26 回，頁 1089－1090。
19　金庸：《射鵰英雄傳》，第 2 冊，第 17 回，頁 734。

指」，揮灑的是唐代褚遂良的「房玄齡碑」與張旭的「自言帖」，[20]
先後真草隸篆出招，最後在其扇上寫出「爾乃蠻夷」，[21] 實乃以文
化挑戰蒙古王子霍都，最終的結果是：

> 群雄憤恨蒙古鐵騎入侵，殘害百姓，個個心懷怨憤，聽
> 得朱子柳罵他「爾乃蠻夷」，都大聲喝彩。……霍都怎能抵
> 擋？膝頭麻軟，終於跪了下去，臉上已全無血色。[22]

《笑傲江湖》中，「江南四友」的禿筆翁以顏真卿的「裴將軍詩」與
「懷素自敘帖」融化於判官筆中與令狐沖的獨孤九劍過招。[23] 此中，
令狐沖與黃鍾公分別以玉簫與瑤琴虛擬過招，竟是「獨孤九劍」與
「七絃無形劍」以及內力的較量，[24] 關鍵之處在於，令狐沖的「獨孤
九劍」固然獨步天下，而他卻因重傷內力全失而對黃鍾公的激發
內力以擾亂招數的「七絃無形劍」完全沒反應，[25] 因而取勝。《神鵰
俠侶》中，楊過則以嵇康的四言詩自創劍術，抗衡絕情谷主公孫
止；[26] 又以江淹的〈別賦〉中的「黯然銷魂者，唯別而已矣」之意，
自創「黯然銷魂掌」。[27] 此外，《天龍八部》中段延慶與黃衣僧的文
武之鬥，段氏四大護衛的漁、樵、耕、讀，逍遙派的無崖子，其弟

20　金庸：《神鵰俠侶》，第 2 冊，第 12 回，頁 508。
21　金庸：《神鵰俠侶》，第 2 冊，第 12 回，頁 515。
22　金庸：《神鵰俠侶》，第 2 冊，第 13 回，頁 516。
23　金庸：《笑傲江湖》，第 2 冊，第 19 回，頁 835。
24　金庸：《笑傲江湖》，第 2 冊，第 20 回，頁 852－853。
25　金庸：《笑傲江湖》，第 2 冊，第 20 回，頁 854－855。
26　金庸：《神鵰俠侶》，第 2 冊，第 20 回，頁 839。
27　金庸：《神鵰俠侶》，第 4 冊，第 34 回，頁 1477－1478。

子聰辯先生，下傳函谷八友：琴顛康廣陵、棋魔范百齡、書獃苟讀、畫狂吳領軍、神醫薛慕華、巧匠馮阿三、花癡石清露、戲迷李傀儡。這些人物的名稱及武功均具濃厚的中國文化色彩，精妙絕世的武功均源自高深的文化典籍。[28]

很明顯，金庸是有意識地推動中國文化與武功的結合。例如，《天龍八部》中的大理王子段譽精通中原文化：

只見段譽雙手反背在後，仰天望月，長聲吟道：「月出皎兮，佼人僚兮；舒窈糾兮，勞心悄兮！」他吟的是《詩經》中〈月出〉之一章，意思説月光皎潔，美人娉婷，我心中愁思難舒，不由得憂心悄悄。四周大都是不學無術的武人，怎懂得他的詩云子曰？都向他怒目而視……[29]

段譽在金庸筆下所有的俠客中，其文化程度幾乎是除了張三丰、黃藥師之外最高的一位。段譽雖為異域王子而嫻熟並熱愛中華文化，在一眾武人之前吟唱《詩經》，以儒家思想止武，雖迂腐卻又有插科打諢的功能，雖然最終他還是被逼學武，而他所學的卻又是極

---

28 舒國治指出金庸武俠小説的最大特色是「寓文化於技擊」。見舒國治：〈小論金庸之文學〉，三毛等：《諸子百家看金庸（肆）》（香港：明窗出版社，1997），頁139。另有關金庸武俠小説中的詩化武功的論述，可參閱何求斌：〈試論金庸小説對古典詩詞的借用〉，《湖北師範學院學報（哲學社會科學版）》，2004年第2期，頁31-32。

29 金庸：《天龍八部》，第4冊，第34章，頁1470。

之美妙的源自道家的逍遙派功夫「凌波微步」，[30] 其名稱又來自曹植（子建，192－232）的名篇〈洛神賦〉。此外，若再加上段氏的「六脈神劍」，段譽即已躋身絕頂高手之行列，無須勤於尋覓秘笈或苦練邪功。最後，金庸又以具有「君子」之象徵的梅、蘭、菊、竹四女歸段譽所有，可見他是將段譽視作中國文化的象徵。

融鑄中國哲學及文化於武功之中，自是優雅瀟灑，判然有別於邪功毒技，兩者相映成趣，黑白分明，可謂乃金庸筆下武功的兩種不同境界的呈現。這便是從武功之較量而上升至思想、文化層面的境界的顛頡，如此奇思妙想，真可謂妙不可言。

四、武功之神妙

武俠小說除了情節必須曲折離奇，還必須有令讀者共鳴的主題，而各派武功的特徵，各個人物在武功方面之經歷及過招時的毫釐之爭以至於微妙心理變化之刻畫，實在極度困難，而這一切卻均在金庸筆下，揮灑自如，燦若蓮花。金庸筆下之門派琳琅滿目，武功千奇百怪，主要是以少林與武當為首，丐幫次之，再下及其他門

30　段譽「凌波微步」雖來自逍遙派，而事實上此武功之原型乃來自《射鵰英雄傳》中黃蓉的身法：「但見黃蓉上身穩然不動，長裙垂地，身子卻如在水面飄盪一般，又似足底裝了輪子滑行，想是以細碎腳步前趨後退。」見金庸：《射鵰英雄傳》，第1冊，第9回，頁362。《倚天屠龍記》中的青翼蝠王韋一笑亦具類似功夫：「這一門『草上飛』的輕功雖非特異，但練到這般猶如凌虛飄行，那也是神乎其技的了。」見金庸：《倚天屠龍記》，第4冊，第36回，頁1511。

派以至於邪派異教，五花八門，各顯神通。

少林與武當這兩大門派之武功乃雙峰並峙，前者源自天竺之達摩東渡，後者則乃由中原本土的張三丰所創，各有千秋。金庸立場鮮明，愛憎分明，少林常常是迂腐、無情以至於被作為開玩笑的對象，而武當則儼然乃人性、溫暖以及博大精深的武學根源。少林高僧多被挫傷以至於死於非命，少林寺多次遭受挑戰以至於陷於劫難。《天龍八部》中，少林寺方丈玄慈作為中原武林的帶頭大哥，率眾伏擊、殺害大遼的親宋派蕭遠山一家，實乃中了慕容博的奸計，而他又在年輕時犯下淫戒，與葉二娘生下虛竹後卻不聞不問，連兒子虛竹在少林寺為僧也不知，更不知葉二娘已淪為江湖上令人聞風喪膽的「四大惡人」之一。《倚天屠龍記》中，少林寺囿於寺規而驅逐有功於少林的覺遠與張君寶。覺遠大師圓寂前將《九陽真經》傳予張君寶、郭襄以及少林的無色，[31] 張君寶據此而創立武當派，郭襄憑其所悟而創立了峨嵋派。後來少林方丈空聞又囿於寺規與胸襟狹隘，拒絕千里迢迢前來求以交換、互享《九陽真經》以醫治張無忌的武當宗師張三丰。[32] 至於《鹿鼎記》中少林寺的達摩院首座澄觀，更是足不出寺，畢生未曾與寺外之人真正動手，乃被韋小寶玩弄於股掌的迂腐滑稽的老和尚。惟有《笑傲江湖》中的方丈方證大師是難得的通達善良之輩，多次不顧一切地救助被岳不群以及所謂名門正派所驅逐的令狐沖。事實上，《天龍八部》中的少林方丈玄慈便曾說過：「少林寺的舊規矩，只怕大有修正餘地。」[33]

31　金庸：《倚天屠龍記》，第 1 冊，第 2 章，頁 72。

32　金庸：《倚天屠龍記》，第 1 冊，第 10 章，頁 413。

33　金庸：《天龍八部》，第 4 冊，第 39 章，頁 1678。

至於武當功夫之精妙，除了張三丰以「喪亂帖」以及倚天屠龍歌訣自創武功，並以太極拳、劍親授張無忌的演示之外，真正展示武當功夫之精妙者乃張無忌。剛從懸崖上掉下來的張無忌早已練就九陽神功，初次啼聲，以一指殺三犬。[34] 在光明頂上，張無忌以梅花為武器，再以乾坤大挪移力戰崑崙與華山兩派四位高手的正反兩儀劍法共四千零九十六種變化：

　　　　白虹劍的劍尖點在倚天劍的劍尖之上，只見白虹劍一彎，嗒的一聲輕響，劍身彈起，他已借力重行高躍。[35]

張無忌又以手指彈滅絕師太的倚天劍，令其「手臂痠麻，虎口劇痛，長劍給他劇彈之下幾乎欲脫手飛出」。[36] 然後，他一手抱着周芷若，再空手奪去右膝被逼跪地的峨嵋派掌門滅絕師太手上的倚天劍。[37] 後來在武當山上，張三丰檢測張無忌之內功境界，已覺得他可以與覺遠大師、大俠郭靖、神鵰俠楊過以及他自己並肩。[38] 張無忌在趙敏率眾挑戰武當之際，代張三丰接受挑戰：

　　　　這一招攬雀尾乃天地間自有太極拳以來首次和人過招動手。張無忌身具九陽神功，精擅乾坤大挪移，突然使出太極拳中的「黏」法，雖所學還不到兩個時辰，卻已如畢生研習

34　金庸：《倚天屠龍記》，第 2 冊，第 16 章，頁 644。
35　金庸：《倚天屠龍記》，第 3 冊，第 22 章，頁 896、897。
36　金庸：《倚天屠龍記》，第 3 冊，第 22 章，頁 897。
37　金庸：《倚天屠龍記》，第 3 冊，第 22 章，頁 901。
38　金庸：《倚天屠龍記》，第 3 冊，第 24 章，頁 1005。

一般。[39]

趙敏手下阿三以其武功殺害擅於龍爪手的少林神僧空性，而他給張無忌一擠：

> 自己這一拳中千百斤的力氣猶似打入了汪洋大海，無影無蹤，無聲無息，身子卻遭自己的拳力帶得斜移兩步。[40]

張無忌甫學自張三丰所創的太極劍，而即學即用已威力無窮：

> 張無忌左手劍訣斜引，木劍橫過，畫個半圓，平搭上倚天劍的劍脊，勁力傳出，倚天劍登時一沉。[41]
>
> 這兩把兵刃一是寶劍，一是木劍，但平面相交，寶劍和木劍實無分別，張無忌這一招乃是以己之鈍，擋敵之無鋒，實已得了太極劍的精奧。要知張三丰傳給他的乃是「劍意」，而非「劍招」，要他將所見到的劍招忘得半點不剩，才能得其神髓，臨敵時以意馭劍，千變萬化，無窮無盡。[42]

《九陽真經》乃武當功夫之根源，張無忌幸運地獲得原稿，功夫自是非比尋常，故其神勇亦得到了合理的解釋。張無忌在萬安寺上以「九陽神功」、「乾坤大挪移」以及張三丰所授之太極拳劍，「三者

39　金庸：《倚天屠龍記》，第 3 冊，第 24 章，頁 1007。
40　金庸：《倚天屠龍記》，第 3 冊，第 24 章，頁 1007。
41　金庸：《倚天屠龍記》，第 3 冊，第 24 章，頁 1019。
42　金庸：《倚天屠龍記》，第 3 冊，第 24 章，頁 1019。

漸漸融成一體」，[43] 不出三十招便大敗趙敏手下的玄冥二老。事實上，張無忌之武功雖有不少源自異域，而其學自張三丰的太極拳與太極劍，則均為武當功夫之最精妙的演示，而令楊逍與韋一笑看到張無忌進步之神速，「二人心中暗讚張三丰學究天人，那才真的稱得上深不可測四字」。[44]

除了少林、武當之外，黃藥師的武功與文化結合的色彩最為精彩，其「碧海潮生曲」之威力如下：

這套曲子模擬大海浩渺，萬里無波，遠處潮水緩緩推近，漸近漸快，其後洪濤洶湧，白浪連山，而潮水中魚躍鯨浮，海面上風嘯鷗飛，再加上水妖海怪，群魔弄潮，忽而冰山漂至，忽而熱海如沸，極盡變幻之能事，潮水中男精女怪漂浮戲水，摟抱交歡，即所謂「魚龍漫衍」、「魚游春水」，水性柔靡，更勝陸域。而潮退後水平如鏡，海底卻又是暗流湍急，於無聲處隱伏兇險，更令聆曲者不知不覺入伏，尤為防不勝防。[45]

以上文字，可謂想像之極致。更精彩的是西毒歐陽鋒以箏與黃藥師的簫作武功上的較量：

鐵箏猶似荒山猿啼、深林梟鳴，玉簫恰如春日和歌、深

43　金庸：《倚天屠龍記》，第 3 冊，第 26 章，頁 1071。
44　金庸：《倚天屠龍記》，第 3 冊，第 26 章，頁 1071。
45　金庸：《射鵰英雄傳》，第 2 冊，第 18 回，頁 773。

閨私語。一個極盡慘厲悽切，一個卻柔媚宛轉。此高彼低，彼進此退，互不相下。[46]

　　聽了片刻，只覺一柔一剛，相互激盪，或猛進以取勢，或緩退以待敵，正與高手比武一般無異⋯⋯黃島主和歐陽鋒正以上乘內功互相比拚。[47]

從箏、簫之剛柔相克以至於兩人內功之路數及境界之分別，可謂精妙之極。歐陽鋒之蛤蟆功威力無窮，可是其形態醜陋不堪，與黃藥師「碧海潮生曲」之仿若韓湘子之神仙境界可謂相去千萬里：

　　只見歐陽鋒蹲在地下，雙手彎與肩齊，宛似一隻大青蛙般作勢相撲，口中發出牯牛嘶鳴般的咕咕聲，時歇時作。[48]

郭靖傳承自北丐洪七公的「降龍十八掌」與老頑童周伯通的左右互搏，在武功上已觸類旁通，威力大增：

　　左手發「鴻漸于陸」，右手發「亢龍有悔」，雙手各使一招降龍十八掌中的高招。這降龍十八掌掌法之妙，天下無雙，一招已難抵擋，何況他以周伯通雙手互搏，一人化二的奇法分進合擊？以黃藥師、歐陽鋒眼界之寬，腹笥之廣，卻也是從所未見，都不禁一驚。[49]

46　金庸：《射鵰英雄傳》，第 2 冊，第 18 回，頁 748。
47　金庸：《射鵰英雄傳》，第 2 冊，第 18 回，頁 749。
48　金庸：《射鵰英雄傳》，第 2 冊，第 18 回，頁 762。
49　金庸：《射鵰英雄傳》，第 2 冊，第 18 回，頁 752。

黃蓉以學自《九陰真經》上的「移魂大法」而勝卻丐幫彭長老的「攝心術」，[50] 按金庸的解釋，此即為南宋時期的「催眠術」或「精神治療」，遠比弗洛伊德（Sigmund Freud, 1856－1939）的「精神治療」要先進近七百年左右。後來，楊過亦識得此術，並藉此在英雄大會上打敗蒙古高手達爾巴。[51] 二十年古墓中寂靜自守，早練成了小龍女無人能及的耐心，故而心無旁鶩。最體現耐心、靈性以及創造性的乃小龍女在英雄大會上力戰金輪國師的一幕：

> 她少年心性，竟在武功中把音樂配了上去。天地間歲時之序，草木之長，以至人身脈搏呼吸，無不含有一定節奏，音樂乃依循天籟及人身自然節奏而組成，是故音樂則聽之悅耳，嘈雜則聞之心煩。武功一與音樂相合，使出來更柔和中節，得心應手。[52]

小龍女在此之功夫表演，「飄逸無倫，變幻萬方」，[53] 近乎敦煌壁畫中的「飛天」，她以「天羅地網勢」而使出周伯通所授的一心兩用法，「數十柄長劍此上彼落，寒光閃爍，煞是奇觀」。[54] 其劍法，頗近段譽的「六脈神劍」，隨時出劍，遠近皆及，處處有劍。此際，其武功已勝卻金輪國師，令他血染僧袍。[55] 事實上，小龍女之劍

50　金庸：《射鵰英雄傳》，第 3 冊，第 28 回，頁 1164。
51　金庸：《神鵰俠侶》，第 2 冊，第 13 回，546－549。
52　金庸：《神鵰俠侶》，第 2 冊，第 13 回，頁 553。
53　金庸：《神鵰俠侶》，第 2 冊，第 14 回，頁 553。
54　金庸：《神鵰俠侶》，第 3 冊，第 26 回，頁 1094。
55　金庸：《神鵰俠侶》，第 3 冊，第 26 回，頁 1098。

網，實源自金庸短篇小説〈蘭陵老人〉中的以下片段：

> 手持長劍短劍七口，舞於庭中。七劍奔躍揮霍，有如電光，時而直進，時而圓轉。[56]

當然，她突然失去戰意而冥思當年隔着花叢與楊過練《玉女心經》的美好時光，[57] 也是曠古絕今，但隨即她又於瞬間收斂心神而擊敗全真五子，再力克九大高手，全真五子中四人負傷，勝負已分。[58] 同樣，楊過傳承自獨孤求敗的「重劍無鋒」與小龍女的「天羅地網勢」及周伯通的左右互搏的劍術，皆是武學中的至高絕技。[59] 楊過由神鵰之訓練與指導而在山洪的沖擊中，方才悟得獨孤求敗劍術之精妙境界：「至於劍術，至此而達止境」。[60] 南帝一燈大師感嘆：「如此少年英傑，實在難得」。[61] 楊過集各家之大成，兼熔鑄江淹（文通，444－505）〈別賦〉中的「黯然銷魂者，唯別而已矣」之意，在海濱自創「黯然銷魂掌」，共十七招，厲害之處，全在內力。[62] 楊過的「黯然銷魂掌」使到一半，黃藥師的「桃華落英掌法」已相形見絀，[63] 黃藥師於是認定，楊過此掌，以力道的雄勁而論，當世唯

56　金庸：《俠客行》，第 2 冊，頁 803。
57　金庸：《神鵰俠侶》，第 3 冊，第 26 回，頁 1101。
58　金庸：《神鵰俠侶》，第 3 冊，第 26 回，頁 1103。
59　金庸：《神鵰俠侶》，第 3 冊，第 26 回，頁 1121。
60　金庸：《神鵰俠侶》，第 3 冊，第 26 回，頁 1121。
61　金庸：《神鵰俠侶》，第 3 冊，第 30 回，頁 1273。
62　金庸：《神鵰俠侶》，第 4 冊，第 34 回，頁 1477－1478。
63　金庸：《神鵰俠侶》，第 4 冊，第 37 回，頁 1594。

郭靖的「降龍十八掌」可堪比擬，其「桃華落英掌」則輸卻一籌。[64]

《笑傲江湖》中，岳不群所代表的華山氣宗「拘泥不化，不知變通」。[65]風清揚批評令狐沖本是塊大好的材料，卻給教成蠢牛木馬，[66]而其所屬的劍宗所主的劍術至理在於「行雲流水，任意所之」，令狐沖一旦領悟精義，劍術登時大進，[67]各招渾成連綿，無懈可擊。[68]風清揚所傳授予令狐沖的獨孤九劍包括「總訣式」、「破劍式」、「破刀式」、「破槍式」、「破鞭式」、「破索式」、「破掌式」、「破箭式」以及「破氣式」，[69]可盡破天下武功、兵器、暗器以至於氣功，本已獨步天下，再加上他在思過崖上練習了五嶽劍派各家劍法以及魔教十長老的破解之法，劍術可謂世所罕匹。其神妙處在令狐沖助日月神教右使向問天解正邪兩派之合攻之際，[70]以及後來在杭州梅莊與「江南四友」比試劍術時，[71]精妙之處，逐一呈現。令狐沖跟風清揚學劍，除了學得古今獨步的「獨孤九劍」之外，更領悟到「以無招勝有招」這劍學中的精義，這項要旨和「獨孤九劍」相輔相成。當令狐沖在西湖底下的牢獄中與任我行比劍時，「獨孤九劍」的精妙一經任我行如此「驚天動地的人物」的激發，劍法中的種種奧妙精微之處才發揮得淋漓盡致。[72]少林寺的方生大師、日

---

64 金庸：《神鵰俠侶》，第 4 冊，第 37 回，頁 1594。
65 金庸：《笑傲江湖》，第 1 冊，第 10 回，頁 400。
66 金庸：《笑傲江湖》，第 1 冊，第 10 回，頁 404。
67 金庸：《笑傲江湖》，第 1 冊，第 10 回，頁 401。
68 金庸：《笑傲江湖》，第 1 冊，第 10 回，頁 404。
69 金庸：《笑傲江湖》，第 1 冊，第 10 回，頁 423。
70 金庸：《笑傲江湖》，第 2 冊，第 18 回，頁 776−784。
71 金庸：《笑傲江湖》，第 2 冊，第 19 回，頁 830−841、851−853。
72 金庸：《笑傲江湖》，第 2 冊，第 20 回，頁 880。

月神教的向問天，「江南四友」再至日月神教的任我行，均是令狐沖練習「獨孤九劍」與提升武功的對手。

《笑傲江湖》中的少林寺方丈方證大師的武功神妙莫測，乃金庸筆下少有被認可的少林高僧，在與任我行過招時，他舉重若輕：

> 但見方證大師掌法變幻莫測，每一掌擊出，甫到中途，已變為好幾個方位，掌法如此奇幻，直是生平所未睹。[73]

方證大師甚至能從微弱的呼吸中辨認匿藏於匾額之後的令狐沖的內力亦正亦邪，令狐沖驚為「神人」。[74]《鹿鼎記》中，天地會總舵主陳近南的「凝血神爪」，中此招者不可絲毫運勁化解，必須在泥地掘個洞穴，全身埋在其中，只露出口鼻呼吸，每日埋四個時辰，共須掩埋七天，方無後患。[75] 假太后毛東珠的「化骨綿掌」亦相當厲害，中招之後，「全身骨骸酥化，寸寸斷絕，終於遍體如綿，欲抬一根小指頭也不可得」。[76]「一劍無血」馮錫範用利劍的劍尖點人死穴，被殺的人皮膚不傷，決不出血。長平公主亦不得不承認：「氣功練到這般由利返鈍的境界，當世也沒幾人。」[77] 然而，偷襲別人更是馮錫範的特色，他除了偷襲陳近南，又偷襲吳六奇等人，吳六奇大罵他「陰險卑鄙」。[78] 如此下作，即使武功高強，亦如小偷式的

73　金庸：《笑傲江湖》，第 3 冊，第 27 回，頁 1168。
74　金庸：《笑傲江湖》，第 3 冊，第 27 回，頁 1181。
75　金庸：《鹿鼎記》，第 2 冊，第 14 回，頁 567。
76　金庸：《鹿鼎記》，第 3 冊，第 25 回，頁 1049。
77　金庸：《鹿鼎記》，第 3 冊，第 26 回，頁 1085。
78　金庸：《鹿鼎記》，第 4 冊，第 33 回，頁 1402。

人物，更何況其武功離上乘者，仍相去甚遠。

　　當然，金庸在武功的書寫上亦有枉費心血而「反響甚微」的例子。[79] 在《碧血劍》中，袁承志在與玉真子決鬥之際與阿九（長平公主）卿卿我我，無意間使出金蛇郎君的「意假情真」所「蘊蓄男女間相思繾綣之時的兩情真真假假、變幻百端、患得患失、纏綿斷腸的諸般心意，其中忽真忽假，似實似虛」，[80] 一劍將玉真子的手臂斬斷。這一幕完全難與楊過的以江淹〈別賦〉創造的「黯然銷魂掌」相提並論。試問身為公主，阿九如何能在人前與袁承志卿卿我我？又如《俠客行》中的石破天參透了壁上圖譜這一幕：「其時劍法、掌法、內功、輕功，盡皆合而為一，早已分不出是掌是劍。」[81] 這不是沒可能，只是過於神速。石破天練成俠客島石壁上圖譜之神妙武功後與龍、木兩島主試功時，「三個人的掌風掌力撞向石壁，竟將石壁的浮面都震得酥了」，「三人的掌力都是武學中的巔峰功夫，鋒芒不顯，是以石壁雖毀，卻並非立時破碎，而是慢慢的酥解跌落」。[82]《連城訣》中的神照功非常奇妙，丁典被穿了琵琶骨、挑斷了腳筋，仍能練成上乘武功。[83] 在沒有令人信服的情節鋪墊下，石破天與丁典雖絕技神妙，終究無法成為蕭峰、郭靖、楊過以及張無忌般令讀者信服的人物。

79　見吳秀明、陳擇綱：〈金庸：對武俠本體的追求與構建〉，《當代作家評論》，1992年第 2 期，頁 55。

80　金庸：《碧血劍》，第 2 冊，頁 755。

81　金庸：《俠客行》，第 2 冊，第 20 回，頁 668。

82　金庸：《俠客行》，第 2 冊，第 20 回，頁 673。

83　金庸：《連城訣》，第 3 回，頁 110。

五、武功之創造性

武功而具創造性者，在金庸筆下並不多見，除了周伯通、楊過及張三丰外，其他主角在武功上幾乎毫無創造性可言。周伯通之左右互搏乃其獨創，及至小龍女手上，更得到了創造性發揮，左右互搏融入「天羅地網勢」中，即成一道道的劍網，絕妙無雙。而楊過在武功的覺悟上更為深遠，他自小渴望學習上乘武功，後轉益多師，身手自是不凡，而卻頓悟「開宗立派」的重要性：

> 他一生遭際不凡，性子又貪多務得，全真派的、歐陽鋒的、古墓派的、九陰真經、洪七公的、黃藥師的，諸般武功著實學了不少，卻又均初窺門徑，而沒深入。這些功夫每一門都精奧無比，以畢生精力才智鑽研探究，亦難望其涯岸，他東摘一鱗、西取半爪，卻沒一門功夫練到真正第一流的境界。[84]

楊過深覺金輪國師的話實是當頭棒喝，說中了他武學的根本大弊，[85] 由此而決意開宗立派。「開宗立派」的觀念，在金庸所有的武俠小說中，是除了張三丰之外，前所未有的創造性書寫。楊過立意自成一家，故創造了以情為基礎的「黯然銷魂掌」，其威力所向無敵，連黃藥師亦自嘆不如。楊過又以嵇康的四言詩融入劍法：

84　金庸：《神鵰俠侶》，第 2 冊，第 16 回，頁 673。
85　金庸：《神鵰俠侶》，第 2 冊，第 16 回，頁 673。

風馳電逝，躡景追飛。凌屬中原，顧盼生姿。[86]

　　息徒蘭圃，秣馬華山。流磻平皋，垂綸長川。目送歸鴻，手揮五絃。[87]

楊過又以神鵰為師，在山洪中受訓：

　　過得月餘，竟勉強已可與神鵰驚人的巨力相抗，發劍擊刺，呼呼風響，不禁大感欣慰。武功到此地步，便似登泰山而小天下，回想昔日所學，頗有渺不足道之感。[88]

楊過以十六年時間鑽研無劍勝有劍，[89] 玄鐵劍重逾八十斤，由此經楊過所使的玄鐵劍可撥千斤之鐘，[90] 威力駭人。神鵰又以海潮訓練楊過，在海邊苦練六年：

　　當晚子時潮水又至，他攜了木劍，躍入白浪中舞劍，潮水之力四面八方齊至，渾不如山洪般自上衝下，每當抵禦不住，便潛入海底暫且躲避。[91]

神鵰之逼楊過跌入山洪，固然是為了練習劍術，亦是「洗禮」

86　金庸：《神鵰俠侶》，第 2 冊，第 20 回，頁 839。
87　金庸：《神鵰俠侶》，第 2 冊，第 20 回，頁 839。
88　金庸：《神鵰俠侶》，第 3 冊，第 26 回，頁 1117。
89　金庸：《神鵰俠侶》，第 4 冊，第 32 回，頁 1384。
90　金庸：《神鵰俠侶》，第 4 冊，第 32 回，頁 1182。
91　金庸：《神鵰俠侶》，第 4 冊，第 32 回，頁 1387。

（baptism），令其「重生」（rebirth）。楊過又悟到劍不必鋒，[92] 由此其劍術已臻絕頂：

> 楊過這路劍法其實乃獨孤求敗的神功絕技，雖年代相隔久遠，不能親得這位前輩的傳授。但洪水練劍，蛇膽增力，仗着神鵰之助，楊過所習的劍法已彷彿於當年天下無敵的劍魔。[93]

其後，楊過在武學上領悟到必須學習獨孤求敗，以其劍術令天下群雄俯首束手，方才痛快。[94]

這亦是楊過重塑江湖之決心，故氣象與郭靖大為不同。楊過集各家之大成，兼熔鑄文化而自創「黯然銷魂掌」。他生平受過不少武學名家的指點，自全真教學得玄門正宗內功的口訣，自小龍女學得《玉女心經》，在古墓中見到《九陰真經》，歐陽鋒授以蛤蟆功和逆轉經脈，洪七公與黃蓉授以打狗棒法，黃藥師授以彈指神通和玉簫劍法，除一陽指外，他對東邪、西毒、南帝、北丐、中神通的武學無所不窺，此時融會貫通，卓然成家。只因他單剩一臂，故不以招數變化取勝，反而故意與武學道理相反，「黯然銷魂掌」的威力驚人，連黃藥師的「桃華落英掌法」亦相形見絀，甚至全真派掌門丘處機亦承認武功已不及楊過，後來又以獨臂單劍大敗蒙古六大高手。[95]

92　金庸：《神鵰俠侶》，第 3 冊，第 26 回，頁 1120。
93　金庸：《神鵰俠侶》，第 3 冊，第 30 回，頁 1271。
94　金庸：《神鵰俠侶》，第 3 冊，第 26 回，頁 1121。
95　金庸：《神鵰俠侶》，第 3 冊，第 27 回，頁 1169。

武當派祖師張三丰的創造力則源於王羲之的「喪亂帖」、倚天屠龍歌訣以及龜蛇互搏而創造出太極拳、太極劍。金庸在張三丰的武功創造性上所花的心思不下於書寫楊過的自創武功的過程：

> 二十四個字合在一起，分明是一套高明武功，每一字包含數招，便有數般變化。「龍」字和「鋒」字筆劃甚多，「刀」字和「下」字筆劃甚少，但筆劃多的不覺其繁，筆劃少的不見其陋，其縮也凝重，似尺蠖之屈，其縱也險勁，如狡兔之脫，淋漓酣暢，雄渾剛健，俊逸處似風飄，似雪舞，厚重處如虎蹲，如象步。[96]

此乃無意之書，乃渾然天成的武功創造：

> 張三丰情之所至，將二十四個字演為一套武功。他書寫之初原無此意，而張翠山在柱後見到更屬機緣巧合。師徒倆心注神會，沉浸在武功與書法相結合、物我兩忘的境界之中。[97]

> 這一套拳法，張三丰一遍又一遍的翻覆演展，足足打了兩個多時辰，待到月臨中天，他長嘯一聲，右掌直劃下來，當真是星劍光芒，如矢應機，霆不暇發，電不及飛，這一直乃「鋒」字最後一筆。[98]

96　金庸：《倚天屠龍記》，第 1 冊，第 4 章，頁 131。
97　金庸：《倚天屠龍記》，第 1 冊，第 4 章，頁 132。
98　金庸：《倚天屠龍記》，第 1 冊，第 4 章，頁 132。

以上乃絕妙武功，亦是絕妙文字與想像。張三丰之武功實如詩學之神韻派，隨興之所至而抒寫胸臆。[99] 二十四字，二百一十五筆中的騰挪變化，[100] 此為「倚天屠龍功」[101]。「情之所至」、「無此意」、「物我兩忘」、「長嘯」及「興致已盡」，[102] 以上種種境界，皆屬「魏晉風度」，實乃金庸用以推崇一代宗師張三丰的最崇高修辭，就連以嵇康四言詩與江淹詩句自創武功的楊過，亦屈居其下。而張三丰所授予張無忌的太極神功，其精彩更是無與倫比：

> 張無忌有意要顯揚武當派的威名，自己本身武功一概不用，招招都使張三丰所創太極拳的拳招，單鞭、提手上勢、白鶴亮翅、摟膝拗步，待使到一招「手揮琵琶」時，右捋左收，霎時間悟到了太極拳旨中的精微奧妙之處，這一招使得猶如行雲流水，瀟灑無比。[103]

以上之書寫，乃絕妙文字，實為百年現代文學史上罕見的創造力。張三丰此際已乃百歲之身，自然不及張無忌之神力與敏捷，故張無忌既是張三丰之替身，亦乃其徒子徒孫，其以太極拳作出精彩之演示並擊敗敵人，亦乃張三丰之勝利。

---

99 關於「神韻派」之相關論述，可參閱陳岸峰：〈秋來何處最銷魂：王士禎的神韻說與歷史創傷〉，《詩學的政治及其闡釋》（香港：中華書局，2013），頁 245−276。
100 金庸：《倚天屠龍記》，第 1 冊，第 4 章，頁 132。
101 金庸：《倚天屠龍記》，第 1 冊，第 4 章，頁 135。
102 金庸：《倚天屠龍記》，第 1 冊，第 4 章，頁 132。
103 金庸：《倚天屠龍記》，第 3 冊，第 24 章，頁 1007。

六、武功之兩極化

　　金庸在武俠小說中的武功書寫的另一特徵，則為武功之神話化與人間化之分野。《天龍八部》中，蕭峰「降龍廿八掌」中的「見龍在田」發掌於十五六丈之外，即將近五十米的距離，然後搶近至十米左右再發掌，後掌推前掌，可謂神乎奇技：

> 　　天下武術之中，任你掌力再強，也決無一掌可擊到五丈以外的。[104]

> 　　然見他在十五六丈之外出掌，萬料不到此掌是針對自己而發。殊不料蕭峰掌力甫出，身子已搶到離他三四丈處，又是一招「見龍在田」，後掌推前掌，雙掌力道併在一起，排山倒海的壓將過來。[105]

蕭峰連發三掌，奪回阿紫，丁春秋落荒而逃，[106] 一招便震懾群雄。

　　虛竹雖早年功夫遠不及蕭峰，而他奇遇不絕，武功直逼蕭峰，他學自天山童姥的天山折梅手統合天下武功，雖只六路，卻包含了逍遙派武學的精義，掌法和擒拿手之中，含蘊有劍法、刀法、鞭法、槍法、抓法、斧法等等諸般兵刃的絕招，招式奇妙，變化繁複，天下任何招數武功，都能自行化在這六路折梅手之中。[107] 獲天

---

104 金庸：《天龍八部》，第 5 冊，第 41 章，頁 1761。
105 金庸：《天龍八部》，第 5 冊，第 41 章，頁 1760。
106 金庸：《天龍八部》，第 5 冊，第 41 章，頁 1762。
107 金庸：《天龍八部》，第 4 冊，第 36 章，頁 1546。

山童姥教授飛躍之術後，虛竹之輕功似在蕭峰、慕容復以及段譽之上：

> 虛竹縱身躍起，老高的跳在半空，竟然高出樹頂丈許，掉下時伸足踏向樹幹。[108]

至於段譽的六脈神劍，亦威力無窮：

> 這路劍法大開大闔，氣象宏偉，每一劍刺出，都有石破天驚、風雨大至之勢。[109]

段譽以其六脈神劍，可成為天下第一：

> 段譽所使「六脈神劍」神妙無比，雖知他所學未精，但只須有高人指點，稍加習練，便可成為天下第一高手。[110]

號稱「北喬峰，南慕容」的慕容復便不敵段譽而「帽子遭剝落，登時頭髮四散，狼狽不堪」。[111] 當然，段譽的六脈神劍有時不聽使喚，因此其為「天下第一」，只是理論上而已。

《天龍八部》中慕容家的「以彼之道，還施彼身」的武功淵源流長：

---

108 金庸：《天龍八部》，第 4 冊，第 35 章，頁 1499。
109 金庸：《天龍八部》，第 5 冊，第 42 章，頁 1789。
110 金庸：《天龍八部》，第 5 冊，第 42 章，頁 1789。
111 金庸：《天龍八部》，第 5 冊，第 42 章，頁 1791。

五代末年，慕容氏中出了一位大將慕容彥超，威震四方，他族中更有一位武學奇才慕容龍城，創出「斗轉星移」的高妙武功，當世無敵，名揚天下。[112]

慕容氏心懷大志，與一般江湖人物所作所為大大不同，在尋常武人看來，自是極不順眼，再加上「以彼之道，還施彼身」的名頭流傳，漸漸的竟致眾惡所歸。[113]

事實上，早在《倚天屠龍記》中張無忌便同樣以龍爪手勝卻少林空性神僧之龍爪手，張無忌便說：

> 晚輩以少林派的龍爪手勝了大師，於少林威名有何妨礙？晚輩若不是以少林絕藝和大師對攻，天下再無第二門武功，能佔得大師半點上風。[114]

張無忌此時之理念與慕容家的「以彼之道，還施彼身」，可謂異曲同工。在明教光明頂秘道中，張無忌便心想：「成崑一生奸詐，嫁禍於人，我不妨以其人之道，還治彼身」。[115] 張無忌又同樣以「以彼之道，還施彼身」的方法，用內力將華山掌門鮮于通扇中射出的金蠶蠱毒逼回去，反射對方。[116] 宋青書的「花開並蒂」四式齊中，

---

112 金庸：《天龍八部》，第 5 冊，第 40 章，頁 1726。
113 金庸：《天龍八部》，第 5 冊，第 40 章，頁 1727。
114 金庸：《倚天屠龍記》，第 3 冊，第 21 章，頁 858。
115 金庸：《倚天屠龍記》，第 3 冊，第 21 章，頁 849。
116 金庸：《倚天屠龍記》，第 3 冊，第 21 章，頁 865。

卻均給張無忌以「乾坤大挪移」功夫挪移到了他自己身上。[117] 不同的是張無忌身負天下各種絕頂武功於一身，而慕容家之武學理念雖不乏野心與矜驕，而卻缺了最基本而威力無窮的「九陽神功」作基礎。「九陽神功」之威力令張無忌在武學上舉重若輕，學甚麼像甚麼，而慕容家所學的「彼之道」，大抵只得皮相而已，故而只是以虛名招搖而自招其辱，真正的「以彼之道，還施彼身」者，原來是張無忌。

此外，《天龍八部》中，吐蕃國師鳩摩智與玄苦大師均擅「燃木刀法」，金庸所賦予此刀法之厲害處，可謂奇思妙想。鳩摩智有心炫耀其燃木刀法，此刀法之神妙之處在於他在一根乾木旁快劈九九八十一刀，刀刀不能損傷木材絲毫，刀上所發熱力，卻要將木材點燃生火。蕭峰的師父玄苦大師即擅此技，自他圓寂後，少林寺中已無人能會。[118]

金庸在《天龍八部》中力貶少林高僧及其武功，而在故事最後突然筆鋒一轉，以少林掃地僧為少林挽回面子。蕭峰乃萬夫莫敵之高手，然而少林寺掃地僧的武功卻在蕭峰之上，他將蕭峰排山倒海的掌力化在牆上，登時無影無蹤，消於無形。[119] 蕭峰自成藝以來未逢敵手，而卻自覺武力遠遜掃地僧。[120]《笑傲江湖》中向問天的「吸星大法」竟是將對方攻來的內力導引向下，自手臂傳至腰脅，又傳至腿腳，隨即在地下消失得無影無蹤。[121] 以上這一切關於武功的書

---

117 金庸：《倚天屠龍記》，第 3 冊，第 22 章，頁 909。
118 金庸：《天龍八部》，第 4 冊，第 40 章，頁 1689。
119 金庸：《天龍八部》，第 5 冊，第 43 章，頁 1869。
120 金庸：《天龍八部》，第 5 冊，第 43 章，頁 1869。
121 金庸：《笑傲江湖》，第 2 冊，第 18 章，頁 794。

寫，實際上是武功的「神話化」。

　　至於金庸幾部以清朝為背景的武俠小說中，其所書寫的武功則朝向「人間化」。《飛狐外傳》中描寫小胡斐先後與商老太及八卦門高手王劍傑、王劍英打鬥，便花了近二十頁的篇幅，[122] 此中均是拳來刀往，絕無飛天遁地的誇張武功。溫州太極高手趙半山在商家堡藉鋤奸之際向胡斐講授太極拳的「亂環訣」與「陰陽訣」的要理，均是加之剛、柔、虛、實、快、慢之錯綜變化，以及臨敵之應對。關鍵在於，「我力雖小，卻能勝敵，這才算是武學高手」。[123] 以技巧取勝，借力打力，便是武功的「人間化」，而非《天龍八部》、《射鵰英雄傳》、《神鵰俠侶》以及《倚天屠龍記》等小說中猶如神仙般的功夫了。武功之人間化階段中，最高妙者亦莫過於《鹿鼎記》中的以下一幕，長平公主神功驚人：

　　　　但見白衣尼仍穩坐椅上，右手食指東一點，西一戳，將太后凌厲的攻勢一一化解。太后倏進倏退，忽而躍起，忽而伏低，迅速之極，掌風將四枝蠟燭的火燄逼得向後傾斜，突然間房中一暗，四枝燭火熄了兩枝，更拆數招，餘下兩枝也都熄了。……只見白衣尼將火摺輕輕向上一擲，火飛起數尺，左手衣袖揮出，那火摺為袖風所送，緩緩飛向蠟燭，竟將四枝燭火逐一點燃，便如有一隻無形的手在空中拿住一般。白衣尼衣袖向裏一招，一股吸力將火摺吸了回來，伸右

---

122 金庸：《飛狐外傳》，第 1 冊，第 3 章，頁 104－126。
123 金庸：《飛狐外傳》，第 1 冊，第 4 章，頁 144。

手接過，輕輕吹熄了，放入懷中。[124]

其神妙有如魔術表演，奇幻又優美。《飛狐外傳》中號稱「千手如來」的趙半山的暗器絕技亦相當絕妙：

> 眾人一陣眼花繚亂，但見飛刀、金鏢、袖箭、背弩、鐵菩提、飛蝗石、鐵蓮子、金錢鏢，叮叮噹噹響聲不絕，齊向古般若射去……只見百餘枚暗器打在墻上，隱隱依着自己的身子，嵌成一個人形。[125]

而貌不驚人、甫出江湖的袁紫衣亦有不俗的表現，她以軟鞭捲起曹侍衛的劍柄，順勢上提，頭也不抬，任其下跌，同時又挑釁梧州八仙劍掌門藍秦。當藍秦被激怒拔劍出鞘時，袁紫衣使出以下妙招：

> 這時空中長劍去勢已盡，筆直下墮。袁紫衣軟鞭甩上，鞭頭捲住劍柄，倏地向前一送，長劍疾向藍秦當胸刺來。[126]

以上幾幕，在金庸以清朝為背景的幾部武俠小說中已是相當高層次的武功書寫。然而，以清朝為背景的幾部小說中的主人公的武功卻基本均朝向人間化。《飛狐外傳》中的胡斐，勤修苦練，「增強內力」，而在聽風之術上，其「耳音較之趙半山尚有不及」。[127] 胡斐甚

---

124 金庸：《鹿鼎記》，第 3 冊，第 25 回，頁 1046－1047。
125 金庸：《飛狐外傳》，第 1 冊，第 4 章，頁 131。
126 金庸：《飛狐外傳》，第 1 冊，第 6 章，頁 255。
127 金庸：《飛狐外傳》，第 1 冊，第 5 章，頁 178、196。

至只「精研單刀拳腳，對其餘兵刃均不熟悉」，[128] 更且敗於袁紫衣鞭下，「右頰兀自劇痛，伸手一摸，只見滿手鮮血」。[129] 在與鍾氏三雄對打時，「胡斐暗暗叫苦，情知再鬥下去非敗不可」。[130]《倚天屠龍記》中的張無忌因病而求醫於蝴蝶谷胡青牛門下而卻成為醫藥高手，世所罕匹，而《飛狐外傳》中的胡斐卻對醫藥一無所知，猶如僕人，完全聽命於程靈素的指揮，前往求見毒手藥王。[131] 在福康安府中，胡斐又中了福康安的圈套，雙手被禮盒夾住，危在旦夕。[132] 在天下掌門人大會中，胡斐因見突然出現的袁紫衣成為尼姑而遭湯沛暗算；[133] 而且，只見四大掌門的外貌，胡斐便已有「懼意」。[134] 到了紅花會中人出現時，胡斐的拳法不敵陳家洛，[135] 刀法不及無塵道人的劍法。[136] 到了故事將結束之際，胡斐與功夫不高的田歸農打鬥時，亦多處受傷，若非倚仗南蘭的指引從其父親胡一刀墓旁挖出「冷月寶刀」，胡斐決無法取勝。[137] 同樣，號稱「打遍天下無敵手」的金面佛苗人鳳，[138] 亦連遭暗算，先是腿上中了貴州蔣氏毒針，[139] 再

---

128 金庸：《飛狐外傳》，第 1 冊，第 6 章，頁 234。

129 金庸：《飛狐外傳》，第 1 冊，第 6 章，頁 251。

130 金庸：《飛狐外傳》，第 1 冊，第 8 章，頁 320。

131 金庸：《飛狐外傳》，第 1 冊，第 9 章，頁 363–373。

132 金庸：《飛狐外傳》，第 2 冊，第 15 章，頁 558。

133 金庸：《飛狐外傳》，第 2 冊，第 19 章，頁 713。

134 金庸：《飛狐外傳》，第 2 冊，第 16 章，頁 627。

135 金庸：《飛狐外傳》，第 2 冊，第 19 章，頁 738–740。

136 金庸：《飛狐外傳》，第 2 冊，第 19 章，頁 741。

137 金庸：《飛狐外傳》，第 2 冊，第 20 章，頁 813–814。

138 計六奇記載李自成有左先鋒名為苗人鳳。詳見計六奇撰；魏得良、任道斌點校：〈賊將官銜〉，《明季北略》（北京：中華書局，1984），下冊，卷 23，頁 655。

139 金庸：《飛狐外傳》第 1 冊，第 2 章，頁 43。

後來又雙眼中毒而盲。[140] 而且，苗人鳳的妻子南蘭竟被田歸農誘騙而拋夫棄女。《碧血劍》中的袁承志在行刺皇太極時竟然敗於玉真子手下，被點三處大穴而被捕。[141] 而在此前，袁承志的功夫可謂難逢敵手，可以破溫氏兄弟五人及十多名弟子的五行八卦陣，力大能拋十個裝滿金銀的大箱，[142] 而卻敗於玉真子手下，由此而令袁承志這英雄人物洩氣。以上這一連串重要角色在武功上的失敗，在金庸早期的武俠小說中，絕無僅有。

簡而言之，即在固有的故事中，再安插進去的英雄根本無法「成長」，胡斐無法超越紅花會這些絕世高手，故此胡斐最終是個早夭的人物，既成不了大俠，亦成不了英雄。這便是此小說失敗之所在。金庸自言：

> 《飛狐外傳》所寫的是一個比較平實的故事，一些尋常的人物，其中出現的武功、武術，大都是實際而少加誇張的⋯⋯不像降龍十八掌、六脈神劍、獨孤九劍、乾坤大挪移那麼誇張。[143]

武功之「誇張」與「實際」，實即武功之神話化與人間化之分野。武功之「人間化」的最明顯人物便是《鹿鼎記》中的韋小寶，有論者認為：

---

140 金庸：《飛狐外傳》第 1 冊，第 8 章，頁 326。
141 金庸：《碧血劍》，第 2 冊，第 14 回，頁 502。
142 金庸：《碧血劍》，第 1 冊，第 7 回，頁 232－237；第 10 回，頁 393。
143 金庸：〈後記〉，《飛狐外傳》，第 2 冊，頁 821。

　　　　韋小寶不懂武功而武功高手死在他手下，他靠的是匕
首、寶衣、爐灰、砂子、蒙汗藥之類的東西。無勝有是東方
深厚的傳統智慧之一。[144]

這似乎難以上升至有、無的哲學思考。韋小寶歷拜名師，全是當世
絕頂高手，包括海大富、陳近南、神龍教的洪安通夫婦以及長平公
主，並曾在少林寺達摩院首座澄觀的指導下練習：

　　　　韋小寶拚命掙扎，但手足上的繩索綁得甚緊，卻哪裏掙
扎得脫，情急之際，忽然想起師父來：「老子師父拜了不少，
海大富老烏龜是第一個，後來是陳總舵主師父，洪教主壽與
天齊師父，洪夫人騷狐狸師父，小皇帝師父，澄觀師侄老和
尚師父，九難美貌尼姑師父，可是一大串師父，沒一個教的
功夫當真管用。」[145]

「管用」亦就是「實際」，他的各位師父的功夫都太「誇張」。由於
韋小寶生性懶懶，所記得的便不多，但卻制服過假太后，並打敗
長平公主的徒弟阿珂。[146] 在長平公主受青海喇嘛圍攻時出手相助，
韋小寶的方法相當拙劣但卻實際省事，在房門板壁後逐一將他們

---

144 林崗：〈江湖·奇俠·武功——武俠小說史上的金庸〉，劉再復、葛浩文、張東明
　　等編：《金庸小說與二十世紀中國文學國際學術研討會論文集》（香港：明河社出
　　版有限公司），頁 139。
145 金庸：《鹿鼎記》，第 3 冊，第 29 回，頁 1242。
146 金庸：《鹿鼎記》，第 3 冊，第 26 回，頁 1070。

刺死。[147] 在此，韋小寶救了長平公主、茅十八、康熙、方怡、沐劍屏、陶紅英、順治以及天地會與沐王府一干人等。金庸通過何惕守之口認同韋小寶目標為本的下三濫手段：

> 甚麼下作上作？殺人就是殺人，用刀子是殺人，用拳頭是殺人，下毒用藥，還不一樣是殺人？江湖上的英雄好漢瞧不起？哼，誰要他們瞧得起了？像那吳之榮，他去向朝廷告密，殺了幾千幾百人，他不用毒藥，難道就該瞧得起他了？[148]

故論者一直以來對韋小寶之所為嗤以之鼻，甚至認為金庸在《鹿鼎記》乃反俠之書寫，實可商榷。很明顯，韋小寶便是金庸武俠小說武功之人間化的最高典範。韋小寶不大懂武功，但其手段卻屢救武功絕頂之人，由此益突顯其武功人間化、俠客世俗化之意圖。

七、天下第一

武功天下第一，乃江湖中人孜孜以求的夢想，或是慾望，或是理想。《射鵰英雄傳》中，西毒歐陽鋒為了成為天下第一而不停害人，陰招盡出，先在船上恩將仇報偷襲洪七公，再在黃藥師與全

---

147 金庸：《鹿鼎記》，第 3 冊，第 26 回，頁 1073。
148 金庸：《鹿鼎記》，第 5 冊，第 41 回，頁 1770。

真七子的天罡北斗陣決鬥時，意圖除掉黃藥師，又在大理襲擊南帝一燈大師。[149] 然而，在其義子楊過心中，歐陽鋒必須苦思一夜方能破解洪七公打狗棒法的最後一招「天下無狗」，若在臨陣時便早已輸了，故西毒的武功終遜北丐洪七公一籌。[150] 歐陽鋒的特徵猶如毒蛇，每救他一次，即為他反噬一次。東郭先生的寓言，金庸深刻地一再警告世人，而卻同時又設計從不後悔一再拯救歐陽鋒的洪七公。故此，在「華山論劍」之際，[151] 黃藥師與一燈大師均一致以道德崇高與武功蓋世而推崇洪七公當為武功天下第一。一燈大師說：「七兄，當世豪傑捨你更有其誰？」[152] 丘處機認為東邪、西毒及南帝在為人處世上各有不足，唯有洪七公「行俠仗義，扶危濟困」而令他佩服得五體投地，即另有別人在武功上超過洪七公，而天下豪傑之士，必奉其為「武林中的第一人」。[153]《神鵰俠侶》中，蒙古王子霍都企圖以金輪國師為中原武林盟主，[154] 小龍女卻打敗了金輪國師而獲得武林盟主之位，而她卻視之如敝履。[155] 郭靖在《神鵰俠侶》中的盟主推舉大會中，中原群雄均認為其「武功驚人，又當盛年，

---

149 金庸：《射鵰英雄傳》，第 3 冊，第 30 回，頁 1264。

150 金庸：《神鵰俠侶》，第 2 冊，第 11 回，頁 444。

151 相關論述可參閱何求斌：〈論「華山論劍」的文化淵源〉，《湖北師範學院學報（哲學社會科學版）》，2013 年第 6 期，頁 8－10。

152 金庸：《射鵰英雄傳》，第 4 冊，第 39 回，頁 1599。

153 金庸：《射鵰英雄傳》，第 4 冊，第 39 回，頁 1576。然而有論者卻認為「洪七公食古不化，要做英雄但到頭來卻後悔，行事又有雙重標準，雖然一身本事，受人景仰，但也算不上是真英雄」。指的是洪七公放過為非作歹的歐陽克而對梁子翁下殺手的雙重標準，又在兩次分別拯救與讓過歐陽鋒之後而受其害的後悔。此實乃苛求太過。詳見潘國森：《話說金庸》（香港：明窗出版社有限公司，1998），頁 10－14。

154 金庸：《神鵰俠侶》，第 2 冊，第 12 回，頁 493。

155 金庸：《神鵰俠侶》，第 2 冊，第 13 回，頁 566－567。

只怕已算得當世第一，此時縱然是洪七公也未必能強得過他」。[156]
從蒙古來到中原的霍都王子亦認為郭靖乃「中原漢人第一」。[157]《笑
傲江湖》中的日月神教教主東方不敗更有「當世第一高手」之稱，
他名字叫做「不敗」，「果真是藝成以來，從未敗過一次，實是非
同小可」。[158] 當然，最終取替「東方不敗」的是不必自宮而劍術獨
步天下的令狐沖。除此之外，我們還不能忽略一位在武學上沒有實
踐卻滿腹經綸，對各門派之功夫了如指掌的人物，那就是《天龍八
部》中的隱形高手王語嫣。

　　觀乎金庸所有武俠小説中，真正的天下第一，應是既在江湖
中難逢敵手，復在戰場上以武功卻敵的蕭峰與郭靖。武功與戰爭實
沒法相提並論，一個人縱使武功天下無敵，但到了千軍萬馬之中，
也全無用處，最多也不過自保性命而已。武林中的群毆比武與大軍
交戰相較，可謂小巫見大巫。[159] 然而，《天龍八部》中的蕭峰卻創造
性地以功夫融入戰爭，並發揮驚人的效果：

　　　　蕭峰以指尖戳馬，縱馬向楚王直衝過去，眼見離他約有
　　二百步之遙，在馬腹之下拉開強弓，發箭向他射去。楚王身
　　旁衞士舉起盾牌，將箭擋開。蕭峰縱馬疾馳，連珠箭發，第
　　一箭射倒一名衞士，第二箭直射楚王胸膛。[160]

---

156 金庸：《神鵰俠侶》，第 2 冊，第 12 回，頁 494。
157 金庸：《神鵰俠侶》，第 2 冊，第 20 回，頁 858。
158 金庸：《笑傲江湖》，第 1 冊，第 6 回，頁 246。
159 金庸：《天龍八部》，第 3 冊，第 27 章，頁 1172。
160 金庸：《天龍八部》，第 3 冊，第 27 章，頁 1181。

蕭峰以出奇制勝的功夫結束一場內戰，助遼帝耶律洪基重奪皇位：

> 蕭峰斜身躍起，落上皇太叔的馬鞍，左手抓住他後心，挺臂將他高高舉起，叫道：「快叫眾人放下兵刃！」皇太叔嚇得呆了，說不出話來。[161]

蕭峰所使的只不過是中原武林中平平無奇的地堂功夫，憑其「眼明手快，躲過了千百隻馬蹄的踐踏」。[162]此亦乃蕭峰為段譽、虛竹及慕容復不及之所在，此乃其智與勇的結合。在《神鵰俠侶》中，郭靖則在襄陽城以「上天梯」的功夫爬上城牆的驚險一幕突顯其以武功應用於戰場之智慧：

> 郭靖一覺繩索斷截，暗暗吃驚，跌下城去雖然不致受傷，但在這千軍萬馬包圍之中，如何殺得出去？此時敵軍逼近城門，我軍若是開城接應，敵軍定然乘機搶門。危急之中不及細想，左足在城牆上一點，身子陡然拔高丈餘，右足跟著在城牆上一點，再升高了丈餘。這路「上天梯」的高深武功當世會者極少，即令有人練就，每一步也只上升得二三尺而已，他這般在光溜溜的城牆上踏步而上，一步便躍上丈許，武功之高，的是驚世駭俗。霎時之間，城上城下寂靜無聲，數萬道目光盡皆注視在他身上。[163]

---

161 金庸：《天龍八部》，第 3 冊，第 27 章，頁 1183。
162 金庸：《天龍八部》，第 3 冊，第 27 章，頁 1182。
163 金庸：《神鵰俠侶》，第 3 冊，第 21 回，頁 885。

郭靖再以三箭大敗忽必烈大軍：

　　　　郭靖身在半空，心想連受這番僧襲擊，未能還手，豈非
　　輸於他了？望見金輪法王又是一箭射來，左足一踏上城頭，
　　立即從守軍手中搶過弓箭，猿臂伸屈，長箭飛出，對準金輪
　　法王發來的那箭射去，半空中雙箭相交，將法王來箭劈為兩
　　截。法王剛呆得一呆，突然疾風勁急，錚的一響，手中鐵弓
　　又已斷折。……他連珠三箭，第一箭劈箭，第二箭斷弓，第
　　三箭卻對準了忽必烈的大纛射去。

　　　　這大纛迎風招展，在千軍萬馬之中顯得十分威武，猛地
　　裏一箭射來，旗索斷絕，忽必烈的黃旗立時滑了下來。城上
　　城下兩軍又是齊聲發喊。

　　　　忽必烈見郭靖如此威武，己軍士氣已沮，當即傳令退軍。[164]

郭靖的神威更在力斥忽必烈的招降以示忠貞不屈之後，身在千軍萬
馬之中，將「降龍十八掌」與「九陰真經」及全真派天罡北斗陣法，
融會貫通，在戰場上施展開來：

　　　　郭靖此時所施展的正是武林絕學「降龍十八掌」。法王等
　　三人緊緊圍住，心想他內力便再深厚，掌力如此凌厲，必難
　　持久。豈知郭靖近二十年來勤練「九陰真經」，初時真力還不
　　顯露，數十招後，降龍十八掌的勁力忽強忽弱，忽吞忽吐，

---

164 金庸：《神鵰俠侶》，第 3 冊，第 21 回，頁 886－887。

從至剛之中竟生出至柔的妙用，那已是洪七公當年所領悟不到的神功，以此抵擋三大高手的兵刃，非但絲毫不落下風，而且乘隙反撲，越鬥越是揮灑自如。……郭靖的降龍十八掌實在威力太強，兼之他在掌法之中雜以全真教天罡北斗陣的陣法，鬥到分際，身形穿插來去，一個人竟似化身為七人一般。[165]

以上以武功駕馭戰場的兩幕，渾然天成，正如馮其庸評曰：

> 金庸小説中許多大的鬥爭場面，時時感到作者的筆下雖然在驅遣着千軍萬馬，但卻運筆如椽，頭緒井然，實不讓古人。[166]

郭靖作為中原武功第一的身手，於焉展現，其博大精深與勇猛剛烈，舉世無匹，萬夫莫敵，乃蕭峰之後，在戰場上如天神般橫掃千軍的英雄。[167] 其實，武學亦乃文化的一部分，千頭萬緒，千門萬戶，萬變不離其宗，乃至理名言，金庸藉作為一代宗師的張三丰之口說出：

> 張三丰道：「紅花白藕，天下武學原是一家，千百年來互相截長補短，真正本源早已不可分辨。」[168]

---

165 金庸：《神鵰俠侶》，第 3 冊，第 21 回，頁 905。
166 馮其庸：〈讀金庸的小説〉，見三毛等：《諸子百家看金庸》（香港：明窗出版社，1997），第 4 冊，頁 47。
167 金庸：《神鵰俠侶》，第 3 冊，第 21 回，頁 905。
168 金庸：《倚天屠龍記》，第 1 冊，第 10 章，頁 412。

此言足垂萬世之範。縱觀以上金庸在武功的書寫上所耗費的無數心血，無疑令人嘆服，有論者指出：

> 武打寫意化的手法，正是大大拓展了武俠文類的彈性空間，金庸在利用此彈性空間方面，無疑是最具創意與成績的一位。[169]

而金庸在武功的鬥爭過程中又予以文化、道德以至於一念之間的微妙變化以衍生驚變，此乃其在武俠小說上的創造性所在。

八、結語

金庸之武功書寫不局限於打鬥，更賦予了人生哲理。張無忌的「乾坤大挪移」有兩重意思：一、「挪移」之意，亦即將敵方的力量轉移，卸去其力量，這正與其後來跟張三丰學習太極拳大有關聯，亦因其已早有基礎，再加上穎悟，故能在頃刻間便學得張三丰草創的太極拳以打敗趙敏手下的高手，力挽武當於傾覆之狂瀾。二、「乾坤大挪移」此武功之出現，落在可以挪移乾坤的明教教主張無忌身上，他有幸獲此絕頂武功秘笈並能頃刻練就而且避過走火入魔之險，力敵群雄，行俠仗義，然而他卻無法以此武功挪移乾

---

169 林崗：〈江湖・奇俠・武功——武俠小說史上的金庸〉，劉再復、葛浩文、張東明等編：《金庸小說與二十世紀中國文學國際學術研討會論文集》，頁 150。

坤，他不懂也不屑於政治，故在朱元璋及其部下逼宮之際，便決定與趙敏退出江湖，隱居蒙古。張無忌作為俠客而不沾政治，故能免於蕭峰與郭靖之死難，張無忌、趙敏之結合正如楊過與小龍女之模式，既完成俠客的功能，又能抽身而退，兩全其美。

然而，武功在政治之前是無力的，袁承志便說：「武功強只能辦些小事，可辦不了大事。」[170] 丁典也慨嘆：「縱然練成了絕世武功，也不能事事盡如人意。」[171] 絕世的武功縱使在江湖上可以解決紛爭、主持公義，然而卻解決不了政治上的紛爭。[172] 金庸指出：「世上最厲害的招數，不在武功之中，而是陰謀詭計、機關陷阱。」[173] 因此，武功蓋世的大俠不是自殺、戰死，便是離開中原，隱居異域。

---

170 金庸：《碧血劍》，第 1 冊，第 11 回，頁 426。
171 金庸：《連城訣》，第 2 回，頁 77。
172 金庸：《鹿鼎記》，第 3 冊，第 28 回，頁 1187。
173 金庸：《笑傲江湖》，第 1 冊，第 10 回，頁 405 。

第四章 雖千萬人吾往矣：俠之觀念與譜系建構及其演變

一、前言

　　司馬遷在《史記‧遊俠列傳》中引韓非子之言曰：「儒以文亂法，而俠以武犯禁」，並將俠區分為：「遊俠」、「布衣之俠」、「閭巷之俠」以及「匹夫之俠」。司馬遷只是羅列、區分，然卻沒有作出明確定義，例如「布衣之俠」，何以要加上「布衣」，而「布衣之俠」與「閭巷之俠」又有何分別？皆語焉不詳。而此中關鍵在於司馬遷指出：

> 　　今遊俠，其行雖不軌於正義，然其言必信，其行必果，已諾必誠，不愛其軀，赴士之厄困。既已存亡死生矣，而不矜其能，羞伐其德，蓋亦有足多者焉。[1]

所謂的「不軌於正義」中的「正義」，乃指官方標準的道德法律而言，即俠之所為雖乃犯法，然其所犯之法則又與「信」與「誠」及救死扶危有關，而俠不以其所為而驕矜自得，由此可見「俠」的特質：雖犯法，卻又具道義，且謙卑，當然亦是與官方相對立的「布衣」。具體而言，「俠」之舉措，亦即乾隆口中「跡近叛逆」、「無法無天」的紅花會等人與朝廷作對之所為。[2]

1　司馬遷著；馬持盈注：《史記今注》，第 6 冊，卷 124，頁 3219。
2　金庸：《書劍恩仇錄》（香港：明河出版社，2002），第 1 冊，第 8 回，頁 329。

武俠之雛型，目前均認為始見於唐傳奇中的風塵三俠，[3] 然卻事跡渺茫，形象模糊。及至明代施耐庵（1296－1371）《水滸傳》之出現，則群俠之英姿驟現，風格迥異，而快意恩仇之行徑則大體如一，此乃近現代武俠小說所本。

正如有論者指出：「武俠小說着眼於俠的善良、仗義與武功超群。」[4] 有正義、善良之心，方有俠舉，至於武功之高低，則與仗義行為並沒有必然的關係。金庸指出：

> 武俠小說中真正寫俠士的其實並不很多，大多數主角的所作所為，主要是武而不是俠。[5]

由此可見，金庸在俠客的塑造上乃有意而為，其筆下的俠客各有不同的成長歷程、性格形象及歸宿，實有個人與時代之無限唏噓。而金庸在其武俠小說中有關俠的觀念與譜系建構及其演變，尤為關鍵。

二、「俠」的概念及其內涵

3　有關《虬髯客傳》對金庸武俠小說的影響，可參閱何求斌：〈從金庸對《虬髯客傳》的評說看其武俠小說的情節要素觀〉，《湖北師範學院學報（哲學社會科學版）》，2007 年第 6 期，頁 39－44 轉 111。

4　楊春時：〈俠的現代闡釋與武俠小說的終結——金庸小說歷史地位評說〉，劉再復、葛浩文、張東明等編：《金庸小說與二十世紀中國文學國際學術研討會論文集》，頁 180。

5　金庸：〈後記〉，《飛狐外傳》，第 2 冊，頁 818。

俠客多如繁星，金庸卻只在《天龍八部》第五冊中提過一次「大俠」，[6] 稱頌的便是阻撓遼帝耶律洪基入侵北宋的蕭峰。可見，金庸對「俠」之下筆，慎之又慎。[7] 俠客之所以為俠客，實即正如《飛狐外傳》中趙半山之感慨：

> 一個人所以學武，若不能衛國禦侮、精忠報國，也當行俠仗義、濟危扶困。如果以武濟惡，那還不如做個尋常農夫，種田過活了。[8]

趙半山所推崇的無疑便是天地會的領袖如陳家洛與陳近南，上溯蕭峰、郭靖、楊過以及張無忌等為國為民的俠客。相對而言，《雪山飛狐》與《飛狐外傳》中的田歸農，則是以武濟惡而沒有好下場，商家堡的商寶震及其父商劍鳴亦是或助紂為虐或濫殺無辜，前者死於非命，後者則為胡一刀所除。此外，《射鵰英雄傳》、《神鵰俠侶》中的歐陽鋒、歐陽克，《倚天屠龍記》中的成崑、陳友諒、宋青書等等，亦然如此。此外，《俠客行》中的「河北通州聶家拳」在江湖上頗有「英俠」之名，而卻「暗中無惡不作」，[9] 實乃偽俠，故滿門盡為俠客島所滅。《飛狐外傳》中奸淫袁紫衣之母的湯沛，號稱「甘霖惠七省」，實則乃無恥小人。《天龍八部》中的中原武林

6　金庸：《天龍八部》，第 5 冊，第 50 章，頁 2191。

7　金庸曾在〈「說俠」節略〉一文中，以中、英、法、日等不同文化中的「俠士」、「騎士」及「武士」等概念作出比較論述。詳見劉紹銘、陳永明編：《武俠小說論卷》，下冊，頁 716－718。

8　金庸：《飛狐外傳》，第 1 冊，第 4 章，頁 146。

9　金庸：《俠客行》，第 2 冊，第 19 章，頁 642。

豪傑，在蕭遠山口中乃「南朝大盜」，[10] 在蕭峰心中連畜生也不如。這些以武濟惡、仗武欺人的偽俠橫行江湖，故方有《笑傲江湖》中令狐沖的感慨：

> 咱們自居俠義道，與邪魔外道誓不兩立，這「俠義」二字，是甚麼意思？欺辱身負重傷之人，算不算俠義？殘殺無辜幼女，算不算俠義？要是這種事情都幹得出，跟邪魔外道又有甚麼分別？[11]

令狐沖所說的樸實道理，實乃一般道德共識，然而華山派的岳不群、嵩山派的左冷禪以及青城派的余滄海等所謂的「正派」掌門，為了《辟邪劍譜》以及一統江湖的野心，屢行不義，無異於他們中的所謂「邪魔外道」。至於令狐沖，卻為師父岳不群一再陷害並逐出師門，反倒與「魔教」中人來往密切，卻是金庸筆下所稱頌的「英風俠骨」。[12] 金庸武俠小說中「俠」的概念之複雜，可見一斑。

1.「遊俠」

「遊俠」，顧名思義應是閒雲野鶴、遨遊四方，不粘不滯於任何江湖恩怨，更不涉政治鬥爭，除暴安良而又飄然遠去。在金庸的武俠小說世界中，絕少「遊俠」，金庸本來是想將胡斐寫成「遊

10　金庸：《天龍八部》第 3 冊，第 21 章，頁 916。
11　金庸：《笑傲江湖》，第 1 冊，第 7 回，頁 272。
12　金庸：《笑傲江湖》，第 1 冊，第 7 回，頁 277。

俠」，然而他卻無奈地捲入祖輩遺留下來的政治鬥爭之中。胡斐的祖先乃李自成四大護衛之一，四大家族在誤會與利益之爭中互相仇殺近百年，胡斐背負了太多的包袱，自然難以抽身。楊過的性格最跡近「遊俠」，他在絕情谷失去小龍女期間十八年的俠舉最近乎「遊俠」，而後來卻又捲入助南宋抗蒙古的政治行動。究其原因，便在於金庸套用《西遊記》中孫悟空的模式塑造此人物，以致他先是叛逆，繼而又被情花折磨，猶如孫悟空被緊箍咒所約束，最終為如來佛所降服，楊過亦不得不向名教屈服，一起參預抗擊蒙軍，然後才獲得名教默認和小龍女的關係，而最終卻是選擇重回古墓隱居。基本上，金庸小說中俠客絕大多數都非傳統意義上的純俠，或慾望過盛，或捲入政治、尋寶、秘訣之漩渦。

唯一不粘不滯之「遊俠」，唯有令狐沖與任盈盈的傳承「魏晉風度」，方能「笑傲江湖」。令狐沖之行俠仗義，本只憑心中善惡之判斷，而此一念之初的善良，卻令他無法辨別其師岳不群究竟是君子還是偽君子。究其原因，便在於他對俠的崇高意義沒有徹底的了解。及至風清揚、曲洋、劉正風及任盈盈之出現，以及由嵇康〈廣陵散〉改編而成的〈笑傲江湖〉的熏陶，方才令本來灑脫自由的令狐沖得到了精神層次的洗滌，由此從思想而下及行動，一切俠舉均有根有據，而其所為均沒有任何功利目的。由此，金庸便為「遊俠」下了一個恰到好處的註腳。

2.「布衣之俠」與「閭巷之俠」

俠並非整天飛簷走壁、刀光劍影，或置身荒郊野外，風餐露宿。我們可以按司馬遷對「布衣之俠」與「閭巷之俠」的理解，大

抵指的是日常生活中有俠義之舉，而生活於尋常巷陌中的老百姓。《笑傲江湖》中便有以下一位賣餛飩的「布衣之俠」：

> 華山群弟子早就餓了，見到餛飩擔，都臉現喜色。陸大有叫道：「喂，給咱們煮九碗餛飩，另加雞蛋。」那老人應道：「是！是！」揭開鍋蓋，將餛飩拋入熱湯中，過不多時，便煮好了五碗，熱烘烘的端了上來。……梁發卻向那餛飩擔飛了過去。眼見他勢將把餛飩擔撞翻，鍋中滾水濺得滿身都是，非受重傷不可。那賣餛飩的老人伸出左手，在梁發背上一托，梁發登時平平穩穩的站定。……他猜到這賣餛飩的老人是浙南雁蕩山高手何三七。[13]

何三七身負絕技，卻甘於平淡，以賣餛飩為生，故錙銖必較：

> 何三七笑道：「不怪，不怪。你們來光顧我餛飩，是我衣食父母，何怪之有？九碗餛飩，十文錢一碗，一共九十文。」說着伸出了左掌。勞德諾好生尷尬，不知何三七是否開玩笑。定逸道：「吃了餛飩就給錢啊，何三七又沒説請客。」何三七笑道：「是啊，小本生意，現銀交易，至親好友，賒欠免問。」[14]

然而，其「自甘淡泊」的行止卻為武林中「好生相敬」，就連定逸師太也得讓他三分。此外，《鹿鼎記》中自行解穴而為吳六奇所佩

13　金庸：《笑傲江湖》，第 1 冊，第 3 章，頁 103。
14　金庸：《笑傲江湖》，第 1 冊，第 3 章，頁 103－105。

服的鄉農實乃「百勝刀王」胡逸之，亦同樣貌不驚人而身負絕技：

> 忽見那鄉農雙手一抖，從人叢中走了出來，說道：
> 「各位，兄弟失陪了。」說着拖着鞋皮，踢躂踢躂的走了出
> 去。……那馮錫範內力透過劍尖入穴，甚是厲害，武功再高
> 之人，也至少有一兩個時辰不能行動。這鄉農模樣之人宛如
> 個鄉下土老兒，雖然他適才推牌九之時，按牌入桌，印出牌
> 痕，已顯了一手高深內功，但在這短短一段時候之間竟能自
> 解穴道，實是罕見罕聞，委實難能。[15]

如此功夫，就連神丐吳六奇也自嘆不如。[16] 同樣，《連城訣》中的狄
雲本亦乃湖南農村的習武之人，後來亦隱居雪山，由始至終均只是
一個具有武功的農夫而已。至於頗富爭議性的韋小寶，則乃金庸刻
意塑造的有俠義之舉的屠狗輩，皇宮可為家，妓院亦可為家，無可
無不可，不粘不滯，雖胸無點墨，而天性中自有大智慧，難怪顧炎
武、黃宗羲等名士竟認為他類近劉邦（季，前 256—前 195）、朱
元璋（國瑞，1328－1398）式的人物而打算擁他為主。由此可見，
金庸在此隱約指出俠義有時亦乃起義者之必要特徵，如《倚天屠龍
記》中的朱元璋在最初出場殺牛、煮牛並救了將近餓死的張無忌、
楊不悔的表現，從而獲得後來作為明教教主的張無忌委以統帥重
任，實無異於《鹿鼎記》中不學有術而屢救他人以至於建功立業的
韋小寶，由此他成為各方人物所傾心誠服的領袖。就算韋小寶沒有

15　金庸：《鹿鼎記》，第 4 冊，第 33 回，頁 1396－1397。
16　金庸：《鹿鼎記》，第 4 冊，第 33 回，頁 1403。

偶遇陳近南等天地會中人，以其自小敬仰《大明英烈傳》中的英雄俠義心態而言，他亦必會是個混混之中的俠客。

由此可見，「布衣之俠」與「閭巷之俠」均乃指日常生活中具俠義之舉的人，乃俠之人間化。

3. 匹夫之俠

若心中沒有崇高之俠義精神，僅憑心中是非作判斷而出手，一如《水滸傳》中的李逵，亦就是「匹夫之俠」而已；在金庸筆下，亦即《連城訣》中的狄雲、《俠客行》中的石破天之流的人物。假如令狐沖沒有風清揚、劉正風、曲洋以及任盈盈等人的引導，假如沒有嵇康的〈廣陵散〉及劉、曲二人改編的〈笑傲江湖〉的薰陶，令狐沖畢生亦只是「匹夫之俠」而已。而金庸卻令只憑心中善惡以抗衡江湖中的虛偽與黑暗的令狐沖進入「魏晉風度」的譜系，從此而與任盈盈琴簫相奏，攜手重塑江湖，從而成為「魏晉風度」之俠。

由此可見，司馬遷在俠的分類上亦頗為籠統，而金庸在俠的塑造上既有所傳承，更又有所創造與突破。

三、俠與政治

俠之本義原本就是「以武犯禁」，實乃與王法作對，因此才有漢初的滅俠之舉。金庸筆下的蕭峰與阿朱、郭靖與黃蓉、楊過與小龍女以及張無忌與趙敏，這四對俠侶均與政治有關：蕭峰因夾於北

宋與大遼之間，忠義難兩全而自盡；郭靖與黃蓉一同在襄陽戰死；楊過與小龍女則在協助郭靖與黃蓉堅守襄陽，並擊斃蒙古大汗蒙哥之後退隱古墓；張無忌則在朱元璋率部逼宮之下，選擇與趙敏退隱蒙古。這四位俠客，均曾「以武犯禁」：蕭峰以武阻遼帝南侵；郭靖以武阻成吉思汗南侵；楊過與小龍女大鬧全真教並在重陽宮中成婚也是「犯禁」；張無忌率領明教抗擊元蒙，自然更是「以武犯禁」了。所謂的「禁」，實乃因時勢之變而難以凝定，而「犯禁」卻正是彰顯俠客之勇氣與武功的試金石。

俠之參預政治，有時是身不由己，九難（長平公主）便說道：「我本不想理會國家大事，國家大事卻理到我頭上來。」[17] 中指峰前，兩白鵰背負郭靖、黃蓉二人脫離裘千仞之火攻，翱翔而去，[18] 儼然便是「神鵰俠侶」，然而這部以郭靖和黃蓉為主線的小說卻命名為《射鵰英雄傳》，金庸反而以「神鵰俠侶」配上楊過與小龍女二人。這必須先從鵰說起，《射鵰英雄傳》中的白鵰「頗通靈性」，[19] 可以擔負傳達信息、具備運輸功能以至於攻擊敵人，而《神鵰俠侶》中的鵰卻已具備神性，以至於傳授楊過至上的武功與劍術。[20] 郭靖在大漠上一舉成名的原因在於一箭雙鵰射下象徵邪惡的黑鵰，故而開展其「英雄」的歷程，而楊過卻自言不是英雄，[21] 其性情上近於黃藥師之憤世嫉俗，恰好小龍女亦乃古墓中的「活

17　金庸：《鹿鼎記》，第 3 冊，第 28 回，頁 1188。
18　金庸：《射雕英雄傳》，第 3 冊，第 28 回，頁 1185－1187。
19　金庸：《射雕英雄傳》，第 1 冊，第 2 回，頁 43。
20　金庸：《神鵰俠侶》，第 3 冊，第 26 回，頁 1117－1119。
21　金庸：《神鵰俠侶》，第 2 冊，第 12 回，頁 475。

死人」，[22] 即不食人間煙火之人，兩人遂在精神上契合而成俠侶。郭靖、黃蓉二人本可以翱翔而去而成其「神鵰俠侶」，而最終郭靖因受范仲淹（希文，989－1052）與岳飛（鵬舉，1103－1142）的精神感召而選擇了力守襄陽，最終戰死。故此，此鵰不同彼鵰，各有象徵意義，亦暗喻了郭靖與黃蓉、楊過與小龍女之不同命運及作為俠客的不同類型。郭靖以武俠而參預抗擊蒙軍之政治行動，猶如《倚天屠龍記》中張無忌之牽領明教抗擊元蒙，恢復河山。至於楊過則止於拯救弱小而幾乎不涉政治，其抗擊蒙軍亦止為了取悅郭襄而已。其率性而逍遙，則近於道家的理想人物。四對俠侶，一為俠之大者，一為俠之遊者，前者明知不可為而為，後者自由灑脫。蕭峰、郭靖求仁得仁，走的是范仲淹與岳飛等民族英雄的救國救民的道路，張無忌被逼退隱，其實亦是一種政治風波中的明哲保身，為儒家之「道不行，乘桴浮於海」。[23] 這四對情俠結構所塑造的俠侶，均與政治有關，故方有彼等共同參預的活動空間，並藉此展現俠客之英風與愛國之熱血，生死相隨，這亦頗符合讀者的閱讀習慣與想像。同樣，《笑傲江湖》中的令狐沖與任盈盈所面對的江湖幫派，實亦無異於黑暗的政治集團，故彼等則以「魏晉風度」而抗擊黑暗，從而亦是成功的情俠結構。

22　金庸：《神鵰俠侶》，第 1 冊，第 4 回，頁 134。

23　毛子水等注譯：《四書今注今譯》（臺北：商務印書館，1995），頁 60。

四、俠客與英雄

「俠」與「英雄」，兩者又有何分別？在《史記》中，刺秦的荊軻（？—前 227）並不是被列於「遊俠」列傳中的，而是歸為「刺客」一類。顯然，在司馬遷心目中，「刺客」與「俠客」是有所分別的。《史記》中的「遊俠」，其捨身重義與自由的身份與《史記》中的「刺客」之為王侯門客，如荊軻之於燕太子丹（姬丹，？—前 226），彼此乃賓主關係，在性質上頗不相同，這與後來演變的「俠」又有所不同。燕太子丹欲刺殺秦王（嬴政，前 259—前 210），作為門客的荊軻惟有捨命盡忠，這就帶有下屬對上司盡責任的性質。至於「遊俠」，則為自由的江湖人物，沒有「門客」的屬性。「遊俠」如朱家（生卒不詳）、郭解（翁伯，生卒不詳）之所以備受推崇，就在於彼等獨立於一切權力之外的自由精神。陳平原直接地指出：「報知己之恩是刺客荊軻、聶政輩的行徑，與遊俠無涉。」[24]「遊俠」與「刺客」在性質上之不同，盡見於斯。

俠客一旦捲入政治漩渦，其信念之獨立與行動之自由必然受限制以至於構成矛盾衝突，如蕭峰、郭靖之死便是例證。令狐沖從沒涉及政治，甚至刻意遠離類似政治組織的日月神教，故方能「笑傲江湖」。蕭峰既救了女真的完顏阿骨打，又有恩於遼帝耶律洪基，其生命便由此而出現暗湧，而此轉向勢必令其複雜的身份邁進更艱難的態勢。蕭峰夾在遼與宋之間，為阻遼帝南侵而獻出生命，

24　陳平原：《千古文人俠客夢——武俠小說類型研究》，頁 52。

猶如《大莊嚴論經》中的尸毘王捨身餵鷹。其以武止戈，遂成就其為「俠之大者」，乃武俠與江湖的最高層次書寫，昔日恨之入骨的丐幫中人由此改口説：

> 喬幫主為了中原的百萬生靈，不顧生死安危，捨卻榮華富貴，仁德澤被天下。[25]

這就是金庸對「俠」的重新定義，蕭峰之為天下蒼生之所為才是「俠」的最崇高表現，這便與《戰國策》及《史記》以及傳統武俠小説中的俠客大為不同。悲劇的高潮，作為英雄的蕭峰以死擺脱命運的播弄：

> 蕭峰大聲道：「陛下，蕭峰是契丹人，曾與陛下義結金蘭，今日威迫陛下，成為契丹的大罪人，既不忠，又不義，此後有何面目立於天地之間？」舉起右手中的兩截斷箭，內力運處，右臂回戳，噗的一聲，插入了自己心口。[26]

超乎國族利益，只為天下蒼生而止武，又不忘忠義，這便超乎一般的江湖俠義，非止於俠客，而是英雄。郭靖謹記他二師父所説的「亂世之際，人不如狗」，[27] 這亦是他決心成為英雄而不止於俠客的關鍵所在。當郭靖讀到〈岳陽樓記〉中的「先天下之憂而憂，後

25　金庸：《天龍八部》，第 5 冊，第 50 章，頁 2167。
26　金庸：《天龍八部》，第 5 冊，第 50 章，頁 2189。
27　金庸：《射鵰英雄傳》，第 4 冊，第 32 回，頁 1325。

天下之樂而樂」時，[28] 便決意成為其以天下蒼生為重的追隨者。郭靖又因喜歡韓世忠（良臣，1089－1151）所書的岳飛那首詩，故黃蓉要求黃藥師將題有該詩的畫給了郭靖，而郭靖又由該畫中的線索而獲得《武穆遺書》，並由此傳承了岳飛保家衛國的精神，肩負起抗擊蒙古的重任。丘處機在嘉興醉仙樓上對郭靖說：「人生在世，文才武功都是末節，最要緊的是忠義二字。」[29] 由此種種，郭靖在《射鵰英雄傳》將結束前，幾可以說已是退出江湖而步入政治，由「俠客」而轉入「英雄」的行列。其時成吉思汗便稱攻城有功而不愛財的郭靖為「英雄」。[30] 郭靖又不提兒女私情的辭婚，而是請求成吉思汗別屠城，[31] 此乃其仁義之心，亦乃其成為英雄之所在。及至後來，當他在《神鵰俠侶》中送楊過上全真教時見到全真派弟子的所作所為而自嘆：「怎地我十餘年不闖江湖，世上的規矩全都變了？」[32] 這是因為他早已不是行走江湖的俠客，而是守衛襄陽的英雄。在《神鵰俠侶》華山論劍中，有以下關於郭靖身份的議論：

> 朱子柳道：「當今天下豪傑，提到郭兄時都稱『郭大俠』而不名。他數十年來苦守襄陽，保境安民，如此任俠，決非古時朱家、郭解輩逞一時之勇所能及。我說稱他為『北俠』，自當人人心服。」一燈大師、武三通等一齊鼓掌稱善。[33]

28　金庸：《射鵰英雄傳》，第 3 冊，第 26 回，頁 1114。
29　金庸：《射鵰英雄傳》，第 4 冊，第 34 回，頁 1392。
30　金庸：《射鵰英雄傳》，第 4 冊，第 37 回，頁 1527。
31　金庸：《射鵰英雄傳》，第 4 冊，第 37 回，頁 1529。
32　金庸：《神鵰俠侶》，第 8 冊，第 3 回，頁 106。
33　金庸：《神鵰俠侶》，第 4 冊，第 40 章，頁 1707。

朱子柳所謂的「決非古時朱家、郭解輩逞一時之勇所能及」，事實上乃金庸對俠的觀念作出了嶄新的闡釋而已。

故此，蕭峰、郭靖、張無忌、陳近南及陳家洛等以江湖力量而從事政治活動者，均乃由俠而英雄，或介乎兩種角色之間，但往往是一涉及政治便絕少在江湖上「任俠」，一如郭靖所言的他「十餘年不闖江湖」。在兩種角色之間，彼等之命運亦必然有所改變，而更多的是英雄負擔過重，主人公或死難或被迫捨卻英雄的身份，重拾俠客之自由。

五、俠之譜系的建構

金庸武俠小說的另一貢獻在於俠之譜系的建構。有論者指出：

> 武俠小說必須在仗義與超逸兩方面保持某種平衡。如果過分偏於社會責任，俠就變成忠臣良將而喪失獨立人格，從而失去魅力。如果過分偏重於個體自由、放棄社會責任，俠就喪失崇高性而缺乏感召力。古典武俠小說演變基本上反映了兩種人格要素關係的變化。[34]

34　楊春時：〈俠的現代闡釋與武俠小說的終結——金庸小說歷史地位評說〉，劉再復、葛浩文、張東明等編：《金庸小說與二十世紀中國文學國際學術研討會論文集》，頁 180。

對古典武俠小說而言，此話不虛。不過，金庸武俠小說中俠客的情況，往往相當複雜。郭靖在《神鵰俠侶》中基本上已是有實無名的襄陽守將，但他俠風依然，在衝擊蒙古大營救楊過時，豪氣干雲，而他所使用的全是武功，而非軍隊。郭靖不是忠臣良將，只是偏於「社會責任」，頗近朱家、郭解之介入國家大事。《笑傲江湖》中的令狐沖所處之時空跟郭靖不同，無須抗擊外敵，而他只是以一人之力重塑江湖，得以保持「個體自由」，又具備其「社會責任」而有俠的「崇高」與「超逸」。由此而言，郭靖與令狐沖乃金庸刻意塑造的兩種截然不同而又具典範意義的俠客，前者為「俠之大者」，後者為「魏晉風度」之俠，由此而建構其俠之譜系。

丐幫幫主蕭峰武功超群、義薄雲天，傳承其精神與職位者，則乃《射鵰英雄傳》與《神鵰俠侶》中的洪七公。洪七公在眾多俠客之中，乃最為光風霽月之俠客，既是幫眾遍及天下南北的丐幫幫主，然而為他所殺之人無一不是犯罪之人，他在下手之前必定先行查訪清楚，胸中了然，善惡分明。洪七公地位超然，行事不粘不滯，且提攜後進，帶出了像郭靖這樣的一代大俠。洪七公是「北丐」，承傳其俠義之位者，便是「北俠」郭靖。除卻蕭峰、洪七公、郭靖、張無忌、陳近南、陳家洛這些為天下安危而奔走的乃「俠之大者」之外，金庸武俠小說中最關鍵、最精彩、最用心的書寫，便是「魏晉風度」之俠客譜系的建構。曲洋與劉正風以琴簫合奏的〈笑傲江湖〉乃傳承自嵇康的〈廣陵散〉，彼等在臨終前以〈笑傲江湖〉託付「俠骨英風」的令狐沖，[35] 自是引為同道中人。金庸小

35　金庸：《笑傲江湖》，第 1 冊，第 7 章，頁 277。

説中，自「東邪」黃藥師之蔑視禮教、憤世嫉俗，再到楊過以嵇康的四言詩創造武功，下及《倚天屠龍記》中的張三丰，再至《笑傲江湖》中的曲洋、劉正風以及令狐沖、任盈盈，均為抗俗辟邪、特立獨行的俠客，堪稱其武俠世界中的「魏晉風度」。黃藥師既離經叛道，復又對早逝妻子馮氏一往情深，誤以為女兒黃蓉死於意外，又吟曹植詩以「嘆逝」。[36]《神鵰俠侶》中，楊過以嵇康的四言詩融入劍法：

> 風馳電逝，躡景追飛。凌屬中原，顧盼生姿。
> 　息徒蘭圃，秣馬華山。流磻平皋，垂綸長川。目送歸
> 鴻，手揮五絃。[37]

《倚天屠龍記》中的張三丰任誕詼諧，不修邊幅，金庸又安排他以王羲之（逸少，303－361）的《喪亂帖》與「倚天屠龍歌訣」化為武功，[38] 目的正在於將中土武功的一代宗師在精神境界上神接「魏晉風度」。俠之「魏晉風度」，到了《笑傲江湖》時便有更為深入的書寫，從劉正風與曲洋對嵇康〈廣陵散〉的追尋，再改編為〈笑傲江湖〉，下傳令狐沖與任盈盈。令狐沖的任誕、飲酒、長嘯以及對抗黑暗、邪惡的精神，均乃集「魏晉風度」之大成。此中，任盈盈以〈清心普善咒〉的琴音為令狐沖療傷，並教會他彈奏古琴，而她又從令狐沖處獲得劉正風與曲洋之〈笑傲江湖〉，由此兩人琴簫

36　金庸：《射鵰英雄傳》，第 3 冊，第 22 回，頁 947－948。
37　金庸：《神鵰俠侶》，第 2 冊，第 20 回，頁 839。
38　金庸：《倚天屠龍記》，第 1 冊，第 4 章，頁 103。

合奏而進入「魏晉風度」的譜系，以風骨、正義抗衡江湖的黑暗。
這又是金庸對「俠」的概念的突破，將獨孤九劍與「魏晉風度」緊
密結合，將俠的精神層面，推至極致。

六、俠之演變

梁羽生（1924－2009）認為在武俠小説中「俠」比「武」更重
要，「俠」是靈魂，「武」是軀殼，「俠」是目的，「武」是達成「俠」
的手段，故此認為與其有「武」無「俠」，毋寧有「俠」無「武」。[39]
按梁羽生之見，《鹿鼎記》中的韋小寶便是有「俠」無「武」，雖
然他會逃跑的「神行百變」以及洪教主所教的「狄青降龍」，縱使
每次都有點狼狽，但在其機智的配合之下，總是化險為夷。這亦是
金庸對俠的觀念及形象的突破。然而，韋小寶的形象創造招來很多
質疑，故有論者指出金庸筆下的俠有以下的演變：

> 金庸刻畫武林人物形象，走了一個從「形似」到「神似」
> 的過程，早期務求「形似」，中晚期則追求「神似」。在「形似」
> 的階段，金庸極力突顯奇俠人物那種「仗劍行俠」的俠義道，
> 與傳統武俠小説裏的人物形象，人或不同，其俠一也。中晚

39　佟碩之（梁羽生）：〈金庸梁羽生合論〉，見三毛等：《諸子百家看金庸》（香港：明
　　窗出版社，1997），第 4 冊，頁 180。林崗：〈江湖‧奇俠‧武功──武俠小説史
　　上的金庸〉，劉再復、葛浩文、張東明等編：《金庸小説與二十世紀中國文學國際
　　學術研討會論文集》，頁 129。

期階段，作者似不滿足於僅僅寫出武俠人物的「形似」，試圖把對人性、人生的體悟帶到武俠小說中，透過筆下的武俠形象寄託這些人生的體驗。因此，金庸追求筆下的形象不僅具有俠義性格，而且具有以前武俠形象所缺乏的豐富性，他們的命運融匯了前所未具的意義寄託。正是在這種意義上我們說金庸後期的奇俠形象更為「傳神」。[40]

「形似」與「神似」均非金庸塑造的俠客關鍵，蕭峰與韋小寶似乎在武功與形象上有天淵之別，前者的形象與精神均乃俠之大者的典範，而韋小寶在形象與武功上雖存在有先天與後天的雙重缺陷，然而其精神上卻因《大明英烈傳》的感召而總懷有俠義之心。

故此，若要為金庸早期與晚期之俠客作區分，只能說蕭峰、郭靖、楊過、張三丰及張無忌乃崇高之俠，而韋小寶則為混混之俠。蕭峰之作為大俠，就在於具備俠的原始精神——急人之難：

> 阿朱奇道：「你也不認得他麼？那麼他怎麼竟會甘冒奇險，從龍潭虎穴之中將你救了出來？嗯，救人危難的大俠，本來就是這樣的。」[41]

此外，東邪黃藥師乃文化與武功之集大成者，實為中國文化之批判者，亦即對魯迅（周樹人，1881－1936）批判「吃人禮教」之致

40　林崗：〈江湖‧奇俠‧武功——武俠小說史上的金庸〉，劉再復、葛浩文、張東明等編：《金庸小說與二十世紀中國文學國際學術研討會論文集》，頁 132。
41　金庸：《天龍八部》，第 2 冊，第 20 章，頁 871。

意。一燈大師以一陽指醫治垂危的黃蓉而元氣大傷，五年之內武功全失，[42] 真是捨己忘我。張三丰乃一代宗師，甚至是神化了的道家人物，在金庸筆下，他親切和藹，樸素卑下，愛幼憐弱，而其武功卻博大精深，舉世無敵。至於張無忌以乾坤大挪移救在塔上跳下的各門派中人，更是一再令金庸對其俠氣倍加推崇：

> 其實他的俠氣最重，由於從小生長於冰火島，不知人世險惡，不會重視自己利益，因而能奮不顧身的助力。[43]

故此，金庸認為張無忌在「俠」方面，「發揮得很充分」。[44] 崇高之俠，形神俱備，自然眾口鑠金，而作為小癩子模式的韋小寶則形神皆缺，故而招來口誅筆伐。然而，俠亦是人，而傳統武俠小說之偏頗便在於將俠客樣板化，令他們失去了常人所有的七情六慾。我們幾乎看不到《七俠五義》中的展昭有任何的兒女私情，《水滸傳》中的燕青與李師師有情有義，卻無疾而終。而且，古典武俠小說中，更多的是江湖好漢對女性的殘殺。然而，《天龍八部》中的蕭峰雖受盡馬夫人康敏的禍害，而最終卻沒有手刃仇人。《射鵰英雄傳》中的梅超風以人頭作為練功的工具，可謂惡貫滿盈，最終卻仍受到寬恕。《神鵰俠侶》中的李莫愁作惡多端，卻亦非他人所殺，而是死於情花之毒。

簡而言之，金庸筆下感情世界更是多姿多彩。段譽備受情慾

42　金庸：《射鵰英雄傳》，第 3 冊，第 30 回，頁 1260。

43　金庸：〈後記〉，《倚天屠龍記》，第 4 冊，頁 1722。

44　金庸：〈後記〉，《倚天屠龍記》，第 4 冊，頁 1723。

的折磨，終有所領悟。郭靖對黃蓉是一見鍾情，此情不渝。楊過在小龍女之外，亦處處留情，而終有情花之毒的折磨。張無忌更是坦言想四人共有，難捨難分。陳家洛亦曾擁有霍青桐與香香公主，卻終一無所有。至於一向備受鄙視的韋小寶，更是七女同歡。金庸關於俠與女性的曲折而細膩的書寫，在在突顯俠的人間化與情感需要，還原彼等血肉之軀的身份。以上將俠之情感人間化與俠客形象多樣化，實乃金庸對俠的書寫的演變，惜乎不為一般論者所理解而已。

七、結語

金庸武俠小說中的俠並非只以「武」與「俠」的結合那麼簡單。首先，他賦予了「俠」以嶄新定義，以蕭峰、洪七公、郭靖、楊過、張三丰、張無忌等作為「俠之大者」的崇高典範，同時又結合傳統，建構了具有「魏晉風度」的俠之譜系，此為光風霽月之俠的精神，將俠的精神境界推至極致後，金庸又在「仗義每多屠狗輩」的觀念上深入挖掘，以《鹿鼎記》中的韋小寶作為小癩子的模式，朝向無武而有俠方面的書寫，從而豐富了俠的層次，亦令俠從崇高層面走向現實層面，作出精彩的呈現。簡而言之，金庸筆下的俠，風姿迥異，各有不一般的曲折而動人的歷程，不止豐富並突破了武俠小說中「俠」的形象，更拓擴了中國人對「俠」的想像空間。

第五章　燭畔鬢雲有舊盟：
　　　　　情之正變及情俠
　　　　　結構之突破

一、前言

　　情與武功是金庸武俠小說中的雙刃劍，缺一不可，兩者互涉，相得益彰。此中，蕭峰與阿朱生死相隨，郭靖與黃蓉乃俠侶之典範，楊過與小龍女的愛情可歌可泣，[1] 令狐沖與任盈盈的愛情最為灑脫幸福，而陳家洛與香香公主的愛情則近乎淒美哀絕。在武功方面，金庸苦心孤詣之絕招神功，成為日常話題，而其對於情之書寫，則更提升了國民在感情方面的精神性追求。

　　古往今來，情海茫茫，多少癡男怨女，唱盡無數的嚮往與哀歌。有論者認為：

> 　　金庸的創造在於，他進一步發掘了人的情感的深層結構，從而展開了對俠的現代闡釋。古典小說也寫情，但這種情是受理性制約，它並不是非理性的慾望。民國武俠小說寫情也未突破理性規範。金庸則寫了非理性的情。[2]

「非理性的情」，其實亦是人之常情，如《倚天屠龍記》中殷離心中念念不忘的是童年的張無忌，《神鵰俠侶》中的李莫愁為陸展元

1　曾昭旭先生認為楊過與小龍女的感情是「偏鋒」、「變格」，而郭靖與黃蓉則為「正格」。見曾昭旭：〈金庸筆下的性情世界〉，《諸子百家看金庸》（香港：明窗出版社，1997），第 1 冊，頁 18、27。

2　楊春時：〈俠的現代闡釋與武俠小說的終結——金庸小說歷史地位評說〉，劉再復、葛浩文、張東明等編：《金庸小說與二十世紀中國文學國際學術研討會論文集》，頁 182。

所棄而成為殺人不眨眼的魔頭，《天龍八部》中的阿紫意圖傷害蕭峰以令他永遠留在自己身邊，游坦之為了討得阿紫的歡心而甘淪為玩偶。這一切均是情之變態，卻也是拓展了情的不同層面。古典小說中才子佳人終成眷屬的傳統模式，只是一廂情願的想像，終非現實，而金庸武俠小說在情之正與變方面均有所發揮，在情俠結構方面更有所突破，波瀾遞起，曲折迴環，堪稱一唱而三嘆。

二、貪嗔癡

　　情種、情癡及情孽，乃金庸武俠小說中不可缺少的元素，一旦少了關於情的刻骨書寫，整部小說的成功率必然大打折扣，如其中、短篇皆是，而其長篇則因情的一往情深或曲折坎坷而催人淚下，從而獲得了巨大的成功。有論者這樣指出金庸武俠小說中的貪、嗔、癡：

　　　　俠客的悲劇命運還由於情慾。金庸把義俠變成情俠，情慾成為俠客行動的主要驅動力。貪（權勢、財富），嗔（怨仇），癡（情愛）三毒使俠客陷於盲目、瘋狂、墮落，於是出現了愛情悲劇、爭鬥悲劇、尋仇悲劇。[3]

3　楊春時：〈俠的現代闡釋與武俠小說的終結──金庸小說歷史地位評說〉，劉再復、葛浩文、張東明等編：《金庸小說與二十世紀中國文學國際學術研討會論文集》，頁 188。

情與慾是兩回事，故此說「情慾」成為金庸武俠小說中俠客行動的主要驅動力，實乃誤讀。慕容氏父子、段延慶、丁春秋、全冠清、葉二娘、天山童姥以至於李秋水均非俠客，而蕭峰之大開殺戒亦與「情慾」無關，只是因為其契丹身份被揭發而遭中原武林圍攻的決戰。至於阿紫、蕭峰、游坦之更非「三角戀」，阿紫從沒愛上游坦之，蕭峰亦沒愛上阿紫，從何得說「三角戀愛導致他們同歸於盡」？[4] 若要說金庸在情慾方面之刻畫，此中風流人物，首推《天龍八部》中的段正淳，原因在於：

> 他不論和哪一個情人在一起，都全心全意的相待，就為對方送了性命，也在所不惜，至於分手後別尋新歡，卻又另作別論了。[5]

段正淳之風流，竟無端成為阿朱與阿紫之父，頗為突兀，甚至可能有點有始無終。[6] 段正淳與段延慶之比武，高低立判，很明顯便是縱慾過度所致。同樣這位風流情種之功夫自不及專心致志於武功的蕭峰，後來威鎮西南並會一陽指神功的段正淳竟在馬夫人康敏手中

4　楊春時：〈俠的現代闡釋與武俠小說的終結──金庸小說歷史地位評說〉，劉再復、葛浩文、張東明等編：《金庸小說與二十世紀中國文學國際學術研討會論文集》，頁 188。

5　金庸：《天龍八部》，第 3 冊，第 22 章，頁 984。

6　段正淳在阮星竹家中題寫以下對聯：「含羞倚醉不成歌，纖手掩香羅。偎花映燭，偷傳深意，酒思入橫波」；「看朱成碧心迷亂，翻脈脈，斂雙蛾。相見時稀隔別多。又春盡，奈愁何？」見金庸：《天龍八部》，第 3 冊，第 23 章，頁 1011。由「看朱成碧」，及阿碧身世不明，並與阿朱同為慕容家婢女，可以推測阿碧似乎亦幾成為段譽的妹妹，可惜金庸無暇顧及。

猶如三歲嬰孩之備受播弄，最終在情人王夫人的迷藥之下而輾轉死於慕容復手下。這便是風流孽債的報應。昔日，刀白鳳為了報復段正淳的風流而甘願委身猶如乞丐的段延慶：

> 忽聽得一個女子的聲音說道：「天龍寺外，菩提樹下，化子遍遍，觀音長髮！」[7]

當時，她並不知乞丐是段正淳的仇人、前太子段延慶，而冥冥之中自有業報：

> 觀世音菩薩曾化為女身，普渡沉溺在慾海中的眾生，那是最慈悲的菩薩。[8]

最終，段正淳最愛的刀白鳳委身於其時有如乞丐的敵人段延慶，並懷上了段譽。由此，女人、兒子以及皇位均為段延慶及其兒子所獲得，而段正淳卻死於婦人之手，下場相當悲慘。

段正淳因風流而貽禍無窮而致死，少林寺方丈玄慈竟也因為早年孽緣而身敗名裂。玄慈年輕時曾與葉二娘有過一段孽緣，因此犯下淫戒：

> 玄慈緩緩搖頭，嘆了口氣，說道：「明白別人容易，明白自己甚難。克敵不易，克服自己心中貪嗔癡三毒大敵，更加

7　金庸：《天龍八部》，第5冊，第48章，頁2064。
8　金庸：《天龍八部》，第5冊，第48章，頁2068。

艱難無比。」[9]

身為方丈犯下淫戒而被公之於世，實甚震撼：

> 少林寺方丈當眾受罰，那當真是駭人聽聞、大違物情之
> 事。[10]

但玄慈敢做敢當，親口承認過錯並願受懲罰。玄慈之犯戒與受罰突
顯的是情慾之複雜性，並非空門所能勘破，而佛的智慧卻使他勇於
承擔。玄慈當年誤信慕容復之陰謀而帶領中原武林在玉門關伏擊蕭
遠山一家，明知這是蕭遠山的報復，他亦如其所願而甘心身敗名
裂。在過失被揭穿之後，玄慈身負雙重罪孽，在劫難逃，而其智慧
亦終在此刻突顯出來，他亦這樣規勸葉二娘：「癡人，你又非佛門
女尼，勘不破愛慾，何罪之有？」[11] 此誠為智者之言。玄慈一力承
擔所謂的罪過，並獲解脫：

> 「過去二十餘年來，我日日夜夜記掛着你母子二人，自知
> 身犯大戒，卻又不敢向僧眾懺悔，今日卻能一舉解脫，從此
> 便無牽罣恐懼，心得安樂。」說偈道：「人生於世，有慾有愛，
> 煩惱多苦，解脫為樂！」說罷慢慢閉上了雙眼，臉露祥和微
> 笑。[12]

9　金庸：《天龍八部》，第 5 冊，第 42 章，頁 1826。
10　金庸：《天龍八部》，第 5 冊，第 42 章，頁 1828。
11　金庸：《天龍八部》，第 5 冊，第 42 章，頁 1829。
12　金庸：《天龍八部》，第 5 冊，第 42 章，頁 1830。

然而，倪匡從情的角度而評玄慈為「下下人物，戀棧名位，不知所云」。[13] 實非如此。金庸在此探討的是人性，玄慈是和尚，但也是人，他在戒律與情慾之間，先是犯下色戒，而最終醒覺，成其為夫為父，又誠心懺悔，接受懲罰，以死贖罪，以成其為英雄人物。金庸藉此突顯玄慈的「英雄好漢的行徑」：

> 但他不隱己過，定要先行忍辱受杖，以維護少林寺清譽，然後再死，實是英雄好漢的行徑。群雄心敬他的為人，不少人走到玄慈遺體之前，躬身下拜。[14]

金庸在此突顯的是一個人若知錯而能改，便能獲得別人的原諒，而且玄慈並沒有在最後時機追究慕容復昔日所安排的陰謀，亦沒有反擊蕭遠山的報復，這便是得道者的所為。同樣，玄慈的兒子虛竹原本亦謹守清規，而在犯下淫戒之後，他真心愛上西夏公主並快樂地過着婚姻生活。以上這兩個例子，恰好說明金庸乃在戒律與情感中作出探討，以正視人性中愛情的需要與贖罪的勇氣。

金庸筆下主人公在四處留情之後而有領悟者，則非段譽莫屬。段譽乃多情種子，頗有《紅樓夢》中賈寶玉的影子，而他心中竟有情與佛經之辯：

> 佛經有云：「當思美女，身藏膿血，百年之後，化為白骨。」話雖不錯，但她就算百年之後化為白骨，那也是美得

13　倪匡：《再看金庸小說》（重慶：重慶大學出版社，2009），頁64。
14　金庸：《天龍八部》，第5冊，第42章，頁1831。

不得了的白骨啊。[15]

雖常常為不同的女子癡狂、煩惱，然而段譽又嘆道：

> 「不住色生心，不住聲香味觸法生心，應無所住，而生其
> 心」，可是若能「離一切相」，已是大菩薩了。我輩凡夫俗子，
> 如何能有此修為？「怨憎會，愛別離，求不得，五陰熾盛」，
> 此人生大苦也。[16]

段譽從一開始便是金庸筆下一個試驗品，從逢美女便愛，到癡迷王
語嫣，再到誤以為他所愛的女子竟都是同父異母的妹妹。及至最後
知道自己並非段正淳所生，他與王語嫣及其他為他所喜歡的女子並
無血緣關係時，終於覺悟他所愛的只是神仙姐姐的心象，心象一
滅，愛慾即去，他終於「離一切相」。然而，他還是如《紅樓夢》
中的賈寶玉般娶妻生子，晚年按大理皇家之例，出家為僧，[17] 這亦
是大智慧。

　　此外，《天龍八部》中的馬夫人康敏、《飛狐外傳》中的馬春
花及南蘭，全為情慾所播弄，從而引致彌天大禍。康敏因蕭峰在洛
陽牡丹大會上沒看她一眼而頓生嗔恨，遂致江湖的連場腥風血雨，
最終她被阿紫劃破了臉而被鏡中自己的醜陋容顏所嚇死。苗人鳳之
妻南蘭「水性楊花、奸滑涼薄」、拋夫棄女，而引誘她的田歸農所

15　金庸：《天龍八部》，第 3 冊，第 29 章，頁 1256。
16　金庸：《天龍八部》，第 3 冊，第 29 章，頁 1257。
17　關於段譽之原型人物段和譽的相關論述可參閱王洪力：〈追溯《天龍八部》中的段
　　氏兒女〉，《文史雜誌》，2006 年第 6 期，頁 57−58。

垂涎的只是她的藏寶圖而已。[18] 徐錚甘願娶懷了福康安孩子的馬春花，最終卻死於同樣癡戀馬春花的商寶震手下，商寶震又死於馬春花刀下，而他們均不知馬春花傾心的卻是福康安。胡斐在徐、商兩人墓前説：「馬姑娘從此富貴不盡。你們兩位死而有知，也不用再記着她了。」[19] 福康安視馬春花為玩物而已，而馬春花卻對他一片癡心：

> 　　只聽馬春花微弱的聲音不住在叫：「孩子，孩子！福公子，福公子，我要死了，我只想再見你一面。」胡斐又是一陣心酸：「情之為物，竟如此不可理喻。」[20]

康敏的淫蕩毒辣，南蘭的水性楊花，馬春花的愚昧麻木，實乃金庸對情之失控與慾之禍變的省思。一部《天龍八部》寫盡人間的貪、嗔、癡，以武俠小説而闡釋佛家思想，[21] 無出其右。

情、慾相生生而互涉，為情所迷而溺於慾，則不懂情為何物，至於因情而成魔，則是下下之人。

18　金庸：《飛狐外傳》，第 2 冊，頁 797。

19　金庸：《飛狐外傳》，第 2 冊，頁 492。

20　金庸：《飛狐外傳》，第 2 冊，頁 742－743。

21　相關論述可參閱李志強：〈漫談小説《天龍八部》與佛教文化〉，《佛教文化》，2004 年第 4 期，頁 42－43。

三、因情成魔

　　愛情可以成就人的一生，同樣亦可以令人遺憾終生，甚至毀掉人的一生。《天龍八部》中的蕭峰與阿朱的愛情至死不渝。《射鵰英雄傳》中的郭靖因黃蓉之愛及其引導而走上大俠之路。《神鵰俠侶》中身為孤兒的楊過在與小龍女的一往情深的愛情當中，獲得了心靈溫暖的慰藉。《倚天屠龍記》中的張無忌在趙敏的協助下，沉冤得雪，儆惡除奸，並毅然遠離政治，隱居蒙古。《笑傲江湖》中的令狐沖在任盈盈的琴音治療下走向「魏晉風度」的大俠之路，兩人重塑江湖，終成眷屬。以上均為愛情的積極而光明的作用。然而，此中不乏因情而成魔者，扭曲人性，甚至禍害江湖。

　　《神鵰俠侶》一開始便是腥風血雨，道姑李莫愁兇狠如鬼魅，令人不寒而慄。李莫愁愛上陸展元，而陸展元卻娶了何沅君，自此李莫愁胡亂殺人，包括殺害與何沅君毫無關係的何拳師滿門二十餘口，又在沅江上連毀六十三家貨棧船行。[22] 同時，一燈大師四大護衛之一的樵夫，即在《射鵰英雄傳》中曾被黃蓉、郭靖所戲弄而在田間以一人之力頂住巨石與黃牛的武三通，在《神鵰俠侶》中本有家室，卻因愛上嫁作陸展元之妻的義女何沅君，因而瘋瘋癲癲。不幸的是十年之後，武三通仍不罷休而尋上陸家鬧事，陸氏夫婦雖已早逝，而李莫愁卻要滅陸氏滿門，武三通出手相救而為李莫愁的毒針所傷，其妻卻又為他吸毒而身亡。[23] 因愛生恨而至於滅門，甚至

22　金庸：《射鵰英雄傳》，第 1 冊，第 1 回，頁 4；第 2 回，頁 42。
23　金庸：《神鵰俠侶》，第 1 冊，第 2 回，頁 78。

累及無辜，李莫愁外號「赤練仙子」，實為情魔。反諷的是，元好問（裕之，1190－1257）的〈摸魚兒·雁丘詞〉卻由情魔李莫愁所唱出：

> 李莫愁心念一動，突然縱聲而歌，音調淒婉，歌道：「問世間，情是何物，直教生死相許？天南地北雙飛客，老翅幾回寒暑？歡樂趣，離別苦，就中更有癡兒女。君應有語，渺萬里層雲，千山暮雪，隻影向誰去？」[24]

此為上半闋，可惜李莫愁不懂亦沒唱出此詞下半闋的真諦：

> 橫汾路，寂寞當年簫鼓，荒煙依舊平楚。招魂楚些何嗟及，山鬼暗啼風雨。天也妒，未信與，鶯兒燕子俱黃土。千秋萬古，為留待騷人，狂歌痛飲，來訪雁丘處。

「鶯兒燕子俱黃土」，陸展元及其妻子均已成為黃土，獨剩李莫愁費盡心思，禍害人間，因情成魔，豈不可悲？而她高唱此詞卻不明白箇中真諦，豈不可笑？情之所起，一往而深，卻不知古今天下多少人沉溺於情而不能自拔，實不知情為何物。李莫愁乃因情孽而淪為情魔，遂致殺戮叢生，風波遞起，如黃蓉嘲諷她的「胡作非為，害人害己」，[25] 而她最終亦跌入絕情谷的千萬根情花毒刺之中，[26] 遭

24　金庸：《神鵰俠侶》，第 2 冊，第 15 回，頁 627。
25　金庸：《神鵰俠侶》，第 3 冊，第 30 回，頁 1289。
26　金庸：《神鵰俠侶》，第 3 冊，第 30 回，頁 1288。

受業報。至於與她共謀的絕情谷谷主公孫止，他心中只有慾望與陰謀，此人乃集姦淫及邪毒於一身，根本不知情為何物。

《天龍八部》中的江湖風波，起於萍末，一切便從蕭峰的一個眼神而始。康敏因蕭峰在洛陽牡丹會上看也不看她一眼，遂懷恨在心而密謀加害：

> 洛陽百花會中，男子漢以你居首，女子自然以我為第一！你竟不向我好好的瞧上幾眼，我再自負美貌，又有甚麼用？那一千多人便再為我神魂顛倒，我心裏又怎能舒服？[27]

由於一眸的疏忽，康敏掀風作浪，色誘丐幫長老，殺害丈夫馬大元，揭發蕭峰的契丹身世：

> 那一日讓我在馬大元的鐵箱中發現了汪幫主的遺書。我偷看那信，得知了其中過節……我要你身敗名裂，再也逞不得英雄好漢。我便要馬大元當眾揭露，好叫天下漢人都知你是契丹胡虜，要你別說做不成丐幫幫主，更在中原沒法立足，連性命也是難保。[28]

康敏偷窺帶頭大哥寫給汪幫主的信件而揭穿蕭峰乃契丹人之動機，[29] 竟乃因愛而成恨，遂禍害無端，最終導致丐幫分裂，蕭峰於

27　金庸：《天龍八部》，第 3 冊，第 24 章，頁 1071。
28　金庸：《天龍八部》，第 3 冊，第 24 章，頁 1073。
29　金庸：《天龍八部》，第 3 冊，第 24 章，頁 1073、1076。

中原無立足之處。而她亦惡有惡報，為阿紫劃破臉而被鏡中自己的醜陋容顏嚇死。此可謂「貪嗔愛癡」之所在，由康敏之傾慕蕭峰、害蕭峰，再至勾引白世鏡，並叫他殺害馬大元，[30] 再至嚙咬段正淳之肉，可見諸般惡念，均繫於因情成魔所致。同樣，段正淳的私生女阿紫亦為情所困而造孽：

> 阿紫情根深種，殊無回報，自不免中心鬱鬱，她對游坦之大加折磨，也是為了發洩心中鬱悶之情。[31]

情之所至，流落江湖的「聚賢莊」少莊主游坦之卻甘於以性命交付：

> 段譽斜目向王語嫣看了一眼，心想：「我對王姑娘一往情深，自忖已是至矣盡矣，蔑以加矣。但比之這位莊幫主，卻又大大不如了。人家這才是情中聖賢！」[32]

其實不然，游坦之亦是因情成魔，段譽對內情有所不知而誤以為他是「情中聖賢」。游坦之因癡戀阿紫而甘願被她戴上鐵面罩，成為其練習毒功的試驗工具，基本已是被獸化、物化。雲南擺夷女子何紅藥戀上漢人夏雪宜，其時夏雪宜正在五毒教附近採集蛇毒以準備復仇大計。何紅藥因愛而忘卻教規，私帶夏雪宜進入毒龍洞而令五毒教失去教中三寶，包括金蛇劍、二十四枚金蛇錐以及藏寶地圖，

30　金庸：《天龍八部》，第 3 冊，第 24 章，頁 1073。
31　金庸：《天龍八部》，第 3 冊，第 28 章，頁 1224。
32　金庸：《天龍八部》，第 5 冊，第 41 章，頁 1753。

從而被處接受鶴頂蛇的「萬蛇咬齧」之懲罰，以致醜陋無比，同時還得二十年間不許偷盜或接受別人救濟的行乞活命。[33] 最終換來的不過是夏雪宜的「逢場作戲」，[34] 他的真愛是溫儀。由此，何紅藥變成猶如鬼魅般的人物，相當淒涼。

　　因情而成魔，金庸從元好問的〈摸魚兒‧雁丘詞〉寫起，卻又突破其想像，此曲既可深情無限，而出自李莫愁之口卻又令人不寒而慄。愛的力量，可以是建設性的，亦可以是毀滅性的，這便是金庸對愛情的書寫深度的拓展。

四、心象

　　金庸筆下「心象」的書寫，實乃對愛情迷障方面的探索。「心象」，即心中的完美的愛的理想。這一切，實始於《倚天屠龍記》，殷離在蝴蝶谷迷戀上童年的張無忌。[35] 而在《天龍八部》中再以段譽之迷戀王語嫣，因為她像無量宮瑯嬛玉洞中的「神仙姐姐」。這位「神仙姐姐」，便是逍遙派掌門無崖子以戀人李秋水的妹妹的容顏而塑造的雕像，同樣無崖子亦戀上此「心象」而不自知。[36] 無崖子將他親手所雕的玉像當成了李秋水的小妹子，他心中真正愛的是李秋水

33　金庸：《碧血劍》，第 2 冊，第 17 回，頁 614。
34　金庸：《碧血劍》，第 2 冊，第 17 回，頁 619。
35　金庸：《倚天屠龍記》，第 4 冊，第 40 回，頁 1701。
36　金庸：《天龍八部》，第 4 冊，第 37 章，頁 1597。

的妹妹。[37] 天山童姥與李秋水之生死搏鬥便是為了爭奪無崖子，兩人在冰庫之殊死相搏，實乃困獸之鬥。最為荒謬的是，號稱「逍遙派」掌門的無崖子，一生在愛情上貪多嗜慾，而天山童姥與李秋水由遺留下來的畫中人的一顆痣，方知他心中所愛是李秋水的妹妹，從而令兩人氣絕身亡。三人之感情糾葛，終究虛妄，三人之愛，終非真愛，均是貪之所至。金庸在此將世間情愛之荒謬一面，撕裂殆盡。

出於對情慾之熟悉，天山童姥安排虛竹在西夏地下冰窖中與西夏公主親熱，「夢姑」與「夢郎」遂成彼此之「心象」，後來卻竟夢想成真。金庸這樣描寫初涉性愛的虛竹：「輕憐密愛，竟無厭足」、「真不知是真是幻。是天上人間」。[38] 情慾的書寫，亦是定力的考驗，虛竹所習的少林派禪功已盡數為無崖子化去，定力全失，[39] 而卻終於了解自己的需要：

> 虛竹覺得這黑暗的寒冰地窖便是極樂世界，又何必皈依我佛，別求解脫？[40]

世間一切，如夢幻泡影，天山童姥雖然武功深湛，到頭來仍不免功散氣絕，終化作黃土。[41] 然而，一場捉弄虛竹的性愛惡作劇，竟成就了一段美好姻緣，而天山童姥與李秋水為了得到師兄無崖子的愛惡鬥終生，卻終無所得。

37　金庸：《天龍八部》，第 4 冊，第 37 章，頁 1597。
38　金庸：《天龍八部》，第 4 冊，第 36 章，頁 1557、1560。
39　金庸：《天龍八部》，第 4 冊，第 36 章，頁 1557。
40　金庸：《天龍八部》，第 4 冊，第 36 章，頁 1561。
41　金庸：《天龍八部》，第 4 冊，第 38 章，頁 1619。

五、一往情深

　　一往情深的愛情書寫在金庸筆下可歌可泣，堪稱自二十世紀五四新文學革命以降，近百年的現當代中國文學中，無人能及。蕭峰與阿朱、郭靖與黃蓉、楊過與小龍女、令狐沖與任盈盈的愛情故事，家喻戶曉，流傳深遠。金庸以其筆下一往情深的書寫，成為國民對美好而純真愛情典範的嚮往。

　　在《天龍八部》中，蕭峰被馬夫人康敏陷害之後，為江湖所不容而幾乎走投無路之際，阿朱猶如桃花般意象的出現，為蕭峰所面對的暴烈而黑暗的江湖世界帶來春意盎然的生機：

> 　　喬峰一怔，回過頭來，只見山坡旁一株花樹之下，站着一個盈盈少女，身穿淡紅衫子，嘴角邊帶着微笑，脈脈的凝視自己，正是阿朱。[42]

此際，本來萬念俱灰的蕭峰忽然生有所戀：

> 　　霎時間心中閃過一種念頭：「我這一死，阿朱就此無人照顧了！」[43]

第一次的兒女情長，蕭峰方才成為一個有血有肉的人：

42　金庸：《天龍八部》，第 2 冊，第 20 章，頁 869。
43　金庸：《天龍八部》，第 3 冊，第 21 章，頁 912。

蕭峰縱聲長笑，四周山谷鳴響，他想到阿朱說「願意生生世世，和你一同抵受患難屈辱、艱險困苦」，她明知前途滿是荊棘，卻也甘受無悔，心中感激，雖滿臉笑容，腮邊卻滾下了兩行淚水。[44]

故此，後來一直糾纏他不放的阿紫亦代替不了阿朱，至於美艷妖冶的康敏與一往情深的阿朱相比之下，更如塵埃。在蕭峰心中，只有阿朱，別無他人：「阿朱就是阿朱，四海列國，千秋萬載，就只一個阿朱。」[45]《射鵰英雄傳》中的黃藥師為人孤傲憤世，而他卻因為聰慧絕世的妻子馮氏之早逝而準備殉情之舟：

船底木材卻並非用鐵釘釘結，而是以生膠繩索膠纏在一起，泊在港中固是一艘極為華麗的花船，但如駛入大海，給浪濤一打，必致沉沒。他本擬將妻子遺體放入船中，如此瀟灑倜儻以終此一生，方不辱沒了當世武學大宗匠的身份，但每次臨到出海，總是既不忍攜女同行，又不忍將她拋下不顧，終於造了墓室，先將妻子的棺木厝下。這船卻每年油漆，歷時常新。要待女兒長大，有了妥善歸宿，再行此事。[46]

黃藥師之所為，真乃魏晉中人的一往情深，其對所愛的依戀與執著，實即他女兒黃蓉藉范仲淹而指出的「大英雄、大豪傑，也不是

44　金庸：《天龍八部》，第 3 冊，第 21 章，頁 924。
45　金庸：《天龍八部》，第 5 冊，第 49 章，頁 2125。
46　金庸：《射鵰英雄傳》，第 2 冊，第 19 回，頁 814。

無情之人」。[47] 如此境界，在剛從作為異域的蒙古來到中原而樸實敦厚的郭靖而言，便是在危在旦夕的時刻對黃蓉道出願在陰間也仍然揹着她。[48] 縱然兩者之情感境界高低有別，而情深則如一。

　　在諸多愛情的書寫中，《神鵰俠侶》乃金庸刻意為反抗名教而精心結構的「情書」。[49]《神鵰俠侶》的故事架構實乃以《西遊記》中的孫悟空與唐僧二人為原型，以取經之艱難，隱喻楊過與小龍女師徒在南宋禮教制約之下，不顧旁人之阻攔，經歷重重困難，生生死死，可歌可泣。楊過與小龍女的一往情深，令旁人黯然失色：

　　　　楊過朗聲吟道：「煢煢白兔，東走西顧。衣不如新，人不如故。」[50]

此詩出自樂府〈古艷歌〉。楊過所吟〈古艷歌〉中「人不如故」一句，擊中了被棄的裘千尺的心扉：

　　　　裘千尺望望她，又望望楊過，只見二人相互凝視，其情之癡，其意之誠，那是自己一生之中從未領略過、從未念及過的，原來世間男女之情竟有如斯者，不自禁想起自己與公孫止夫妻一場，竟落得這般收場，長嘆一聲，雙頰上流下淚來。[51]

47　金庸：《射鵰英雄傳》，第 3 冊，第 26 回，頁 1115。

48　金庸：《射鵰英雄傳》，第 3 冊，第 29 回，頁 1220。

49　陳曉林、方瑜及潘國森等均認為《神鵰俠侶》是一部關於「情」的小說。分別見餘子等：《諸子百家看金庸》（香港：明窗出版社，1997），第 1 冊，頁 46、82；潘國森：《話說金庸》（香港：明窗出版社，1998），頁 179。

50　金庸：《神鵰俠侶》，第 2 冊，第 20 回，頁 846。

51　金庸：《神鵰俠侶》，第 2 冊，第 20 回，頁 848。

楊過與小龍女雙雙吐血，心靈相通。[52] 而公孫谷主貪新厭舊，裘千尺以血液破解公孫止的閉穴功，又以棗核傷其雙眼，[53] 如此狠毒的夫婦，恰正與楊過、小龍女兩人之至死不渝形成強烈的對照。絕情谷主要人絕情而他自己卻縱慾，[54] 楊過認為此舉違反人性：

> 有生即有情，佛家稱有生之物為「有情」，不但男女老幼皆屬有情，即令牛馬豬羊、魚鳥蛇蟲等等，也均有情，有生之物倘真無情，不免滅絕，更無繁衍。絕情谷所修者大違人性物性，殊非正道。[55]

本已絕情的小龍女因此重燃舊情，決心與楊過長相廝守，而要人絕情的公孫止卻強逼小龍女與他成婚。情與人性及名教的衝突，乃《神鵰俠侶》書寫的重心所在。絕情谷違背人性的書寫，實正是對兩宋禮教森嚴之抨擊；楊過與小龍女之師生戀，正是對禮教大防之衝擊。諸多劫難之後，楊過在贈送三個禮物予郭襄當中均與軍國大事有關：一、殲滅二千蒙古軍；二、火燒蒙古軍糧；三、送去達爾巴以揭穿霍都王子企圖當丐幫幫主的陰謀。楊過又與小龍女共同捍衞被蒙古軍猛攻的襄陽，並由楊過擊斃蒙古大汗蒙哥。由此，兩人的愛情終獲得郭靖、黃蓉等一干道德捍衞者所默許。最終，楊過與

52　金庸：《神鵰俠侶》，第 2 冊，第 17 回，頁 725。
53　金庸：《神鵰俠侶》，第 2 冊，第 20 回，頁 843。
54　金庸：《神鵰俠侶》，第 2 冊，第 18 回，頁 778。
55　金庸：《神鵰俠侶》，第 2 冊，第 18 回，頁 778。

小龍女還是退隱於不屬世俗道德所管轄的古墓之中。[56]

　　《笑傲江湖》中的令狐沖連番遭受師父岳不群的陷害，幾為江湖所不容，唯有任盈盈對他一往情深：

> 　　想到她為了相救自己，甘願捨生，自己一生之中，師友厚待者雖也不少，可沒一個人竟能如此甘願把性命來交託給自己。胸口熱血上湧，只覺別說盈盈不過是魔教教主的女兒，縱然她萬惡不赦、天下人皆欲殺之而甘心，自己寧可性命不在，也決計要維護她平安周全。[57]

故此，令狐沖為了解救甘於留在少林寺為人質的任盈盈而率眾攻打少林寺。傳承「魏晉風度」的令狐沖與任盈盈最終琴簫合奏〈笑傲江湖〉，共諧連理，實是金庸武俠小說中最美滿幸福的一對俠侶。

　　《飛狐外傳》中的程靈素深愛胡斐，當胡斐中了石萬嗔的碧蠶毒蠱、鶴頂紅以及孔雀膽三大劇毒時，她毅然「用情郎身上的毒血，毒死了自己，救了情郎的性命」。[58]《連城訣》中，鄉下少年狄雲貌不驚人，純樸木訥，縱被師妹戚芳誤會而好事成空，而卻始終對她一往情深。戚芳中了奸人萬圭父子的圈套而為其婦，而狄雲則

56　曾昭旭先生指出楊過可能有的歸宿有二：「其一便是積極乎指向道德仁義的理想，貢獻出他全部的生命熱力，以建設一個合理的世界。其二便是消極地歸宿於徹底寧靜的玄境，以平息他生命的躁動不安。前者是他生命的根本成全，後者則是他生命的最終安頓。而在書中，楊過是放棄了前者而畢竟歸宿於小龍女所代表的沖虛玄境。」曾昭旭：〈金庸筆下的性情世界〉，《諸子百家看金庸》（香港：明窗出版社，1997），第 1 冊，頁 27－28。

57　金庸：《笑傲江湖》，第 3 冊，第 27 章，頁 1169。

58　金庸：《飛狐外傳》，第 2 冊，第 20 章，頁 792。

以德報怨，以解藥救其丈夫萬圭，後來又收養了她的女兒。這段感情，雖不浪漫，亦無甚動人心魄之所在，卻令人難以釋懷。與之相對照的是同在獄中的丁典，雖是一介武夫，卻與凌霜華因鍾情綠菊花而惺惺相惜，由此而墮入愛河，這段純真的愛情因其父知府凌退思的奪寶陰謀而夭折。最終，凌霜華被作為活死人般覆蓋於棺木之內以引知悉《連城訣》的丁典前來相見，凌退思誘騙丁典中毒而獲《連城訣》中的寶藏秘密。最終，丁典與凌霜華均死於非命，這段高貴如綠菊花的愛情，始終不負彼此的初見。

《鹿鼎記》中的「百勝刀王」胡逸之對陳圓圓一往情深而自白：

> 當年陳姑娘在平西王府中之時，我在王府裏做園丁，給她種花拔草。她去了三聖庵，我便跟着去做伙伕。我別無他求，只盼早上晚間偷偷見到她一眼，便已心滿意足，怎……怎會有絲毫唐突佳人的舉動？[59]

因此之故，他竟去保護陳圓圓所喜歡而幾乎被馮錫範所殺的李自成，[60] 這在韋小寶而言，簡直是不可思議，韋小寶一直都在戲弄鄭克塽及劉一航，目標均在獲得阿珂及方怡。而且，在胡逸之心中，一往情深永高於武功：「武功算得甚麼？我這番深情，那才難得。

59　金庸：《鹿鼎記》，第 4 冊，第 33 回，頁 1413－1414。
60　金庸：《鹿鼎記》，第 4 冊，第 33 回，頁 1406－1411。陳岸峰據吳梅村〈圓圓曲〉中「西施」與「吳王」的隱喻及結合其他證據，從而推出陳圓圓實為穿梭於崇禎、吳三桂及李自成之間的間諜的定論。詳見陳岸峰：《甲申詩史：吳梅村書寫的一六四四》，頁 162－197。

可見你不是我的知己。」[61] 然而，倪匡則對胡逸之的所作所為提出批評：

> 李自成「天天晚上來陪」陳圓圓，胡逸之一點也不想干涉？在李自成每晚皆來之際，胡逸之的心中不知是甚麼滋味。[62]

胡逸之對陳圓圓的愛，並不涉及情慾，一如儀琳對令狐沖的愛，只有純粹的愛念，別無他求。這是愛的最高理念，乃柏拉圖之戀，乃「魏晉風度」的光風霽月之戀，倪匡之不理解胡逸之，正如吳六奇、韋小寶之不理解胡逸之一樣，並不出奇。

道姑、尼姑、和尚對情的難捨，亦是人性的一部分。儀琳雖是尼姑，卻是曲洋口中的「多情種子」，[63] 其對情的崇高執著，有如宗教苦行。儀琳對令狐沖的愛已至極致：

> 儀琳心想：「當我抱着令狐師兄的屍身之時，我心中十分平靜安定，甚至有一點兒歡喜，倒似乎是在打坐做功課一般，心中甚麼也不想，我似乎只盼望一輩子抱着他身子，在一個人也沒有的道上隨意行走，永遠無止無休。」[64]

至於儀琳之父不戒和尚之甘願削髮為僧，為的是追求作為尼姑的心愛女人而又竟能成功，實是諷刺而不乏幽默，而其一往情深卻並無二致。

61　金庸：《鹿鼎記》，第 4 冊，第 33 回，頁 1417。
62　倪匡：《三看金庸小說》（重慶：重慶大學出版社，2009），頁 149。
63　金庸：《笑傲江湖》，第 1 冊，第 5 回，頁 184。
64　金庸：《笑傲江湖》，第 1 冊，第 4 回，頁 170。

六、情俠結構的突破

情俠結構的突破，乃金庸武俠小說獲得巨大成功的原因所在。《射鵰英雄傳》中的郭靖之所以獲得洪七公傳授降龍十八掌之絕技，全因黃蓉之幫忙，在其成為大俠的路上，其武功與文化之修養，全憑黃蓉作為其導師而完成。《神鵰俠侶》中的楊過孤苦無依，在被全真教中人追捕、欺負之際，亦是小龍女接納他成為古墓派弟子並授予功夫，由此他才真正地進入武學的天地。《天龍八部》中的蕭峰在被中原武林驅逐之際，多得阿朱的愛情方獲得存活下去的希望。《笑傲江湖》中的令狐沖更在任盈盈的音樂治療之下方才痊癒，並在與任盈盈琴簫合奏〈笑傲江湖〉的精神引導下，傳承嵇康〈廣陵散〉的「魏晉風度」，由此而「笑傲江湖」。在此情俠結構上，男主人公雖仍是武俠世界之中心人物，最終仍是武功天下第一，並成為重塑江湖之領袖，而往往作為其精神導師的卻是女性，如黃蓉之於郭靖，小龍女之於楊過，趙敏之於張無忌，以及任盈盈之於令狐沖。至於阿朱之於蕭峰，則可謂半途而夭折，或許因此方有蕭峰之自殺身亡的悲劇。而事實上，阿朱此人物在塑造上，思想深度確是比其他女主角有所不足，故其憑一時衝動以代父贖罪而死，也是合情合理。同樣，身邊沒有作為精神導師的主人公如狄雲以至於袁承志便或身陷囹圄或不得不去國離鄉。此外，金庸筆下女性在武功方面亦是主人公的導師，如小龍女之於楊過，天山童姥之於虛竹，甚至於王語嫣之於段譽以及慕容復。由此而言，金庸的武俠世界並非如一般論述所言之男性中心主義。

金庸筆下那些脫離了情俠結構的其他作品，均不成功，如其

中、短篇小説除了故事內容不盡人意之外，情俠結構一旦無法突顯則終究功虧一簣，如《飛狐外傳》、《雪山飛狐》、《書劍恩仇錄》、《連城訣》、《俠客行》、《白馬嘯西風》、《鴛鴦刀》及《越女劍》等作品，幾乎無一例外。

七、結語

主人公之武功歷程及其成為大俠之路並不能成為武俠小説成功的唯一元素，情之正與變乃金庸最擅於駕馭而且發揮得淋漓盡致之所在，故其作品既是武俠小説，卻又是當代愛情之經典。情俠結構的完美結合，令金庸武俠小説中的人物成為當代崇高美好愛情的想像楷模，而女性在精神與武功方面之作為主人公之導師，則乃金庸在情俠結構之突破。慾海情天，戀情的坎坷曲折及戀人的陪伴成長，歷盡波劫，再印證一往情深的崇高精神契合，實乃俠之人間化。俠之人間化，實即人性的書寫，亦即是金庸武俠小説對五四文學思潮的遙相呼應。

第六章　丈夫何事空嘯傲：「魏晉風度」的建構及傳承

一、前言

　　按金庸武俠小說的發展而言。有論者認為其中的「崇高感」慢慢消失。[1] 事實上，金庸一直念茲在茲地在努力建構俠的崇高風格：

> 　　假如沒有令狐沖、任盈盈、劉正風、曲洋這類隱士式人物的言行作背景，《笑傲江湖》的隱喻意味就要大打折扣。[2]

所謂的「隱喻意味」，論者在此並沒有道出，實際上便是「魏晉風度」。「魏晉風度」，源自魯迅的〈魏晉風度及文章與藥及酒之關係〉，由此而為千載的風流與吶喊落下注腳，同時亦令他神接竹林精神，在憤怒、詼諧之間，以生命之火劃破黑暗。「魏晉風度」之關鍵便是藥與酒所產生的作用，[3] 而這便是武俠世界中常見的兩種元素。再按《世說新語》中體現的「魏晉風度」的其他關鍵元素而呈現於俠的人格中的，還有長嘯、任誕以及一往情深。酒，牛飲者多，善飲者稀，懂得箇中三昧並藉以抒情者，更微乎其微。藥，藉以養生，魏晉人以酒服五石散，江湖中人則以藥酒防毒健體增加功力。長嘯與任誕，則為個人的抒情與處世的方式，前者是道家的養

1　楊春時：〈俠的現代闡釋與武俠小說的終結——金庸小說歷史地位評說〉，劉再復、葛浩文、張東明等編：《金庸小說與二十世紀中國文學國際學術研討會論文集》（香港：明河社，2000），頁 188。

2　林崗：〈江湖·奇俠·武功——武俠小說史上的金庸〉，劉再復、葛浩文、張東明等編：《金庸小說與二十世紀中國文學國際學術研討會論文集》，頁 126。

3　魯迅：〈魏晉風度及文章與藥及酒之關係〉，《而已集》（北京：人民出版社，1973），頁 86－87。

生方法，而任誕之行徑，則為一種傲世的人生哲學。至於一往情深者，則更是「魏晉風度」中情感的最高境界。

金庸武俠小説踵步先賢，在黑暗的時空中，迴盪着遠古的嘯聲，在刀光劍影的江湖中，奏起竹林琴音。

二、「魏晉風度」譜系

魏晉名士，多為飲者，飲者皆孤獨，如阮籍（嗣宗，210－263）之痛飲便是為了逃避司馬氏政權之籠絡。故有論者指出：「金庸小説的悲劇性還體現為一種孤獨意識。」[4] 所謂的「孤獨意識」，其實即是如阮籍般的傲然不群的「魏晉風度」。《射鵰英雄傳》中的黃藥師獨來獨往、睥睨天下；《神鵰俠侶》中的洪七公獨自一人背鍋上華山找蜈蚣吃，楊過在神鵰的訓練下成為絕頂高手，他與《笑傲江湖》中的令狐冲一樣同在孤獨的時刻，機緣巧合地傳承了絕頂高手獨孤求敗的精妙劍術。東邪黃藥師曾吟嵇康（叔夜，約223－263）的詩：「振衣千仞崗，濯足萬里流」。[5] 黃藥師心中必有嵇康精神之存在，方吟此詩。其實，黃藥師之憤世，既是「魏晉風度」的表現，而這一切又其實源自其祖輩極力為岳飛（鵬舉，1103－1142）的冤案平反而慘遭殺戮，由此而鑄就了黃藥師憤世嫉

4　楊春時：〈俠的現代闡釋與武俠小説的終結——金庸小説歷史地位評説〉，劉再復、葛浩文、張東明等編：《金庸小説與二十世紀中國文學國際學術研討會論文集》，頁 188。

5　金庸：《神鵰俠侶》（香港：明河出版社，2003），第 3 冊，第 26 回，頁 1112。

上編　第六章　丈夫何事空嘯傲：「魏晉風度」的建構及傳承　　161

俗的思想，甚至敢於有「詛罵皇帝」、「推倒宋朝」的造反意識，[6] 可謂叛逆至極。由此而言，顛覆一切便是其根本的思想，故黃藥師抨擊「虛偽禮法」、「偽聖假賢」、「吃人不吐骨頭的禮教」而自稱「邪魔外道」。[7] 顛覆禮教，源自魏晉，傳承於五四精神，這也正是魯迅推崇嵇康及「魏晉風度」之所在。然而正義凜然的俠之大者洪七公評黃藥師為「特立獨行」而「向來尊敬他的為人」，[8] 其人品道德是絕無可疑的了。原來，黃藥師出生於其時作為異域的麗江，從小便不受儒家思想之規範。事實上，金庸便早已着墨交代黃藥師與「魏晉風度」的思想淵源：

> 常道：「禮法豈為吾輩而設？」平素思慕晉人的率性放誕，行事但求心之所適，常人以為是的，他或以為非，常人以為非的，他卻又以為是，因此上得了個「東邪」的諢號。[9]

黃藥師的「禮法豈為吾輩而設？」正是阮籍所說的「禮豈為我輩設耶？」[10] 亦即嵇康所提出更為激烈的「越名教而任自然」。[11] 黃藥師

6　金庸：《射鵰英雄傳》（香港：明河出版社，2003），第 1 冊，第 10 回，頁 405－406。

7　金庸：《射鵰英雄傳》，第 3 冊，第 25 回，頁 1038。

8　金庸：《射鵰英雄傳》，第 2 冊，第 12 回，頁 520。

9　金庸：《射鵰英雄傳》，第 2 冊，第 18 回，頁 755。

10　見劉義慶編著；陳岸峰導讀及譯注：《世說新語》（香港：中華書局，2012），頁 300。

11　嵇康；戴明揚校注：〈釋私論〉，《嵇康集校注》（北京：人民文學出版社，1962），卷 6，頁 234。關於嵇康的「越名教而任自然」的相關論述，可參閱陳岸峰〈顧日影而彈琴：嵇康的痛苦及其追求〉，《詩學的政治及其闡釋》（香港：中華書局，2013），頁 48－51。

之憤世嫉俗及避世，呈現於「試劍亭」兩旁懸掛的對聯：「桃華影落飛神劍，碧海潮生按玉簫」。[12] 此對聯正好隱含「逃避」（桃、碧）兩字，切合黃藥師的思想。虛偽禮法、偽聖假賢，正是嵇康「非周薄孔」所攻擊的一切。[13] 從以下例子可見黃藥師之思想，他說：

> 「我平生最敬的是忠臣孝子。」一俯身抓土成坑，將那人頭埋下，恭恭敬敬的作了三個揖。歐陽鋒討了個沒趣，哈哈笑道：「黃老邪徒有虛名，原來也是個為禮法所拘之人。」黃藥師凜然道：「忠孝仁義乃大節所在，並非禮法！」[14]

然而，黃藥師如此乖邪，終非一代宗師，面對弟子曲靈風之死，他仍屬聲責問傻姑其父有否傳授武功，益顯其人之怪戾至極。[15] 黃藥

---

12 金庸：《射鵰英雄傳》，第 2 冊，第 18 回，頁 742。金庸原著中「試劍亭」的原詩乃引清初詩人吳綺〈程益言邀飲虎邱酒樓〉一詩中的「綺羅堆裏埋神劍，簫鼓聲中老客星」，後來修訂本第十八回則改為「桃華影裏飛神劍，碧海潮生按玉簫」，而修訂本第十回中則又為「桃華影落飛神劍，碧海潮生按玉簫」。吳宏一認為「綺羅堆裏埋神劍，簫鼓聲中老客星」較「桃華影裏（落）飛神劍，碧海潮生按玉簫」為好，在於前者「寫的是落拓情懷，有倩翠袖搵英雄淚的感慨，有金劍沉埋、壯氣蒿萊的悲愴」，而後者則重於寫景，「但寫得太飄逸了，像是描寫超然物我的世外高人，而非有點落拓文士模樣的東邪黃藥師。」因此吳先生認為「新不如舊」。事實上，黃藥師對早逝妻子馮氏一往情深，並預備殉情之船，其性情是絕不可能「綺羅堆裏埋神劍」的，故此聯必換，而魏晉中人般的黃藥師的形象與情懷，正該「飄逸」，而非「落拓」。故在後來《神鵰俠侶》中，金庸仍不忘讓黃藥師在襄陽城外行軍佈陣以營救郭襄。詳見吳宏一：〈金庸小說中的舊詩詞〉，吳曉東、計璧瑞編：《2000＇北京金庸小說國際研討會論文集》，頁 456－458。
13 有關嵇康思想的論述，可參閱陳岸峰：〈顧日影而彈琴：嵇康的痛苦及其追求〉，《詩學的政治及其闡釋》，頁 27－58。
14 金庸：《射鵰英雄傳》，第 4 冊，第 34 回，頁 1414。
15 金庸：《射鵰英雄傳》，第 3 冊，第 26 回，頁 1094。

師之憤世嫉俗已過猶不及，失卻了人之常情，亦即魯迅所説的「清得太過，便成固執」，[16] 遠不及洪七公之平易近人與張三丰之寬容博大。

《神鵰俠侶》中的楊過與小龍女一直以來對以名門正派自居的全真派的抗衡亦大有深意。全真巨變，名教之尊備受衝擊。楊過與小龍女屢受名教之磨難，而作為名教執法者之全真教亦在是否投降蒙古之事上陷於劫難，這正是黃藥師所鄙視的「偽聖假賢」。最終，楊過與小龍女在全真派的王重陽靈前成親，既是蔑視禮教之任誕，亦圓了王重陽與林朝英兩人未敢逾越的情愛之夢。事實上，甄志丙的姦污小龍女及全真派為投降蒙古與否而陷於內鬨，便是金庸亟於撕毀所謂名門正派這些大人先生的假面具。

《神鵰俠侶》中楊過之成長歷程鑄就了其與黃藥師一般的憤世嫉俗。然而，楊過與世外高手獨孤求敗心心相印：

> 瞧他這般行徑，定是恃才傲物，與常人落落難合，到頭來在這荒谷中寂然而終，武林之中既沒流傳他的名聲事跡，又沒遺下拳經劍譜、門人弟子，以傳他的絕世武功，這人的身世也真可驚可羨，卻又可哀可傷。[17]

楊過因為對自身性格及思想的了解而體認了獨孤求敗的為人，故其武功風姿亦仿若魏晉中人：

16　魯迅：〈魏晉風度及文章與藥及酒之關係〉，《而已集》，頁 82。
17　金庸：《神鵰俠侶》，第 3 冊，第 26 回，頁 1110。

楊過劍走輕靈，招斷意連，綿綿不絕，當真是閒雅瀟灑，翰逸神風，大有晉人烏衣子弟裙屐風流之態。[18]

楊過與小龍女雖不熟悉歷史與詩文，行止卻契合魏晉中人，一如阮籍般不隨俗而卻又守禮。[19] 及至《倚天屠龍記》，金庸又塑造張三丰以王羲之（逸少，303－361）的〈喪亂帖〉而創造武功。[20] 張三丰「文資武略」，[21] 武藝冠絕天下。此時此刻他心中的「怫鬱悲憤之氣」[22] 不止於弟子俞岱巖之傷勢，更在於天下蒼生在元兵蹂躪之下的悲苦。這正是張三丰及武當七俠驅除韃虜、還我河山的鮮明立場。悲憤，也是魏晉中人的思想特徵，嵇康與阮籍均是如此，故此才有嵇康之鍛鐵與阮籍之縱酒以抒情。情之所至，張三丰以倚天劍、屠龍刀之歌訣而創造另一套武功而達至「武功與書法相結合、物我兩忘的境界之中」。[23] 此乃無意之書，乃張三丰作為武學大宗師的融會貫通，舉手投足皆武功，實乃興之所至的創造。這是張三丰的登峰造極，金庸筆下，別無他者。

　　《笑傲江湖》中導引令狐沖傳承魏晉風度的是華山劍宗長老風清揚，其形象其實源自黃藥師：「這人身背月光，臉上蒙了塊青布，只露出一雙眼睛。」[24] 令狐沖想起那個「青布蒙面客」，[25] 正是

18　金庸：《神鵰俠侶》，第 2 冊，第 13 回，頁 535。
19　見劉義慶編著；陳岸峰導讀及譯注：《世說新語》，頁 300－301。
20　金庸：《倚天屠龍記》（香港：明河出版社，2005），第 1 冊，第 4 章，頁 130。
21　金庸：《倚天屠龍記》，第 1 冊，第 4 章，頁 130。
22　金庸：《倚天屠龍記》，第 1 冊，第 4 章，頁 130。
23　金庸：《倚天屠龍記》，第 1 冊，第 4 章，頁 132。
24　金庸：《笑傲江湖》（香港：明河出版社，2006），第 1 冊，第 8 回，頁 330。
25　金庸：《笑傲江湖》，第 1 冊，第 8 回，頁 348。

黃藥師在《射鵰英雄傳》中初出場的形象，而風清揚的形象則是「白鬚青袍老者，神氣抑鬱，臉如金紙」。[26] 令狐沖與風清揚精神相契。[27] 更為重要的引導令狐沖進入「魏晉風度」的是任盈盈，其居所是：「好大一片綠竹叢，迎風搖曳，雅致天然。」[28] 竹林，便是魏晉七賢雅聚之所在，世稱「竹林七賢」。[29] 任盈盈乃魏晉譜系中人，能彈奏從〈廣陵散〉中變化而來的《笑傲江湖》，令狐沖依稀記得便是那天晚上所聽到的曲洋所奏的琴韻。[30] 金庸復以《世說新語》中的思想塑造其武俠小說中的人物。《笑傲江湖》中的令狐沖絕然不同於江湖中人如任我行、東方不敗、岳不群及左冷禪的爭權奪利，只因其「人生貴適意」的思想。[31] 此實即來自《世說新語・識鑒第七》第十則張翰（季鷹，生卒年不詳）所說的「人生貴得適意爾，何能羈宦數千里以要名爵！」[32] 魏晉風度，即為衝決一切束縛與壓抑，追求精神的自由，劍術亦復如是，行雲流水，率性任意，便所向無敵。傳承了獨孤九劍的風清揚，其「行雲流水，任意所之」的思想，[33] 釋放了令狐沖在武學上因種種規矩所造成的障礙，他個性本瀟脫自在，風清揚所授的獨孤九劍正契合其個性，故而劍因人而活，人藉劍而笑傲江湖。由此，金庸便在《笑傲江湖》中建

26　金庸：《笑傲江湖》，第 1 冊，第 10 回，頁 400。

27　金庸：《笑傲江湖》，第 1 冊，第 10 回，頁 425。

28　金庸：《笑傲江湖》，第 2 冊，第 13 回，頁 569。

29　「竹林七賢」包括嵇康、阮籍、山濤（巨源，205－283）、劉伶（伯倫，約 221－300）、阮咸（仲容，234－305）、向秀（子期，約 227－272）及王戎（濬沖，234－305）。

30　金庸：《笑傲江湖》，第 2 冊，第 13 回，頁 571。

31　金庸：《笑傲江湖》，第 3 冊，頁 1269。

32　見劉義慶編著；陳岸峰導讀及譯注：《世說新語》，頁 158。

33　金庸：《笑傲江湖》，第 1 冊，第 10 章，頁 417。

構了一群不甘沉溺於江湖爭權奪利而嚮往「魏晉風度」的人物。

《鹿鼎記》一般均被視作「反俠」、「流氓」的小說，金庸竟書寫了吳六奇與陳近南及韋小寶駛船至「白浪洶湧，風大雨大，氣勢驚人」的江中。[34] 小船忽然傾側，風雨聲中，吳六奇放開喉嚨唱起「故國悲戀」之曲，吳、陳「兩人惺惺相惜，意氣相投，放言縱談平生抱負，登時忘了舟外風雨」。[35] 其實這便是《世說新語‧雅量第六》第二十八則，謝安與王羲之及孫綽（興公，314－371）出海暢遊所遇的驚險一幕。[36] 金庸藉此以彰顯丐幫的吳六奇與天地會總舵主陳近南均具備謝安於驚濤駭浪中仍然泰然自若的「雅量」，彼此均有足以「安天下」之氣魄。[37] 然而，事與願違，空悲切。這一幕的書寫，正是意欲裹應外合，以吳六奇在廣東所掌握之軍事力量作出策反以及顛覆滿清政權，故其於海上悲歌。這一幕之感慨山河「盡歸別姓」之悲壯與嵇康臨刑前彈奏〈廣陵散〉之號召為魏國復仇的理念，[38] 並無二致。

由此可見，金庸在其武俠小說中所建構的「魏晉風度」譜系，可謂用心良苦，別有懷抱。

34　金庸：《鹿鼎記》（香港：明河出版社，2006），第 4 冊，第 34 回，頁 1426。

35　金庸：《鹿鼎記》，第 4 冊，第 34 回，頁 1427。

36　劉義慶編著；陳岸峰譯注：《世說新語》，頁 144。

37　相關論述可參閱陳岸峰：〈一往情深：論《世說新語》中的社會結構、思想變遷及生命之痛苦〉，劉義慶編著；陳岸峰導讀及譯注：《世說新語》，頁 8。

38　相關論述可參閱陳岸峰：〈顧日影而彈琴：嵇康的痛苦及其追求〉，《詩學的政治及其闡釋》，頁 43－47。

三、一往情深

魏晉風度的其中一個重要元素，便是一往情深。魏晉中人對情之執著，源自對生命之珍視，以抗衡人生之短促以及當時社會之黑暗。《世說新語‧傷逝第十七》第十六則記載的「人琴俱亡」的故事，[39] 王徽之（子猷，約 338－386）因王獻之（子敬，334－386）之亡而「慟絕良久」，亦是對生命短促之縱情悲慟。故此，《射鵰英雄傳》中的黃藥師因悲痛聰慧絕頂的妻子馮氏之早逝，竟準備了殉情之船，[40] 由此可見黃藥師之「一往情深」。西毒歐陽鋒雖為來自西域的化外之人，卻竟亦一眼洞悉黃藥師誤以為黃蓉早逝的哀慟乃阮籍哭母般的深情絕痛。[41] 黃藥師誤以為女兒黃蓉身亡，遂引曹植（子建，192－232）的〈行女哀辭〉及「天長地久，人生幾時？先後無覺，從爾有期」[42] 以「嘆逝」。「嘆逝」，正是魏晉中人的生命意識，當時的平均年壽不過四十歲。[43] 最具體的「嘆逝」，在於王羲之〈蘭亭集序〉中的「死生亦大矣。豈不痛哉！」[44]《天龍八部》中，除了阿朱，蕭峰心中已沒有別的女人，阿朱一死，蕭峰亦基本生無可戀。《神鵰俠侶》中的楊過與小龍女歷劫終不悔，小龍女躍下碧

---

39 劉義慶編著；陳岸峰導讀及譯注：《世說新語》，頁 262－263。

40 金庸：《射鵰英雄傳》，第 2 冊，第 19 回，頁 814。

41 金庸：《射鵰英雄傳》，第 3 冊，第 22 回，頁 947。

42 金庸：《射鵰英雄傳》，第 3 冊，第 22 回，頁 947、948。

43 相關論述可參閱陳岸峰：〈顧日影而彈琴：嵇康的痛苦及其追求〉，《詩學的政治及其闡釋》，頁 29－31。

44 王羲之著；嚴可均輯：〈蘭亭詩序〉，《全晉文》（北京：商務印書館，2006），上冊，卷 26，頁 258。

水潭以消楊過情花之痛，十六年後，楊過久候小龍女不至亦躍入碧水潭中，[45] 終得重聚。這亦即曹植的「從爾有期」之說。楊過與小龍女兩人之一往情深，可謂生生死死，死而復生，實乃深得晚明湯顯祖（義仍，1550－1616）《牡丹亭》中「一往情深」之三昧。[46]《笑傲江湖》中的任盈盈、儀琳亦對令狐沖一往情深，最終令狐沖與任盈盈琴簫合奏，終成「笑傲江湖」的神仙美眷。《鹿鼎記》中的「百勝刀王」胡逸之癡戀陳圓圓（邢沅，畹芬，1623－1695）而甘為販夫走卒以親炙佳人，陳圓圓之一言半語，已足以令他九死不悔，甚至甘願捨身保護她所鍾情的李自成，亦可謂一往情深。[47] 作為江湖上的成名人物，癡絕若此，殊為難得；而且在胡逸之心中，一往情深甚至高於武功。[48] 可惜的是，陳圓圓並不知道胡逸之的癡情，她鍾情的是李自成，卻又忘不了吳三桂（長伯，1612－1678），且有些思念蒼白無力的崇禎（朱由檢，1611－1644），[49] 然而這三個男人其實並不珍惜她。

由此魏晉風度中一往情深的書寫，其光芒足以令金庸武俠小說中的其他孽緣黯淡無光，段正淳的拈花惹草，田伯光的淫蕩，康敏、瑛姑、李莫愁之因愛入魔，皆不足一提。

---

45 曾昭旭先生認為小龍女乃從「廣寒宮下凡」。見曾昭旭：〈金庸筆下的性情世界〉，《諸子百家看金庸》（香港：明窗出版社，1997），第 1 冊，頁 33。

46 曾昭旭先生認為楊過與小龍女的感情是「偏鋒」、「變格」，實即是魏晉風度的一往情深，即愛之極限，超乎一般社會習見。見曾昭旭：〈金庸筆下的性情世界〉，餘子等：《諸子百家看金庸》，第 1 冊，頁 18、27。

47 金庸：《鹿鼎記》，第 4 冊，第 33 回，頁 1413－1414。

48 金庸：《鹿鼎記》，第 4 冊，第 33 回，頁 1417。

49 關於陳圓圓與崇禎、吳三桂及李自成的關係及其在「甲申之變」中所扮演的角色，可參閱陳岸峰：《甲申詩史：吳梅村書寫的一六四四》（香港：中華書局，2014），頁 162－197。

四、任誕

　　任誕，是魏晉中人蔑視禮教的行為藝術。[50] 阮籍在司馬昭（子上，211－265）面前張開雙腿而飲酒；在母喪之際蒸小豬而食，喝酒兩斗，再而大哀至於吐血。劉伶則更縱酒放任，脫衣裸形於屋中。[51]《神鵰俠侶》中，洪七公背鍋上華山煮蜈蚣。[52]《射鵰英雄傳》中，周伯通在桃花島拉屎、撒尿戲弄東邪與西毒，[53] 又在《神鵰俠侶》中為養玉蜂而拜小龍女為師。[54]《倚天屠龍記》中的張三丰雖仙風道骨，卻「任性自在，不修邊幅」，而被稱為「邋遢道人」或「張邋遢」。[55] 其詼諧任誕，無異於洪七公，當然沒有他的貪吃，亦沒有周伯通、桃谷六仙的誇張，因為他畢竟是一代宗師，而其詼諧卻又令武當上下和諧又充滿人情味。《神鵰俠侶》中，楊過雖與小龍女同室而卻不涉亂：

　　　　二人雖然同室，卻相守以禮。黃蓉悄立庭中，只覺這二人所作所為大異常人，是非實所難言。[56]

50　相關論述可參陳岸峰：〈一往情深：論《世說新語》中的社會結構、思想變遷及生命之痛苦〉，劉義慶編著；陳岸峰導讀及譯注：《世說新語》，頁 7－8。
51　劉義慶編著；陳岸峰導讀及譯注：《世說新語》，頁 299。
52　金庸：《神鵰俠侶》，第 1 冊，第 10 章，頁 418－420。
53　金庸：《射鵰英雄傳》，第 2 冊，第 19 回，頁 796。
54　金庸：《神鵰俠侶》，第 4 冊，第 32 章，頁 1359。
55　金庸：《倚天屠龍記》，第 1 冊，頁 411。
56　金庸：《神鵰俠侶》，第 2 冊，第 14 回，頁 589。

這實無異於阮籍送嫂以及睡於當壚女子之側。[57] 同樣，《笑傲江湖》中的令狐沖亦然放誕而卻謹守男女之防，「不但不是無行浪子，實是一位守禮君子」、「古今罕有」，令暗中監察其所為的莫大先生「好生佩服」。[58] 令狐沖最初出現於讀者面前的一幕，竟是滯留於妓院，頗有謝安之「攜妓出風塵」[59] 的意味，以其任誕以顛覆江湖中的偽君子、偽俠客。令狐沖對於世俗的禮法教條，從來不瞧在眼裏，[60] 其胸襟思想之特質實乃其師——素有「君子劍」之稱、文質彬彬的岳不群永遠也不可能企及的境界。此外，桃谷六仙有節奏性地出現以調劑主角令狐沖的傷痛與冤屈；最後是六兄弟一起大便，更鑽於令狐沖與任盈盈洞房之牀下。[61] 任誕，正是對所謂的「大人先生」的嘲弄，亦即是對所謂的岳不群的所謂「君子」的映襯。[62] 岳不群卻為了一統江湖而甘於「自宮」，以練「辟邪劍法」。然而，整個江湖幾乎均為「君子劍」岳不群所蒙蔽。[63] 岳不群說道：「時時說得仁義為先，做個正人君子」，[64] 又做賊喊賊，一臉道貌岸然地勸說為他所陷害的令狐沖要有「正邪忠奸之分」。[65] 而事實上，岳不群自己壞事做盡，一再陷害徒弟令狐沖，而又在人前以正派自居，以師長之姿指斥令狐沖。在任我行眼中的岳不群即是：

57　劉義慶編著；陳岸峰導讀及譯注：《世說新語》，頁 300。
58　金庸：《笑傲江湖》，第 3 冊，頁 1083－1084。
59　劉義慶編著；陳岸峰導讀及譯注：《世說新語》，頁 164。
60　金庸：《笑傲江湖》，第 1 冊，第 5 章，頁 211。
61　金庸：《笑傲江湖》，第 4 冊，第 38 章，頁 1635；第 40 章，頁 1740。
62　金庸：《笑傲江湖》，第 2 冊，第 16 章，頁 675。
63　金庸：《笑傲江湖》，第 2 冊，第 18 章，頁 762。
64　金庸：《笑傲江湖》，第 1 冊，第 7 章，頁 303。
65　金庸：《笑傲江湖》，第 1 冊，第 7 章，頁 305。

此人一臉孔假正經，只可惜我先是忙着，後來又失手遭了暗算，否則早就將他的假面具撕了下來。[66]

金庸藉桃幹仙道出：「岳先生人稱『君子劍』，原來也不是真的君子。」[67]

人間有偽君子，偽道學，江湖世界亦大不乏偽俠客。此為金庸傳承自「魏晉風度」而對人間黑暗的洞燭明照，亦是對俠的清潔精神的追求。

五、飲酒與服藥

飲酒與服藥，對魏晉中人而言，乃密不可分。《世說新語》中有以下關於酒的記載：「王光祿云：『酒正使人人自遠』」；王衞軍（生卒年不詳）云：「酒正自引人著勝地」；王忱云：「三日不飲酒，覺形神不復相親」；張翰認為身後名聲：「不如即時一杯酒」。[68] 畢茂世（生卒年不詳）說得更為具體：

　　一手持蟹螯，一手持酒杯，拍浮酒池中，便足了一生。[69]

66　金庸：《笑傲江湖》，第 2 冊，第 20 章，頁 875。
67　金庸：《笑傲江湖》，第 2 冊，第 16 章，頁 666。
68　分別見劉義慶編著；陳岸峰導讀及譯注：《世說新語》，頁 310、313、316、305。
69　劉義慶編著；陳岸峰導讀及譯注：《世說新語》，頁 305。

飲酒，有時也是為了服食五石散，《世說新語》記載：

> 王孝伯在京行散，至其弟王睹戶前，問：「古詩中何句為
> 最？」睹思未答。孝伯詠：「『所遇無故物，焉得不速老！』
> 此句為佳。」[70]

王恭（孝伯，？—398）服食五石散之後行散以令藥力散發，[71] 而其行散及其所吟詠的內容亦是對於生命短促的時間焦慮，而這一則記載真正反映了魏晉悲歌及抒情之關鍵所在。《笑傲江湖》中令狐沖自稱「胡鬧任性、輕浮好酒」、[72]「浮滑無行、好酒貪杯的浪子」。[73]五毒教的五寶花蜜酒有「百毒不侵」之功效，[74] 敢於喝此毒酒者，唯有擅飲而胸懷坦蕩的令狐沖。他一出場，便是酒館打架、向乞丐討酒喝，可以說是金庸藉酒以呈現令狐沖的任誕。令狐沖在西湖的梅莊喝酒一幕精彩絕倫，[75] 祖千秋的酒論精彩迭出。西湖梅莊的丹青生向令狐沖道出他釀造西域美酒的苦工，[76] 甚至「特地到北京皇宮之中，將皇帝老兒的御廚抓了來生火蒸酒」。[77] 然後，他們又以不同的杯子喝不同的美酒。田伯光找到美酒而盡毀，只留下兩甕，更

70　劉義慶編著；陳岸峰導讀及譯注：《世說新語》，頁 119。

71　魯迅：〈魏晉風度及文章與藥及酒之關係〉，《而已集》，頁 86–87。有關五石散之論述可參余嘉錫：〈寒食散考〉，《余嘉錫論學雜著》（北京：中華書局，2007），上冊，頁 181–226。

72　金庸：《笑傲江湖》，第 3 冊，第 28 章，頁 1211。

73　金庸：《笑傲江湖》，第 3 冊，第 30 章，頁 1283。

74　金庸：《笑傲江湖》，第 2 冊，第 17 章，頁 703。

75　金庸：《笑傲江湖》，第 2 冊，第 14 章，頁 616。

76　金庸：《笑傲江湖》，第 2 冊，第 19 章，頁 815。

77　金庸：《笑傲江湖》，第 2 冊，第 19 章，頁 817。

挑着酒上華山找令狐沖共飲。田伯光雖是「淫賊」，但他千里迢迢挑酒上華山之巔找令狐沖共飲，是認為「只有如此胸懷的大丈夫，才配喝這天下名酒」。[78] 縱情聲色，飲酒服藥，本就是魏晉中人對於有限生命的盡情揮霍。

六、長嘯

　　行散至空曠的山林之處，面對天地蒼茫，感懷平生，自免不了長嘯，藉以抒情，故長嘯亦是「魏晉風度」的重要元素之一。唐代的孫廣（生卒年不詳）在他所著的《嘯旨》一書中，全面地揭示了嘯與道教的關係。在道教看來，「嘯」有養生作用。發嘯前的精神準備正是修神煉氣的開始，而「嘯」的過程則是修神煉氣的深化。[79] 晉人成公綏（子安，231－273）的〈嘯賦〉，以賦的形式將「嘯」的方法、「嘯」音的特徵及效果作出細緻描繪。其〈天地賦〉中便有「慷慨而長嘯」之說。[80] 及至魏晉，嘯有了很大的發展，宗教色彩漸淡，音樂特性漸濃，並有明確的五音規定，依五音結構旋律，循五音之差別，以表現不同情感。魏晉名士可謂將其運用到極致，往往以「嘯」代替語言，作為心靈的溝通。「嘯」只為形式，

78　金庸：《笑傲江湖》，第 1 冊，第 9 章，頁 377。

79　「嘯詠」是道教「內養」之方，「服食」是道家「外養」之法，相關論述可參閱李零：《中國方術考》（北京：人民出版社，1993），頁 324－329；邰德仁：〈釋「嘯」〉，《吉林省教育學院學報》，2013 年第 9 期第 29 卷，頁 125－126。

80　房玄齡等撰：《晉書‧列傳六十二》（北京：中華書局，2003），第 8 冊，頁 2373。

而倨傲狂放則乃其靈魂。《世說新語‧棲隱第十八》第一則記載了阮籍與蘇門真人以嘯作出交流。[81] 在《射鵰英雄傳》中則轉換為黃藥師、洪七公在桃花島以簫與嘯抗擊西毒歐陽鋒之箏,「三般聲音糾纏在一起,鬥得難解難分」。[82] 按情調而言,自是阮籍與蘇門真人為雅,而金庸在此之演繹則似乎更為扣人心絃。《射鵰英雄傳》中,黃藥師在海上誤信女兒黃蓉已死而吟曹植之四言詩:「感逝者之不追,情忽忽而失度,天蓋高而無階,懷此恨其誰訴?」[83] 並折簫而長嘯。《神鵰俠侶》中,楊過與小龍女分別十六年後,飽歷滄桑而武功已臻絕頂的楊過,以長嘯馴服群獸。[84] 一燈大師聽了嘯聲,不禁佩服,雖覺他嘯聲過於霸道,不屬純陽正氣,但自己盛年之時,也無這等充沛內力,此時年老力衰,自更不如,認為楊過之內力剛猛強韌,實非當世任何高手所能及。[85]《笑傲江湖》中,令狐沖在想到左冷禪乃挑動武林風波的罪魁禍首,故「一聲清嘯,長劍起處,左冷禪眉心、咽喉、胸口三處一一中劍」。[86] 由此可見,嘯有不同的功能,而善於嘯者均乃「魏晉風度」譜系中人。

---

81 劉義慶編著;陳岸峰導讀及譯注:《世說新語》,頁 265。
82 金庸:《射鵰英雄傳》,第 2 冊,第 18 回,頁 750。
83 金庸:《射鵰英雄傳》,第 3 冊,第 22 回,頁 947。
84 金庸:《神鵰俠侶》,第 4 冊,第 34 回,頁 1439。
85 金庸:《神鵰俠侶》,第 4 冊,第 34 回,頁 1464。
86 金庸:《笑傲江湖》,第 4 冊,第 38 章,頁 1665。

七、〈笑傲江湖〉與〈廣陵散〉的傳承關係

金庸在《笑傲江湖》中從劉正風、曲洋寫起，下及令狐沖、任盈盈，金庸對琴、簫及〈廣陵散〉、〈笑傲江湖〉之書寫，實乃對「魏晉風度」以及竹林七賢的精神領袖嵇康的崇高致意。

令狐沖本以為曲洋與劉正風「這二人愛音樂入了魔」，[87] 劉正風卻向他道出嵇康與〈廣陵散〉的傳承：「我託你傳下此曲，也是為了看重你的俠義心腸。」[88]

「慷慨重義」，[89] 乃〈廣陵散〉的精神核心。劉正風認為正、邪之鬥「殊屬無謂」，而他與曲洋「琴簫相和，武功一道，從來不談」[90]、「知他性行高潔，大有光風霽月的襟懷」，[91] 故方有金盆洗手以昭告天下。然而，身處江湖的劉正風可謂欲罷不能。[92] 劉正風一眼看出令狐沖具備魏晉風骨，故決定在臨危之際將〈笑傲江湖〉之曲譜託付給他。[93] 令狐沖與任盈盈邂逅於竹林，其時所見竟是「好大一片綠竹叢，迎風搖曳，雅致天然」。[94] 任盈盈乃魔教的大小姐，而家居陳設卻儼然魏晉風韻：

87　金庸：《笑傲江湖》，第 1 冊，第 7 章，頁 277。
88　金庸：《笑傲江湖》，第 1 冊，第 7 章，頁 279。
89　金庸：《笑傲江湖》，第 1 冊，第 7 章，頁 279。
90　金庸：《笑傲江湖》，第 1 冊，第 6 章，頁 247。
91　金庸：《笑傲江湖》，第 1 冊，第 6 章，頁 248。
92　金庸：《笑傲江湖》，第 1 冊，第 6 章，頁 250。
93　金庸：《笑傲江湖》，第 1 冊，第 7 章，頁 278。
94　金庸：《笑傲江湖》，第 2 冊，第 13 章，頁 569。

桌椅几榻無一而非竹製，牆上懸着一幅墨竹，筆勢縱橫，墨跡淋漓，頗有森森之意。桌上放着一具瑤琴，一管洞簫。[95]

以「竹」作為築居之所及陳設，以琴、簫陳列其間，足見其對竹林精神之嚮往。任盈盈乃「魏晉風度」中人，她能彈奏從〈廣陵散〉中變化而來的〈笑傲江湖〉，「難得是琴簫盡皆精通」。[96] 任盈盈既會彈奏〈笑傲江湖〉，且解了令狐沖之圍，而令狐沖竟能聽出其所奏與曲譜之別，這便是任盈盈與令狐沖之精神契合處及緣分之交匯處。由此可見，令狐沖對劉正風之託念茲在茲，而他竟一眼認定未曾謀面、只聞琴音的「婆婆」（任盈盈）便是值得託付〈笑傲江湖〉曲譜之人，實乃智者的直覺，亦是知音之人。任盈盈以《清心普善咒》之琴音為令狐沖作治療：「原有催眠之意，盼能為你調理體內真氣。」[97] 作為琴音治療，《清心普善咒》具備魏晉精神的感召，「琴」與「精神」，[98] 在此密不可分。「服藥」、「彈琴」以獲得「精神」及治療，基本便成為令狐沖在整部小說中的常態。金庸以琴音作治療，很明顯地超出一般的醫學治療，卻又與當今的音樂治療互通，實乃武俠小說中的創造性突破。漸漸地，二人便有精神的匯通之處，任盈盈亦亟盼令狐沖能一起彈奏〈笑傲江湖〉。[99] 很明顯，任盈盈所期待的並非俊男巨賈，而是一位精神互契的魏晉中人。令狐

95　金庸：《笑傲江湖》，第 2 冊，第 13 章，頁 574。
96　金庸：《笑傲江湖》，第 2 冊，第 13 章，頁 571。
97　金庸：《笑傲江湖》，第 2 冊，第 13 章，頁 578。
98　金庸：《笑傲江湖》，第 2 冊，第 17 章，頁 711、718－719。
99　金庸：《笑傲江湖》，第 2 冊，第 13 章，頁 579－580。

沖雖不懂琴理琴技，卻一語點中任盈盈所彈奏的〈笑傲江湖〉與嵇康〈廣陵散〉之別在於「溫雅輕快」與「慷慨決死」。[100] 其中分野，一語中的，可謂別具慧根。故此，任盈盈便作為精神導師般向令狐沖說出此曲中不同段落之抑揚頓挫所蘊含的精微所在。[101] 由於了解〈廣陵散〉與〈笑傲江湖〉的魏晉精神以及兩曲之分別，而任盈盈又教會了令狐沖琴理及琴藝，由此導引了令狐沖進入「魏晉風度」譜系。及至令狐沖與任盈盈結婚之際，兩人在婚禮之上琴簫合奏，「終於完償了劉曲兩位前輩的心願」。[102]

金庸由《射鵰英雄傳》、《神鵰俠侶》以及《倚天屠龍記》中關於「魏晉風度」的書寫，終於在《笑傲江湖》中大放異彩，並以圓滿的結局將「魏晉風度」與俠義相結合，堪稱俠的最高境界。

八、結語

金庸小說中的「魏晉風度」，從黃藥師、楊過、張三丰、曲洋、劉正風下及令狐沖，均為抗邪辟惡之特立獨行的俠者，令狐沖與任盈盈能終成眷屬而笑傲江湖，在情俠結構上亦更具突破性的書寫。武俠中之「魏晉風度」的書寫及其譜系之建構，竹林搖曳，琴簫合奏，亦歌亦酒，嘯傲江湖。魏晉風度與武俠世界的結合，乃從

---

100 金庸：《笑傲江湖》，第 2 冊，第 13 章，頁 580。
101 金庸：《笑傲江湖》，第 2 冊，第 13 章，頁 581。
102 金庸：《笑傲江湖》，第 4 冊，第 40 章，頁 1739。

精神層面落實至行動層面，將抗擊黑暗、滌除虛偽的千古訴求，發揮至淋漓盡致，實乃金庸在武俠小說史上的創造性貢獻。

第七章　塞上牛羊空許約：
　　　　武俠的異域書寫與
　　　　歷史省思

一、前言

　　在金庸的武俠小說中，異域與中原的關係錯綜複雜。異域高手、喇嘛常帶有顛覆中原政權的陰謀而在江湖興風作浪，由此亦為主人公帶來成長的考驗，並構成故事的衝突張力。異域與中原既有抗衡、衝突之處，然卻又不乏包容互補之所在，當中原俠義淪喪之際，則往往有新一代的少年在異域潛心修煉，在遭遇連番奇跡之後，返回中原武林，驟然崛起，一鳴驚人。此外，成名的大俠又往往在故事結束之前，自願或被迫隱居異域。故此，金庸武俠小說中之異域書寫，並不能簡單地概括為中原與異域之對立，或推崇與貶抑之非此即彼的二元模式。以下聚焦於金庸武俠小說中的異域書寫，以揭示其主要特徵及功能，再下及異域與中原、文學與歷史之省思。

二、西毒東來

　　海登・懷特（Hayden White）指出「歷史」之要務在於具體事物而不是對「可能性」感興趣，而「可能性」則是「文學」著作所

表述的對象。[1] 因此，西毒東來，邪功異能，魅影妖魂，形成了異域所帶來的異國情調，震撼讀者。金庸武俠小說中的一切有關毒的事物，大多來自異域或異族，西毒歐陽鋒及歐陽克，乃此中赫赫有名的人物。《射鵰英雄傳》與《神鵰俠侶》中的歐陽鋒，其武器毒蛇杖有以下巧奪天工的設計：

> 原來歐陽鋒杖頭鐵蓋如以機括掀開，現出兩個小洞，洞中各有一條小毒蛇爬出，蜿蜒遊動，可用以攻敵。這兩條小蛇是花了十多年的功夫養育而成，以數種最毒之蛇相互雜交，才產下這兩條毒中之毒的怪蛇下來。歐陽鋒懲罰手下叛徒或強敵對頭，常使杖頭的怪蛇咬他一口，遭咬之人渾身奇癢難當，不久斃命。歐陽鋒雖有解藥，但蛇毒入體之後，縱然服藥救得性命，也不免受苦百端，武功大失。[2]

以毒中之毒的怪蛇傷人，說到底亦即對自身武功不夠自信，方才以此等下三濫手段攻擊對手，其實又何異於《鹿鼎記》中備受批評的韋小寶的手段呢？即使他號稱「西毒」，實亦不配與「東邪」、「北丐」、「南帝」及「中神通」並列當世五大高手。至於其與嫂嫂私通的私生子歐陽克及其手下在光天化日之下驅趕大批毒蛇，場面嚇

---

1 海登・懷特：〈作為文學虛構的歷史文本〉，張京媛主編：《新歷史主義與文學批評》（北京：北京大學出版社，1997），頁 168。原文：Hayden White. "The Historical text as literary artifact", *Tropics of Discourse: Essays in Cultural Criticism*. Baltimore and London: The Johns Jopkins University Press, p.81－100.

2 金庸：《射鵰英雄傳》（香港：明河出版社，2003），第 2 冊，第 18 回，頁 753。

人，令洪七公亦大為震驚。後來，洪七公想出以飛針破毒蛇陣，才免受其害。西毒歐陽氏叔侄（父子）二人之毒害中原武林，可見一斑。多年之後，當金庸在《鹿鼎記》中提及「化屍粉」，仍忘不了將此「十分厲害」的藥物追溯到歐陽鋒身上：

> 韋小寶從海大富處得來的這瓶化屍粉十分厲害，沾在完好肌膚之上絕無害處，但只須碰到一滴血液，血液便化成黃水，腐蝕性極強，化爛血肉，又成為黃色毒水，越化越多，便似火石上爆出的一星火花，可以將一個大草料場燒成飛灰一般。這化屍粉遇血成毒，可說是天下第一毒藥，最初傳自西域，據傳為宋代武林怪傑西毒歐陽鋒所創，係以十餘種毒蛇、毒蟲的毒液合成。[3]

「化屍粉」中的主要元素仍是蛇，即以此而揭示使用者之毒如蛇蠍。蛇之為毒，又見於《笑傲江湖》中的五毒教，其創教教祖和教中重要人物均是雲貴川湘一帶的苗人，善於使瘴、使蠱、使毒。[4]令狐沖喝下五毒教教主藍鳳凰的五寶花蜜酒，其中包括五條小小毒蟲，分別是青蛇、蜈蚣、蜘蛛、蠍子以及小蟾蜍。[5]五毒酒使令狐沖血中有毒而性命無礙，因其不憚於喝此五毒酒之坦蕩胸懷，從而令一眾異域江湖人物拜服，一反藍鳳凰心中「漢人鬼心眼兒多」[6]的成

3　金庸：《鹿鼎記》（香港：明河出版社，2006），第 3 冊，第 26 回，頁 1111。
4　金庸：《笑傲江湖》（香港：明河出版社，2006），第 2 冊，第 16 章，頁 666。
5　金庸：《笑傲江湖》，第 2 冊，第 16 章，頁 676。
6　金庸：《笑傲江湖》，第 2 冊，第 16 章，頁 667。

見，以見其對「『她者』的開放容納」。[7] 關於蛇更為恐怖的書寫，乃是《碧血劍》中五毒教的毒龍洞，此中萬蛇蜿蜒，場面嚇人：

> 毒龍洞裏養着成千成萬條鶴頂毒蛇，進洞之人只要身上有一處蛇藥不抹到，給鶴頂蛇咬上一口，如何得了？這些毒蛇異種異質，咬上了三步斃命，最是厲害不過。因此進洞之人必須脫去衣衫，全身抹上蛇藥。[8]

夏雪宜在毒龍洞中引誘了何紅藥，除了獲得金蛇劍外，又盡得五毒教的二十四枚金蛇錐與藏寶地圖。何紅藥卻因犯了教規，只服解藥而入蛇窟，受萬蛇咬囓之災而變成奇醜無比，出洞之後又行乞二十年。[9] 此外，《天龍八部》中，西夏一品堂的「悲酥清風」是一種無色無臭的毒氣，[10] 最終死於「悲酥清風」的並非與西夏抗衡的中原武林或丐幫中人而是段正淳，可謂風流業報。《飛狐外傳》中的石萬嗔號稱「毒手神梟」，在與師兄「毒手藥王」無嗔大師鬥毒時，為「斷腸草」熏瞎雙眼，遂逃往緬甸野人山，以銀蛛絲逐步拔去「斷腸草」毒性，[11] 卻因此而目力大損，在天下掌門人大會上無法分辨程靈素在玉龍杯上所沾的赤蠍粉與旱煙管中噴出的煙霧的顏色，因此而中毒。《連城訣》中的番僧寶象餓了會吃人肉，竟想吃了狄

7　史書美：〈性別與種族坐標上的華俠省思〉，吳曉東、計璧瑞編：《2000．北京金庸小說國際研討會論文集》，頁 377。

8　金庸：《碧血劍》（香港：明河出版社，2003），第 2 冊，第 17 回，頁 613。

9　金庸：《碧血劍》，第 2 冊，第 17 回，頁 614。

10　金庸：《天龍八部》（香港：明河出版社，2005），第 2 冊，第 16 章，頁 711。

11　金庸：《飛狐外傳》（香港：明河出版社，2004），第 2 冊，頁 768。

雲，後來在狄雲的遊說之下改為喝老鼠肉湯，卻因此而中了老鼠肉中的金波旬花之毒而亡。[12] 至於萬圭則中了言達平的花斑毒蠍，乃自回疆傳來的異種，令中毒者不會立刻斃命，要折磨一個月才致死。[13] 以上這些令人毛骨悚然的關於毒物的書寫，無疑為金庸的武俠小說增添了不少神秘詭異的異國情調，而這恰好是一般讀者所匱乏而充滿好奇之所在。[14]

與此同時，主人公總是因緣巧合地喝了百毒不侵的蟒蛇血或藥酒，由此快速地提升彼等進入了高手的行列，否則必定受挫而令小說無法繼續。例如，《射鵰英雄傳》中的郭靖初出道時笨手笨腳而被梁子翁的大蟒蛇所纏繞，而此蛇卻來歷不凡：

> 藥方中有一方是以藥養蛇、從而易筋壯體的秘訣。他照方採集藥材，又費了千辛萬苦，在深山密林中捕到了一條奇毒的大蟒蛇，以各種珍奇的小動物與藥物飼養。那蛇體色本是灰黑，長期食了貂鼠、丹砂、參茸等物後漸漸變紅，蛇毒也漸化淨，餵養十餘年後，這幾日來體已全紅。[15]

在情急之下，郭靖咬死蟒蛇並吸取其血，卻因禍得福而百毒不侵，

12　金庸：《連城訣》（香港：明河出版社，2004），頁 157－161。

13　金庸：《連城訣》，頁 330。

14　王劍叢指出：「神秘性，是金庸武俠小說的另一特色。變幻莫測的武功、神出鬼沒的人物、人煙稀少的大漠、冰天雪地的高山峻嶺、不見天日的深谷洞穴、巧奪天工的暗道等等，無不充滿着神秘性。人類有一種好奇的天性，這種神秘性很好地滿足了讀者的好奇心理。從美學的角度看，神秘性能產生一種距離感，也就是一種美感。」見王劍叢：《香港文學史》，頁 360。

15　金庸：《射鵰英雄傳》，第 1 冊，第 9 回，頁 370。

甚至內力大增。[16] 故此，梁子翁便矢志要吸食郭靖之寶血。

以上關於異域毒物的書寫，為異域增添了幾分神秘而邪惡的氛圍。而在毒物之外，更有相關的邪功異能以作配合，這又是江湖風波的導火線。

三、邪功異能

毒藥必配邪功異能，方才相得益彰，以增強殺傷力。金庸武俠小說中的邪功異能以及五花八門的修煉方法及器具，幾乎全來自異域。《連城訣》中青海黑教血刀門的血刀老祖所使用的血刀每逢月圓之夜，「須割人頭相祭，否則鋒銳便減，於刀主不利」。[17] 歐陽鋒賴以成名的「蛤蟆功」，名稱極之不堪，其練習的姿勢亦類同蛤蟆之姿態：

> 只見歐陽鋒蹲在地下，雙手彎與肩齊，宛似一隻大青蛙般作勢相撲，口中發出牯牛嘶鳴般的咕咕聲，時歇時作。[18]

從其毒蛇杖之以怪蛇傷人，及至於夜間對着月亮中的黑影練習蛤蟆功，均可見歐陽鋒此人物之形象的邪惡與卑下，堪稱集眾惡於一

16　金庸：《射鵰英雄傳》，第 1 冊，第 9 回，頁 370。
17　金庸：《連城訣》，頁 188。
18　金庸：《射鵰英雄傳》，第 2 冊，第 18 回，頁 762。

身。《天龍八部》中，阿紫的毒功來自星宿派丁春秋的神木王鼎：

> 這座神木王鼎是本門的三寶之一，用來修習「不老長春功」和「化功大法」的。……這神木王鼎能聚集毒蟲，吸了毒蟲的精華，便可駐顏不老，長保青春。[19]

而其修煉邪功的方法更是恐怖：

> 這蠱蟲純白如玉，微帶青色，比尋常蠱兒大了一倍有餘，便似一條蚯蚓，身子透明如水晶。那蟒蛇本來氣勢洶洶，這時卻似乎怕得要命，盡力將一顆三角大頭縮到身子下面藏了起來。那水晶蠱兒迅速異常的爬上蟒蛇身子，從尾部一路向上爬行，便如一條熾熱的炭火一般，在蟒蛇的脊樑上燒出了一條焦線，爬到蛇頭之時，蛇皮崩開，蟒蛇的長身從中分裂為二。那蠱兒鑽入蟒蛇頭旁的毒囊，吮吸毒液，頃刻間身子便脹大了不少，遠遠瞧去，就像是一個水晶瓶中裝滿了青紫色的液汁。[20]

由此神鼎所修煉的邪功，損人利己，自然是阿紫不惜背叛師父丁春秋，亟於據為己有的寶物。阿紫既修煉邪功，其行止亦具有不可理喻之毒：

19　金庸：《天龍八部》，第 3 冊，第 25 章，頁 1107。
20　金庸：《天龍八部》，第 3 冊，第 28 章，頁 1236－1237。

阿紫嚶嚀一聲，緩緩睜眼，突然間櫻口一張，一枚藍晃
晃的細針急噴而出，射向蕭峰眉心。[21]

本來一直善待她的蕭峰亦不禁怒罵：「這妖女心腸好毒，竟使這歹
招暗算於我。」[22] 阿紫乃段正淳的私生女，由其一出場即害死大理
四大護衛之一，可見其狠毒。故此，倪匡代筆期間而令阿紫因為丁
春秋所傷而失去眼睛亦是合理而智慧之舉，她基本上是個沒有靈魂
的人物，以至倪匡事後仍對她恨恨不已。[23] 惡之化身的阿紫及其所
屬的星宿派之所作所為，盡顯不可理喻之惡。「惡」乃是人間眾生
相的其中一種，而集中寫「惡」則乃文學創作中極少有的嘗試，金
庸將至惡之人的阿紫與至善之人的蕭峰置於同一時空並結伴而行，
亦是深層次的人性拷問。同樣，在《倚天屠龍記》中因家庭不睦而
殺害父親殷野王的小妾的殷離（阿蛛）亦修煉「千蛛萬毒手」：

　　　　從懷中取出一個黃澄澄的金盒，打開盒蓋，盒中兩隻拇
　　指大小的蜘蛛蠕蠕而動。蜘蛛背上花紋斑爛，鮮明奪目。[24]

殷離語音嬌柔，舉止輕盈，無一不是絕色美女的風範，可就是因
為修煉「千蛛萬毒手」而變得醜陋。[25] 不同的是，殷離善良依舊，
甚至終生惦記童年的張無忌，以至於瘋瘋癲癲。《天龍八部》中，

21　金庸：《天龍八部》，第 3 冊，第 25 章，頁 1127。
22　金庸：《天龍八部》，第 3 冊，第 25 章，頁 1127。
23　倪匡：《再看金庸小說》（重慶：重慶大學出版社，2009），頁 74–75。
24　金庸：《倚天屠龍記》（香港：明河出版社，2005），第 2 冊，第 17 回，頁 680。
25　金庸：《倚天屠龍記》，第 2 冊，第 17 回，頁 682。

流落遼國的「聚賢莊」少主游坦之為獲得阿紫的芳心，亦繼段譽誤吃蛤蟆而因禍得福之後，因被冰蠶所咬而練就邪功。[26] 游坦之的邪功，猶如段譽無形無相的六脈神劍，「觸不到、摸不着，無影無蹤」。[27] 當他心中不再存想，冰蠶便即不知去向，若再存念，冰蠶便又爬行。[28] 游坦之繼而又修煉腐屍毒：

> 游坦之的「腐屍毒」功夫的要旨全在練成帶有劇毒的深厚內力，能將人一抓而斃，屍身上隨即沾毒。[29]

亟於報仇，亟於超越，游坦之從此淪為半人半獸，甚至善惡不分。游坦之因緣際會，於苦難中練成毒掌，人性之書寫至此又另闢新章，原本身處優越之善良少年，忽慘遭家門巨變，歷盡磨難，幾被獸化。

阿紫的師父，青海「星宿派」丁春秋的「化功大法」，更是令人聞風喪膽：

> 「化功大法」，中掌者或沾劇毒，或經脈受損，內力無法使出，猶似內力給他盡數化去，就此任其支配。[30]

然而，丁春秋的下場卻極為悲慘：

26　金庸：《天龍八部》，第 3 冊，第 29 章，頁 1245－1246。
27　金庸：《天龍八部》，第 3 冊，第 29 章，頁 1247。
28　金庸：《天龍八部》，第 3 冊，第 29 章，頁 1247。
29　金庸：《天龍八部》，第 5 冊，第 41 章，頁 1745。
30　金庸：《天龍八部》，第 3 冊，第 29 章，頁 1266。

這個童顏鶴髮、神仙也似的武林高人，霎時間竟形如鬼
魅，嘶嘶有如野獸。[31]

與丁春秋同樣以不同方法修煉長春不老神功的天山童姥，在縹緲峰
靈鷲宮修煉「天長地久不老長春功」時，猶如鬼魅妖魔。

天山童姥本以喝人血而存活，及至受了虛竹之規勸後，方以
鹿血代替，場面殘忍血腥：

那女童喝飽了鹿血，肚子高高鼓起，這才拋下死鹿，盤
膝而坐，一手指天，一手指地，又練起那「天長地久不老長
春功」來，鼻中噴出白煙，繚繞在腦袋四周。[32]

在虛竹眼中，天山童姥乃「借屍還魂的老女鬼」。[33] 天山童姥練成
了長生不老之後，每隔三十年便要返老還童一次。因此，天山童姥
的身子從此不能長大，永遠是八九歲的模樣，[34] 亦因此而失去師兄
無崖子的愛，遺憾終生。天山童姥藉「生死符」以控制別人，令中
此符者「似狼嗥，如犬吠，聲音充滿了痛楚，極為可怖」，[35] 其功
效類近於《笑傲江湖》中日月神教的「三屍腦神丹」及《鹿鼎記》
中神龍教的「豹胎易筋丸」。從丁春秋、天山童姥、任我行以至於
洪安通等人，均是金庸藉此對政治偶像之操縱、愚弄群眾的批判。

31　金庸：《天龍八部》，第 5 冊，第 42 章，頁 1810。
32　金庸：《天龍八部》，第 4 冊，第 35 章，頁 1519。
33　金庸：《天龍八部》，第 4 冊，第 35 章，頁 1521。
34　金庸：《天龍八部》，第 4 冊，第 35 章，頁 1523。
35　金庸：《天龍八部》，第 4 冊，第 38 章，頁 1613。

諾思魯普・福萊（Northrop Frye，1912－1991）指出：「每一個文學作品都具有虛構面和主題面」。[36] 從異域的毒物之東來以至於邪功異能之修煉，金庸以其獨具匠心的虛構以服務其胡漢之爭的主題，令彼此之角力更為驚心動魄。海登・懷特（Hayden White）指出，如用歷史編纂學（historiography）的方式將奇異、宗教信仰及故事模式放進文化範疇之內，而這些「數據」與我們的時間距離與生活方式都離得較遠，便會產生「異國情調」。[37]《倚天屠龍記》中有關摩尼教的書寫，原本是我們所陌生的，而透過金庸的武俠小說，摩尼教與明朝之建立的關係才為柳存仁先生所關注並作出論述，[38] 一般讀者亦因此而了解了這一歷史事實，從而將陌生變成熟悉，甚至由此而對中國歷史與文化中所存在的異國文化因素，「獲得更多的信息」。[39] 柯林伍德（R. G. Collingwood，1889－1943）把歷史學家的這種敏感性稱為對事實中存在的「故事」或對被埋藏在明顯的故事裏面或下面的真正的故事的嗅覺。他得出的結論是，當歷史學家成功地發現歷史事實中隱含的故事時，他們便為歷史提供了可行的解釋。[40] 異域之邪功毒器，豐富了陰謀的懸念與武俠打鬥過程的驚險，從而為閱讀帶來更多的緊張與快感，同時亦是對主人

36　轉引自海登・懷特：〈作為文學虛構的歷史文本〉，張京媛主編：《新歷史主義與文學批評》，頁 162。

37　海登・懷特：〈作為文學虛構的歷史文本〉，張京媛主編：《新歷史主義與文學批評》，頁 165。

38　柳存仁：〈金庸小說裏的摩尼教〉，北京大學與香港中文大學中國語文文學系編：《中文學刊》，2005 年第 4 期（12 月），頁 275－317。

39　海登・懷特：〈作為文學虛構的歷史文本〉，張京媛主編：《新歷史主義與文學批評》，頁 165。

40　海登・懷特：〈作為文學虛構的歷史文本〉，張京媛主編：《新歷史主義與文學批評》，頁 163。

公成長的考驗。異域之所存在的對中原文化、歷史進展之可能影響的書寫，亦是進一步深化挖掘中原與異域彼此碰撞所發出的火花，由此而充分發揮文學之想像。[41]

以上形形色色的邪功異能，反角的功夫之詭秘恐怖，益突顯主人公降妖伏魔的武功之高超。邪功異能之別出心裁，最終亦是為了突出邪不勝正的思想。同時，以上對異域的毒物以及邪功異能的苦心孤詣的書寫，則為了襯托出異域書寫的另一關鍵——胡漢之爭。

四、胡漢之爭

正因為歷史迷霧重重，文學才有得以展開想像的空間。因此，金庸武俠小說大都選擇了易鼎之際的書寫，如兩宋、元明及明清之際。正因為長期以來，這些關鍵的歷史時刻基本已構成了國人的精神創傷，大批與以上國族災難相關的戲劇、小說以至於說唱均敘述了民族的哀傷，同時亦反映了時間的長河亦沖不掉國民對「靖康之難」、「甲申之變」以及國家淪亡於異族鐵蹄之下的創傷與困惑。金庸的武俠小說則明顯地大異於傳統的政治敘述，而是以逆向的書寫，走向江湖，走向民間。

金庸武俠小說中往往是多國共存的狀態，此中包括宋、遼、

41　金庸曾於 1961 年創辦《武俠與歷史》文學雜誌，於 1976 年停刊，共出版了 758 期。見劉登翰：《香港文學史》，頁 263。

契丹、漢、滿、蒙、回、藏甚至羅剎國等多民族共存的格局。[42] 亦因如此，胡漢之爭及其所衍生的民族大義，基本便是金庸武俠小說中的主旋律。此中，最為突出的書寫莫過於《天龍八部》中世代夢想復國的慕容氏家族，然而慕容復的胸襟卻極之狹隘：

> 他是燕國慕容氏的舊王孫。可是已隔了這幾百年，又何必還念念不忘的記着祖宗舊事？他想做胡人，不做中國人，連中國字也不想識，中國書也不想讀。[43]

相對於身為大理王子的段譽之仁義之心與文化修養，數百年來念茲在茲地圖謀入主中原的慕容復，卻不讀中國書，這亦正是歷代入主中原的異族的成敗關鍵所在。慕容家族拋開文化的軟技巧，直接以陰謀脅迫中原武林，以致江湖上人人皆知慕容家「只想聯絡天下英豪，為他慕容家所用」、「要做武林至尊」。[44] 原來，慕容家族的恢復大夢及其家族歷史源遠流長：

> 慕容復的祖宗慕容氏，乃鮮卑族人。當年五胡亂華之世，鮮卑慕容氏入侵中原，大振威風，曾建立前燕、後燕、南燕、西燕等好幾個國家朝代。其後慕容氏為北魏所滅，子孫四散，但祖傳孫、父傳子，世世代代，始終存着中興復國

42　相關論述可參閱宋偉傑：〈論金庸小說的「家國想像」〉，劉再復、葛浩文、張東明等編：《金庸小說與二十世紀中國文學國際學術研討會論文集》（香港：明河出版社有限公司，2000），頁 326。

43　金庸：《天龍八部》，第 2 冊，第 12 章，頁 519。

44　金庸：《天龍八部》，第 2 冊，第 12 章，頁 524；第 15 章，頁 636。

的念頭。中經隋唐各朝，慕容氏日漸衰微，「重建大燕」的雄
圖壯志雖仍承襲不替，卻眼看越來越渺茫了。[45]

一如幾部長篇中的大理段氏與蒙古王室，金庸在此將來自記錄
（records）的歷史事實（facts），移植入其故事（story）之中，從而
以江湖武俠的角度詮釋歷史，釋出新義。[46] 慕容家族被鑲置於大歷
史的興亡之中，慕容博的野心在於挑起宋遼紛爭，令兩國兵連禍
結，鬧得兩敗俱傷，從而坐收漁人之利。[47] 故此，他先誘騙中原武
林人士襲殺蕭遠山一家，復以武力脅逼中原武林，然卻功虧一簣。
或因終日糾纏於復國大夢，金庸筆下的慕容復幾乎甚少心理活動與
情感，他遠至遼國參預駙馬招親為的亦是伺機崛起，卻料想不到竟
連番受辱，後來又以詭計脅迫段正淳傳位於段義慶，並企圖作為其
義子以繼其皇位，意欲以大理之兵入侵中原以圖復國。然而，無論
是慕容博之苦心孤詣地挑起宋、遼爭端以及江湖風波，或是慕容復
之四處鑽營，雖徒勞無功，然卻正是整部《天龍八部》中導致主人
公蕭峰於憂患中成長的肇事者，又陰錯陽差地將蕭峰推至風口浪尖
從而成為一代大俠。如此書寫技巧，同樣出現於《射鵰英雄傳》中
的郭靖與《倚天屠龍記》中的張無忌的成長歷程。這正是金庸以歷
史意識融入武俠小說而令筆下人物串演出易鼎之際的種種可能性，
由此而突顯其武俠小說之寄託所在，即俠客的一切所為，非止於江
湖風波，而是與國家興亡息息相關，由是展開猶如史詩般的畫卷，

---

45 金庸：《天龍八部》，第 5 冊，第 40 章，頁 1726。
46 Hayden White. "Interpretation in History", *Tropics of Discourse: Essays in Cultural Criticism*., p.60.
47 金庸：《天龍八部》，第 3 冊，第 21 章，頁 920。

由此而增強俠客行動的正義性。金庸武俠小說書寫了由中原武林自發的保家衛國的行動，其可歌可泣，比《說岳》、《楊家將》、《呼家將》、《萬花樓》、《五虎平西》、《五虎平南》等演義小說的官方抗戰，可謂不遑多讓，而其細膩動人之處，有過之而無不及。海登‧懷特指出，心理治療過程中是在情節結構中換掉佔主導地位的那些事件，「以另一個情節結構取而代之」。[48] 金庸成功的武俠小說總是在國族瀕危之際，不是一如正史般之君庸臣奸、忠臣受害之結構模式，而是突出江湖少俠從磨難以至於崛起以拯救天下蒼生，如《天龍八部》、《射鵰英雄傳》、《神鵰俠侶》、《倚天屠龍記》、《書劍恩仇錄》、《鹿鼎記》，皆是如此。海登‧懷特又認為：

> 　　最偉大的歷史學家總是着手分析他們文化歷史中的「精神創傷」性質的事件，例如革命、內戰、工業化和城市化一類的大規模的程序，以及喪失原有社會功能卻仍能繼續在當前社會中起重要作用的制度。[49]

金庸以其武俠小說為國族疲弱的歷史時空置換了情節結構，以大俠率領江湖人物抗擊外侮，從衰頹而轉換為抗爭，從消極陰暗而轉為昂揚光明，他不止治療了由正史所帶來的「精神創傷」，更藉此而弘揚了消失已久的俠的精神。然而，金庸很明顯地在《碧血劍》中過於拘泥於正史，從而失去其成功作品中置換情節結構的作用，亦

48　海登‧懷特：〈作為文學虛構的歷史文本〉，張京媛主編：《新歷史主義與文學批評》，頁 166－167。

49　海登‧懷特：〈作為文學虛構的歷史文本〉，張京媛主編：《新歷史主義與文學批評》，頁 167。

即海登・懷特所言之歷史與小說的相對比重（relative weight）的失衡，[50] 由此而令整部小說失去其文學想像及其創造性之所在。

何謂「俠」？金庸筆下並沒有單一的俠，而在其主要作品中卻往往藉助異域因素而拓寬了「俠」的義涵。宋人視遼人為毒蛇猛獸，怨毒甚深，而曾為丐幫幫主的「喬峰」，一下子即變為「蕭峰」，從江湖上眾口稱頌的「大俠」一變而為「遼狗」，可謂翻天覆地的身份轉變，一下子令喬峰無所適從，痛苦彷徨。彷徨無措的蕭峰，當在雁門關口看見契丹人胸口的狼圖騰後，才省覺自己胸口亦同樣有狼圖騰的刺青。[51] 狼圖騰終於令蕭峰確認自己的種族，而卻「心中苦惱之極」。[52] 確認身份後，蕭峰驚覺自身作為遼人的狼性與蠻勁，從契丹老漢垂死之際的「狼嗥之聲」而頓覺「心靈相通」，[53] 再回憶聚賢莊上中原武林中人的無情無義，漢人與契丹之限，剎那泯滅。蕭峰終於明白：「我到底是漢人還是契丹人，實在殊不足道」，[54] 種族之別與善惡無關，「不再以契丹人為恥，也不以大宋為榮」。[55] 及至後來蕭峰以武止戈，以下犯上，力阻遼帝南侵，其壯烈與仁義亦感動了以他為敵的丐幫中人：

> 吳長風搥胸叫道：「喬幫主，你雖是契丹人，卻比我們這

50　Hayden White. "Interpretation in History", *Tropics of Discourse: Essays in Cultural Criticism*., p.58.
51　金庸：《天龍八部》，第 2 冊，第 20 章，頁 880－881。
52　金庸：《天龍八部》，第 2 冊，第 20 章，頁 881。
53　金庸：《天龍八部》，第 2 冊，第 20 章，頁 880。
54　金庸：《天龍八部》，第 3 冊，第 21 章，頁 922。
55　金庸：《天龍八部》，第 2 冊，第 20 章，頁 884。

些不成器的漢人英雄萬倍！」[56]

這一幕猶如海登・懷特所謂的「定格」（mirriored），[57] 對種族的善惡之分作了重新的詮釋。在此一刻，中原江湖中人亦因蕭峰的仁義而改變遼人與禽獸無異的觀念。[58] 然而，金庸又再寫出漢人對契丹人蕭峰之仁義的理解，彼等認為究其原因，亦只是因為蕭峰自幼受少林高僧與丐幫汪劍通幫主的養育教誨，方才改了契丹人的兇殘習性。[59] 即是說，此乃中原文化改變了遼人的兇殘屬性，最終漢人與遼人在屬性上仍有所區別。由此可見，這「定格」的一幕，隱含了作者與小說人物對蕭峰的不同判定。

在《笑傲江湖》中，西域美酒助令狐沖成為具魏晉風度之純俠，丹青生以三招劍法換得西域劍豪莫花爾徹贈送十桶三蒸三釀的一百二十年吐魯番美酒，用五匹大宛良馬馱到杭州後，他依法再加一釀一蒸，十桶美酒，釀成一桶。故此，此美酒歷萬里關山而不酸，酒味陳中有新，新中有陳。[60] 這葡萄美酒既使嗜酒的令狐沖痛飲一番之外，同時亦是金庸藉此將令狐沖納入俠的魏晉風度的譜系。令狐沖憑藉琴、簫合奏以及嗜酒的魏晉風度而成為「笑傲江湖」的遊俠。

除了突顯種族身份胡漢衝突之外，金庸又書寫出中原與異族

56　金庸：《天龍八部》，第 5 冊，第 50 章，頁 2189。
57　Hayden White. "Interpretation in History", *Tropics of Discourse: Essays in Cultural Criticism.*, p.51.
58　金庸：《天龍八部》，第 5 冊，第 50 章，頁 2189。
59　金庸：《天龍八部》，第 2 冊，第 16 章，頁 698。
60　金庸：《笑傲江湖》，第 2 冊，第 19 回，頁 815。

在武功上難以種族而作區別。契丹人蕭峰以「太祖長拳」攻玄難的「羅漢拳」，可是漢人玄難所使的少林寺拳法卻來自天竺，[61] 由此以突顯種族之爭的荒謬。同樣，蕭峰之父蕭遠山的武藝，是遼國的一位漢人高手所傳授。[62] 因此，蕭遠山力阻遼后對大宋用兵，乃是為了報答恩師的深恩厚德。從拳術之來源而蘊藏種族之爭的省思，在在突顯金庸歷史之想像力如水銀瀉地、無孔不入，一如海登·懷特所言：

> 一個優秀的職業歷史學家的標誌之一就是不斷地提醒讀者注意歷史學家本人對在總是不完備的歷史記錄中所發現的事件、人物、機構的描繪是臨時性的。[63]

因此金庸武俠小說在一定歷史事實的基礎上的文學想像，基本均朝向一個共同的目的——參預歷史詮釋。例如，宋朝邊境官兵對遼人之所為：

> 好幾個大宋官兵伸手在契丹女子身上摸索抓捏，猥褻醜惡，不堪入目。有些女子抗拒支撐，便立遭官兵喝罵毆擊。[64]

---

61 金庸：《天龍八部》，第 2 冊，第 19 章，頁 851。
62 金庸：《天龍八部》，第 3 冊，第 21 章，頁 918。
63 海登·懷特：〈作為文學虛構的歷史文本〉，張京媛主編：《新歷史主義與文學批評》，頁 161。
64 金庸：《天龍八部》，第 2 冊，第 20 章，頁 878。

　　　　那軍官大怒，抓起那孩兒摔了出去，跟着縱馬而前，馬蹄踏在孩兒身上，登時踩得他肚破腸流。[65]

簡而言之，宋、遼本無分別，胡、漢各有惡行，如此書寫，則為正史所無：

　　　　歷史學者在努力使支離破碎和不完整的歷史材料產生意思時，必須要借用柯林伍德所説的「建構的想像力」（constructive imagination），這種想像力幫助歷史學家──如同想像力幫助精明能干的偵探一樣──利用現有的事實和提出正確的問題來找出「到底發生了甚麼」。[66]

藉着宋兵虐殺遼人的場面，金庸無疑顛覆了中原的歷史書寫，而顛覆的勇氣則蘊含了歷史書寫的質疑，亦存在對異域的包容。這無疑便是柯林伍德（R.G. Collingwood）所説的批判性與建構性（critical and constructive）的詮釋策略。[67] 在追問紛爭的歷史真相的努力之後，金庸武俠小説並沒有為種族之爭提供出解決的方法，而是將中原與異族的種種糾纏的複雜面呈現於其武俠小説之中，絕非簡單的

65　金庸：《天龍八部》，第 2 冊，第 20 章，頁 879。

66　海登‧懷特：〈作為文學虛構的歷史文本〉，張京媛主編：《新歷史主義與文學批評》，頁 163。

67　Hayden White. "Interpretation in History", *Tropics of Discourse: Essays in Cultural Criticism*., p.59.

「夷不勝華」。[68]

　　種族之爭，雖熾烈而無稽，卻終難解決，而在漩渦掙扎中，在力挽狂瀾而終究無力回天的悲壯中，彰顯了俠客的人性光輝。

五、胡漢之戀

　　胡、漢之勢不兩立，乃《天龍八部》、《射鵰英雄傳》、《神鵰俠侶》、《倚天屠龍記》、《書劍恩仇錄》、《雪山飛狐》、《飛狐外傳》以及《鹿鼎記》中的主要衝突元素。驅除韃虜、還我河山，岳飛的精忠報國及其《武穆遺書》乃金庸作品之基本要義，最終在《倚天屠龍記》中由張無忌將《武穆遺書》轉贈予徐達（天德，1332－1385），終由徐達驅逐元蒙，助朱元璋建立由漢人統治的大一統江山。而《碧血劍》、《飛狐外傳》、《雪山飛狐》、《書劍恩仇錄》以及《鹿鼎記》則又再度書寫明、清易鼎後，天地會反清復明的抗爭，雖前仆後繼，卻揮不去無力回天的哀怨。由此而言，民族主義思想在金庸武俠小說中極之熾烈。正因如此熾烈的民族主義，在烽火連天的易鼎之際與民族大義的危急關頭，金庸武俠小說中的胡漢之戀，更是肝腸寸斷，膾炙人口。

68　宋偉傑：〈論金庸小說的「家國想像」〉，劉再復、葛浩文、張東明等編：《金庸小說與二十世紀中國文學國際學術研討會論文集》，頁 326－327。王一川更認為金庸武俠小說呈現出「抑夏揚夷」，乃翻轉「『夏夷』二元對立視野」的現象。見王一川：〈文化虛根時段的想像性認同〉，吳曉東、計璧瑞編：《2000＇北京金庸小說國際研討會論文集》（北京：北京大學出版社，2002），頁 51。

一般情況下，金庸武俠小説的結局均是大俠之退隱異域，雖壯志未酬，而金庸又往往為彼等安排了異域美人相伴。《天龍八部》中被揭發契丹身份的丐幫幫主蕭峰，在被中原武林圍攻、追殺之際，獲得大理皇弟段正淳的私生女阿朱一往情深的愛慕，從而使他在人生的黑暗時期重獲生存的希望：

> 喬峰一怔，回過頭來，只見山坡旁一株花樹之下，站着一個盈盈少女，身穿淡紅衫子，嘴角邊帶着微笑，脈脈的凝視自己，正是阿朱。[69]

這一幕非常動人，堪稱神來之筆。愛情凌駕一切種族界限，因此蕭峰深受感動地説：

> 蕭某得有今日，別説要我重當丐幫幫主，便叫我做大宋皇帝，我也不幹。我寧可做契丹人，不做漢人。[70]

同樣，如天神般的人物喬峰，別説他只是契丹人，便是魔鬼猛獸，阿朱也不肯離他而去。[71] 種族之混合，先在阿朱心中開花，阿朱認為蕭峰是「漢人也好，是契丹人也好，對我全無分別」。[72]《射鵰英雄傳》中，成吉思汗（鐵木真，1162－1227）因郭靖有功而欽賜為「金刀駙馬」，郭靖與華箏雖青梅竹馬，可郭靖自回歸中原後卻對

69　金庸：《天龍八部》，第 2 冊，第 20 章，頁 869。
70　金庸：《天龍八部》，第 3 冊，第 21 章，頁 924。
71　金庸：《天龍八部》，第 2 冊，第 20 章，頁 882。
72　金庸：《天龍八部》，第 2 冊，第 20 章，頁 882。

黃蓉一見鍾情，由此而背棄婚約，雖劃地封王的利誘亦不為所動。突顯的卻是作為漢人的郭靖對愛情與國族的追求與忠貞。《倚天屠龍記》中的蒙古郡主趙敏亦為了張無忌而甘願漢化，[73] 波斯少女小昭為了張無忌而甘願回歸波斯出任總壇教主。《書劍恩仇錄》中的陳家洛更同時獲得回疆的霍青桐與香香公主兩姐妹的垂青，而他卻將香香公主轉贈予乾隆以作政治籌碼，雖是為大我而犧牲小我，卻亦間接突顯其政治無能，由此以揭示恢復漢室之無望。

然而，不幸的戀情亦因種族歧見而生，《天龍八部》中的丐幫副幫主馬大元的夫人康敏因在洛陽牡丹會上自覺不受蕭峰（喬峰）青睞，便以其身世的秘信而興風作浪，從而掀起一場江湖巨變。《白馬嘯西風》中的李文秀與蘇普雖青梅竹馬、兩情相悅，然卻因為晉威鏢局掠奪並殺害哈薩克族人，自此「哈薩克人對漢人甚為憎恨」。[74] 縱然精通《可蘭經》的阿訇卜拉姆解釋了伊斯蘭教允許與漢人通婚，然而成為薩克族人心中英雄的李文秀終歸也沒法與她心愛的蘇普在一起，只能孤身匹馬返回中原。[75]

由以上這些細節的描寫，可見金庸的身份穿梭於小說家與歷史學家之間：

> 歷史學家在研究一系列複雜的事件過程時，開始觀察到這些事件中可能構成的故事。當他按自己所觀察到的事件內部原因來講故事時，他以故事的特定模式來組合自己的敘

73　金庸：《倚天屠龍記》，第 4 冊，第 32 章，頁 1329。
74　金庸：《白馬嘯西風・雪山飛狐》（香港：明河出版社，2004），頁 385。
75　金庸：《白馬嘯西風・雪山飛狐》，頁 444。

事。[76]

金庸乃以俠客的成長故事及其愛恨情仇，詮釋歷史。因此之故，有論者認為：

> 金庸小說「歷史感」之強烈，往往使讀者分辨不出究竟他是在寫「歷史小說」還是「武俠小說」。[77]

換言之，金庸乃以武俠寫歷史，他不止是小說家，而是帶有詮釋歷史目的小說家。

胡漢之戀在金庸小說中增添了異域的浪漫情調，而更多的是異族美女情傾中原大俠，這無疑亦是民族主義敘事的一部分。異域雖為中原帶來動盪，為主人公帶來挑戰，卻因為愛情的連繫，又成為主人公退而歸隱的選擇。

六、潛修去國

異域乃金庸武俠小說中的雙刃劍，既是挑起中原江湖風波、危及國族之根源，同時又是主人公修煉以重塑江湖、拯救國族以至

---

76 海登・懷特：〈作為文學虛構的歷史文本〉，張京媛主編：《新歷史主義與文學批評》，頁 166。

77 林保淳：〈通俗小說的類型整合——試論金庸的武俠與歷史〉，劉再復、葛浩文、張東明等編：《金庸小說與二十世紀中國文學國際學術研討會論文集》，頁 162。

於去國歸隱之所在。異域雖然荒蕪，卻是俠客潛心修煉或隱居的好地方。《射鵰英雄傳》中的郭靖先從蒙古人那裏學會摔跤之術，此技能令他在桃花島上與西毒歐陽鋒較量時不落下風。[78]《倚天屠龍記》中的張無忌在冰火島上獲得義父金毛獅王謝遜的嚴格訓練，隨後因被朱長齡追捕而掉落崑崙山附近的懸崖，在洞中獲蒼猿贈予《九陽神功》，又被布袋和尚揹上光明頂，因緣際會於乾坤一氣袋中練成「九陽神功」，繼而又在光明頂的秘道中獲明教教主陽頂天留下的「乾坤大挪移」心法，練成神功，後來再獲波斯令上的波斯神功。此中，最為微妙的異域潛修的好處莫過於長年漂流於孤島的謝遜，冰火島的寒與熱原來對謝遜的身體大有好處，故其武功造詣雖不及仇人成崑，然而其身體卻因長年在冰火島生活而異常健壯：

> 他年紀比成崑小了十餘歲，氣血較旺，冰火島上奇寒酷熱的鍛煉，於內力修為大有好處，百餘招中絲毫不落下風。[79]

最終，謝遜就憑其在冰火島中不自覺而獲得的體力戰勝本來武功比他強的成崑，終於報仇雪恥。此外《書劍恩仇錄》中隱於回疆的陳家洛，自小便獲天池怪俠袁士霄傳授武功；《連城訣》中的狄雲，在雪山中練習血刀老祖的刀法；《俠客行》中的石破天被謝煙客帶上摩天崖，又因緣際會，學得一身怪異武功，繼而在荒島上獲史小翠傳授金烏刀法，其後又在俠客島石壁上無師自通地學會以蝌蚪文寫成的「俠客行」武功。此中最為曲折離奇而精彩萬分的是《天龍

78　金庸：《射鵰英雄傳》，第 2 冊，第 18 回，頁 770。
79　金庸：《倚天屠龍記》，第 4 冊，第 39 章，頁 1631。

八部》中，虛竹被天山童姥挾持往西夏地下冰窖，學會了天山折梅手與天山六陽掌，由此而一躍成為與蕭峰、段譽鼎足而立的三大高手之一。

同樣，每當中原江湖道義淪喪，主人公唯有被迫離開故土，短期或長期潛藏歸隱於異域。《天龍八部》中的蕭峰因契丹身份被揭發而被迫辭去丐幫幫主之位，在被中原武林追殺，而心灰意冷之下，潛返遼國。在途中，蕭峰因緣際會，先後備受女真首領完顏阿骨打與遼國皇帝耶律洪基的禮遇。蕭峰因救了耶律洪基之命而與他結為兄弟，後又助其重奪政權而被封為南院大王。蕭峰以武止戈，阻攔了遼帝南侵，最終亦一死以謝罪，其後由阿紫抱着跳在昔日他父親蕭遠山跳下的懸崖之下，仿如回歸母體。《倚天屠龍記》中張無忌出生、成長於冰火島，因此甚為眷戀冰火島「沒人世間的奸詐機巧」，[80] 後因朱元璋（國瑞，1328－1398）的逼宮，他不得不攜蒙古郡主趙敏歸隱蒙古。《碧血劍》中的袁承志在華山學藝之後下山，不久便被推舉為七省盟主，又在短時間之內竟盡識崇禎（朱由檢，1611－1644）之無能、李自成（1606－1654）之荒謬以及皇太極（1592－1646）之英明，在無可奈何之下，率眾退隱海外。同樣，長平公主亦拜木桑道人為師，前往藏邊修煉武功。[81]《書劍恩仇錄》中的陳家洛早年潛居回疆，從天池怪俠學武，擔任天地會總舵主，在與乾隆多番周旋較量之下，無功而返，又隱居回疆，後來又在《飛狐外傳》中偶回中原，卻恢復無望，終日鬱鬱寡歡。《連城訣》中的狄雲雖成長於湖南，但在連串的迫害之下，他與水笙在雪

80　金庸：《倚天屠龍記》，第 4 冊，第 31 章，頁 1283。

81　金庸：《碧血劍》，第 2 冊，第 20 章，頁 760。

山之中暗生情愫，最終仍是返回雪山隱居。

由此可見，異域作為俠客潛修之理想所在，至於是否可以成為去國歸隱之處卻大成問題。蕭峰便死於他出生的遼國，張無忌天真地選擇蒙古歸隱，至於陳家洛之隱居回疆而沒有《白馬嘯西風》中李文秀與回民所發生的矛盾，原因在於天地會與回疆在當時的政治上聯手抗清有利益上一致之處。金庸又顛覆了傳統古典小說中功成名就的成功結局，挫敗了讀者在閱讀上的慣常期待（to frustrate conventional expectation）的書寫，一方面為符合歷史事實的結果，同時又顛覆了古典小說的結構模式，即英雄不一定成功，成功者不一定是英雄，如張無忌去國，朱元璋稱帝，陳家洛隱於回疆，乾隆當國，基本上從《天龍八部》、《射鵰英雄傳》、《神鵰俠侶》、《倚天屠龍記》、《書劍恩仇錄》以至於《鹿鼎記》，均是如此書寫模式。

然而，若與江南的書寫如杭州、嘉興相較，金庸對異域的風土人情的着墨與渲染顯然不夠，蕭峰所在的遼國，段譽與郭靖及陳家洛所成長的大理、蒙古及回疆，均甚少涉及地理與民俗，這一點可謂是白璧微瑕。

七、結語

透過異域書寫，金庸亦對中原的江湖作出了批判與反思，中原的江湖人物並非想像中的義薄雲天，更多的是蠅營狗苟，猥瑣卑下，重塑江湖與拯救國族的往往均是來自異域的少俠，如蕭峰、段譽、虛竹、郭靖、張無忌等等。異域的政權崛起，亦正是由於中原

政權之頹敗，故此金庸武俠小説幾乎都是對中原政治的批判，從兩宋君主，以至於崇禎、李自成，均無一不是昏庸害民之主。金庸所創造的異域與中原兩個世界，彼此互相滲透，既互侵，復互補。金庸之異域書寫，實際亦就是對中原的另一種書寫，可以説是超越歷史與意識形態的詮釋。

第八章　總結

金庸對其作品的修訂工作始於 1970 年 3 月，到 1980 年年中結束，共費十載。二十世紀八十年代小說再版時，他重新作了一番修訂。例如，《射鵰英雄傳》在結構、情節安排及人物塑造方面均作了相當大程度的刪改，刪掉「蛙蛤大戰」、「鐵掌幫行兇」，以及小紅鳥的描寫，增加了曲靈風盜畫、黃蓉強逼別人抬轎、長嶺遇雨以及黃裳撰寫《九陰真經》。曲靈風盜畫是為了獻予師父黃藥師，並因此而牽引出郭靖從黃藥師所贈的畫中找到了《武穆遺書》。黃蓉逼人抬轎一幕突顯其在旁人眼中「小妖女」的形象，也是必要的。至於黃裳著《九陰真經》，則是一以貫之的武學乃源自文化，而非匹夫所能創造。此外，又在《鹿鼎記》中確定長平公主即《碧血劍》中的阿九的斷臂為左臂，乃對歷史事實的尊重。二十一世紀初，金庸再一次作出大幅度的修訂。此中最顯著的修訂有以下三項：一、尹志平改為甄志丙；二、降龍十八掌改為二十八掌，再經蕭峰刪減為十八掌；三、梅超風與師父黃藥師有過一段近乎神交的曖昧。尹志平乃全真派得道之士，此前寫他在《神鵰俠侶》中姦污小龍女，確實不該，如今還其清白，卻似乎亦覆水難收。《天龍八部》中的降龍十八掌之增減，以至於增寫了梅超風與師父黃藥師的近乎神交的那些曖昧文字，兩項修訂均屬畫蛇添足。然而，點點滴滴的修訂，在在可見金庸在藝術與思想上對其武俠小說之作為嚴肅文學的極度重視與不懈努力。

　　整體而言，金庸武俠小說所體現的是中國歷史的千年興亡與人性善惡之明滅，可謂波瀾壯闊，可歌可泣。在創作特徵上，有論者認為金庸武俠小說有前、後期之分野：

　　　　金庸的作品可以分為前後兩期。我以為，除《笑傲江湖》

和《鹿鼎記》外均為前期作品。前後期的分別在於，前期多
以武俠寫人生，後期則以武俠寫政治。[1]

然而，《天龍八部》中的風波難道不是因政治而發？《射鵰英雄傳》
自始至終都是政治，《神鵰俠侶》中的郭靖已成為襄陽的實際守禦
者，楊過亦參預過抗擊蒙古並擊斃大汗蒙哥，至於《倚天屠龍記》
更是一部反元蒙統治的武俠小說。故此，以人生與政治區分金庸武
俠小說為前、後期，並不恰當。此外，論者還認為：

> 他寫着武俠，寫着政治，又不時透出對武俠愚昧的嘆惋
> 和對中國政治文化傳統的根本上的鄙棄。正因為這樣，金庸
> 的小說才拓出了武俠的新境界，成為二十世紀裏真正有現代
> 意義的作品之一。[2]

在本書的研究基礎之上，除了各概念之闡釋之外，還發現有關金庸
各部小說之優劣，大致上可以透過三個標準作出衡量：

第一，風物描寫之文字是否優美。[3]金庸成功的武俠小說總
是有大段的關於風景與人物的描寫，如《天龍八部》、《射鵰英雄
傳》、《神鵰俠侶》、《倚天屠龍記》、《笑傲江湖》及《書劍恩仇錄》

1　吳予敏：〈金庸後期創作的政治文化批判意義〉，劉再復、葛浩文、張東明等編：
　　《金庸小說與二十世紀中國文學國際學術研討會論文集》，頁 343。
2　吳予敏：〈金庸後期創作的政治文化批判意義〉，劉再復、葛浩文、張東明等編：
　　《金庸小說與二十世紀中國文學國際學術研討會論文集》，頁 346。
3　相關論述可參閱劉珂：〈談金庸小說中的風物描寫〉，吳曉東、計璧瑞編：《2000'
　　北京金庸小說國際研討會論文集》，頁 538－556。

各部小說中均有關於西湖及江南風景的描寫。例如：

> 　　陳家洛也帶了心硯到湖上散心，在蘇堤白堤漫步一會，
> 獨坐第一橋畔，望湖山深處，但見竹木森森，蒼翠重疊，不
> 雨而潤，不煙而暈，山峰秀麗，挺拔雲表，心想：「袁中郎初
> 見西湖，比作是曹植初會洛神，說道：『山色如娥，花光如
> 頰，溫風如酒，波紋如綾，才一舉頭，已不覺目醺神醉。』
> 不錯，果然是令人目醺神醉！」
>
> 　　他幼時曾來西湖數次，其時未解景色之美，今日重至，
> 才領略到這山容水意，花態柳情。凝望半日，僱了一輛馬車
> 往靈隱去看飛來峰。峰高五十丈許，緣址至顛皆石，樹生石
> 隙，枝葉翠麗，石牙橫豎錯落，似斷似墜，一片空青冥冥。[4]

真可謂一流文字，這便是金庸的苦心孤詣之作的特徵。

　　第二，主人公之功夫招數及其演變以至於打鬥場面之設計是
否精彩。例如，《天龍八部》中蕭峰夜闖少林寺、聚賢莊大戰，以
及後來在遼國兵變時，蕭峰在戰場上臥於馬腹之下、飛奔於馬背之
上生擒南院大王及其父的場面。在《射鵰英雄傳》中，洪七公與歐
陽鋒在海上的搏鬥；桃花島上，東邪黃藥師與西毒歐陽鋒及北丐洪
七公以簫、箏及嘯作較量；在撒馬爾罕附近的村莊，郭靖與歐陽
鋒、周伯通以及裘千仞四大高手在一片漆黑的屋中過招。《神鵰俠
侶》中，郭靖在全真派重陽宮大戰、在蒙古攻襄陽城之際跨城牆而

4　金庸：《書劍恩仇錄》，第 1 冊，第 7 回，頁 274。

上以及在蒙古軍中力救楊過的場面；小龍女在全真派以左右互搏的方式使出千百劍的場面；楊過與小龍女在襄陽救郭襄時與金輪法王於高臺上的大戰。在《倚天屠龍記》中，張無忌於光明頂以乾坤大挪移力戰兩儀劍法，在武當山上以太極拳力戰玄冥二老，以及在少林寺力戰三高僧的「金剛伏魔圈」。以上這些武打場面，均可謂苦心孤詣之刻畫，而且絕非止於打鬥，其中實蘊含了情感及招數的微妙變化，並具有推動情節發展的功能於其中。

第三，愛情的書寫是否真摯感人。《天龍八部》中的蕭峰與阿朱，《射鵰英雄傳》中的郭靖與黃蓉，《神鵰俠侶》中的楊過與小龍女，《倚天屠龍記》中張無忌與趙敏，以及《笑傲江湖》中的令狐沖與任盈盈，以上的情俠結構，其曲折坎坷與生死相隨之愛情，催人淚下。任何沒經歷患難的愛情，或來得太易的愛情，如《碧血劍》中的鄉下黑小伙袁承志一下山便有四女以及長平公主的糾纏，實在難以令人信服。有時候，美女如眾星拱月，對故事發展並沒有幫助，反而削弱了男主角在讀者心中的形象。特別是《倚天屠龍記》的結局，小昭已黯然回國，殷離瘋癲而去，周芷若卑鄙無恥，張無忌在為趙敏畫眉之後，心中竟仍有四美齊享的念頭，這跟人物早期的成長經歷及形象的發展很不一致。

另外一個值得一提的現象便是，金庸武俠小說的結局一般都有點婆婆媽媽，如《天龍八部》中蕭峰死後，金庸還花了幾萬字寫段譽尋找長生不老藥，尋藥需要一國之君親自去嗎？《神鵰俠侶》中楊過擊斃蒙古大汗蒙哥後，幾位大俠從襄陽長途跋涉上華山論劍，來回需時，且問在此期間由誰來指揮、守衛正在被攻打中的襄陽城？《倚天屠龍記》中的張無忌與趙敏隱居蒙古也就罷了，還要寫周芷若要求他們不可拜堂成親。周芷若如此卑鄙無恥的行徑，怎

還有顏面在他們面前說這樣的話？《俠客行》到了最後，石破天的身世已呼之欲出，何必還要石破天大呼「我是誰？我是誰？」《飛狐外傳》中的胡斐在最後既知殺父仇人，何以不殺石萬嗔？甚至連田歸農也放過？而且，還要再在《雪山飛狐》弄個兩難的結局：砍還是不砍？最關鍵在於，商家堡中的胡斐與平四叔乃以為父復仇而存在，何以自商家堡之後，胡斐雖也有間中念及父仇，卻一再含糊而過？當他與苗人鳳化敵為友一起喝酒吃飯討論胡家刀的時候，何不當面將其父之死因問個水落石出？甚至到了後來，程靈素提點他大概是田歸農從毒手藥叟獲得毒藥而毒害胡一刀的線索，而胡斐卻在多次有機可乘之時，一再任此兩人逍遙法外。《飛狐外傳》中從一開始至小胡斐在商家堡中救出眾人的書寫，無論文字、人物、情節以至於結構，可以說是相當成功的開端，可惜的是自此以後，卻是每況愈下，最終導致整個故事功敗垂成。故此，有論者這樣指出金庸武俠小說不足之所在：

> 金庸的長篇寫得較為成功，短篇卻大都不甚理想。這可能與原作在報紙上連載的原因有關，長篇的連載雖是每日經營，但刊載的時間卻長達三四年。但在週刊或月刊上寫的往往是成了長一點的篇幅。[5]

基本上，金庸的長篇小說都是比較成功，甚至都是有意貫穿而血脈相連之作，從《天龍八部》、《射鵰英雄傳》、《神鵰俠侶》、《倚天

5　孫立川：〈金庸對中國傳統小說的改造和發展〉，劉再復、葛浩文、張東明等編：《金庸小說與二十世紀中國文學國際學術研討會論文集》，頁 110。

屠龍記》、《碧血劍》、《鹿鼎記》、《書劍恩仇錄》、《飛狐外傳》、《雪山飛狐》，這些作品之間均有傳承關係，當然《碧血劍》、《飛狐外傳》及《雪山飛狐》均有不盡人意之所在，至於其他獨立成篇或沒有歷史背景的短篇作品，成就便更有所不及。

整體而言，金庸與魯迅乃二十世紀中國現代文學的兩座高峰，馮其庸這樣評價金庸武俠小說的成就：

> 他十多年來，所寫小說之富，實在驚人，這在中國古今小說史上，恐怕也是不多見的。而這許多小說，雖然故事有的有連續性，但卻無一雷同，無一複筆，這需要何等大的學問，何等大的才氣，何等大的歷史、社會和文學的修養？把他的小說加在一起看看，難道不感到是一個奇跡式的現實麼？難道不感到這許多卷帙，是一座藝術的豐碑麼！[6]

魯迅的小說在五四期間所起到的是國民性的批判，而金庸的武俠小說則在文化大革命之後起到了對傳統價值觀的重建。一言以蔽之，魯迅與金庸，在二十世紀中國文學史上乃雙峰並峙，相互輝映。

6　馮其庸：〈讀金庸的小說〉，見三毛等：《諸子百家看金庸》，第 4 冊，頁 45。

下篇

───────

金庸武俠小說的「隱形結構」

推薦辭（黃坤堯教授）

陳岸峰解讀金庸小說中的武俠世界，切入傳統的思想文化，以及文學考古的深度挖掘，通過普世價值的理念及廣大的江湖世界，重新建構歷史，解釋歷史，寫出了不一樣的金庸世界。

本書（指本書下篇）可以說是比較文學的傑作，作者並非孤立地研究金庸的武俠小說，而是通過多種古今文學名著跟金庸作品相互對比，指出問題所在。其中作者最大的創獲就是「隱型結構」、「文學考古」的兩大理念，同時也藉此建立其個人的批評理論綱領。所謂「隱型結構」，作者認為，「金庸幾乎將很多古典小說中的主角及配角以至於情節及對話等細節全都搬進自己的小說中」，在實際的操作上，包括「人物移植」、「情節及結構嵌置」，然後「再加上金庸的創造性，此中包括武功與愛情以及歷史」，達至「文本互涉」的概念，「除了不同文本間的互涉現象」之外，還「包括更廣闊、更抽象的文學、社會和文化體系」。例如作者討論《天龍八部》中的隱型結構，指出蕭峰與武松、段譽與賈寶玉、虛竹與魯智深，以至《雷雨》中的孽緣故事等，都有密切的關係，富有創意，促進大家對文學作品的閱讀和思考。《射鵰英雄傳》以《說岳全傳》中的岳飛、陸文龍與曹寧分別

作為郭靖與楊康的原型，郭靖顯然完全繼承了岳飛的志事，光復宋室，宣揚民族正氣。《神鵰俠侶》以《西遊記》中唐僧與孫悟空的師徒形象作為小龍女與楊過的原型，既是師徒，復為戀人，關係更為密切，深入人心，戰勝禮教和歲月，構成永恆的「俠侶」形象，可能比很多歷史人物還要真實。而楊過與孫悟空、豬八戒與周伯通、郭靖與托塔天王李靖及哪吒的形象演變等，都很傳神。《倚天屠龍記》與白蛇故事、《説唐》、《瓦崗英雄》及《雷雨》諸書，也有密切的聯繫。金庸甚至將《三岔口》與《十日談》的混合結構穿插於其中，例如《射鵰英雄傳》中的「牛家村密室」、《天龍八部》中的「窗外」、《倚天屠龍記》中的「布袋」「皮鼓」及「山洞」、《笑傲江湖》中的「磷光」「雪人」及「桌下」、《鹿鼎記》中的「衣櫃」「蠟燭」及「破窗而出」、《鹿鼎記》與《雪山飛狐》中的「説故事」等相近的情節安排，大量的運用，反覆再用，「由不同人物講述不同版本的故事，導致撲朔迷離」，「在盤根錯節的脈絡中，誘使狐疑不已的讀者在閱讀的森林中繼續跋涉，並最終逐漸獲得閱讀的快感」，增強戲劇效果，揭出事實真相，伸張正義，懲罰壞人，自是值得大家仿效的寫作手法。陳岸峰復以《世説新語》的魏晉故事為藍本，藉以詮釋《笑傲江湖》及《鹿鼎記》中人物的精神理念及場景安排，散發蕭散的風神，既解釋了金庸從臨摹到創造的過程，自然更超出了讀者的想像世界，令人嘆為觀止。

至於「文學考古」，其實也就是作者的考證功夫，有時像考古發掘，有時又像福爾摩斯探案，要將很多「碎片」聯繫起來，解釋現場狀況。陳岸峰認為考古的功能有三，「揭開作者的挪用、改編之所在」、「闡述金庸在臨摹之後的創造力所在」、「揭示金庸武俠小說中，古今中外文學之傳承與交流」。陳岸峰將《天龍八部》與《紅樓夢》相互比較，指出段譽即「斷慾」，寶玉即「飽慾」；二人都具有「癡」的特質；父親要寶玉讀書求功名，寶玉不聽而被打，同樣父輩要段譽練武功，段譽索性逃跑；段譽視王語嫣為仙子而自己為凡夫俗子，寶玉視女人為水，男人為泥；寶玉為花園命名而大顯才華，而段譽則在曼陀山莊中大炫茶花知識；兩人同樣整天周旋於不同女子而煩惱不休；段譽與寶玉最終也是完婚後再出家為僧。在此，作者羅列七條證據，言之成理，可見在考證方面用力甚深。

　　其實，本書更大的成就在於「詮釋歷史」，「金庸從《天龍八部》中的北宋積弱、《射鵰英雄傳》與《神鵰俠侶》中的南宋抗擊外敵，下及《倚天屠龍記》中的明教抗擊蒙元，從黑暗而漸至光明，還我河山，再至《碧血劍》中明末的 1644 年的甲申之變，再至《鹿鼎記》、《書劍恩仇錄》、《雪山飛狐》、《飛狐外傳》的反清復明」。金庸說史主要集中於宋元明清四代，弘揚大漢天聲，以民間的力量抵抗異族入

侵。可見金庸有意顛覆了傳統正史成王敗寇的書寫方式，重新加以詮釋，這有點像《三國演義》及《水滸傳》之作，其實都反映了說書人的庶民想像及世俗的江湖天地，可能比官方撰史還要真實及具體。而陳岸峰的研究，則用挖深的方法，在武俠世界之外，重整傳統的文化秩序，並在金庸故事創作的基礎上帶出形而上的精神世界，着重反映中國的傳統思想及文化情懷，甚至上溯至魏晉風神以及老莊的道家心法，嚴格來說更是對金庸小說的再顛覆，再解讀，帶出新的亮點。

陳岸峰《文學考古：金庸武俠小說的「隱型結構」》（本書下篇）在分析文本個案方面都很細心，挖掘金庸武俠小說的思想深度，揭示其中的隱型結構，有助於釐清金庸武俠小說與中外文學的淵源，及其創造力的驚人表現，思考縝密，言之成理，從一個全新的角度詮釋金庸，解讀金庸，是難得一見的力作，值得推薦。

黃坤堯

香港藝術發展局評審委員

2016 年 6 月 15 日

第一章　導論

一、西潮的衝擊及其影響

　　二十世紀的中國遭受全球化的衝擊，如飢似渴地吸收不同國家的文學、文化以至於林林總總的思想及主義。此中包括五四時期的多元吸收，五十年代大陸對蘇聯文學、文化的輸入，「文革」之後，八十年代初的大陸又大量接受西方思潮，可謂五四之後的另一高潮。至於香港、台灣方面，則在英、美文學及思想的譯介以至於比較文學方面，掀起一陣文學熱潮，從六十年代至九十年代，可謂乃其鼎盛時期。這一切的文學吸收與思想啟蒙，對於出生在二十年代並以武俠小說崛起於五十年代的金庸，均有莫大的衝擊。

　　五四時期，英美及日本思想深深地吸引了五四的文人學者，例如胡適（適之，1891—1962）對杜威（John Dewey，1859—1952）「實用主義」的推崇，對自由主義的信仰；徐志摩（槱森，1897—1931）對英國雪萊（Percy Bysshe Shelley，1792—1822）的接受，對印度詩人泰戈爾（1861—1941）的引進；梁實秋（治華，1903—1987）等人對莎士比亞的翻譯；吳宓（雨生，1894—1978）為首的學衡派對白璧德（Irving Babbit，1865—1933）的人文主義（Humanism）的推崇以及中、西文化的比較論述；魯迅（周樹人，1881—1936）、周作人（星杓，1885—1967）兩兄弟對日本文學及文化的介紹，對域外小說的譯介，對希臘文化的追溯；郁達夫（郁文，1896—1945）小說所受日本私小說的影響；曹禺（萬家寶，1910—1996）的《雷雨》，更是移植了易卜生（Henrik Johan Ibsen，1828—1906）的《群鬼》（*Ghosts*），在巴金（芾甘，1904—2005）的《家》、《春》、《秋》之外，以戲劇的形式響應了

五四的激烈反傳統思潮，揭露了「家」的黑暗，從而獲得了巨大的成功。易卜生透過曹禺的《雷雨》，影響了金庸的武俠小說。因此之故，方有金庸《天龍八部》中，蕭峰在雷雨之夜以降龍十八掌猶如閃電般擊殺他心中的仇人段正淳，不料卻是戀人阿珠易容代父受罰，而此中隱藏的便是《雷雨》中的血緣糾纏。同樣，金庸《雪山飛狐》中眾人上山說出胡一刀被殺的始末，正是喬萬尼・薄伽丘（Giovanni Boccaccio，1313—1375）《十日談》（*Decameron*）的翻版。《雪山飛狐》中胡斐的舉刀殺或不殺苗人鳳，《神鵰俠侶》中楊過猶豫於殺或不殺郭靖，正是莎士比亞《王子復仇記》（或譯為《哈姆雷特》）（*Hamlet*）中哈姆雷特的著名掙扎：to be, or not to be。西班牙的《小癩子》（*La Vide de Lazarilla de Tormes*），乃比較文學中的「成長小說」（Bildungsroman）的源頭，《小癩子》或英國狄更斯（Charles John Huffam Dickens，1812—1870）的《苦海孤雛》（*David Copperfield*）在金庸筆下最為典型的影響就是《鹿鼎記》以及《俠客行》。丹尼爾・笛福（Daniel Defoe，1660—1731）的《魯濱遜漂流記》（*Robinson Crusoe*）中的孤島漂流，一再影響了金庸的《射鵰英雄傳》與《倚天屠龍記》的書寫，洪七公、郭靖及黃蓉在孤島上智鬥歐陽鋒與歐陽克，在風浪孤舟中大顯神通，而張無忌與金毛獅王謝遜在其筆下，更兩度漂流孤島。印度史詩《羅摩衍那》的神猴哈奴曼（Hanuman），透過吳承恩（汝忠，1501—1582）《西遊記》而影響了金庸的《神鵰俠侶》的創作。至於中國古典小說對金庸武俠小說的影響，則更為具體而深入。

二、「隱型結構」的定義

　　金庸武俠小說中一直有一個令研究者忽有所思卻又百思不得其解的謎團，這就是其結構的問題。陳墨指出：

> 《連城訣》、《俠客行》、《天龍八部》、《笑傲江湖》、《鹿鼎記》等小說，都在離奇情節的背後，有一個完整的形而上結構。而在其他的小說中，雖未必有完整的形而上結構，但每有離奇處必有寓言卻是事實。傳奇使金庸小說情節博大，而寓言使金庸小說意義精深。[1]

在此，論者並沒指出何以在以上幾部小說中有「完整的形而上結構」，而「完整的形而上結構」指的又是甚麼。由此，金庸小說情節的博大、意義的精深，也就無從說起。有論者則指出金庸「以套式反應為出發卻又不為情節套式所囿的藝術處理」，而稱之為「亂套結構」。又有論者指出：

> 過分的離奇和巧合，為了渲染和烘托環境氣氛，枝蔓也過於繁複，使人物命運對角色的性格揭示作用有所降低。但金庸用精心構思的情節高潮或小高潮去突出人物形象，展示

1　陳墨：〈金庸小說與二十世紀中國文學〉，劉再復、葛浩文、張東明等編：《金庸小說與二十世紀中國文學國際學術研討會論文集》（香港：明河出版社，2000），頁 83。

角色的性格，相當程度彌補了上述缺失。[2]

　　所謂的離奇和巧合，事實上均其來有自，至於所謂的「形而上結構」或「過分的離奇和巧合」的奇特現象，實乃基於金庸所設置的「隱型結構」所造成的必然結果。

　　事實上，金庸武俠小說中的長篇中幾乎全都具有「隱型結構」，這並非簡單的「原型」（archetype），[3] 而是金庸幾乎將很多古典小說中的主角及配角以至於情節及對話等等細節全都搬進自己的小說中，因此而以「隱型結構」稱之，金庸的小說基本與中西小說形成「文本互涉」（inter-textuality）。「文本互涉」乃保加利亞裔的文學理論家克麗絲蒂娃（Julia Kristeva，1941—）將其所提出的「正文」（text）和另一文學理論家，俄羅斯的巴赫金（M. Bakhtin，1895—1975）的小說理論中的「對話性」（dialogicality）與「複調」（polyphony）兩種理論融匯而形成。[4]「正文」本身亦具有不斷運作的能力，這是作家、作品與讀者融匯轉變的場所，即所謂的「正文」的「生產特性」（productivity）。故此，「正文」便是各種可能存在意義的交匯場所，打破了傳統文學批評單一性的意義概念。而就在

2　林崗：〈江湖・奇俠・武功——武俠小說史上的金庸〉，《金庸小說與二十世紀中國文學國際學術研討會論文集》，頁130。

3　Guerin, Labor, Morgan, Reesman, Willingham, *A Handbook of Critical Approaches to Literature*(New York: Oxford UP, 1992), p.147—150.

4　見 Michael Holquist, ed., *The Dialogic Imagination: Four Essays*, trans. Caryl Emerson & Michael Holquist(Austin: U of Texas P, 1981). 介紹性的論著可參：Michael Holquist, *Dialogism: Bakhtin and his World*(London: Routledge, 1990). Tzvetan Todorov, *Mikhail Bakhtin: The Dialogical Principle*, trans. Wlad Godzich(Minneapolis: U of Minnesota P, 1984); Caryl Emerson, ed. *Problems of Dostoevsky's Poetics*, trans. Caryl Emerson(Manchester: Manchester UP, 1984).

這「正文」的「生產特性」的場所中，透過符表的分解與重組，所有的「正文」都是其他「正文」的「正文」，互為「正文」成為所有「正文」存在的基本條件；在這種基礎上，克麗絲蒂娃借巴赫金理論稱為「文本互涉」。[5]「文本互涉」這一概念包括具體與抽象的相互指涉。具體指涉指的是陳述一具體的、容易辨別出的文本和另一文本，或不同文本間的互涉現象；而抽象指涉則是一篇作品之朝外指涉着的，包括更廣闊、更抽象的文學、社會和文化體系，則完全視乎創作者的閱歷與學養以及社會環境所決定。據考察，金庸小說中，至少有六部長篇小說的人物、情節以至於結構均源自中國古典及現代小說以至於外國小說，甚至金庸這幾部小說之間又形成彼此的「文本互涉」。

金庸武俠小說的隱型結構，方式大致如下：一、人物移植；二、情節及結構嵌置；三、在一與二的基礎上再加上金庸的創造性，此中包括武功與愛情以及歷史。以下例子，足以印證以上三項特徵的存在。《鹿鼎記》第二十回中，神龍教教主洪安通及夫人在教韋小寶武功時，透露了金庸小說創作中的想像資源：

> 洪安通微笑道：「好，我來想想，第一招是將敵人舉了起來，那是臨潼會伍子胥舉鼎，叫做『子胥舉鼎』。」洪夫人道：「好，伍子胥是大英雄。」洪安通道：「第二招將敵人倒提而起，那是魯智深倒拔垂楊柳，叫做『魯達拔柳』。」洪夫人道：「很好，魯智深是大英雄。你這第三招雖然巧妙，不過有點兒

---

5   Julia Kristeva, "Word, Dialogue, And Novel", *Desire In Language*, trans. Thomas Gora Alice Jardine & Leon S. Roudiez (New York: Columbia UP, 1980), p.36 & p.66.

無賴浪子的味道，似乎不大英雄……」

又：

> 洪安通笑道：「對，不過關雲長的赤兔馬本來是呂布的，秦瓊又將黃驃馬賣了，都不大貼切。有了，這一招是狄青降伏龍駒寶馬，叫做『狄青降龍』，他降服的那匹寶馬，本來是龍變的。」[6]

洪安通在此提到了古典小說的《水滸傳》、《說唐》以及《五虎平西》。又：

> 韋小寶取錢賞了太監，心想：「倒便宜了吳應熊這小子，娶了個美貌公主，又封了個大官。說書先生說精忠岳傳，岳飛爺爺官封少保，你吳應熊臭小子如何能跟岳爺爺相比？」[7]

《說岳全傳》的痕跡，在此「原型」畢露。在此，伍子胥、魯智深、張敞、關羽、呂布、秦瓊、狄青、岳飛等人物，拔柳、舉鼎、畫眉等細節，赤兔馬與黃驃馬等道具，金庸無一不了然於胸，熔鑄一爐，幻化萬千，重新結構，以莫測的情節，奇詭的武功，以及催人淚下的愛恨情仇，從而震撼萬千讀者，風靡海內外。

6　金庸：《鹿鼎記》（香港：明河出版社，2006），第 2 冊，第 20 回，頁 840。
7　金庸：《鹿鼎記》，第 3 冊，第 29 回，頁 1231。

三、「隱型結構」三重奏

1. 中西古典小説的移植

　　金庸武俠小説，曾大量移植古典小説中的人物及情節以作為其基本的結構。例如，《天龍八部》中移植了《水滸傳》的武松作為蕭峰的原型，以《紅樓夢》中的賈寶玉作為段譽的原型，又再以《水滸傳》中的魯智深作為虛竹的原型。三個主角的原型武松、賈寶玉及魯智深及其故事，已奠定故事的基本結構。《射鵰英雄傳》中移植了《説岳全傳》中的岳飛與陸文龍及其故事分別作為郭靖與楊康的原型及結構。《神鵰俠侶》則移植了《西遊記》中唐僧與孫悟空師徒及部分情節作為小龍女與楊過的原型與發展情節，豬八戒、沙僧、白龍馬、佛祖、觀音、托塔天王以及其他人物均無所遺漏地以另一種姿態出現，並構成故事的各個環節。至於《倚天屠龍記》則更為複雜，此長篇移植了《説唐》、《瓦崗英雄》、《白娘子永鎮雷峰塔》、《白蛇傳》及《後白蛇傳》以至於《雷雨》等人物及情節作為張無忌及其他人物的原型及故事結構。至於《笑傲江湖》與《鹿鼎記》則挪用了筆記小説《世説新語》中的精神及理念及部分具體故事作為書寫的方向及場景設置。此外，西方小説如《十日談》（*Decameron*）、《魯賓遜漂流記》（*Robinson Crusoe*）、《頑童歷險記》（*Adventures of Huckleberry Finn*）、《基度山復仇記》（*Le Comte de Monte-Cristo*）、《塊肉餘生錄》（*David Copperfield*）等等，亦在不同層次影響或出現於金庸的武俠小説中。在基本設置了原型人物及隱型結構之外，剩下的便是金庸在愛情與武功元素的

輸入，以及為各部小說的主旋律定調的工作了。

2.《三岔口》與《十日談》的混合結構

此外，金庸又於各部小說中大量運用《三岔口》與《十日談》的混合結構穿插其中。《三岔口》的故事發生於北宋之際，楊六郎（楊延昭）手下的大將焦贊因打死奸臣王欽若女婿謝金吾而被發配沙門島，楊延昭命任堂惠於途中暗中保護焦贊。焦贊與解差夜宿於三岔口店中，任堂惠跟蹤而至，同住一店。店主劉利華夫婦懷疑任堂惠欲暗中謀害焦贊，於是深夜潛入臥室欲殺任堂惠，在黑暗中二人展開劇鬥，焦贊聞聲趕來參戰，混戰連場，後經劉氏妻取來燈火，彼此說明詳情，始釋誤會。直接的影響便是《射鵰英雄傳》中的牛家村密室的設計，很多真相唯有密室中的郭靖與黃蓉才知道。而《十日談》的故事發生於1348年的佛羅倫斯，七位姑娘與三個男子在面對瘟疫時一起上山避難，其中有三位美麗的少女乃三位男士的情人，十天中他們共講了一百個故事，直接影響金庸作品的便是《雪山飛狐》，一大批人千山萬水跋涉上山講述殺害胡一刀的不同版本的故事。事實上，在金庸很多的小說中均重複將《三岔口》與《十日談》的混合結構套用於其小說中，既有匿藏起來或黑暗中打鬥的情節，亦復有不同版本的故事的懸疑而令真相懸宕，待主角慢慢揭開。混合結構的設置令情節複雜莫測，扣人心弦，同時亦由此而淡化了其挪用古典小說資源的痕跡，其書寫策略亦因此而幾可謂天衣無縫。

3. 其他

　　此外，金庸又大量地將自己的武俠小說中的人物、情節以及道具，經改造後再以嶄新的方式呈現於不同的武俠小說之中，從《神鵰俠侶》中的尼摩星再至《天龍八部》中的段延慶，便是一個經改造後獲得成功的絕佳例子，這方面將在相關章節的附錄中逐一列出，在此不贅。

四、歷史時空的傳承結構

　　金庸在其武俠小說的創作上很明顯是經過一番精心策劃，企圖將各部長篇小說貫穿起來，造成在故事上的血脈相連。有論者指出：

> 《書劍恩仇錄》因是長篇處女作，結構較為零亂。《射鵰英雄傳》、《神鵰俠侶》、《倚天屠龍記》這三個互有關連的長篇，採用的是一種既有牽連，又各自有中心的「關係結構」，較之《雪山飛狐》、《飛狐外傳》這一對似乎更為成功，而《天龍八部》、《鹿鼎記》、《笑傲江湖》均是可圈可點的巨構之作，卻能回應接合，不相抵觸，可見作者構思的成熟。[8]

8　孫立川：〈金庸對中國傳統小說的改造和發展〉，《金庸小說與二十世紀中國文學國際學術研討會論文集》，頁 111。

事實上，《天龍八部》、《射鵰英雄傳》、《神鵰俠侶》、《倚天屠龍記》、《笑傲江湖》及《鹿鼎記》均有傳承關係，金庸以降龍十八掌、九陰真經、九陽神功、倚天劍、屠龍刀、《武穆遺書》以及「魏晉風度」貫穿了這幾部長篇小說。在歷史事件上，金庸從《天龍八部》中的北宋積弱、《射鵰英雄傳》與《神鵰俠侶》中的南宋抗擊外敵，下及《倚天屠龍記》中的明教抗擊蒙元，從黑暗而漸至光明，還我河山，再至《碧血劍》中明末的 1644 年的「甲申之變」，[9]再至《鹿鼎記》、《書劍恩仇錄》、《雪山飛狐》、《飛狐外傳》的反清復明。事實上，金庸在《鹿鼎記》中亦不忘上溯《碧血劍》：

> 這黃衫女子，便是當年天下聞名的五毒教教主何鐵手。後來拜袁承志為師，改名為何惕守。明亡後她隨同袁承志遠赴海外，那一年奉師命來中原辦事，無意中救了莊家三少奶等一群寡婦，傳了她們一些武藝。[10]

金庸又在其他武俠小說中嘗試建立各部小說在歷史上的血脈相連。例如，《鹿鼎記》白衣尼（長平公主）回到皇宮，見到昔日自己的臥牀而憶起遠在異域的袁承志，[11] 又以袁承志獲金蛇郎君《金蛇秘訣》的方法找出藏於《四十二章經》中的羊皮碎片；[12] 憑着韋小寶

9　相關論述可參閱陳岸峰：《甲申詩史：吳梅村書寫的一六四四》（香港：中華書局，2014）。

10　金庸：《鹿鼎記》，第 5 冊，第 41 回，頁 1772。

11　金庸：《鹿鼎記》，第 3 冊，第 26 回，頁 1040。

12　金庸：《鹿鼎記》，第 3 冊，第 26 回，頁 1057。

的「化屍粉」，便上溯至《射鵰》、《神鵰》中的西毒歐陽鋒。[13] 同樣，《笑傲江湖》中的風清揚道：

> 我本在這後山居住，已住了數十年，日前一時心喜，出洞來授了你這套劍法，只是盼望獨孤前輩的絕世武功不遭滅絕而已。[14]

由此，《笑傲江湖》又上溯至《神鵰俠侶》。此外，反清復明亦乃隱型的結構脈絡，基本由此而貫穿了《鹿鼎記》、《書劍恩仇錄》、《飛狐外傳》及《雪山飛狐》。

由各部長篇小說在歷史時空上的一脈相承，基本上金庸是以武俠小說的方式，重新詮釋中國歷史。[15]

五、移植、創造及「文學考古」

移植與創造，究竟如何區分？又何謂「文學考古」？三者又有何關係？

首先，移植（transplantation）源自「文本互涉」（inter-textuality）。「文本互涉」的概念，實又頗類同於北宋江西詩派宗師黃

13　金庸：《鹿鼎記》，第 3 冊，第 26 回，頁 1111。

14　金庸：《笑傲江湖》（香港：明河出版社，2006），第 10 章，頁 425。

15　相關論述可參閱陳岸峰：《醍醐灌頂：金庸武俠小說中的思想世界》（香港：中華書局，2015），頁 176—202。

庭堅（魯直，1045—1105）詩論中的「奪胎換骨」、「點鐵成金」，[16] 此亦即模仿（imitation）而至於創造（creation）的過程，實即由明代復古詩派中前七子的李夢陽（獻吉，1472—1530）與何景明（仲默，1483—1521）所論爭的模擬從「臨模古帖」以至於「達岸則捨筏」的過程，[17] 亦基本盡呈現於金庸的武俠小說的創造歷程之中。金庸大量移植了中、外小說中的人物及情節，曾經亦步亦趨，而關鍵在於他並非抄襲，而是在挪用、改編之後加以熔鑄，真正地做到了如黃庭堅詩論中的「奪胎換骨」與「點鐵成金」，或何景明所謂的捨筏登岸。事實是，讀者反應已說明了一切，金庸是一個絕妙的調酒師及釀酒師，他所製造的酒瓶美觀大方而富有傳統風格，他所製造的佳釀，味道獨特，芬芳馥郁，醉倒海內外無數飲者。這就在於其博採眾家之長而自成一家風格，這便是他的創造力之所在。

　　至於「文學考古」，則必須逐一考證，包括人物之外貌特徵，生平之際遇，道具之運用，以至於複雜的衍變等種種瑣碎，均以考古般的挖掘古墓的方式，逐一清理，拂去塵埃，重整碎片，還其原

16　釋惠洪：《冷齋夜話》卷一；黃庭堅：〈答洪駒父書〉。分別見吳文治編：《宋詩話全編》（南京：江蘇古籍出版社，1998），第 3 冊，頁 2429；第 2 冊，頁 944。

17　前七子乃以李夢陽與何景明為首，此外尚有徐禎卿（昌穀，1479—1511）、邊貢（廷實，1474—1532）、康海（德涵，1475—1540）、王九思（敬夫，1468—1551）、王廷相（子衡，1474—1544）；後七子乃以李攀龍（于麟，1514—1570）與王世貞（元美，1526—1590）為主，此外尚有謝榛（茂秦，1495—1575）、宗臣（子相，1525—1560）、梁有譽（公實，1519—1555）、徐中行（子與，1517—1578）與吳國倫（明卿，1524—1593）。因為彼等提倡「文必秦漢，詩必盛唐」的復古文學觀念，故此一般文學史與文學批評史對這一流派也以「復古詩派」視之。李、何兩人之論爭，分別見李夢陽：〈答周子書〉；何景明：〈與李空同論詩書〉，見郭紹虞編：《中國歷代文論選》（上海：上海古籍出版社，1990），第 3 冊，頁 51、38。相關論述可參閱陳岸峰：《沈德潛詩學研究》（濟南：齊魯書社，2011），頁 37—43。

貌，揭其身份，並道出整個挖掘的歷史價值。

　　至於「文學考古」的意義則在於：一、揭開作者的挪用、改編之所在；二、闡述金庸在「臨摹」之後的創造力所在；三、揭示金庸武俠小説中，古今、中外文學之傳承與交流。以上三種意義，便是此研究的目的以及此書的貢獻之所在。

六、研究綜述與章節安排

　　「文學考古」與「隱型結構」的兩個學術概念，前所未有。事實上，文學創作中多見有意識的移植，純粹的移植不足稱道，而金庸在其武俠小説中移植中、西小説中的原型、情節以及故事結構及道具，均作了很大程度的改造以至於創造，甚至同一人物同一情節亦多有衍變，雖可謂千頭萬緒，錯綜複雜，然卻仿如山陰道上行，令人目不暇給，嘆為觀止。

　　此乃全書之「下編：金庸武俠小説的『隱型結構』」，共分九章，第一章是為導論，第二至第七章則主要以金庸的《射鵰英雄傳》、《神鵰俠侶》、《倚天屠龍記》、《天龍八部》、《笑傲江湖》以及《鹿鼎記》這六部長篇小説作為文學考古的主要場地，第八章是為「混合結構」之論述，第九章是為總結。此外，各章後面的附錄，則為散佈於各部武俠小説中的其他考古碎片。由此而言，附錄乃「碎片」，而各章主要之論述為主人公及大件器物，各個展廳雖均各自獨立而卻具有互涉之功能，故此研究實乃對金庸武俠小説所隱藏的「原型結構」所作的大規模的全面挖掘及清理。

第二章　頓漸有序：

《射鵰英雄傳》中郭靖
的原型及其英雄歷程

一、前言

在金庸的武俠小說中，《射鵰英雄傳》被視為「佈局最嚴謹、氣派最渾厚的一部小說」。[1] 實際上，其所謂的嚴謹佈局與深厚氣派，均其來有自，並非金庸所獨創。郭靖之身世及成長以至於成為保家衛國的英雄，實乃金庸按《說岳全傳》中的岳飛（鵬舉，1103—1142）為原型而展開書寫。金庸在岳飛的原型之上塑造郭靖的成長歷程，幾乎如出一轍，而與此同時又創造了郭靖的學武與領悟歷程，包括其從俠客至英雄的身份轉型。

二、身世、結義及婚姻

《射鵰英雄傳》重在「傳」，即郭靖成為英雄的成長歷程，而其原型實源自錢彩（錦文，1729 年前後在世）所著的《說岳全傳》中的岳飛。郭靖與岳飛兩人均自幼喪父，與母親相依為命：郭靖之父郭嘯天死於金兵之手，岳飛之父岳和則死於洪水。[2] 郭靖與母親自幼寄居於蒙古鐵木真（成吉思汗，1162—1227）的部落中，岳飛及其母則寄居於河北麒麟村員外王明村中。[3] 岳飛與師父周侗結為父

---

1   蘇墱基：《金庸的武俠世界》（香港：明窗出版社，1997），頁 147。
2   錢彩：《說岳全傳》（台北：桂冠，1994），第 2 回，頁 10。
3   錢彩：《說岳全傳》，第 2 回，頁 12。

子之外，又與王貴、張顯及湯懷結為兄弟：

周侗開言道：「請安人到此，別無話説。只因見令郎十分聰俊，老漢意欲螟蛉為子，特請安人到此相商。」岳安人聽了，不覺兩淚交流，説道：「此子產下三日，就遭洪水之變。妾受先夫臨危重託，幸蒙恩公王員外夫婦收留，尚未報答。我並無三男兩女，只有這一點骨血，只望接續岳氏一脈。此事實難從命，休得見怪！」周侗道：「安人在上，老夫非是擅敢唐突。因見令郎題詩抱負，後來必成大器。但無一個名師點撥，這叫做『玉不琢，不成器』，豈不可惜？老夫不是誇口，空有一身本事，傳了兩個徒弟，俱被奸臣害死。目下雖然教訓着這三個小學生，不該在王員外、安人面前説，那裏及得令郎這般英傑？那螟蛉之説非比過繼，既不更名，又不改姓，只要權時認作父子稱呼，以便老漢將平生本事，盡心傳得一人。後來老漢百年之後，只要令郎把我這幾根老骨頭掩埋在土，不致暴露，就是完局了。望安人慨允！」

岳安人聽了，尚未開言，岳飛道：「既不更名改姓，請爹爹上坐，待孩兒拜見。」就走上前，朝着周侗跪下，深深的就是八拜。……

次日，岳飛進館攻書。周侗見岳飛家道貧寒，就叫他四人結為兄弟。各人回去，與父親説知，盡皆歡喜。[4]

---

4 錢彩：《説岳全傳》，第 4 回，頁 23、24。

而郭靖則與拖雷結義為兄弟：

> 拖雷道：「我剛才和郭兄弟在河邊結安答，他送了我這個。」說着手裏一揚，那是一塊紅色的汗巾，上面繡了花紋，原來是李萍給兒子做的。鐵木真想起自己幼時與札木合結義之事，心中感到一陣溫暖，臉上登現慈和之色，又見馬前兩個孩子天真爛漫，溫言道：「你送了他甚麼？」郭靖指着自己頭頸道：「這個！」鐵木真見是幼子平素在頸中所戴的黃金項圈，微微一笑，道：「你們兩個以後可要相親相愛，互相扶助。」拖雷和郭靖點頭答應。[5]

漢族的郭靖與蒙古族的拖雷結為兄弟，在日後為郭靖拒絕接受成吉思汗的南侵命令埋下伏筆，郭靖在手足之情與家國大義的兩難下，自是不得已的以保家衛國為重，忍痛與一起成長的拖雷分道揚鑣。

在婚姻方面，岳飛獲縣令李春將女兒許配：

> 李春大喜道：「令郎青春幾歲了？曾畢姻否？」周侗道：「虛度二八，尚未定親。」李春道：「大哥若不嫌棄，願將小女許配令郎，未識尊意允否？」周侗道：「如此甚妙，只恐高攀不起。」李春道：「相好弟兄，何必客套。小弟即此一言為定，明日將小女庚帖送來。」周侗謝了，即叫岳飛：「可過來拜謝了岳父。」岳飛即上來拜謝過了。[6]

5　金庸：《射鵰英雄傳》（香港：明河出版社，2003），第 1 冊，第 3 回，頁 132。
6　錢彩：《說岳全傳》，第 5 回，頁 33—34。

而郭靖則獲鐵木真封為金刀駙馬，成吉思汗道：「我把華箏給你，從明天起，你是我的金刀駙馬。」[7] 當然，郭靖的金刀駙馬並沒有成為事實，自他回了中原便自由戀愛，喜歡上了黃蓉；而岳飛則與李小姐結為夫婦。此處關鍵在於，金庸又藉郭靖本可在征戰有功的情況下辭掉其與華箏的婚約，而郭靖卻選擇了請求成吉思汗別屠城，由此以突顯郭靖存仁義而捨小我之襟懷。

三、奇遇

郭靖與岳飛在成長的歷程上，均屢遭奇遇。郭靖獲蒙古神箭手哲別授予箭術，因一箭雙鵰而名震大漠：

> 他跟江南六怪練了十年武藝，上乘武功雖未窺堂奧，但雙臂之勁，眼力之準，卻已非比尋常，眼見兩頭黑鵰比翼從左首飛過，左臂微挪，瞄準了黑鵰項頸，右手五指急鬆，正是：弓彎有若滿月，箭去恰如流星。黑鵰待要閃避，箭桿已從項頸對穿而過。這一箭勁力未衰，恰好又射進第二頭黑鵰腹內，利箭貫着雙鵰，自空急墮。眾人齊聲喝彩。……鐵木真生平最愛的是良將勇士，見郭靖一箭力貫雙鵰，心中甚喜。要知北國大鵰非比尋常，雙翅展開來足有一丈多長，羽

7 　金庸：《射鵰英雄傳》，第 1 冊，第 6 回，頁 260。

毛堅硬如鐵，撲擊而下，能把整頭小馬大羊攫到空中，端的厲害之極，連虎豹遇到大鵰時也要迅速躲避。一箭雙鵰，殊屬難能。鐵木真命親兵收起雙鵰，笑道：「好孩子，你的箭法好得很啊！」郭靖不掩哲別之功，道：「是哲別師父教我的。」鐵木真笑道：「師父是哲別，徒弟也是哲別。」在蒙古語中，哲別是神箭手之意。[8]

其實，郭靖一箭雙鵰這一幕主要來自《說唐》第八回的「叔寶神箭射雙鵰」：

> 只見遠遠地有兩隻餓老鷹，在前村抓了人家一隻雞，一隻雌的抓着雞在下，一隻雄的撲着翅在上，帶奪帶飛的追將下。事有湊巧，那雄的在上，雌的在下，兩邊的撲將攏來，合着油瓶蓋踏起雄來。叔寶觀得較親，搭上朱紅箭，扯滿虎筋弦，弓開如半輪秋月，箭發似一點寒星，颼的一聲響，卻把兩隻鷹和那小雞，一箭貫了胸脯，撲地跌將下來。大小三軍齊聲吶喊，眾將把掌稱奇，同聲喝彩。軍政官取了一箭雙鷹，同叔寶上前繳令。羅公看了讚道：「好神箭也！」心中大喜。[9]

兩段文字的分別只在於郭靖射黑鵰而秦叔寶射黑鷹而已，而一箭雙鵰（鷹）則如一。而《說唐》中的鷹所捕抓的小雞則改為《射鵰英

8　金庸：《射鵰英雄傳》，第 1 冊，第 5 回，頁 202。
9　無名氏編撰：王秀梅點校：《說唐》（北京：中華書局，2001），第 8 回，頁 55—56。

雄傳》中郭靖所保護的一對小白鵰。至於郭靖的神射功夫，則乃擷取自《說岳全傳》中岳飛的神射功夫的部分材料。岳飛獲師父周侗傳授的十八般武藝中，其中一項便是能於二百四十步之外左右開三百斤的「神臂弓」，並藉此於縣考中奪冠：

> 周侗道：「不瞞老弟說，令愛是親生，此子卻是愚兄螟蛉的，名喚岳飛。請賢弟看他的弓箭如何？」李春道：「令徒如此，令郎一定好的，何須看得？」周侗道：「賢弟，此乃為國家選取英才，是要從公的。況且也要使大眾心服，豈可草草作情麼？」李春道：「既如此，叫從人將垛子取上來些。」岳飛道：「再要下些。」縣主道：「就下些。」從人答應。岳飛又稟：「還要下些。」李春向周侗道：「令郎能射多少步數？」周侗道：「小兒年紀雖輕，卻開得硬弓，恐要射到二百四十步。」李春口內稱讚，心裏不信，便吩咐：「把箭垛擺列二百四十步！」
>
> 列位要曉得，岳大爺的神力，是周先生傳授的「神臂弓」，能開三百餘斤，並能左右射，李縣主如何知道！看那岳大爺走下階去，立定身，拈定弓，搭上箭，颼颼的連發了九枝。那打鼓的從第一枝箭打起，直打到第九枝，方才住手。[10]

周侗作為箭術老師所傳授的「神臂弓」，亦即哲別（神箭手）授予郭靖的百步穿楊之術。再者，郭靖在蒙古獲得一對白鵰：

10　錢彩：《說岳全傳》，第 5 回，頁 33。

那道士將劍往地下一擲，笑道：「那白鵰十分可敬，牠的後嗣不能不救！」[11]

《說唐》中秦叔寶所救的小雞在小說中沒甚麼功能，而郭靖所救的白鵰便仿如江南七怪所欲保護的義士郭嘯天之後的郭靖。及至中指峰前，雙鵰背負郭、黃兩人脫險，實已近乎神鵰：

> 雌鵰背上斗輕，縱吭歡唳，振翅直上。雙鵰負着二人，比翼北去。[12]

可見雙鵰與郭靖如影相隨，其重要性可見一斑，原因便在於《說岳全傳》中的岳飛便是大鵬金翅明王（大鵬鳥）之化身：

> 且說西方極樂世界大雷音寺我佛如來，一日端坐九品蓮台，旁列着四大菩薩、八大金剛、五百羅漢、三千揭諦、比丘尼、比丘僧、優婆夷、優婆塞，共諸天護法聖眾，齊聽講說妙法真經。正說得天花亂墜、寶雨繽紛之際，不期有一位星官，乃是女土蝠，偶在蓮台之下聽講，一時忍不住，撒出一個臭屁來。我佛原是個大慈大悲之主，毫不在意。不道惱了佛頂上頭一位護法神祇，名為大鵬金翅明王，眼射金光，背呈祥瑞，見那女土蝠污穢不潔，不覺大怒，展開雙翅落下來，望着女土蝠頭上，這一嘴就啄死了。……

11　金庸：《射鵰英雄傳》，第 1 冊，第 5 回，頁 206。
12　金庸：《射鵰英雄傳》，第 3 冊，第 28 回，頁 1187。

且說佛爺將慧眼一觀，口稱：「善哉，善哉！原來有此一段因果。」即喚大鵬鳥近前，喝道：「你這孽畜！既歸我教，怎不皈依五戒，輒敢如此行兇？我這裏用你不着，今將你降落紅塵，償還冤債，直待功成行滿，方許你歸山，再成正果。」大鵬鳥遵了法旨，飛出雷音寺，徑來東土投胎不表。……老祖道：「非也！此乃我佛如來恐赤鬚龍無人降伏，故遣大鵬鳥下界，保全宋室江山，以滿一十八帝年數。你看，這孽畜將近飛來，你兩個看好洞門，待我去看他降生何處。」……那大鵬飛到河南相州一家屋脊上立定，再看時就不見了。……道人看了，讚不絕口道：「好個令郎！可曾取名字否？」員外道：「小兒今日初生，尚未取名。」老祖道：「貧道斗膽，替令郎取個名字如何？」員外道：「老師肯賜名，極妙的了！」老祖道：「我看令郎相貌魁梧，長大來必然前程萬里，遠舉高飛，就取個『飛』字為名，表字『鵬舉』，何如？」員外聽了心中大喜，再三稱謝。[13]

岳飛乃大鵬鳥投胎，又以「鵬舉」為字；而郭靖則救白鵰而結伴行走江湖。後來，郭靖獲得岳飛的《武穆遺書》，白鵰又背負郭靖遠離險境，並以傳承岳飛驅除韃虜的遺志為己任。金庸在此已非簡單地挪用《說岳全傳》作為《射鵰英雄傳》的創作資源，而幾乎把兩部小說融為一體。

　　坐騎方面，岳飛獲岳父李春贈予來自北方的雪白良駒：

13　錢彩：《說岳全傳》，第 1 回，頁 2—6。

那馬見有人來，不等岳大爺近身，就舉起蹄子亂踢。岳大爺才把身子一閃，那馬又回轉頭來亂咬。岳大爺望後又一閃，趁勢一把把鬃毛抓住，舉起掌來就打，一連幾下，那馬就不敢動了。[14]

又曰：

自古道：「物各有主。」這馬該是岳大爺騎坐的，自然伏他的教訓，動也不敢動，聽憑岳大爺一把牽到空地上。

郭靖則馴服從西域來到蒙古的汗血寶馬：

馬群剛靜下來，忽見西邊一匹全身毛赤如血的小紅馬猛衝入馬群之中，一陣亂踢亂咬。馬群又是大亂，那紅馬卻飛也似的向北跑得無影無蹤。片刻之間，只見遠處紅光閃動，那紅馬一晃眼又衝入馬群，搗亂一番。眾牧人恨極，四下兜捕。但那紅馬奔跑迅捷無倫，卻哪裏套得牠住？頃刻間又跑得遠遠地，站在數十丈外振鬣長嘶，似乎對自己的頑皮傑作甚為得意。眾牧人好氣又好笑，都拿牠沒法子。待小紅馬第三次衝來，三名牧人張弓發箭。那馬機靈之極，待箭到身邊時忽地轉身旁竄，身法之快，連武功高強之人也未必及得上。……

14　錢彩：《說岳全傳》，第 5 回，頁 35。

蓦地裏一個人影從旁躍出，左手已抓住了小紅馬頸中馬
鬉。那紅馬吃驚，奔馳更快，那人身子被拖着飛在空中，手
指卻緊抓馬鬉不放。……

郭靖在空中忽地一個倒翻筋斗，上了馬背，奔馳回來。
那小紅馬一時前足人立，一時後腿猛踢，有如發瘋中魔，但
郭靖雙腿夾緊，始終沒給牠顛下背來。……

郭靖也是一股子的倔強脾氣，被那小紅馬累得滿身大
汗，忽地右臂伸入馬頸底下，雙臂環抱，運起勁來。他內力
一到臂上，越收越緊。小紅馬翻騰跳躍，擺脫不開，到後來
呼氣不得，窒息難當，這才知道遇了真主，忽地立定不動。[15]

兩相比較，金庸描寫郭靖馴服小紅馬的過程確實比錢彩描寫岳飛馴
服白馬要精彩得多。後來，襄陽告急，黃蓉本想乘小紅馬與郭靖逃
離險境，而郭靖卻選擇留下抗擊蒙古兵，由此突顯其忠心赤膽。

此外，岳飛與郭靖均獲贈寶劍與金刀。岳飛因道出龍泉劍之
典故，而獲周三畏贈予寶劍：

三畏聽了這一席話，不覺欣然笑道：「岳兄果然博古，
一些不差。」遂起身在桌上取劍，雙手遞與岳大爺道：「此劍
埋沒數世，今日方遇其主，請岳兄收起！他日定當為國家之
棟樑，也不負我先祖遺言。」岳大爺道：「他人之寶，我焉敢
擅取！決無此理。」三畏道：「此乃祖命，小弟焉敢違背？」

15　金庸：《射鵰英雄傳》，第 1 冊，第 5 回，頁 213—216。

岳大爺再四推辭不掉，只得收了，佩在腰間，拜謝了相贈之德，告辭回去。[16]

此寶劍乃春秋之際韓國七里山中的歐陽冶善所鑄，名曰「湛盧」，曾為唐朝名將薛仁貴（614—683）所得，如今又由周三畏轉贈岳飛，薛仁貴的征東與岳飛的抗金，自有保家衛國之傳承寓意在其中。至於郭靖則因戰功而獲鐵木真贈予金刀：

> 　　鐵木真一怔，隨即哈哈大笑，說道：「……好罷，我賞你一件寶物。」從腰間解下一口短刀，遞給郭靖。蒙古諸將嘖嘖稱賞，好生豔羨。原來這是鐵木真十分寶愛的佩刀，曾用以殺敵無數，若不是先前把話說得滿了，決不能輕易解賜。
>
> 　　郭靖謝了賞，接過短刀。這口刀他也時時見到鐵木真佩在腰間，這時拿在手中細看，見刀鞘是黃金所鑄，刀柄盡頭處鑄了一個黃金的虎頭，猙獰生威。鐵木真道：「你用我金刀，替我殺敵。」郭靖應道：「是。當為大汗盡力。」……
>
> 　　郭靖見眾人去盡，將短刀拔出鞘來，只覺寒氣逼人，刃鋒上隱隱有血光之印，知道這口刀已不知殺過多少人了。刀鋒雖短，但刀身厚重，甚是威猛。[17]

周三畏寶劍贈予日後的抗金英雄岳飛，而郭靖則獲一代天驕成吉思汗贈予黃金寶刀，日後為蒙古西征花剌子模，而最終卻忠於自己的

16　錢彩：《說岳全傳》，第 11 回，頁 80。
17　金庸：《射鵰英雄傳》，第 1 冊，第 5 回，頁 204。

國族而抗擊蒙古大軍，與岳飛一樣成為保家衛國的民族英雄。

而且，郭靖與岳飛均與蛇有緣。岳飛獲蟒蛇化身之蘸金槍：

> 只見半山中果有一縷流泉，旁邊一塊大石上邊，鑴着「瀝
> 泉奇品」四個大字，卻是蘇東坡的筆跡。那泉上一個石洞，
> 洞中卻伸出一個斗大的蛇頭，眼光四射，口中流出涎來，點
> 點滴滴，滴在水內。岳飛想道：「這個孽畜口內之物，有何好
> 處？滴在水中，如何用得？待我打死他。」便放下茶碗，捧
> 起一塊大石頭，覷得親切，望那蛇頭上打去。不打時猶可，
> 這一打不偏不歪，恰恰打在蛇頭上。只聽得呼的一聲響，一
> 霎時昏霧迷漫，那蛇銅鈴一般的眼露出金光，張開血盆般大
> 口，望着岳飛撲面撞來。岳飛連忙把身子一側，讓過蛇頭，
> 趁着勢將蛇尾一拖。一聲響亮，定睛再看時，手中拿的那裏
> 是蛇尾，卻是一條丈八長的蘸金槍，槍桿上有「瀝泉神矛」
> 四個字。回頭看那泉水已乾涸了，並無一滴。

> 岳飛十分得意，一手拿起茶碗，一手提着這槍，回至庵
> 中。走到周侗面前，細細把此事說了一遍，周侗大喜。長老
> 叫聲：「老友！這瀝泉原是神物，令郎定有登台拜將之榮。但
> 這裏的風水，已被令郎所破，老僧難以久留，只得仍回五台
> 山去了。但這神槍非比凡間兵器，老僧有兵書一冊，內有傳
> 槍之法並行兵佈陣妙用，今贈與令郎用心溫習，我與老友俱
> 是年邁之人，後會無期。」[18]

18　錢彩：《說岳全傳》，第 4 回，頁 26。

後來，岳飛以此槍槍挑小梁王而奪魁，但因殺死了小梁王而未獲封武狀元，日後又憑藉此槍屢敗金兵，保衛南宋江山。至於郭靖則喝了梁子翁的蟒蛇寶血，而百毒不侵：

> 危急中低下頭來，口鼻眼眉都貼緊蛇身，這時全身動彈不得，只剩下牙齒可用，情急之下，左手運勁托住蛇頭，張口往蛇頭咬下，那蛇受痛，一陣扭曲，纏得更加緊了。郭靖連咬數口，驀覺一股藥味的蛇血從口中直灌進來，辛辣苦澀，其味難當，也不知血中有毒無毒，但不敢張口吐在地下，生怕一鬆口，再也咬牠不住；又想那蛇失血多了，必減纏人之力，便盡力吮吸，大口大口吞落，吞得幾口蛇血，大蛇纏力果然漸減，吸了一頓飯時分，腹中飽脹之極。那蛇漸漸力弱，幾下痙攣，放鬆了郭靖，摔在地下，再不動了。
>
> ……過得一會，只覺全身都熱烘烘地，猶如在一堆大火旁烘烤一般，心中害怕，又過片刻，手足已行動如常，周身燥熱卻絲毫不減，手背按上臉頰，着手火燙。[19]

日後在桃花島中眼見老頑童周伯通被歐陽鋒的毒蛇所傷，危在旦夕，郭靖割切手臂流出具藥性的血液以醫治周伯通。郭靖的義舉令周伯通大受感動而授其《九陰真經》，由此而令郭靖具備臻於一流高手之基礎。舉世之中，除了周伯通懂《九陰真經》而不敢應用之外，唯有郭靖默背《九陰真經》並於日後逐漸領悟此中真諦。金庸

19　金庸：《射鵰英雄傳》，第 1 冊，第 9 回，頁 363。

將岳飛獲蛇化為槍的神話，改為郭靖的喝下蛇血，由此令郭靖百毒不侵並敢於挑戰以毒蛇為武器的歐陽鋒叔侄兩人，可謂匠心獨運。

岳飛獲志明和尚所贈予兵書，日後大破金兵，而郭靖則又憑其所獲岳飛的《武穆遺書》及其他文字而傳承其保家衛國之思想：

> 郭靖拿起面上那本薄冊，翻了開來，原來是岳飛歷年的奏疏、表檄、題記、書啟、詩詞。郭靖隨手翻閱，但見一字一句之中，無不忠義之氣躍然，不禁大聲讚嘆。[20]

郭靖以岳飛的《武穆遺書》先助成吉思汗大破花剌子模，後又助南宋力守襄陽抗擊蒙古。郭靖自獲《武穆遺書》之後，復在黃蓉的指導下，結合實際攻略，終於大破撒麻爾罕城，建立功勳。此際，郭靖亦已獲成吉思汗嘉獎為「英雄」，實亦源自《說岳全傳》中的岳母在少年岳飛身上刺上「精忠報國」：

> 安人道：「做娘的見你不受叛賊之聘，甘守清貧，不貪濁富，是極好的了！但恐我死之後，又有那些不肖之徒前來勾引，倘我兒一時失志，做出些不忠之事，豈不把半世芳名喪於一旦？故我今日祝告天地祖宗，要在你背上刺下『精忠報國』四字。但願你做個忠臣，我做娘的死後，那些來來往往的人道：『好個安人，教子成名，盡忠報國，流芳百世！』我就含笑於九泉矣！」……刺完，將醋墨塗上了，便永遠不褪色的了。[21]

20　金庸：《射鵰英雄傳》，第3冊，第28回，頁1182—1183。
21　錢彩：《說岳全傳》，第22回，頁164—165。

此前，丘處機早已為郭、楊兩家的兒子取名「靖」與「康」，並刻字於短劍之上，以示不忘「靖康之難」，[22] 及至成吉思汗逼郭靖帶兵攻打南宋時，郭靖又回答了母親關於名字的意義，說道：「丘道長是叫我們不可忘了靖康之恥。」[23] 在《射鵰英雄傳》將結束之前，華箏公主寄來的信中已稱郭靖「精忠為國」，[24] 這與岳飛的「精忠報國」並無二致。由此，郭靖完成作為其原型的岳飛及其作為繼承者的形象及使命。因此，郭靖的身份，並沒論者所謂的「混雜性和不純粹性」。[25]

郭靖與岳飛之身世及奇遇，如出一轍。不同者，岳飛長於中原，而郭靖之母李萍早在懷孕期間因戰亂而流落蒙古，即是說郭靖乃出生並成長於異域，因此他欠缺的是中原文化。故此，金庸又再為郭靖作出一連串的密集式文化進修，使其在文化認同與文化修養上急速提升，以成就其如岳飛一般的文武雙全。

四、文化認同

金庸以抗擊異族（金國）入侵的岳飛作為郭靖的原型以及繼承者予以塑造，而卻又將郭靖置身於作為異域的蒙古成長，故此便有

22　金庸：《射鵰英雄傳》，第 1 冊，第 1 回，頁 27。
23　金庸：《射鵰英雄傳》，第 4 冊，第 38 回，頁 1563。
24　金庸：《射鵰英雄傳》，第 4 冊，第 44 回，頁 1624。
25　宋偉傑：〈論金庸小說的「家國想像」〉，《金庸小說與二十世紀中國文學國際學術研討會論文集》，頁 332。

必要以一系列的漢文化對郭靖進行特訓，使其對漢文化予以認同。

《射鵰英雄傳》多次提及郭靖愚魯，他亦自認「蠢才」，[26] 甚至到了第三十九回故事快結束之前，他仍自認「蠢當然是蠢的」。[27] 郭靖不懂五行奇門之術，當黃蓉來不及指示方位，他便兩足陷入泥淖：「一股污泥臭味極是刺鼻。」[28] 然而，上天卻安排了一個絕頂聰慧的黃蓉，[29] 作為其導師。黃蓉精於術數的聰明智慧竟令自稱「神算子」的瑛姑目瞪口呆而驚問：「你是人嗎？」[30] 而黃蓉的師父則為其父黃藥師，此人對於天文地理五行奇門琴棋書畫，無所不窺無所不精，堪稱「文武全才、博學多能」，[31] 即是說黃蓉是郭靖的老師，黃藥師便是他的太老師。金庸在《神鵰俠侶》中重提郭靖學武進程的問題：

> 當年郭靖在蒙古大漠隨江南六怪學練武功，進境甚慢，其後得全真派丹陽子馬鈺授以上乘內功，修習之後，不知不覺便手腳靈便，膂力大增，習武時進步便速。[32]

由此而言，這並非郭靖愚笨，而是江南六怪教學之不得其法而已。及至郭靖背負黃蓉到了大理求醫時，南帝用手一抬叩拜的郭靖乃考核其武功深淺，郭靖竟順着來勢緩緩站起，將他勁力自然而然地化

26　金庸：《射鵰英雄傳》，第 3 冊，第 30 回，頁 1252。
27　金庸：《射鵰英雄傳》，第 4 冊，第 39 回，頁 1572。
28　金庸：《射鵰英雄傳》，第 3 冊，第 29 回，頁 1191。
29　金庸：《射鵰英雄傳》，第 3 冊，第 29 回，頁 1203。
30　金庸：《射鵰英雄傳》，第 3 冊，第 29 回，頁 1194。
31　金庸：《射鵰英雄傳》，第 3 冊，第 30 回，頁 1257。
32　金庸：《神鵰俠侶》（香港：明河出版社，2003），第 1 冊，第 6 回，頁 216。

解，而令南帝「吃驚」。[33] 在第三十七回，進兵花剌子模途中駐軍那密河畔的晚上，郭靖與突然出現的歐陽鋒過招，情況大出人意料：

（歐陽鋒）不料這下硬接硬架，身子竟微微晃動。他略有大意，險些輸了，不由得一驚：「只怕不等我年老力衰，這小子就要趕上我了。」在第三十七回，郭靖在哀痛黃蓉生死未卜之際而被歐陽鋒扣押，在強敵之前，竟能苦練《九陰真經》中的「飛絮功」以至於劍術，郭靖的功夫在月餘之中竟突飛猛進令歐陽鋒不由得暗暗發愁。無疑，郭靖已成為當世四大高手之一的西毒歐陽鋒的老師，而歐陽鋒與之過招亦間接成為促進他武功突飛猛進的訓練員。拳腳之外，郭靖在此期間在村中死屍旁拾獲一把鐵劍，由此苦練劍術以敵歐陽鋒之鐵棍。[34] 在撒麻爾罕附近的村莊密室之中與當世三大高手過招時，郭靖的武功又已大進，周、裘、歐陽三人武功卓絕，而郭靖與歐陽鋒鬥了這數十日後，刻苦磨練，駸駸然已可與三位當世絕頂高手並駕齊驅。此際，郭靖亦已成為「四大高手」之一，[35] 再加上黃藥師與洪七公，他也是當世的六大高手之一了，而此際他才十九歲而已。在華山論劍之際，郭靖先與黃藥師過三百招，令黃藥師驚嘆：

這傻小子的武功，怎麼竟練到這等地步？我如稍有容讓，莫說讓他擋到三百招之外，說不定還得輸在他手裏。[36]

33　金庸：《射鵰英雄傳》，第 3 冊，第 30 回，頁 1245。
34　金庸：《射鵰英雄傳》，第 4 冊，第 38 回，頁 1546—1547。
35　金庸：《射鵰英雄傳》，第 4 冊，第 38 回，頁 1551。
36　金庸：《射鵰英雄傳》，第 4 冊，第 40 回，頁 1611。

其後，郭靖又與洪七公過招，先以黃藥師的鐵簫化作劍術與洪七公之打狗棒過招，再使出右手源自《道德經》的陰柔的空明拳，左手乃至剛至猛的降龍十八掌，左右出擊，剛柔並濟，[37] 極具創造性，亦以此過了三百招。除卻走火入魔後以口咬人的歐陽鋒之外，郭靖在武功上基本上已可與黃藥師、洪七公，以及不在場的周伯通、一燈大師並駕齊驅，而其兵法知識、帶兵經驗以及忠義之心，更遠非他人所及。此外，《九陰真經》的漢、梵翻譯，[38] 除了郭靖之外，是金庸所有小說中其他人所不能的文化技能。

郭靖連遇名師，而且都是好老師：蒙古的摔跤技術、哲別的箭術、江南七怪的基本功（仁義道德）、全真派掌教馬鈺授予內功、當世五大高手之北丐洪七公降龍十八掌、周伯通授予空明拳、雙手互搏、《九陰真經》。故此，郭靖從旁觀摩而學得黃藥師的「彈指神通功夫」而勝一燈大師的弟子（書生）。[39] 當他背負黃蓉求一燈大師醫治後，目睹其點穴功夫與搏擊之道以至於一陽指法與《九陰真經》的可通之處，[40] 又獲其師弟天竺智人翻譯出《九陰真經》中的總旨，[41] 這是當年武功天下第一的王重陽也不知的秘奧；[42] 其後又復聆聽一燈大師講解武學中的精義。[43] 至此，郭靖在武功上之所學所知，堪稱集各家之大成。

桃花島在郭靖的成長經歷中所起的作用絕不能低估。桃花島

37　金庸：《射鵰英雄傳》，第 4 冊，第 40 回，頁 1615。
38　金庸：《射鵰英雄傳》，第 4 冊，第 37 回，頁 1520。
39　金庸：《射鵰英雄傳》，第 3 冊，第 30 回，頁 1266。
40　金庸：《射鵰英雄傳》，第 3 冊，第 30 回，頁 1251—1252。
41　金庸：《射鵰英雄傳》，第 4 冊，第 31 回，頁 1309。
42　金庸：《射鵰英雄傳》，第 4 冊，第 31 回，頁 1312。
43　金庸：《射鵰英雄傳》，第 4 冊，第 31 回，頁 1311。

乃黃藥師以五行奇門所設計，集武學與文化之大成，猶如一間中國文化大學。郭靖在島上認識了被困於黑洞中的周伯通，他的到來啟悟了周伯通在武功上舉世無雙的自信，同時周伯通在月餘之間向郭靖傳授了空明拳、雙手互搏以及《九陰真經》。簡而言之，郭靖以其淳樸純淨的心靈引領周伯通走出心靈的黑洞，周伯通的詼諧解講則引發郭靖的思考。被開啟了智慧的郭靖竟又在黃藥師、歐陽鋒以及洪七公三人的簫聲、箏聲以及嘯聲中引發習武的樂趣，甚至以其所悟而贏得與歐陽克的三次比賽，特別是以竹枝拍打竹葉而破解黃藥師的簫聲更為難能可貴。此後，還有幾次的頓悟，包括被丐幫捆綁之際頓悟《九陰真經》與天罡北斗陣的關係，[44] 在一燈大師以一陽指治療黃蓉時頓悟《九陰真經》與一陽指的關係。[45] 故此，他在桃花島上獲得了婚約、武功以及《九陰真經》。而在島上巨變時，島上一切被毀，桃花島已喪失了作為教育他的功能。同時，柯鎮惡的武功亦已遠遠不及郭靖，郭靖錯手將其鐵杖震得撒手並掉了兩顆門牙。[46] 郭靖亦因為誤以為黃藥師乃殺師仇人而敢向其作出挑戰。以上種種，均可見郭靖在智慧與武功上之飛躍。

在中原歷險的過程中，金庸亦為郭靖精心安排了一系列的文化速成班。范仲淹的〈岳陽樓記〉令郭靖感同身受，豪氣干雲地一飲而盡說：「先天下之憂而憂，後天下之樂而樂，大英雄、大豪傑固當如此胸懷。」[47] 黃蓉教成長於大漠的郭靖領略山水之壯觀；於

44　金庸：《射鵰英雄傳》，第 3 冊，第 25 回，頁 1078—1079。
45　金庸：《射鵰英雄傳》，第 3 冊，第 30 回，頁 1252。
46　金庸：《射鵰英雄傳》，第 4 冊，第 33 回，頁 1360。
47　金庸：《射鵰英雄傳》，第 3 冊，第 26 回，頁 1114。

中指峰山洞中朗讀岳飛詩詞;[48] 於華山之巔教郭靖《詩經》;[49] 獲《武穆遺書》;[50] 在統蒙古兵征伐花剌子模前，郭靖挑燈夜讀《武穆遺書》的「破金要訣」,[51] 此中之陣法又傳承自諸葛亮依古法而創製，甚至上溯至漢代名將韓信的陣法。故此郭靖既有兵書在握，後有軍師黃蓉在旁指導，自是攻無不克，戰無不勝。進兵花剌子模途中，金庸如此描寫郭靖：「這一日郭靖駐軍那密河畔，晚間正在帳中研讀兵書。」[52] 此際，郭靖的形象實無異於岳飛般的儒將。準此而言，蒙古之勝花剌子模，亦即郭靖漢化考試合格，亦即漢文化之勝利。

在成吉思汗思索伐金之際，他向郭靖說：「你善能用兵，深得我心。我問你，攻下大梁之後怎樣？」此際黃蓉已不在身旁，郭靖竟能從容獻上「攻而不攻，不攻而攻」之策，並取出地圖，指出具體作戰方針，此舉令窩闊台與拖雷「又驚又佩」。郭靖其時心中欽服：「我從《武穆遺書》學得用兵之法，這是匯集中華名將數千年的智慧。」[53] 成吉思汗奇其用兵之法，郭靖告之此乃岳飛之《武穆遺書》中的「破金要訣」。成吉思汗大憾生不逢時，無法與岳飛一較高下而大有寂寞之意。[54]

更為關鍵的是，郭靖必須予以認同並參予捍衛國族與漢文化。處於武功、善惡、俠義以至於國族頓悟期的郭靖，一如丘處機

48　金庸：《射鵰英雄傳》，第 3 冊，第 28 回，頁 1183—1184。
49　金庸：《射鵰英雄傳》，第 4 冊，第 39 回，頁 1599。
50　金庸：《射鵰英雄傳》，第 3 冊，第 28 回，頁 1184。
51　金庸：《射鵰英雄傳》，第 4 冊，第 36 回，頁 1485。
52　金庸：《射鵰英雄傳》，第 4 冊，第 37 回，頁 1496。
53　金庸：《射鵰英雄傳》，第 4 冊，第 38 回，頁 1556、1557。
54　金庸：《射鵰英雄傳》，第 4 冊，第 38 回，頁 1557—1558。

所見：「神情頹喪，形容枯槁，宛如大病初愈，了無生意。」[55] 身為得道高人而被聘為蒙古國師的丘處機便於此際出來點撥他，先吩咐他除掉「蒙古裝束」，去掉「蒙古韃子」的身份，並曉之以理說：

> 天下的文才武略、堅兵利器，無一不能造福於人，亦無一不能為禍於世。你只要一心為善，武功愈強愈好，何必將之忘卻？[56]

在拒絕領兵討伐南宋而逃離蒙古之後，郭靖傷心欲絕，而此時他卻自問：「難道就任由他來殺我大宋百姓？」[57] 這時他面對的是結義兄弟拖雷，結義之情不可忘，而民族大義則凌乎其上。由此可見，郭靖已完全被成功漢化。

　　準此而言，郭靖的中原之旅乃經歷了一場全方位的教育，並且挺身而出，濟世救國，從俠客而一躍轉化為英雄。

五、角色抉擇

　　中指峰前，兩白鵰背負郭、黃二人脫離裘千仞之火攻，遨遊而去，儼然便是「神鵰俠侶」，而何以金庸稱之為「射鵰英雄」，

55　金庸：《射鵰英雄傳》，第 4 冊，第 39 回，頁 1576。
56　金庸：《射鵰英雄傳》，第 4 冊，第 39 回，頁 1574、1575。
57　金庸：《射鵰英雄傳》，第 4 冊，第 39 回，頁 1571。

卻以「神鵰俠侶」配上楊過與小龍女二人？原因在於郭靖與楊過的性情，前者乃以救世為己任，後者憤世脫俗，郭、黃二人本可以遨遊而去而成其「神鵰俠侶」，而最終卻是郭靖備受范仲淹與岳飛的精神感召而力守襄陽及至戰死，而楊過本乃憤世者，配上幾乎不食人間煙火的小龍女，自然脫俗而去。兩對情侶之理想傳承，一為俠之大者，一為俠之遊者，前者為現實，後者為理想。郭靖與黃蓉亦求仁得仁，走的是范仲淹與岳飛等民族英雄的救國救民的道路。郭靖背負着受傷的黃蓉尋醫問藥時聽老者所唱的〈山坡羊〉非常貼切地唱出他們的人生抉擇：

> 清風相待，白雲相愛，夢不到紫羅袍共黃金帶。一茅齋，野花開，管甚誰家興廢誰家成敗，陋巷簞瓢亦樂哉。朝，對青山！晚，對青山！[58]

四護衛之一的樵夫所唱的〈山坡羊〉如下：

> 城池俱壞，英雄安在？雲龍幾度相交代？想興衰，苦為懷。唐家才起隋家敗，世態有如雲變改。疾，也是天地差！遲，也是天地差！

黃蓉聽得這首曲子感慨世事興衰，大有深意，心下暗暗喝彩。樵夫又唱：

---

58 金庸：《射鵰英雄傳》，第 3 冊，第 29 回，頁 1208。

天津橋上，憑欄遙望，春陵王氣都凋喪。樹蒼蒼，水
　茫茫，雲台不見中興將，千古轉頭歸滅亡。功，也不久長！
　名，也不久長。

又唱道：

　　　峰巒如聚，波濤如怒，山河表裏潼關路。望西都，意
　踟躕。傷心秦漢經行處，宮闕萬間都做了土。興，百姓苦！
　亡，百姓苦。

黃蓉心中立刻的反應是其父黃藥師的「甚麼皇帝將相，都是害民
惡物，改朝換姓，就只苦了百姓！」話雖如此，而她立刻將之前
老者的歌詞稍作改動而唱出歌的意思卻跟父親黃藥師的思想頗為
不同：

　　　清山相待，白雲相愛，夢不到紫羅袍共黃金帶。一茅
　齋，野花開，管甚誰家興廢誰家成敗，陋巷簞瓢亦樂哉。
　貧，氣不改！達，志不改！[59]

以貧達不改其志，實際上是代郭靖的未來人生路作出了選擇。英
雄安在？可謂對《射鵰英雄傳》兩位主角的未來預兆，郭靖固然
不懂，黃蓉明白，而日後仍然捨命陪君子，彼等踐行的是儒家的

59　以上所引見金庸：《射鵰英雄傳》，第 3 冊，第 29 回，頁 1222、1223。

「不可為而為之」的思想，這正是他在上華山之際，丘處機對他說的「然我輩男兒，明知其不可為亦當為之」，而非陳摶之「憂世而袖手高臥，卻非仁人俠士的行徑」。郭靖悟得歷代帝王乃以天下為賭注而下棋，丘處機讚許他：你近來潛思默念，頗有所見，已不是以前那般渾渾噩噩的一個傻小子了。[60] 可能更為關鍵的還有郭靖緊記他二師父臨死前所慨嘆的「亂世之際，人不如狗」，[61] 這是他決心成為英雄而不是俠侶的關鍵。在金庸筆下，岳飛、袁崇煥這樣的民族英雄「非止以一身之生死繫一姓之存亡，實以一身之生命關中國之全局」，[62] 連黃藥師這樣的疏狂孤傲之士，也常說「只恨遲生了十年，不能親眼見到（岳飛）這位大英雄」。[63] 而以岳飛為原型的郭靖也影響了黃蓉及黃藥師，前者本來想浪跡江湖，卻為了郭靖而甘願與他同生共死守衛襄陽：

> 我和靖哥哥做了三十年夫妻，大半心血都花在襄陽城上。咱倆共抗強敵，便是兩人一齊血濺城頭，這一生也真是不枉了。[64]

同樣，本來痛恨朝廷的黃藥師亦在《神鵰俠侶》中以其奇門遁甲之術，[65] 協助郭靖指揮軍隊攻打圍城的蒙古兵。這便是郭靖的角色選

60　金庸：《射鵰英雄傳》，第 4 冊，第 39 回，頁 1578。

61　金庸：《射鵰英雄傳》，第 4 冊，第 32 回，頁 1325。

62　康有為：〈袁督師遺集序〉，轉引自金庸：〈袁崇煥評傳〉，《碧血劍》（香港：明河出版社，2003），第 2 冊，頁 826。

63　金庸：《射鵰英雄傳》，第 3 冊，第 25 回，頁 1046。

64　金庸：《神鵰俠侶》，第 4 冊，第 39 回，頁 1655。

65　金庸：《神鵰俠侶》，第 4 冊，第 39 回，頁 1680。

擇，而以金庸將岳飛作為郭靖的原型而言，從俠客而轉為英雄是必然而且唯一的歸宿。

六、從俠客到英雄

有了以上一系列在武功上的艱苦鍛煉與思想層面的學習及深刻領悟，金庸終於把郭靖脫胎換骨了。《射鵰英雄傳》中初出茅廬的郭靖連番敗北，既是楊康的手下敗將，更淪為梅超風的「輪椅」，其時梅超風雙腿已廢，郭靖在完顏洪烈的府中抱起她來攻擊梁子翁等人。[66] 如此種種，均為郭靖的不堪往績，似乎亦可以由此而印證他在童年時代其師父江南七怪對其「天資頗為魯鈍」而「搖頭嘆息」的判斷。[67] 然而，進入中原之後的郭靖，連番奇遇，智慧日長，竟能參透多種深奧武功，可謂峰迴路轉。可以引幾個智慧原比郭靖為高的人物作為參照。先是年齡差不多的全真教小道士尹志平（甄志丙），在蒙古與郭靖交手時，郭靖根本不是他的對手，而在煙雨樓中全真派以天罡北斗陣與黃藥師決鬥時，尹志平被拋上煙雨樓，狼狽不堪，而此際郭靖卻位居在北斗之位，令黃藥師窮於應付而「大吃一驚」。[68] 另外，在穆念慈比武招親之際，郭靖根本不是楊康的對手，及至楊康意圖篡奪丐幫幫主之位的大會上，楊康不

66 　金庸：《射鵰英雄傳》，第 1 冊，第 7 回，頁 296；第 2 冊，第 11 回，頁 435。

67 　金庸：《射鵰英雄傳》，第 1 冊，第 5 回，頁 190。

68 　金庸：《射鵰英雄傳》，第 1 冊，第 5 回，頁 196；第 4 冊，第 34 回，頁 1399、1400。

郭靖剛出道淪為梅超風的輪椅（姜雲行 繪）

敵裘千仞的一招半式，而郭靖卻足與裘千仞匹敵。[69] 再者就是丘處機，他乃武功天下第一的「中神通」王重陽的弟子中武功最高的一位，其知識修養亦遠比郭靖為高，份屬郭靖之師長輩，而在煙雨樓旁他只能以天罡北斗陣與黃藥師抗衡，以其一人之力根本就不是黃藥師的對手，而在後來的華山論劍中丘處機更沒參與的資格，而郭靖卻分別與黃藥師與洪七公各過三百招。[70] 簡而言之，從郭靖初離蒙古返回中原再回蒙古帶兵征伐花剌子模，只是一年左右而已，[71] 而其武功與文化進展神速，從一個「渾渾噩噩、誠樸木訥的少年」，[72] 迅速化身為集各家頂尖武功於一身的高手並通曉兵法，[73] 其智慧突飛猛進，堪稱頓悟。[74]

在《射鵰英雄傳》的故事將結束之前，郭靖與黃蓉在山東青州協助李全的忠義軍時，有十萬蒙古兵來襲，黃蓉之見是如無法抵抗

69　金庸：《射鵰英雄傳》，第 3 冊，第 27 回，頁 1142。

70　金庸：《射鵰英雄傳》，第 4 冊，第 40 回，頁 1611。

71　金庸：《射鵰英雄傳》，第 4 冊，第 37 回，頁 1511。然而，有論者卻沒準確地了解郭靖從木訥小子而達至功成名就的英雄的時間只是一年左右，而以「大器晚成」形容他，明顯不妥。見吳秀明、陳擇綱：〈金庸：對武俠本體的追求與構建〉，《當代作家評論》，1992 年第 2 期，頁 58。

72　金庸：《射鵰英雄傳》，第 4 冊，第 37 回，頁 1511。

73　有一本叫《彈指驚雷俠客行》的武俠賞析小冊子，作者認為郭靖的前、後期形象有明顯的脫節，而他指出前期「平板無生氣」、「愚鈍木訥」的郭靖，後期卻「英氣逼人、大有思想性」。見吳秀明、陳擇綱：〈金庸：對武俠本體的追求與構建〉，《當代作家評論》，1992 年第 2 期，頁 57。

74　相關論述可參閱祝一勇：〈愚：談《射鵰英雄傳》中人物郭靖〉，《齊齊哈爾師範高等專科學校學報》，2011 年第 4 期，頁 44─45 轉頁 48；施愛東：〈金庸小說的對照法則與蒙古想像：以《射鵰英雄傳》郭靖英雄形象的塑造為例〉，《內蒙古民族大學學報（社會科學版）》，2006 年第 1 期（2 月），頁 25─29。然而，以上兩篇論文並沒有看到金庸乃以岳飛作為郭靖的原型人物，故此郭靖雖似乎有從漸悟至頓悟的軌跡，而實際上其成為英雄的結局卻又幾乎是命定的了。

成吉思汗無力射雕（姜雲行 繪）

時兩人可憑小紅馬而一走了之，而郭靖卻以岳飛「盡忠報國」曉以大義，並指出《武穆遺書》之原意雖在「破金」，但亦可以「破蒙」。在此，郭靖之文化及身份認同完全確立，其作為英雄的使命亦將展開，而黃蓉任俠之念亦由此破滅，只能嘆曰：「我原知難免有此一日，罷罷罷，你活我也活，你死我也死就是！」[75] 於是在蒙古軍來犯之際，郭靖身穿甲冑，提槍縱馬，黃蓉亦然，緊隨其後，兩人已從俠的身份而走向英雄的身份。[76] 而且，郭靖稱攻城有功而不愛財的「英雄」身份是成吉思汗所賦予的，[77] 而令郭靖成為真正的中國式英雄的是他請求成吉思汗別屠城，而不提兒女私情的辭婚，[78] 此乃其仁義之心，亦乃其成為英雄之所在，卻有別於成吉思汗心目中的「英雄」。郭靖向成吉思汗道出他心目中的英雄：

> 自來英雄而為當世欽仰、後人追慕，必是為民造福、愛慕百姓之人。以我之見，殺得人多卻未必算是英雄。[79]

此話令一生以英雄自許的成吉思汗大受刺激，口吐鮮血，臨終前仍念念不忘郭靖所說的「英雄」。郭靖一語而令一代天驕成吉思汗吐血而亡，其一生實無異於降龍十八掌中的「亢龍有悔」，洪七公教此掌法時強調在剛猛之外尚需存有餘力，以達至剛柔並

---

75 金庸：《射鵰英雄傳》，第 4 冊，第 40 回，頁 1631。
76 金庸：《射鵰英雄傳》，第 4 冊，第 40 回，頁 1632—1633。
77 金庸：《射鵰英雄傳》，第 4 冊，第 37 回，頁 1527。
78 金庸：《射鵰英雄傳》，第 4 冊，第 37 回，頁 1529。
79 金庸：《射鵰英雄傳》，第 4 冊，第 40 回，頁 1641。

266　鏡花水月：金庸武俠小說的思想與結構

濟。[80] 成吉思汗慕長生而輕道術，棄丘處機以陰柔善待天下之勸如敝屐，其生命如利箭之迅猛，毫無保留地四出征伐以擴張王國，而此刻卻已無力射鵰，在衰老之際受郭靖之當頭棒喝，猶如一擊即斃。其臨死之前仍喃喃自語「英雄」二字，亦未嘗不是郭靖一番至樸至善之語帶給一生殺戮無數的鐵木真的一棒頓悟。

七、結語

或許由於郭靖生長於蒙古，風氣所及，啟蒙不早，而且教育亦不全面，故方有其貌若愚魯。郭靖並非如其師父及他自己所說的愚蠢，而實乃「隱喻式地代表了大音希聲、大象無形、大巧若拙、大智若愚等中國人生哲學最高深的層面」。而從後來郭靖之漢化以及鑽研武功、天文、《九陰真經》的漢、梵翻譯以至於兵法，均可見其在黃蓉以及所遇的名師的指點之下，從漸悟而至於頓悟，短短一年之間，武功與智慧已突飛猛進。此中關鍵在於金庸以岳飛作為其原型並以《武穆遺書》與范仲淹的「先天下之憂而憂」作為郭靖在精神上的感召以至於命運的塑造。故此，金庸在郭靖回歸中原後從俠至於英雄的歷程及其轉化的武功與文化的特訓，實即是對漢文化的回歸與認同的象徵，使其成為如岳飛般合規合矩的英雄。

總括而言，金庸在《射鵰英雄傳》中挪用《說岳全傳》，可謂

80　金庸：《射鵰英雄傳》，第 2 冊，第 12 回，頁 497。

規行矩步，如影隨形，以上研究既揭示了當代文學中金庸武俠小說與古典小說的淵源，同時亦檢驗金庸在挪用古典資源的同時所賦予的創造性。傳承與創造並存，金庸在挪用古典小說的資源的同時亦賦新義予《射鵰英雄傳》，其如煉金術般的創造，幾乎不着痕跡，而卻又啟動了潛存於民間的集體記憶而以全新的方式出現，在新的時代召喚俠義、歌頌英雄。

附錄

一、《説岳全傳》中陸文龍與《射鵰英雄傳》中郭靖、楊康的關係

1. 郭靖與楊康之取名，以不忘「靖康之恥」。[81]

2. 陸文龍父母為金人所殺而為金兀朮收為養子。金庸卻將陸文龍的故事一分為二地複雜化：一、郭靖之父為金人所殺而卻隨其母流落蒙古；二、楊康之母為金人王爺所搶時已懷孕，故他並不知自己的身世，以為自己乃金國小王爺。楊康較郭靖更為接近陸文龍的際遇，[82] 而且彼此均是武藝超群，深得父王喜愛。《説岳全傳》中亦有陸文龍與曹寧兩個本是宋人而身在金營的小將，陸文龍乃宋朝節度使陸登之子，陸登死於國難，陸文龍被金兀朮收為養子，[83] 為王佐的勸説所打動，又有哺乳他成長的奶奶作證，[84] 然而曹寧一角的降宋則明顯過於草率而令人難以信服：

> 文龍道：「將軍可知道令祖那裏出身？」曹寧道：「殿下，曹寧年幼，實不知道。」文龍道：「是宋朝人也！」曹寧道：

81　金庸：《射鵰英雄傳》，第 1 冊，第 1 回，頁 27。

82　有論者隱隱察覺楊康與《説岳全傳》中陸文龍的關係，卻沒就此作出深論。見吳秀明、陳擇綱：〈金庸：對武俠本體的追求與構建〉，《當代作家評論》，1992 年第 2 期，頁 56。

83　陸文龍父死於金兀朮攻宋之際，而兒子卻為仇人金兀朮收為義子，基本乃《説唐》中的秦彝為楊林所殺，而秦彝之子秦瓊後來又被楊林收為義子的故事的翻版。

84　錢彩：《説岳全傳》，第 55 回，頁 429、433。

「殿下何以曉得?」文龍道:「你問『苦人兒』便知。」曹寧道:「『苦人兒』,你可知道?」王佐道:「我曉得。令尊被山東劉豫說騙降金,官封趙王,陷身外國,卻不想報君父之恩,反把祖宗拋棄,我故說這兩個故事。」曹寧道:「『苦人兒』,殿下在此,休得胡說!」陸文龍就將王佐斷臂來尋訪,又將自己之冤一一說知,然後道:「將軍陷身於外國,豈不可惜?故特請將軍商議。」曹寧道:「有這樣事麼!待我先去投在宋營便了。但恐岳元帥不信,不肯收錄。」王佐道:「待末將修書一封,與將軍帶去就是。」隨即寫書交與曹寧。

　　曹寧接來收好,辭別回營,想了一夜,主意已定,到了次日清早,便起身披掛齊整,上馬出了番營,直至宋營前下馬道:「曹寧候見元帥。」軍士報進,岳爺道:「令他進來。」曹寧來到帳前跪下道:「罪將特來歸降!今有王將軍的書送上。」元帥接書拆開觀看,心中明白,大喜道:「我弟斷臂降金,今立此奇功,亦不枉他吃一番痛苦。」遂將書藏好,說道:「曹將軍不棄家鄉,不負祖宗,復歸南國,可謂義勇之士。可敬,可敬!」吩咐旗牌:「與曹將軍換了衣甲!」曹寧叩謝……。[85]

更令人震撼的是曹寧一下子挑死了不肯重歸宋朝的父親曹榮:

　　那曹榮看見兒子改換衣裝,大怒罵道:「逆子!見了父親

85　錢彩:《說岳全傳》,第56回,頁434。

還不下馬？如此無禮！」曹寧道：「爹爹，我如今是宋將了。非是孩兒無理，我勸爹爹何不改邪歸正，復保宋室，祖宗子孫皆有幸矣。爹爹自去三思！」曹榮大叫道：「狗男女！難道父母皆不顧惜，背主求榮？快隨我去，聽候狼主正罪。」曹寧道：「我一向不知道，你身為節度，背主降虜。為何不學陸登、張叔夜、李若水、岳飛、韓世忠？偏你獻了黃河，投順金邦？眼見二聖坐井觀天，於心何忍，與禽獸何異！你若不依，請自回去，不必多言！」曹榮大怒道：「畜生！擅敢出言無狀！」拍馬舞刀，直取曹寧，望頂門上一刀砍來。那曹寧一時惱發，按捺不住，手擺長槍只一下，將父親挑死，吩咐軍士抬了屍首回營，進帳繳令。

元帥大驚道：「你父既不肯歸宋，你只應自回來就罷。那有子殺父之理？豈非人倫大變！本帥不敢相留，任從他往。」曹寧想道：「元帥之言甚是有理。我如今做了大逆不孝之事，豈可立於人世？」大叫一聲：「曹寧不能早遇元帥教訓，以至不忠不孝，還有何顏見人！」遂拔出腰間的佩刀，自刎而死。元帥吩咐把首級割下，號令一日，然後收棺盛殮。曹榮係賣國奸臣，斬下首級，解往臨安。[86]

至於郭靖之成為成吉思汗的金刀駙馬而又拒絕領兵侵南宋，反倒前往助南宋抗禦外敵，實際上又是他完成了陸文龍歸宋的角色任務。

3. 扮演王佐潛入金營之角色，金庸又一分為三，郭靖既有江南

86　錢彩：《說岳全傳》，第56回，頁435。

七怪為師，復得全真教的馬鈺道長指點，而楊康則拜於全真教的丘處機門下，而真正扮演王佐的勸說功能的角色的實際上是穆念慈，雖然丘處機亦有此功能，而穆念慈則更是千方百計地希望楊康直面自己的身世，棄暗投明，回歸祖國的懷抱，而楊康卻迷戀權力與榮華富貴，包括將來的遼國帝位，故而真正回歸祖國懷抱的「陸文龍」角色卻落在郭靖身上。

當然，穆念慈雖沒斷臂，卻同是王佐般擔任「苦人兒」之職，[87] 自遇楊康以後，即肝腸寸斷、顛沛流離，最終傷心咳血而死。[88]

4. 郭靖身在蒙古，以哲別之箭術而獲得成吉思汗賜婚為金刀駙馬，類近陸文龍之小王爺身份，而同是武藝超群，知悉其父為金人所害，即立志報仇。後來他在蒙古軍中以金刀駙馬之尊而任征伐花刺子模之統帥，正如陸文龍身為金營大將一樣。當他知悉成吉思汗密令討伐南宋並欲封他為宋王後，其母自盡以明志，他毅然回歸南宋，最終在守襄陽中力抗蒙軍而殉國（《倚天屠龍記》），一如陸文龍為抗金兵而殉國。

5. 至於王佐之斷臂，卻發生於扮演「王佐」角色的穆念慈的兒子即《神鵰俠侶》中的楊過身上。[89]

6. 至於《説岳全傳》中陸文龍的乳母（老奶奶）：

87　錢彩：《説岳全傳》，第 55 回，頁 428。
88　金庸：《神鵰俠侶》，第 1 冊，第 2 回，頁 63。
89　陳曉林則從「天殘地缺」的角度指出：「由於小龍女失貞，楊過自不可不斷臂。」這純粹是臆測而已。見陳曉林：〈天殘地缺話《神鵰》〉，《諸子百家看金庸》（香港：明窗出版社，1997），第 1 冊，頁 61。

婦人道：「俱是同鄉，説與你知道諒不妨事，只是不可洩漏！這殿下是吃我奶大的，他三歲方離中原。原是潞安州陸登老爺的公子，被狼主搶到此間，所以老身在此番邦一十三年了。」[90]

此角色應是楊康的母親包惜弱所扮演，當然細節不盡相同。

7.《射鵰英雄傳》中的鐵槍廟中柯鎮惡憶起江南七怪童年時在廟中的種種玩耍的片斷：

柯鎮惡手撫身旁鐵槍，兒時種種情狀，突然清清楚楚的現在眼前。他見到朱聰拿着一本破書，搖頭晃腦的誦讀；韓寶駒與全金發騎在神像肩頭，拉扯神像的鬍子；南希仁與自己併力拉着鐵槍一端，張阿生拉着鐵槍另一端，三人鬥力；韓小瑩那時還只四五歲，拖着兩條小辮子，鼓掌嘻笑。[91]

此乃源自《説岳全傳》中岳雲與眾小伙伴在廟中的一幕。

二、《水滸傳》

1.《射鵰英雄傳》第十五回，丐幫長老黎生睡在程大小姐香閨，候捉歐陽克等採花大盜有以下一幕：

90　錢彩：《説岳全傳》，第 55 回，頁 429。
91　金庸：《射鵰英雄傳》，第 4 冊，第 35 回，頁 1436。

黎生走到小姐牀邊，揭開繡被，鞋也不脫，滿身骯髒的就躺在香噴噴的被褥之上。

　　黎生蓋上綢被，放下紗帳，熄滅燈燭，翻身朝裏而臥。[92]

這一招實乃取材自《水滸傳》第五回「小霸王醉入銷金帳，花和尚大鬧桃花村」：

　　智深把房子桌椅等物件都掇過了；將戒刀放在牀頭，禪杖倚在牀邊；把銷金帳子下了，脫得赤條條地，跳上牀去坐了。[93]

同樣場景又出現於《笑傲江湖》第二十九回：

　　田伯光道：「這件事得從頭說起。那日在衡山群玉院外跟余矮子打了架，心想這當兒湖南白道上的好手太多，不能多耽，於是北上河南。這天說來慚愧，老毛病發作，在開封府黑夜裏摸到一家富戶小姐的閨房之中。我掀開紗帳，伸手一摸，竟摸到一個光頭。」令狐沖笑道：「不料是個尼姑。」田伯光苦笑道：「不，是個和尚。」令狐沖哈哈大笑，說道：「小姐繡被之內，睡着個和尚，想不到這位小姐偷漢，偷的卻是個和尚。」田伯光搖頭道：「不是！那位和尚，便是太師父了。原來太師父一直便在找我，終於得到線索，找到了開封府。

92　金庸：《射鵰英雄傳》，第 3 冊，第 15 回，頁 642。
93　施耐庵、羅貫中：《水滸全傳》，第 1 冊，第 5 回，頁 84。

我白天在這家人家左近踩盤子，給太師父瞧在眼裏。他老人家料到我不懷好意，跟這家人說了，叫小姐躲了起來，他老人家睡在牀上等我。」[94]

2. 《射鵰英雄傳》第二十八回，丐幫簡長老「使的是梁山好漢魯智深傳下來的『瘋魔杖法』」。[95]

3. 真假裘千仞，則源自《水滸傳》中的李鬼冒充李逵：

李逵道：「我正是江湖上的好漢「黑旋風」李逵，便是你這廝辱沒老爺名字。」那漢道：「小人雖然姓李，不是真的「黑旋風」。為是爺爺江湖上有名目，提起好漢大名，神鬼也怕；因此小人盜學爺爺名目，胡亂在此剪徑。但有孤單客人經過，聽得說了「黑旋風」三個字，便撇了行李，逃奔了去，以此得這些利息，實不敢害人。小人自己的賤名叫做李鬼，只在這前村住。」[96]

這在《射鵰英雄傳》則為裘千仞與裘千丈之別：

我們倆是雙生兄弟，我是哥哥。本來武功是我強，後來我兄弟的武功也就跟着了不得起來啦。[97]

94　金庸：《笑傲江湖》，第 3 冊，第 29 回，頁 1242。

95　金庸：《射鵰英雄傳》，第 3 冊，第 28 回，頁 1160。

96　施耐庵、羅貫中：《水滸全傳》，第 2 冊，第 43 回，頁 694。

97　金庸：《射鵰英雄傳》，第 3 冊，第 28 回，頁 1179。

三、《三國演義》與《射雕英雄傳》

1. 《射鵰英雄傳》中郭靖聽從黃蓉以革傘降落撒麻爾罕城中的方法，[98] 實即《三國演義》中的孔明燈。

2. 曹操下令不放箭傷害於長坂坡救阿斗的趙雲，實即成吉思汗下令不放箭傷郭靖的一幕：

> 若不是大汗下令必須活捉，蒙古兵將不敢放箭，廝殺時又均容讓三分，否則郭靖縱然神勇，又怎能突出重圍。[99]

四、《射鵰英雄傳》與金庸其他武俠小說的互涉

1. 「洪七公與黃蓉及歐陽克流落孤島：只見東南西北盡是茫茫大海，處身所在是個小島。島上樹木茂密，不知有無人煙。他驚的是：此處若是荒島，既無衣食，又無住所，如何活命？」[100]「第三件，那是怎生回歸中土了。」[101] 此場景頗似《倚天屠龍記》中張翠山、殷素素及謝遜三人漂流海外孤島一樣。山洞中受傷的洪七公的情況類似《倚天屠龍記》中金毛獅王神智不清。[102] 黃蓉、郭靖及

98　金庸：《射鵰英雄傳》，第 4 冊，第 37 回，頁 1524。
99　金庸：《射鵰英雄傳》，第 4 冊，第 38 回，頁 1565。
100 金庸：《射鵰英雄傳》，第 3 冊，第 21 回，頁 862。
101 金庸：《射鵰英雄傳》，第 3 冊，第 22 回，頁 907。
102 金庸：《倚天屠龍記》（香港：明河出版社，2005），第 3 冊，第 21 章，頁 864。

洪七公在樹上築屋，亦乃《倚天屠龍記》中所有。[103] 而受傷的洪七公與黃蓉在島上山洞中的處境，即如小龍女與周伯通為鳩摩智的毒彩蛛困於山洞中，[104] 亦即《連城訣》中狄雲與水笙被花鐵干困於雪山山洞之中：

> 水笙叫道：「快走，快走！」拉着狄雲，搶進了山洞。兩人匆匆忙忙的搬過幾塊大石，堆在洞口。水笙手執血刀，守在石旁。這山洞洞口甚窄，幾塊大石雖不能堵塞，但花鐵干要進山洞，卻必須搬開一兩塊石頭才成。只要他動手搬石，水笙便可揮刀斬他雙手。[105]

這亦即《白馬嘯西風》中李文秀與中了毒針的華輝被困山洞的一幕：

> 約莫過了半個時辰，李文秀突然聞到一陣焦臭，跟着便咳嗽起來。華輝道：「不好！毛賊用煙來熏！快堵住洞口！」李文秀捧起地下的沙土石塊，堵塞進口之處，好在洞口甚小，一堵之下，湧進洞來的煙霧便大為減少，而且內洞甚大，煙霧吹進來之後，又從後洞散出。[106]

以上幾個場景，均如出一轍。

---

103 金庸：《倚天屠龍記》，第 3 冊，第 22 章，頁 909。
104 金庸：《神鵰俠侶》，第 3 冊，第 25 回，頁 1052。
105 金庸：《連城訣》（香港：明河出版社，2004），頁 268。
106 金庸：《白馬嘯西風·雪山飛狐》（香港：明河出版社，2004），頁 372。

2. 郭靖與黃蓉二人於密室運功並生慾念，於《神鵰俠侶》中則乃古墓中的楊過與小龍女。[107]

3. 柯鎮惡心道：「小妖女不說話則已，一開口，總是叫人吃苦頭。」[108] 在酒樓上胡鬧一通，可見黃蓉身上有《天龍八部》中阿紫與葉二娘的影子：

> 黃蓉道：「我但求自己心中平安舒服，那去管旁人死活。」[109]

葉二娘偷人家小孩的惡行，而黃蓉亦說：「我想起剛才那孩兒倒也有趣，外婆去抱來玩上幾天，再還給人家。」[110]

---

107 金庸：《神鵰俠侶》，第 3 冊，第 24 回，頁 1001。
108 金庸：《射鵰英雄傳》，第 4 冊，第 35 回，頁 1433。
109 金庸：《射鵰英雄傳》，第 4 冊，第 32 回，頁 1349。
110 金庸：《射鵰英雄傳》，第 4 冊，第 32 回，頁 1350。

第三章　欲即欲離：
《神鵰俠侶》中楊過與
小龍女的原型及歸宿

一、前言

　　金庸《神鵰俠侶》乃承接《射鵰英雄傳》而展開書寫的，而此中角色改變最大的莫過於黃蓉，她壓抑楊過，並成為與郭靖一起反對楊過與小龍女相戀的衛道之士。這是令人莫名其妙之處。事實上，金庸乃以《西遊記》中的孫悟空與唐僧作為《神鵰俠侶》中楊過與小龍女的原型，[1] 將原文本中緊張而對立的師徒，轉換為新文本中同心協力、以情抗擊禮教的情侶。此中，金庸在不少場景及對話中幾乎如影隨形地就地改編，在《神鵰俠侶》這部膾炙人口的長篇武俠小說中，推出可歌可泣的師徒之戀抗擊禮教藩籬的愛情故事。

二、豬八戒、沙僧及白龍馬

　　金庸既以孫悟空與唐僧作為楊過與小龍女的原型，同樣也忘不了挪用豬八戒、沙僧及白龍馬於小說之中，我們先展示豬八戒、沙僧及白龍馬的相關文字之後，再具體進入楊過與小龍女的原型的具體論述，這樣才更有說服力。

1　有論者亦注意到《西遊記》對金庸武俠小說的影響，而卻指出「金庸小說人物之中，最近似孫悟空的應是《俠客行》中的石破天。」此外，該論者又再羅列金庸武俠小說中近似《西遊記》中的片斷，而卻並沒論及《神鵰俠侶》中的具體原型。詳見何求斌：〈析金庸小說對《西遊記》的借鑒〉，《湖北師範學院學報（哲學社會科學版）》，2012 年第 2 期，頁 23—28。

1. 豬八戒與周伯通

「盤絲洞」是中國四大名著之一的《西遊記》第七十二回中出現的一個地名，這一回中記述了唐僧師徒四人西行途中，遇七種害蟲化作的美女，豬八戒被迷惑而被擒，唐僧也被騙進盤絲洞中面臨殺身之禍，最後被孫悟空搭救出來的故事。體現了佛教中「戒」的思想，說明了擺脫七情的迷惑，戒則不迷的深意。盤絲洞便是絕情谷中的網，小龍女（唐僧）與老頑童（豬八戒）均陷於網中而被捕：

> 那長老掙着要走，那女子攔住門，怎麼肯放，俱道：「上門的買賣，倒不好做！『放了屁兒，卻使手掩。』你往那裏去？」他一個個都會些武藝，手腳又活，把長老扯住，順手牽羊，撲的摜倒在地。眾人按住，將繩子捆了，懸樑高弔。這弔有個名色，叫做「仙人指路」。原來是一隻手向前，牽絲弔起；一隻手攔腰捆住，將繩弔起；兩隻腳向後一條繩弔起：三條繩把長老弔在樑上，卻是脊背朝上，肚皮朝下。那長老忍着疼，噙着淚，心中暗恨道：「我和尚這等命苦！只說是好人家化頓齋吃，豈知道落了火坑！徒弟啊！速來救我，還得見面；但遲兩個時辰，我命休矣！」

> 那長老雖然苦惱，卻還留心看着那些女子。那些女子把他弔得停當，便去脫剝衣服。長老心驚，暗自忖道：「這一脫了衣服，是要打我的情了。或者夾生兒吃我的情也有哩。」原來那女子們只解了上身羅衫，露出肚腹，各顯神通：一個個腰眼中冒出絲繩，有鴨蛋粗細，骨都都的，迸玉飛銀，時

下把莊門瞞了不題。[2]

此中細節甚多，為詳細了解金庸挪用之細膩，必須盡可能羅列所有相關細節，又有以下動作：

　　呆子一味粗夯，顯手段，那有憐香惜玉之心，舉着鈀，不分好歹，趕上前亂築。那怪慌了手腳，那裏顧甚麼羞恥，只是性命要緊，隨用手侮着羞處，跳出水來，都跑在亭子裏站立，作出法來：臍孔中骨都都冒出絲繩，瞞天搭了個大絲篷，把八戒罩在當中。[3]

唐僧與豬八戒之陷於蜘蛛洞，並非沒有原因，第七十四回的開篇便有以下關於情與慾的一首詩：

　　情慾原因總一般，有情有慾自如然。
　　沙門修煉紛紛士，斷慾忘情即是禪。
　　須着意，要心堅，一塵不染月當天。
　　行功進步休教錯，行滿功完大覺仙。
　　話表三藏師徒們打開慾網，跳出情牢，放馬西行。[4]

「慾網」與「情牢」，在《神鵰俠侶》中主要是寫楊過與小龍女，

2　吳承恩：《西遊記》（北京：人民出版社，2008），下冊，第 72 回，頁 652—653。
3　吳承恩：《西遊記》，下冊，第 72 回，頁 657。
4　吳承恩：《西遊記》，下冊，第 74 回，頁 669。

當然豬八戒也是有情有慾，至於金庸筆下的周伯通與情人瑛姑也是在情感上糾纏了大半輩子。

豬八戒原是天庭中統領十萬天河水兵的天蓬元帥，由於蟠桃會上喝酒醉後調戲月宮仙女嫦娥，被打了兩千錘後被貶下凡，又於情劫中自動投錯胎變成豬模樣：

> 敕封元帥管天河，總督水兵稱憲節。
> 只因王母會蟠桃，開宴瑤池邀眾客。
> 那時酒醉意昏沉，東倒西歪亂撒潑。
> 逞雄撞入廣寒宮，風流仙子來相接。
> 見他容貌挾人魂，舊日凡心難得滅。
> 全無上下失尊卑，扯住嫦娥要陪歇。
> 再三再四不依從，東躲西藏心不悅。
> 色膽如天叫似雷，險些震倒天關闕。
> 糾察靈官奏玉皇，那日吾當命運拙。
> 廣寒圍困不通風，進退無門難得脫。
> 卻被諸神拿住我，酒在心頭還不怯。
> 押赴靈霄見玉皇，依律問成該處決。
> 多虧太白李金星，出班俯顖親言說。
> 改刑重責二千錘，肉綻皮開骨將折。
> 放生遭貶出天關，福陵山下圖家業。
> 我因有罪錯投胎，俗名喚做豬剛鬣。[5]

5　吳承恩：《西遊記》，上冊，第 19 回，頁 163。

後倒插門給雲棧洞的卯二姐。卯二姐死後，入贅高老莊。後經觀音菩薩指點，拜唐僧為師，一同赴西天取經以補情劫過失。取回真經後，豬八戒由於「又有頑心，色情未泯」被封為淨壇使者與天蓬佛。在小說當中，由於他的懶惰、貪吃和好色，常常使唐僧師徒陷於困境當中。豬八戒便是老頑童周伯通的原型，他本是全真派掌門王重陽的師弟，武功極高，外號老頑童，卻在大理皇宮中令段王爺的妃子瑛姑懷孕產子，終生不安，此有如豬八戒的「情劫」。

在絕情谷中，這樣描寫周伯通：

> 原來此人正是周伯通。他要進谷來混鬧，故意讓絕情谷的四弟子用漁網擒住。當時並不抗拒，直到進谷之後，這才破網逃出。[6]
>
> ……廳中四個綠衫弟子只見人形一晃，忙移動方位，四下裏兜將上，將他裹入網中。四人將漁網四角結住，提到谷主面前。那漁網是極堅韌極柔軟的金絲鑄成，即是寶刀寶劍，也不易切割得破。……原來周伯通脫光了衣服，誰也沒防到他竟會不穿衣服而猛地衝出。[7]

同一齣盤絲洞，又在另一場景中出現：

> 國師在外偷窺，卻不知他有這等難處，暗想：「不好，這老頭兒在運內功了！」心念一動，從懷中取出那隻盛放彩雪

6　金庸：《神鵰俠侶》，第 2 冊，第 17 回，頁 713。

7　金庸：《神鵰俠侶》，第 2 冊，第 17 回，頁 719。

周伯通身陷蜘蛛洞（姜雲行 繪）

蛛的金盒來，掀開盒蓋，盒中十餘隻彩雪蛛蠕蠕而動，其時朝陽初升，照得盒中紅綠斑斕，鮮艷奪目。國師從金盒旁取出一隻犀牛角做的夾子，挾起一根蛛絲，輕輕一甩，蛛絲上帶着一隻彩雪蛛，黏在山洞口左首。他連挾連甩，將盒中毒蛛盡數放出，每隻毒蛛帶着一根蛛絲，黏滿了洞口四周。盒中毒蛛久未餵食，飢餓已久，登時東垂西掛，結起一張張的蛛網，不到半個時辰，洞口已被十餘張蛛網佈滿。

當毒蛛結網之時，小龍女和周伯通看得有趣，均未出手干預，到得後來，一個直徑丈餘的洞口已滿是蛛網，紅紅綠綠的毒蛛在蛛網上來往爬動，只瞧得心煩意亂。[8]

此外，豬八戒拜唐僧為師，周伯通亦拜小龍女（唐僧）為師，而且有具體的課程，學習的是控制玉蜂之術：

小龍女轉身走開，過了一個山坳，忽聽得周伯通大聲吆喝呼嘯，宛似在指揮蜜蜂。小龍女好生奇怪，悄悄又走了回來，躲在一株樹後張望，只見周伯通手中拿着玉瓶，正在指手劃腳的呼叫。她伸手懷中一探，玉瓶果已不翼而飛，不知如何給他偷了去，但他吆喝的聲音，似是而非，雖有幾隻野蜂聞到蜜香趕來，卻全不理睬他的指揮，只是繞着玉瓶嗡嗡打轉。

小龍女忍不住噗哧一笑，從樹後探身出來，叫道：「我來

8　金庸：《神鵰俠侶》，第 3 冊，第 25 回，頁 1052。

教你罷！」周伯通見把戲拆穿，賊贓給事主當場拿住，只羞得滿臉通紅，白鬚一揮，斗地竄出數丈，急奔下山，飛也似的逃走了。[9]

　　……周伯通兀自在指手劃腳的呼叫。小龍女道：「周老爺子，是這般呼嘯。」於是撮唇作嘯。周伯通學着呼了幾聲，千百頭玉蜂果然紛紛回入木箱。周伯通大喜，手舞足蹈……向小龍女道：「龍姑娘，我教你雙手使不同的武功，你教我指揮蜜蜂。你是我的師父……」[10]

後來，猶如唐僧師徒五人般獲佛祖的冊封，周伯通則在華山獲黃蓉封為五大高手之「中頑童」。[11]

2. 沙僧與孫婆婆

　　至於沙僧，則為古墓派的照顧小龍女的孫婆婆的原型。沙僧亦醜陋無比：

> 一頭紅焰髮蓬鬆，兩隻圓睛亮似燈。
>
> 不黑不青藍靛臉，如雷如鼓老龍聲。
>
> 身披一領鵝黃氅，腰束雙攢露白藤。
>
> 項下骷髏懸九個，手持寶杖甚崢嶸。[12]

9　金庸：《神鵰俠侶》，第 3 冊，第 25 回，頁 1059—1060。
10　金庸：《神鵰俠侶》，第 4 冊，第 32 回，頁 1359。
11　金庸：《神鵰俠侶》，第 4 冊，第 40 回，頁 1708。
12　吳承恩：《西遊記》，上冊，第 22 回，頁 190。

救楊過的孫婆婆亦相當醜陋，金庸一再強調其醜陋：

> 又過良久，忽覺口中有一股冰涼清香的甜漿，緩緩灌入咽喉，他昏昏沉沉的吞入肚內，但覺說不出的受用，微微睜眼，猛見到面前兩尺外是一張生滿難皮疙瘩的醜臉，正瞪眼瞧着自己。楊過一驚之下，險些又要暈去。那醜臉人伸出左手捏住他下顎，右手拿着一隻杯子，正將甜漿灌在他口裏。
>
> 楊過覺得身上奇癢劇痛已減，又發覺自己睡在一張牀上，知那醜人救治了自己，微微一笑，意示相謝。那醜臉人也是一笑，餵罷甜漿，將杯子放在桌上。楊過見她的笑容更是十分醜陋，但奇醜之中卻含仁慈溫柔之意。……
>
> 那醜臉老婦柔聲問道：「好孩子，你師父是誰？」[13]

這三段文字裏，「醜」字共出現了六次，而且其中一次楊過更被其醜陋幾乎嚇暈了過去。正如《西遊記》裏的沙僧的角色功能不多，孫婆婆只出現在第五回中，所佔篇幅極少，但她除了拯救楊過之外，還在斷氣之前也做了一件重要的事，便是央求小龍女照顧楊過：

> 孫婆婆強運一口氣，道：「我求你照料他一生一世，別讓他吃旁人半點虧，你答不答允？」[14]

13　金庸：《神鵰俠侶》，第 1 冊，第 5 回，頁 168。
14　金庸：《神鵰俠侶》，第 1 冊，第 5 回，頁 186。

由此，孫婆婆便完成了她將楊過送入古墓接近小龍女的角色功能。

3. 白龍馬與瘦黃馬

白龍馬是龍太子的化身，自然是神駿非凡。金庸亦同樣塑造了一匹瘦而醜的黃馬：

> 只見一匹黃毛瘦馬拖着一車山柴，沿大路緩緩走來，想是那馬眼見同類有馳騁山野之樂，自己卻勞神苦役，致發悲鳴。那馬只瘦得胸口肋骨高高凸起，四條長腿肌肉盡消，宛似枯柴，毛皮零零落落，生滿了癩子，滿身泥污雜着無數血漬斑斑的鞭傷。一個莽漢坐在車上，嫌那馬走得慢，不住手的揮鞭抽打。……那瘦馬模樣雖醜，卻似甚有靈性。[15]

而且，這馬還會喝酒，連喝十餘碗，疾奔如龍：

> 飯後上馬，癩馬乘着酒意，灑開大步，馳得猶如癲了一般，道旁樹木紛紛倒退，委實是迅捷無比。只是尋常駿馬奔馳時又穩又快，這癩馬快是快了，身軀卻是忽高忽低，顛簸起伏，若非楊過一身極高的輕功，卻也騎牠不得。這馬更有一般怪處，只要見到道上有牲口在前，非發足超越不可，不論牛馬騾驢，總是要趕過了頭方肯罷休，這一副逞強好勝的

---

15 金庸：《神鵰俠侶》，第 2 冊，第 11 回，頁 445。

脾氣，似因生平受盡欺辱而來。楊過心想這匹千里良駒屈於村夫之手，風塵困頓，鬱鬱半生，此時忽得一展駿足，自是要飛揚奔騰了。[16]

「郭靖騎的是汗血寶馬，楊過乘了黃毛瘦馬」，[17]「古道西風瘦馬，斷腸人在天涯」，金庸如此描寫楊過騎上瘦黃馬的心情：「想到傷心之處，下馬坐在大路中心，抱頭痛哭」；[18]「次晨騎上馬背，任由瘦馬在荒山野嶺間信步而行」。[19] 然而，瘦黃馬卻是非凡：

> 楊過左手抱着死嬰，右手挺長矛上馬，那瘦馬原是久歷沙場的戰馬，重臨戰陣，精神大振，長嘶一聲，向蒙古兵衝去。[20]

瘦馬實是「神駿非凡」。[21] 及至黃馬戰死，神鵰出現：「牠身軀沉重，翅短不能飛翔，但奔跑迅疾，有如駿馬。」[22] 神鵰接替瘦馬具象徵意義，去掉楊過古道西風瘦馬之感傷形象。

16　金庸：《神鵰俠侶》，第 2 冊，第 11 回，頁 446。
17　金庸：《神鵰俠侶》，第 3 冊，第 21 回，頁 895。
18　金庸：《神鵰俠侶》，第 2 冊，第 16 回，頁 668。
19　金庸：《神鵰俠侶》，第 2 冊，第 16 回，頁 670。
20　金庸：《神鵰俠侶》，第 2 冊，第 16 回，頁 668。
21　金庸：《神鵰俠侶》，第 2 冊，第 14 回，頁 591。
22　金庸：《神鵰俠侶》，第 3 冊，第 26 回，頁 1110。

瘦黃馬（姜雲行 繪）

三、命名及成長經歷

1. 命名

　　在命名上，金庸在《神鵰俠侶》中可謂對《西遊記》亦步亦趨。《西遊記》中三星洞的菩提祖師為慾望極熾的美猴王取名「悟空」，[23] 謂了然於一切事物由各種條件和合而生，虛幻不實，變滅不常。在《神鵰俠侶》中，楊過一出生則獲黃蓉取名為「過」，表字「改之」。[24]《西遊記》中以「悟空」命名，亦是對充滿慾望的美猴王的一種啟悟，甚麼「美猴王」、「弼馬溫」以至於「齊天大聖」，一切皆空。《神鵰俠侶》中楊過之由叛逆而走向歸順，重於名教的是非對錯的儒家觀念，實亦即如孫悟空之逃不出如來佛祖手心般的宿命。楊過的一生，從命名之際，便早已被作出限制，而這一切都是因為金庸採納了《西遊記》中的孫悟空作為楊過的原型所致。

　　楊過之名為「過」，實以己之所為以補父親之「過」，他後來甚至以父親楊康為恥：

> 　　楊過抱頭在地，悲憤難言，想不到自己生身之父竟如此奸惡，自己名氣再響，也難洗生父之羞。……柯鎮惡道：「楊公子，你在襄陽立此大功，保國衛民，普天下都說你的好處。你父親便有千般不是，也都彌蓋過了。他在九泉之下，

23　吳承恩：《西遊記》，上冊，第 1 回，頁 10。
24　金庸：《射鵰英雄傳》，第 4 冊，第 40 回，頁 1627。

自也喜歡你為父補過。」[25]

一向叛逆的楊過甚至覺悟黃蓉之所以對自己始終提防顧忌，乃出於誤會，皆是由上一代所種下，他自己的無數煩惱，「實由父親而起」。[26] 由此，楊過撇清自己之「不肖」。[27] 簡而言之，楊過已被納入社會秩序而懺悔，以黃蓉作為代表的名教終於勝利，楊過之叛逆終告失敗。然而，金庸卻又安排了小龍女陪伴楊過成長，此中實另有玄機。

2. 成長經歷

《神鵰俠侶》中的楊過上桃花島學武不成後則西上全真派學藝，學了全真口訣後被師父趙志敬虐待而被逼逃走，[28] 變相被逐。楊過的這種經歷實即《西遊記》中，孫悟空前往西牛賀洲靈台方寸山斜月三星洞拜菩提祖師為師，學得七十二變後卻被師父所逐。[29]楊過在比武時大鬧全真教，[30] 實即孫悟空在蟠桃會上的大鬧天宮。大鬧天宮後，孫悟空被佛祖鎮於五行山下，[31] 而楊過大鬧全真教後則被小龍女收留於古墓之中，實亦即山下。[32] 後來，孫悟空拜唐僧

25　金庸：《神鵰俠侶》，第 4 冊，第 37 回，頁 1606。
26　金庸：《神鵰俠侶》，第 4 冊，第 37 回，頁 1606。
27　金庸：《神鵰俠侶》，第 4 冊，第 37 回，頁 1608。
28　金庸：《神鵰俠侶》，第 1 冊，第 4 回，頁 155、175。
29　吳承恩：《西遊記》，上冊，第 2 回，頁 16—17。
30　金庸：《神鵰俠侶》，第 1 冊，第 4 回，頁 157—163。
31　吳承恩：《西遊記》，上冊，第 7 回，頁 61。
32　金庸：《神鵰俠侶》，第 1 冊，第 5 回，頁 186。

為師，一路斬妖除魔護送他上西天取經。楊過則拜小龍女為師，且多次保護並拯救她，此中包括小龍女於古墓前練玉女心經受甄志丙、趙志敬的干擾，後來小龍女在絕情谷中陷於公孫止手上以及在終南山的大戰過程中，楊過均及時出現而拯救了陷於瀕危狀態的小龍女。《西遊記》中，孫悟空數次被師父唐僧誤解，兩次被驅逐；而金庸在《神鵰俠侶》中則略施變化，改為以唐僧為原型的小龍女三次主動離開以孫悟空作為原型的楊過：第一次是失身於甄志丙之後懷疑乃楊過的始亂終棄，第二次是因為黃蓉以師徒之戀有違背禮教大防而令她主動離開，第三次是為解楊過的情花之毒而跳入碧水潭中。[33]

至於《西遊記》中的觀世音菩薩，在《神鵰俠侶》中又是由誰分擔此角色功能的呢？一燈大師向楊過說法，實即如觀音對孫悟空的說法。[34] 一燈大師的話，便如雷震一般，轟到了楊過心裏：

> 要勝過自己的任性，要克制自己的隨意妄念，確比勝過強敵難得多。這位高僧的話真是至理名言。[35]

至於一燈大師令小龍女領悟，實即觀音向唐僧說法，唐僧自然理解。小龍女與一燈之對答，以孫悟空作為原型的楊過卻一無所知：

> 楊過和小龍女本來心心相印，對方即是最隱晦的心意相

---

33 分別見金庸：《神鵰俠侶》，第 1 冊，第 7 回，頁 304；第 2 冊，第 14 回，頁 591；第 4 冊，第 32 回，頁 1374。

34 金庸：《神鵰俠侶》，第 3 冊，第 30 回，頁 1270。

35 金庸：《神鵰俠侶》，第 3 冊，第 30 回，頁 1270。

互也均洞悉，但此刻她和一燈對答，自己卻隔了一層。似乎她和一燈相互知心，自己反成為外人，這情境自與小龍女相愛以來從所未有，不禁大感迷惘。[36]

境界不同，悟亦有高低，這就是唐僧與孫悟空在角色上之分別。以唐僧為原型的小龍女見了雪花而有以下感悟：

> 生死有命，人身無常，因緣離合，豈能強求？過兒，憂能傷人，你別太過關懷了。[37]

又：

> 小龍女道：「這些雪花落下來，多麼白，多麼好看。過幾天太陽出來，每一片雪花都變無影無蹤。到得明年冬天，又有許許多多雪花，只不過已不是今年這些雪花罷了。」[38]

小龍女對雪花的領悟，楊過卻未有同感。金庸甚至再度加強小龍女的悟道境界：「說出話來竟是功行深厚的修道人口吻」，「即是苦修了數十年的老僧老道，也未必有此造詣」。[39] 由此可見，小龍女與楊

36　金庸：《神鵰俠侶》，第 3 冊，第 30 回，頁 1276。
37　金庸：《神鵰俠侶》，第 3 冊，第 30 回，頁 1275。
38　金庸：《神鵰俠侶》，第 3 冊，第 30 回，頁 1276。
39　金庸：《神鵰俠侶》，第 3 冊，第 30 回，頁 1275。項莊亦直覺地認為小龍女「一身仙氣」。項莊：〈楊過、小龍女、郭襄〉，餘子等：《諸子百家看金庸》，第 1 冊，頁 63。

過之別，實即境界之高底。有論者指出楊過可能有以下兩種歸宿：

> 其一便是積極地指向道德仁義的理想，貢獻出他全部的
> 生命熱力，以建設一個合理的世界。其二便是消極地歸宿於
> 徹底寧靜的玄境，以平息他生命的躁動不安。前者是他生命
> 的根本成全，後者則是他生命的暫時安頓。而在書中，楊過
> 是放棄了前者而畢竟歸宿於小龍女所代表的沖虛玄境。[40]

此乃的論。從以上的文學考古可見，楊過實以孫悟空為原型，他之
歸於小龍女的「沖虛玄境」，實乃命定。楊過所歸宿於小龍女的「沖
虛玄境」，基本乃即服膺古墓派的教規，這便與黃蓉所代表的名教
截然不同，這亦是楊過與小龍女在名教與名教之外的空間的欲即欲
離的原因。這便是金庸在挪用孫悟空作為楊過的原型又有所創造之
所在，而楊過之在世間與古墓之間多次徘徊往返，此「欲即欲離」
實亦是其成長與領悟的過程。由此，他既完成世間對俠的要求，又
返回古墓隱居。而此中關鍵，即在於楊過情慾上的「欲即欲離」，
故他與小龍女方有身陷「絕情谷」之劫與身中情花之毒的煎熬。表
面上看似乎是由楊過與小龍女作為代表的古墓派的女性思維對男權
中心的體制的反叛與挑戰，具體而言乃對南宋禮教的反抗。

---

40 曾昭旭：〈金庸筆下的性情世界〉，餘子等：《諸子百家看金庸》，第 1 冊，頁
    27—28。

四、緊箍咒與情花痛

　　金庸既以孫悟空作為楊過的原型，孫悟空受到佛祖的懲罰以收其叛逆，[41] 楊過亦必須面對。《西遊記》中，孫悟空一旦不受唐僧的管束，便受到緊箍咒的懲罰：

　　　　三藏見他戴上帽子，就不吃乾糧，卻默默的念那緊箍咒一遍。行者叫道：「頭痛，頭痛。」那師父不住的又念了幾遍，把個行者痛得打滾，抓破了嵌金的花帽。三藏又恐怕扯斷金箍，住了口不念。不念時，他就不痛了。伸手去頭上摸摸，似一條金線兒模樣，緊緊的勒在上面，取不下，揪不斷，已此生了根了。他就耳裏取出針兒來，插入箍裏，往外亂捎。三藏又恐怕他捎斷了，口中又念起來。他依舊生痛，痛得豎蜻蜓，翻筋斗，耳紅面赤，眼脹身麻。那師父見他這等，又不忍不捨，復住了口。他的頭又不痛了。行者道：「我這頭，原來是師父咒我的？」三藏道：「我念得是緊箍經，何曾咒你？」行者道：「你再念念看。」三藏真個又念。行者真個又痛，只教：「莫念，莫念。念動我就痛了。這是怎麼說？」三藏道：「你今番可聽我教誨了？」行者道：「聽教了。」「你再可無禮了？」行者道：「不敢了。」[42]

41　劉登翰指出：「如說，郭靖是一個合規合矩的英雄，楊過則是一個反叛的英雄。」見劉登翰：《香港文學史》（北京：人民文學出版社，1999），頁 273。

42　吳承恩：《西遊記》，上冊，第 14 回，頁 125。

在《神鵰俠侶》中，少年時期的楊過處處留情，用情不專，此即其「慾」，[43] 他甚至自言道：

> 楊過啊楊過，是不是你天生的風流性兒作祟，見了郭芙這美貌少女，天大的仇怨也拋到了腦後？[44]

又：

> 他自悔少年風流孽緣太多，累得公孫綠萼為己喪命，程英和陸無雙一生傷心，他自知性格風流，見到年輕美貌女子，往往與之言笑不禁，相處親密，雖無輕薄之念，卻引起對方遐想，惹下不少無謂相思，自知不合，常自努力克制，但情緣之來，有時不由自主，因此經常戴着黃藥師所製的那張人皮面具，不以原來之英俊面目示人。[45]

因為楊過情慾過熾而終於在絕情谷中了情花之毒，一旦涉及情慾之思，便痛苦難當：

> 過不多時，石室門口傳進來一陣醉人心魄的花香，二人轉頭瞧去，迎眼只見五色繽紛，嬌紅嫩黃，十多名綠衫弟子拿着一叢叢的情花走進室來。他們手上臂上都墊了牛皮，以

43　劉登翰指出：「楊過有情有慾。」劉登翰：《香港文學史》，頁 274。
44　金庸：《神鵰俠侶》，第 3 冊，第 27 回，頁 1154。
45　金庸：《神鵰俠侶》，第 4 冊，第 34 回，頁 1436。

防為情花的小刺所傷。公孫谷主右手一揮，冷然道：「都堆在這小子身上。」

　　霎時之間，楊過全身猶似為千萬隻黃蜂同時螫咬，四肢百骸，劇痛難當。[46]

情花之痛，只要清心寡慾，則自不痛，[47] 然而中毒者卻將於「三十六日後全身劇痛而死」。[48] 不同的是，《西遊記》中的唐僧乃施罰者，而《神鵰俠侶》中的施罰者則轉為公孫止，而作為以唐僧為原型的小龍女則甘願與楊過同受情花之痛：

　　她突然撲在楊過身上，情花的千針萬刺同時刺入她體內，說道：「過兒，你我同受苦楚。」[49]

由此，《西遊記》中唐僧作為施罰者與孫悟空作為被罰者的角色，在《神鵰俠侶》中則以小龍女與楊過一同受情花之苦，金庸在此便在挪用經典的基礎上作了關鍵性的逆轉，《神鵰俠侶》歌頌的是愛情至上，是當代小說中的一部「情書」。[50] 事實上，小龍女與楊過的師徒之戀乃衝擊禮教大防，兩人之愛情，可謂歷盡坎坷。

　　《神鵰俠侶》中，絕情谷中的情花後來被楊過等人燒滅，這也是很有象徵意味：

46　金庸：《神鵰俠侶》，第 2 冊，第 18 回，頁 774。
47　金庸：《神鵰俠侶》，第 2 冊，第 18 回，頁 776。
48　金庸：《神鵰俠侶》，第 2 冊，第 18 回，頁 775。
49　金庸：《神鵰俠侶》，第 2 冊，第 18 回，頁 776。
50　潘國森：《話說金庸》（香港：明窗出版社，1998），頁 179。

楊過道：「二妹、三妹，天下最可惡之物，莫過於這情花樹，倘若樹種傳出谷去，流毒無窮。咱們發個善心，把它盡數毀了，你說可好？」程英道：「大哥有此善願，菩薩必保佑你早日和大嫂相聚。」楊過聽了這話，精神為之一振。

當下三人到火場中撿出三件鐵器，折下樹枝裝上把手，將谷中尚未燒燼的情花花樹一株株砍伐下來。谷中花樹為數不少，又要小心防備花刺，因此直忙到第六日，方始砍伐乾淨。三人惟恐留下一株，禍根不除，終又延生，在谷中到處尋覓，再無情花花樹的蹤跡，這才罷手。經此一役，這為禍世間的奇樹終於在楊、程、陸三人手下滅絕，後人不復再睹。[51]

而《神鵰俠侶》中絕情谷中的情花的靈感，實即《西遊記》中五莊觀的人參果。絕情谷中的情花被楊過等人燒滅，而五莊觀的人參果樹則被孫悟空推倒：

他的真身，出一個神，縱雲頭，跳將起去，徑到人參園裏，擎金箍棒往樹上乒乓一下，又使個推山移嶺的神力，把樹一推推倒。可憐葉落椏開根出土，道人斷絕草還丹！那大聖推倒樹，卻在枝兒上尋果子，那裏得有半個。原來這寶貝遇金而落，他的棒刃頭卻是金裏之物，況鐵又是五金之類，所以敲着就振下來，既下來，又遇土而入，因此上邊再沒一個果子。[52]

51　金庸：《神鵰俠侶》，第 4 冊，第 32 回，頁 1381。
52　吳承恩：《西遊記》，上冊，第 25 回，頁 218。

孫悟空之偷吃人參果是出於豬八戒的貪吃及引誘所致，而其動怒推動人參果則為野性未馴。楊過深受情花之苦則在於其骨血中流淌着其父楊康之風流，而其燒滅情花則為戒其濫情而歸於對小龍女的專一。

五、火焰山與碧水潭

從叛逆而走向皈順，楊過之風流一如孫悟空之野性，兩者終被約束。《神鵰俠侶》中楊過在絕情谷上落淚：

> 猛地裏一躍而起，奔到斷腸崖前，瞧着小龍女所刻下的那幾行字，大聲叫道：「『十六年後，在此相會，夫妻情深，勿失信約！』小龍女啊小龍女！是你親手刻下的字，怎地你不守信約？」他一嘯之威，震獅倒虎，這幾句話發自肺腑，只震得山谷皆鳴，但聽得群山響應，東南西北，四周山峰都傳來：「怎地你不守信約？怎地你不守信約？不守信約⋯⋯不守信約⋯⋯」

> 他自來生性激烈，此時萬念俱灰，心想：「龍兒既已在十六年前便即逝世，我多活這十六年實在無謂之至。」望着斷腸崖前那個深谷，只見谷口煙霧繚繞，他每次來此，從沒見到過雲霧下的谷底，此時仍是如此。仰起頭來，縱聲長嘯，只吹得斷腸崖上數百朵憔悴了的龍女花飛舞亂轉，輕輕說道：「當年你突然失蹤，不知去向，我尋遍山前山後，找不

到你，那時定是躍入了這萬丈深谷之中，這十六年中，難道你不怕寂寞嗎？」

淚眼模糊，眼前似乎幻出了小龍女白衣飄飄的影子，又隱隱似乎聽到小龍女在谷底叫道：「楊郎，楊郎，你別傷心，別傷心！」楊過雙足一登，身子飛起，躍入了深谷之中。[53]

以上楊過對小龍女這摧心傾情的一幕，實即《西遊記》中第五十一回描寫孫悟空對師父唐僧的思念之情：

> 話說齊天大聖，空着手敗了陣，来坐於金岘山后，撲梭梭兩眼滴淚，叫道：「師父啊！指望和你 ——
> 佛恩有德有和融，同幼同生意莫窮。
> 同住同修同解脫，同慈同念顯靈功。
> 同緣同相心真契，同見同知道轉通。
> 豈料如今無主杖，空拳赤腳怎興隆！」[54]

孫悟空的「師父啊！指望和你 ——」後，幾乎便任由金庸自由想像，亦即轉為楊過口中的「小龍女啊小龍女！是你……」。在《神鵰俠侶》的〈後記〉中，金庸指出：

> 武俠小說的故事不免有過分的離奇和巧合。我一直希望做到，武功可以事實上不可能，人的性格總應當是可能的。

53　金庸：《神鵰俠侶》，第 4 冊，第 38 回，頁 1631—1632。
54　吳承恩：《西遊記》，下冊，第 51 回，頁 465。

碧水潭（姜雲行 繪）

楊過和小龍女一離一合其事甚奇，似乎歸於天意和巧合，其實卻歸於兩人本身的性格。兩人若非鍾情如此之深，決不會一一躍入谷中；小龍女若非天性淡泊，決難在谷底長時獨居；楊過如不是生具至性，也定然不會十六年如一日，至死不悔。當然，倘若谷底並非水潭而係山石，則兩人躍下後粉身碎骨，終於還是同穴而葬。世事遇合變幻，窮通成敗，雖有關機緣氣運，自有幸與不幸之別，但歸根到底，總是由各人本來性格而定。[55]

金庸為了突出楊過與小龍女之一往情深，方有跳入碧水潭之安排。孫悟空保護唐僧過了火焰山（第五十九至六十一回），楊過則於絕情谷懸崖下之碧水潭下的「廣寒宮」中救出居於其中十六年的小龍女。[56] 在金庸《神鵰俠侶》中碧水潭中的「水」，在《西遊記》中則為火焰山的「火」，水火對襯。[57] 而金庸書寫的一往情深與世事奇幻的可能性，實亦與晚明湯顯祖（義仍，1550—1616）《牡丹亭》中的情觀一致：

情不知所起，一往而深。生者可以死，死可以生。生而

---

55 陳墨：〈金庸小說與二十世紀中國文學〉，《金庸小說與二十世紀中國文學國際學術研討會論文集》，頁 82。

56 金庸：《神鵰俠侶》，第 4 冊，第 39 回，頁 1670—1676。曾昭旭先生認為小龍女乃從「廣寒宮下凡」。見曾昭旭：〈金庸筆下的性情世界〉，餘子等：《諸子百家看金庸》，第 1 冊，頁 33。

57 吳承恩：《西遊記》，下冊，第 51 回，頁 599。這一回的回目便正是「心猿空用千般計，水火無功難煉魔」。金庸在《神鵰俠侶》中之以碧水潭之「水」對火焰山之「火」的靈感，亦由此獲得。

不可與死，死而不可復生者，皆非情之至也。夢中之情，何必非真？天下豈少夢中之人耶！必因薦枕而成親，待掛冠而為密者，皆形骸之論也。……人世之事，非人世所可盡。自非通人，恆以理相格耳！第云理之所必無，安知情之所必有邪！[58]

對於湯顯祖來說，「情」具有「出生入死」的無窮威力，故而他才說：「生者可以死，死可以生。」因此，「情」在湯顯祖的思想世界中實具有超越的地位。湯顯祖甚至進而將其情觀更推進一步而肯定「夢」的功能。「夢」在傳統的中國社會中乃邪思綺念之源，而湯顯祖卻說：「夢中之情，何必非真？天下豈少夢中之人耶！」湯顯祖大膽地指出傳統中的禁忌──「夢」可以成真，這正是對傳統的禁忌正式提出挑戰。由此而言，金庸《神鵰俠侶》的〈後記〉性質亦即湯顯祖《牡丹亭》前面的〈題記〉，均乃對「情」之揄揚，兩部作品相距四百多年，而其謳歌愛情的性質則如出一轍。[59] 至於楊過之「十六年如一日，至死不悔」，正是源自《西遊記》中以下的詩句：

> 聖僧努力取經編，西宇周流十四年。
> 苦歷程途遭患難，多經山水受迍邅。[60]

---

58 湯顯祖著；徐朔方、楊笑梅校注：《牡丹亭》（北京：人民文學出版社，1978），頁 1。

59 有論者不解金庸之創作意圖而卻認為：「金庸為了應景，卻偏偏還要在小說結尾出現絕澗內別有洞天，楊過、小龍女幸得不死的意外。雖無傷大雅，畢竟有損主題的表達。」見吳秀明、陳擇綱：〈金庸：對武俠本體的追求與構建〉，《當代作家評論》，1992 年第 2 期，頁 55。

60 吳承恩：《西遊記》，下冊，第 100 回，頁 898。

兩者的分別只在於，楊過苦候的是對情之執著，而孫悟空、唐僧師徒則為取經而九死不悔。

六、不同的歸宿

《西遊記》中的孫悟空一路保護唐僧直至西天取經完成，終獲佛祖封為鬥戰勝佛。[61]《神鵰俠侶》中的楊過則一直保護、拯救小龍女，師徒最終在襄陽大戰一役中救得郭襄並擊斃蒙古大汗蒙哥，由此而獲得郭靖與黃蓉等衛道者之認可：

> 楊過心中感動，有一句話藏在心中二十餘年始終未說，這時再也忍不住了，朗聲說道：「郭伯伯，小姪幼時若非蒙你和郭伯母撫養教誨，焉能得有今日？」[62]

因此，在華山論劍時，楊過獲黃蓉封為「西狂」。[63] 楊過武功已臻巔峰，扶危濟困，急人之急，眾人均認為他當得起「大俠」兩字，[64] 楊過卻自稱配不上「大俠」。更為奇怪的是一向桀驁不馴的楊

61　吳承恩：《西遊記》，下冊，第 100 回，頁 899。

62　金庸：《神鵰俠侶》，第 4 冊，第 39 回，頁 1699。

63　金庸：《神鵰俠侶》，第 4 冊，第 40 回，頁 1707。另可參閱何求斌：〈論「華山論劍」的文化淵源〉，《湖北師範學院學報（哲學社會科學版）》，2013 年第 6 期，頁 8—10。

64　金庸：《神鵰俠侶》，第 4 冊，第 34 回，頁 1445—1446。

過，後來卻比道學先生更守禮：

> 十餘年行走江湖，遇到年輕女子，他竟比道學先生還更守禮自持，生怕再惹起風流罪過，對人不住。[65]

又：

> 可是我狂妄胡鬧，叛師反教，闖下了多大的禍事！倘若我終於誤入歧路，那有今天和他攜手入城的一日？想到此處，不由得汗流浹背，暗自心驚。[66]

佛祖以法力制衡並收服了孫悟空，黃蓉則以名教壓抑並收編楊過。由此可見，金庸在《神鵰俠侶》中乃以如來佛作為黃蓉的原型。有論者認為致使楊過大鬧全真教，黃蓉具不可推卸的責任：

> 郭靖把楊過送上重陽宮，丘處機糊裏糊塗地把楊過交給了臭道士趙志敬，使楊過背上叛師的大罪名而鬧了一個天翻地覆。到這時候，楊過一生叛逆的性格已經鑄成。這一點郭黃沒有留心楊過幼年的性格而管教失策，是我不能不責備黃蓉的地方。[67]

---

65 金庸：《神鵰俠侶》，第 4 冊，第 34 回，頁 1450。
66 金庸：《神鵰俠侶》，第 4 冊，第 39 回，頁 1700。
67 羅龍治：〈我看神鵰俠〉，餘子等：《諸子百家看金庸》，第 1 冊，頁 67。

當日楊過在桃花島，實即孫悟空早年在水濂洞，楊過之大鬧全真教重陽宮，亦即孫悟空之大鬧天宮。由此而言，黃蓉乃被金庸賦予了壓迫楊過之使命，一如佛祖之鎮壓孫悟空。方瑜亦認為：

> 《神鵰》讀者所以不喜黃蓉，主要基於黃蓉對楊過的態度，楊過既然是第一男主角，人見人愛，黃蓉竟敢對他疑忌設防，自然不得人望。[68]

為人妻母後，黃蓉性格上暴露的缺點，正是人性共通的軟弱之處。她為深愛家人而付出一切，確實削減了自身在《射鵰英雄傳》中曾經散發的奪目光華。[69] 在《神鵰俠侶》結局之前，黃蓉儼然以佛祖分封唐僧師徒五人的姿態分封當世五大高手：東邪、西狂、南帝、北俠、中頑童。[70] 楊過名列「西狂」，實則乃被馴服。至此，楊過與小龍女既入世為俠，又重返古墓，即被世間道德法律所接受，履行了世間的責任，猶如湯顯祖《牡丹亭》中的柳夢梅與杜麗娘原初不被父親接受他們私下許配的婚姻，及至柳夢梅計退外敵，保住家國後方獲得皇帝的允許而得以完婚。不同的是，作為孤兒的楊過與棄嬰的小龍女仍然是選擇歸隱於與世間對立的古墓中。由此可以說，楊過與小龍女雖被世間法律所馴服，而他們卻又自覺地選擇脫離世間，這便是他們個性中仍有不屈之傲骨，亦可以說是他們兩人在出世與入世之間已獲得了兩全其美的圓融的措置，而這亦正是金

68　方瑜：〈巧者勞而智者憂〉，餘子等：《諸子百家看金庸》，第 1 冊，頁 81。
69　方瑜：〈巧者勞而智者憂〉，餘子等：《諸子百家看金庸》，第 1 冊，頁 85。
70　金庸：《神鵰俠侶》，第 4 冊，第 40 回，頁 1707。

庸《神鵰俠侶》既以《西遊記》為原型而又有所創拓之所在。以楊過的叛逆「猴性」，他不可能離群索居，更不會被黃蓉、郭靖為代表的禮教所降服，在進入古墓拜小龍女為師前後，外面的世界一直是楊過的嚮往，甚至繪聲繪色予以描述以打動具「佛性」的小龍女的凡心。然而，楊過與小龍女最終選擇了隱居古墓，從而遠離為禮教法網所籠罩的世俗社會，這亦正是楊過與小龍女超越世俗禮教的「魏晉風度」，[71] 亦是金庸在原型基礎上的創拓所在。

七、結語

《神鵰俠侶》乃一部衝擊南宋禮教而撰寫的「情書」，而卻選擇了終歸活在如來佛祖的五行山以及唐僧的緊箍咒之下的孫悟空作為楊過之原型，並以唐僧與孫悟空師徒的取經之艱辛作為小龍女與楊過兩人在情感歷程上披荊斬棘的隱形結構。如此一來，金庸既挪用了《西遊記》，復超越了它，資源上的挪用與改編及創拓，從上述的論述中可見一斑，一言以蔽之，實可謂妙手天成。楊過與小龍女之情深不悔自此書面世而來即俘獲了十多億的華人讀者，其影響遠超晚明作為「情書」的湯顯祖的《牡丹亭》，為浮躁虛假的當代社會重新注入一往情深的愛情觀念。

71　相關論述，可參閱陳岸峰：《醍醐灌頂：金庸武俠小說中的思想世界》（香港：中華書局，2015），頁 154—173。

附錄

一、《封神演義》與《神鵰俠侶》

1.《封神演義》中，李靖是商朝末年陳塘關的總兵，育有三子，分別是金吒、木吒及哪吒；《神鵰俠侶》中的郭靖雖無官職，卻是襄陽城的實際防衛者，分別有郭芙、郭襄及郭破虜。

2. 哪吒在東海玩水，和東海龍王的三子敖丙起衝突，不但將其打死，還抽他的龍筋做成腰帶要送給李靖，李靖令他自盡；故此當郭芙砍斷了楊過的手臂，郭靖得知後亦欲斷其手臂。

3. 另一幕，楊過與郭芙及武氏兄弟在海邊比武，楊過以蛤蟆功打暈了武修文，在柯鎮惡與郭靖的逼迫下，楊過蹈海自盡：

> 楊過也不哭泣，只冷冷的道：「你們也不用動手，要我性命，我自己死好了！」反身便向大海奔去。
>
> 郭靖喝道：「過兒回來！」楊過奔得更加急了。郭靖正欲上前拉他，黃蓉低聲道：「且慢！」郭靖當即停步，只見楊過直奔入海，衝進浪濤之中。郭靖驚道：「他不識水性，蓉兒，咱們快救他。」又要入海去救。黃蓉道：「死不了，不用着急。」過了一會，見楊過竟不回來，心下也不禁佩服他的傲氣，縱身入海，游了出去。她精熟水性，在近岸海中救一個人自是視作等閒，潛入水底，將楊過拖回，將他擱在岩石之

楊過斷臂（姜雲行 繪）

上，任由他吐出肚中海水，自行慢慢醒轉。[72]

海的元素的加入，即著名的「哪吒鬧海」，由此益證金庸在此所塑造的郭靖乃以《封神演義》中托塔天王李靖為原型。

4. 李靖後來助周伐商紂有功而位列仙班，郭靖則助南宋守襄陽數十年，後位居五大高手之「北俠」。

二、《神鵰俠侶》與《倚天屠龍記》

1. 《神鵰俠侶》中的楊過與陸無雙，即後來《倚天屠龍記》中的張無忌與殷離：

楊過在十一二歲時曾在自己家中見過被李莫愁追殺的童年陸無雙，張無忌曾在童年咬過殷離；

楊過再見陸無雙時騎牛，張無忌再逢殷離時自稱曾阿牛；

陸無雙跛了一足，殷離因練千蛛萬毒手而致面部浮腫；

楊、張同為陸、殷所喜歡，同裝為鄉下小子而同被稱為「傻蛋」；

陸無雙無奈之下拜殺父仇人李莫愁為師，殷離給靈蛇島的金花婆婆收為徒弟；

陸無雙偷走李莫愁的《五毒秘傳》，殷離練千蛛萬毒手。

2. 楊過以長嘯馴獸：

72　金庸：《神鵰俠侶》，第 1 冊，第 3 回，頁 98。

獅子吼（姜雲行 繪）

楊過向郭襄打了個手勢，叫她用手指塞住雙耳。郭襄不明其意，但依言按耳，只見他縱口長呼，龍吟般的嘯聲直上天際。郭襄雖已塞住了耳朵，仍然震得她心旌搖盪，如癡如醉，腳步站立不穩。幸好她自幼便修習父親的玄門正宗內功，因此武功雖然尚淺，內功的根基卻紮得甚為堅實，遠勝於一般武林中的好手，聽了楊過這麼一嘯，手指塞耳更緊，總算沒有摔倒。嘯聲悠悠不絕，只聽得人人變色，群獸紛紛摔倒，接着西山十鬼、史家兄弟先後跌倒，只十餘頭大象、史叔剛和郭襄兩人勉強直立。豺狼等小獸竟有為他嘯聲震暈不醒的，雪地中遍地都是群獸嚇出來的屎尿。群獸不等史家兄弟呼喝，紛紛夾着尾巴逃入了樹林深處，連回頭瞧一眼也都不敢。[73]

這便是後來《倚天屠龍記》中金毛獅王同樣「縱聲長嘯」的獅子吼：

突見謝遜挺胸吸氣、張開大口，似乎縱聲長嘯，兩人雖然聽不見聲音，但不約而同的身子一震，只見天鷹教、巨鯨幫、海沙派、神拳門各人一個個張口結舌，臉現錯愕之色；跟着臉色變成痛苦難當，宛似全身在遭受苦刑；又過片刻，一個個先后倒地，不住扭曲滾動。

崑崙派高蔣二人大驚，當即盤膝閉目而坐，運內功和嘯聲相抗。二人額頭上黃豆般的汗珠滾滾而下，臉上肌肉不住抽動，兩人幾次三番想伸手去按住耳朵，但伸到離耳數寸之

73　金庸：《神鵰俠侶》，第 4 冊，第 34 回，頁 1439。

處，終於又放了下來。突然間只見高蔣二人同時急躍而起，飛高丈許，直挺挺的摔將下來，便再也不動了。[74]

從楊過吩咐郭襄、謝遜吩咐張翠山與殷素素塞上耳朵，再到以長嘯發功，及至震倒的人和動物的狀態，兩個場面幾乎如出一轍。

三、《神鵰俠侶》與《天龍八部》

1. 楊過伏在牛腹之下救陸無雙的這一幕：

這牯牛自然是楊過趕進廟去的。他聽到李莫愁師徒的聲音，當即溜出後門，站在窗外偷聽，只一句話，便知李莫愁是要來取陸無雙性命，靈機一動，奔到牯牛之旁，將陸無雙那柄給鐵鞭砸落在地的單刀拾起，再拾了幾根枯柴，分別縛上牛角，取火燃着了柴枝，伏在牛腹之下，手腳抱住牛身，驅牛衝進廟去，一把抱起陸無雙，仍是藏在牛腹底下逃出廟來。[75]

這一幕便是《天龍八部》中蕭峰在遼國內亂時殺楚王的方法：

蕭峰執了一張硬弓，十枝狼牙長箭，牽過一匹駿馬，慢慢拉到山邊，矮身轉到馬腹之下，身藏馬下，雙足鉤住馬

74　金庸：《倚天屠龍記》，第 1 冊，第 6 章，頁 213—214。
75　金庸：《神鵰俠侶》，第 1 冊，第 8 回，頁 339。

背，手指一戳馬腹，那馬便衝了下去。山下叛軍見一匹空馬奔將下來，馬背上並無騎者，只道是軍馬斷韁奔逸，此事甚為尋常，誰也沒加留神。但不久叛軍軍士便見馬腹之下有人，登時大呼起來。[76]

2.《神鵰俠侶》中的尼摩星：

　　這人兩足折斷，脅下撐着一對六尺來長的枴杖，一雙褲管縫得甚長。[77]

此人便是《天龍八部》中段延慶的原型：

　　左手鐵杖在岩石上一點，已然縱身而起，輕飄飄的落在丈許之外。木婉清見他雙足凌空，雖只一根鐵杖支地，身子卻是平穩之極，奇道：「你的兩隻腳……」青袍客道：「我雙足殘廢已久。」[78]

　　居中一個身披青袍，撐着兩根細鐵杖，臉如僵屍，正是四惡之首，號稱「惡貫滿盈」的段延慶。[79]

　　左手鐵捧下落，撐地支身，右手鐵棒上貫足了內勁，橫將過來。[80]

76　金庸：《天龍八部》，第 3 冊，第 27 章，頁 1181。
77　金庸：《神鵰俠侶》，第 4 冊，第 35 回，頁 1511。
78　金庸：《天龍八部》，第 1 冊，第 7 章，頁 290。
79　金庸：《天龍八部》，第 3 冊，第 22 章，頁 977。
80　金庸：《天龍八部》，第 3 冊，第 22 章，頁 988。

當然，段延慶在《天龍八部》中有血有肉，從殘忍、惡毒而終於放下屠刀，其角色功能及傳奇色彩，遠非《神鵰俠侶》中的尼摩星可比擬。

四、《神鵰俠侶》與《水滸傳》

楊過穿上官服審宰相丁大全的一幕，[81] 乃源自《水滸傳》中的李逵坐衙斷案。[82]

81　金庸：《神鵰俠侶》，第 4 冊，第 33 回，頁 1399。
82　施耐庵、羅貫中：《水滸全傳》，第 1 冊，第 74 回，頁 1248—1249。

第四章　何足道哉：
《倚天屠龍記》中
張無忌的複合原型
及其領悟

一、前言

《倚天屠龍記》中的張無忌神力蓋世，奇遇不斷，而其性格卻優柔寡斷，[1] 徘徊於四女之間，難捨難離。張無忌身為明教教主，既驅除韃虜、興復漢室，本可登九五之尊，卻又讓位於朱元璋（國瑞，1328—1398），攜趙敏隱居蒙古。金庸甚至在《倚天屠龍記》後記中亦似乎無可奈何地指出張無忌在性格上的弱點：

> 他較少英雄氣概，個性中固然頗有優點，缺點也很多，或許，和我們普通人更加相似些⋯⋯張無忌的一生卻總是受到別人的影響，被環境所支配，無法解脫束縛。在愛情上⋯⋯張無忌始終拖泥帶水⋯⋯但在他內心深處，他到底愛哪一個姑娘更加多些？恐怕他自己也不知道。是不是真是這樣，作者也不知道，既然他的個性已寫成了這樣子，一切發展全得憑他的性格而定，作者也沒法子干預了。[2]

事實上，張無忌的性格與命運均被金庸所「支配」，正是金庸一早設計好的「干預」，方才令其身兼多部古典小説中不同人物的能力，同時亦具備不同人物而形成的複雜性格及弱點。至於金庸在此小説中的創造性之所在，便是以「醍醐灌頂」的方式令張無忌領悟

---

1 有論者便指出：「張無忌似乎比較不受讀者喜愛，他優柔寡斷，缺少了領導才能。」見潘國森：《話説金庸》，頁 19。

2 金庸：〈後記〉，《倚天屠龍記》（香港：明河出版社，2005），第 4 冊，頁 1722。

「何足道哉」之思想，從而頂天立地於武俠世界。

二、俠義有源

張無忌的俠義行徑基本源自《説唐演義全傳》（即《説唐全傳》或曰《説唐》）中的秦瓊。金庸常以古典小説中某一人物的外貌、身份或際遇在其武俠小説中分飾不同的人物。秦瓊之父為隋朝「靠山王」楊林所殺，成年後卻又因緣際會地成為楊林的義子。[3] 張無忌的父母張翠山與殷素素因不肯透露獲得屠龍刀的謝遜的所在而被中原武林所逼，亦可謂間接被身為明教四大法王之一的「金毛獅王」謝遜害死，同樣張無忌亦是謝遜的義子。[4] 武器方面，楊林使用的是「水火囚龍棒」：

> 這楊林生得面如傅粉，兩道黃眉，身長九尺，腰大十圍，善使兩根囚龍棒，每根重一百五十斤，有萬夫不當之勇，在大隋稱第八條好漢。[5]

楊林的「水火囚龍棒」，在《倚天屠龍記》中，則化為謝遜先後使用的兩種武器，先是使用「狼牙棒」：

3　無名氏編撰；王秀梅點校：《説唐》（北京：中華書局，2001），第 1 回，頁 2；第 23 回，頁 158。

4　金庸：《倚天屠龍記》，第 1 冊，第 7 章，頁 254。

5　無名氏編撰；王秀梅點校：《説唐》，第 1 回，頁 1。

忽聽得有人沉聲説道：「金毛獅王早在這裏！」聲音沉實厚重，嗡嗡震耳。眾人吃了一驚，只見大樹後緩步走出一人。那人身材魁偉異常，滿頭黃髮，散披肩頭，眼睛碧油油的發光，手中拿着一根一丈三四尺長的狼牙棒，在筵前這麼一站，威風凜凜，真如天神天將一般。[6]

後來謝遜使用的則是「屠龍刀」。楊林「黃眉」，謝遜「黃髮」，前者使用「水火囚龍棒」，後者使用「狼牙棒」、「屠龍刀」，妙合無痕。

至於楊林作為「靠山王」掌管兵馬四處平亂的功能，金庸在《倚天屠龍記》中則又將此角色功能及身份配予元朝的汝陽王察罕特穆爾，此人官居太尉，執掌天下兵馬大權，智勇雙全，乃朝廷中的第一位能人，江淮義軍起事，屢起屢敗，皆因其統兵有方之故。[7]隋朝的靠山王楊林十分賞識秦瓊而收他為養子，元朝汝陽王則因女兒紹敏郡主趙敏傾心張無忌，遂於日後成為張無忌的岳父，雖名份不同，而卻均是主人公的敵人。由此可見，金庸在楊林此人物之挪用上，乃分而化之，點滴不漏。

秦瓊及朋友於正月的長安觀賞花燈；[8]張無忌、周芷若及韓林兒則在大都（北京）觀看皇帝的「大遊皇城」。[9]秦瓊為登州捕頭，義釋劫皇綱的綠林好漢，而受眾好漢所推崇：

6　金庸：《倚天屠龍記》，第 1 冊，第 5 章，頁 193。
7　金庸：《倚天屠龍記》，第 3 冊，第 26 章，頁 1080。
8　無名氏編撰；王秀梅點校：《説唐》，第 12 回，頁 79—84。
9　金庸：《倚天屠龍記》，第 3 冊，第 34 章，頁 1398—1402。

叔寶道：「……自古道，為朋友而死，死亦無恨。如兄不信，弟有個憑據在此，請他做個見證。」說罷，在懷中取出捕批牌票，將佩刀一劈，破為兩半。就在燈火上，連批文一齊燒個乾淨。大家一齊吐舌驚訝。……徐茂公道：「今日眾英雄齊集，也是最難得的，何不就在此處擺個香案，大家歃血為盟，以後必須生死相救，患難相扶，不知眾位意下如何？」眾人齊聲道是。[10]

因此義舉，秦瓊後來成為瓦崗寨「大魔國」的「大元帥」。[11] 張無忌則於光明頂勇救明教中人，後來被推舉為「魔教」（明教）的「教主」，張無忌朗聲道：

各位既然如此見愛，小子若再不允，反成明教的大罪人了。小子張無忌，暫攝明教教主之職位，度過今日難關之後，務請各位另擇賢能。[12]

張無忌成為明教教主，或趙敏口中的「魔教的教主」，[13] 這就是金庸對張無忌俠氣的推崇：

其實他的俠氣最重，由於從小生長於冰火島，不知人世

10　無名氏編撰；王秀梅點校：《說唐》，第 24 回，頁 166。

11　無名氏編撰；王秀梅點校：《說唐》，第 28 回，頁 193。

12　金庸：《倚天屠龍記》，第 3 冊，第 22 章，頁 921。

13　金庸：《倚天屠龍記》，第 3 冊，第 26 章，頁 1072。

險惡，不會重視自己利益，因而能奮不顧身的助力。[14]

在 2003 年的修訂版《倚天屠龍記》後記中，金庸仍然認為張無忌在「俠」方面「發揮得很充分」。[15] 其實，張無忌在《倚天屠龍記》第二十二章光明頂上「群雄歸心約三章」，實即源自《說唐》第二十四回中秦瓊與眾好漢的「歃血為盟」。此後，秦瓊率領瓦崗寨兵馬對抗隋朝，張無忌則率領明教抗擊元朝。由此可見，秦瓊實為張無忌在身世、義舉及成為領袖的歷程上的原型人物。

三、神力與神功

張無忌神力蓋世，實源自《說唐》中的裴元慶與雄闊海。《瓦崗英雄》第五十三回「裴元慶力舉千斤鼎，魚皮國派使送怪獸」，裴元慶以千斤大鼎砸向宇文化及：

> 裴元慶想到做到，他把兩手往前一推，千斤大鼎直奔宇文化及砸來。宇文化及一看，直嚇得魂飛天外，多虧他還利索，趕緊往旁邊一閃，大鼎砸在他的身邊，離龍書案不遠，把地上砸了一個大坑，大鼎陷到地裏有半尺來深，把地上

14　金庸：〈後記〉，《倚天屠龍記》，第 4 冊，頁 1722。
15　金庸：〈後記〉，《倚天屠龍記》，第 4 冊，頁 1723。

萬安寺（姜雲行 繪）

二十多塊方磚都砸進了地裏。[16]

這一幕，在《倚天屠龍記》中便是張無忌在光明頂上以巨石力戰六大派中的高矮二老：

> 左手伸出，抄起一塊大石，托在手裏，說道：「兩位請！」話聲甫畢，連身帶石躍了起來，縱到兩個老者身前。[17]
>
> 張無忌運起九陽神功，托着大石，運轉如意……突然將大石往空中拋去，二老情不自禁的抬頭一看，豈知便這麼微一疏神，後頸穴道已同時遭對手抓住，登時動彈不得。張無忌身子向後彈出，大石已向二老頭頂壓落。眾人失聲驚呼聲中，張無忌縱身上前，左掌揚出，將大石推出丈餘，砰的一聲，落在地下，陷入泥中幾有尺餘。[18]

裴元慶扔的是大鼎，張無忌扔的是大石，前者的大鼎陷地「半尺來深」，後者的大石陷泥地「幾有尺餘」。可以印證金庸在此塑造張無忌之神力乃源自裴元慶此人物。還有以下的另一幕，同是《瓦崗英雄》第五十三回「裴元慶力舉千斤鼎，魚皮國派使送怪獸」中魚皮國王奉獻異獸：

> 身長一丈開外，高七尺以上，頭像巴斗，正中長有一隻

16　單田芳、王樵改編：《瓦崗英雄》（太原：山西人民出版社，1985），第 53 回，頁 408。

17　金庸：《倚天屠龍記》，第 3 冊，第 21 章，頁 871。

18　金庸：《倚天屠龍記》，第 3 冊，第 21 章，頁 872。

犄角，尾巴像根肉棍，尾巴尖好像刷子頭一樣，渾身紅毛，彎彎曲曲打着捲。四隻蹄子好像馬蹄，卻又分成兩瓣。兩眼射出綠光，牙往外呲着。牠並不吼叫，在鐵籠裏不住地轉動。[19]

裴元慶指出此乃「出生於崑崙山頂」、「異常兇猛，很難馴服」的怪獸「一字墨角賴麒麟」。[20]張無忌則在崑崙山為「崑崙派」掌門何太沖的小妾五姑治病，找出致病之源在於中了「金銀血蛇」之毒。「一字墨角賴麒麟」與「金銀血蛇」均為紅色，且同為崑崙山產物。此外，張無忌與裴元慶操控兩物的方法均很接近：

> 那蛇行動快如電閃，眾人只見銀光一閃，那蛇已鑽入了竹筒。……張無忌用竹棒將另一根竹筒撥到金冠血蛇身前，那蛇便也鑽了進去。張無忌忙取過木塞，塞住了兩根竹筒口子。[21]

> 只見那蛇身子腫脹，粗了幾有一倍，頭上金色肉冠更燦然生光。[22]

而裝此二物的分別，只是鐵籠與竹筒而已。

另一展示張無忌神力的是他以「乾坤大挪移」接着從高塔跳下的眾多武林中人。《瓦崗英雄》第七十八回「十八國聯軍兵敗四平

19　單田芳、王樵改編：《瓦崗英雄》，第 53 回，頁 410。
20　單田芳、王樵改編：《瓦崗英雄》，第 53 回，頁 411。
21　金庸：《倚天屠龍記》，第 2 冊，第 14 章，頁 554。
22　金庸：《倚天屠龍記》，第 2 冊，第 14 章，頁 555。

山，程咬金單騎勇闖揚州城」，十八路反王盡為隋軍所敗，程咬金遂隻身前往揚州行刺隋煬帝。[23] 此即《倚天屠龍記》第二十六章「俊貌玉面甘毀傷」與第二十七章「百尺高塔任迴翔」中，張無忌隻身前往營救被趙敏所率領的蒙元人馬囚於萬安寺中十三級高塔之上的各派掌門及高手，於是乎才有張無忌以一人之力搭救從塔上躍下的眾高手，而這一幕實即源自雄闊海力托千斤巨閘，令眾英雄逃出隋煬帝所設於比武場之陰謀：

> 雄闊海道：「既然有變，你等要出城者，趁我托住千斤閘在此，快走。」那十八家王子，與各路一齊爭出城來，一個個都走脫了。雄闊海走了一日一夜，肚子飢餓，身子已乏，跑到就托了這半日千斤閘，上邊又有許多人狠命的推下來，他頭上手一鬆，撲撻一響，壓死在城下。[24]

張無忌則在萬安寺塔下，以「乾坤大挪移」之神功接着在塔上跳下的各門派高手：

> 塔上諸人聽了都是一怔，心想此處高達十餘丈，跳下去力道何等巨大，你便有千斤之力也沒法接住。[25]

另一處描寫張無忌之神力如下：

23　單田芳、王樵改編：《瓦崗英雄》，第 78 回，頁 588—594。
24　無名氏編撰；王秀梅點校：《説唐》，第 41 回，頁 285。
25　金庸：《倚天屠龍記》，第 4 冊，第 27 章，頁 1128。

提起一隻鐵錨，奮力上揚，大鐵錨飛向半空。眾官兵嘩的一聲，齊聲驚喊。待大鐵錨落將下來，張無忌右手掠推，鐵錨又飛了上去。如此連飛三次，他才輕輕接住。[26]

力大無窮，捨己救人，此場景又出現於《飛狐外傳》中的第四回「鐵廳烈火」：

胡斐給煙嗆得大聲咳嗽，王劍傑身材魁梧，難以橫抱，只好拉了他着地拖將出去，將到門口，門外眾人突然大聲驚呼，見屋頂一根火樑直跌下來，壓向胡斐頭頂。胡斐加緊腳步，想拖王劍傑搶出廳門，但那樑木下墜極速，其勢已然不及，趙半山搶上兩步，一招「扇通背」，右掌已托住火樑。這樑木本身重量不下四五百斤，從上面跌下，勢道更為驚人。趙半山雙腿馬步穩凝不動，右掌一托，火樑反而向上一抬，「扇通背」的下半招跟着發出，左掌搭在樑木上向外送出，那是他精研數十年的深厚功力，只見一條火龍從廳口激飛而出，夭矯入空，直飛出六七丈外，方始落地。[27]

由《飛狐外傳》中的第四回「鐵廳烈火」可資佐證，張無忌在火燒十三級高塔之下以「乾坤大挪移」力救群雄，亦即是具神力的雄闊海之化身。神功與神力雖有所不同，張無忌本無神力，卻是以「乾坤大挪移」之力量轉移而有異曲同工之妙。最終，雄闊海死於閘

26　金庸：《倚天屠龍記》，第 4 冊，第 31 章，頁 1290。
27　金庸：《飛狐外傳》（香港：明河出版社，2004），上冊，第 4 回，頁 166—167。

下，張無忌則幸好只是虛脫。

四、兩代情緣

　　金庸評價張無忌時説：「張無忌的性格之中，似乎少了一些英雄豪傑之氣。」[28] 究其原因，其實便在於金庸將《白娘子永鎮雷峰塔》與《白蛇傳》中兩位優柔寡斷的男主角的遭遇及性格的神話結構，[29] 亦移植到了張無忌及其父張翠山身上，作為父子兩代的情愛歷程。

　　《白蛇傳》最早的成型故事，見於馮夢龍（猶龍，1574—1646）的《警世通言》第二十八卷《白娘子永鎮雷峰塔》。清初黃圖珌（容之，1699—1752）的《雷峰塔》乃最早流傳的戲曲，然只寫至白蛇被鎮壓於雷峰塔下，並沒有產子、祭塔。後來出現的梨園舊抄本，白蛇生子的情節則廣為流傳。乾隆三十六年（1771），方成培（仰松，1713—約1808）改編為《雷峰塔傳奇》，共分四卷、三十四齣。《白蛇傳》故事的架構，至此大致完成。嘉慶十一年（1806）與十四年（1809），玉山主人又分別出版了中篇小説《雷峰塔奇傳》與彈詞《義妖傳》。及至1956年，趙清閣（1914—1999）創作了《白蛇傳》。此中關鍵之處在於，白娘子的形象乃從

28　金庸：〈後記〉，《倚天屠龍記》，第4冊，頁1723。

29　有關神話文學批評，可參閲 Guerin, Labor, Morgan, Reesman, Willingham, *A Handbook of Critical Approaches to Literature*, p.147-166.

西湖初遇（姜雲行 繪）

《白娘子永鎮雷峰塔》中的邪惡形象而至《白蛇傳》則轉為善良的一個過程。在《倚天屠龍記》中，金庸乃以馮夢龍的《警世通言》中《白娘子永鎮雷峰塔》與趙清閣的《白蛇傳》，作為張翠山、張無忌父子兩代情緣糾葛及女主角改邪歸正過程的創作藍本。

《白娘子永鎮雷峰塔》中的男主角許宣其時年方二十二歲，白娘子十八歲；[30] 張翠山「是個二十一二歲的少年」，殷素素十九歲；[31]《白蛇傳》中的男主角名為「許仙」，年方十八，而白素貞則自稱年方十九；張無忌與周芷若重逢時也是「約莫十八九歲年紀」。[32]《白娘子永鎮雷峰塔》中的許宣與白娘子相遇在「清明節將近」之際；[33]《白蛇傳》中的許仙與白素貞相遇於清明節；[34]《倚天屠龍記》中的張翠山「得到臨安府時已是四月三十傍晚」。[35] 許宣借雨傘予白娘子，許仙借傘予白素貞，[36] 而《倚天屠龍記》中則是殷素素借雨傘予張翠山。[37]《白娘子永鎮雷峰塔》中的許宣與白娘子初見時正遇大雨：

　　　　不期雲生西北，霧鎖東南，落下微微細雨，漸大起來。正是清明時節，少不得天公應時，催花雨下，那陣雨下得

30　分別見馮夢龍編著：《警世通言》（香港：中華書局，1958），頁 421；趙清閣：《白蛇傳》（上海：上海文化出版社，1956），頁 9、10。

31　金庸：《倚天屠龍記》，第 1 冊，第 3 章，頁 111、164。

32　金庸：《倚天屠龍記》，第 2 冊，第 17 章，頁 674。

33　馮夢龍編著：《警世通言》，頁 421。

34　趙清閣：《白蛇傳》，頁 5。

35　金庸：《倚天屠龍記》，第 1 冊，第 4 章，頁 136。

36　馮夢龍編著：《警世通言》，頁 423；趙清閣：《白蛇傳》，頁 10。

37　金庸：《倚天屠龍記》，第 1 冊，第 5 章，頁 157。

綿綿不絕。許宣見腳下濕，脫下了新鞋襪，走出四聖觀來尋船。[38]

《白蛇傳》中乃白素貞與小青跟蹤許仙，並以法術呼風喚雨，製造與他同舟的機會；[39]《倚天屠龍記》中的張翠山與殷素素第二次在西湖見面時，亦突然下起雨來，從「斜風細雨」而至「狂風暴雨」。[40]《白娘子永鎮雷峰塔》中的白娘子自稱「亡了丈夫」；[41]《白蛇傳》中的白素貞則「幼年原已許配人家，只是不幸那位公子一病身亡」；[42]《倚天屠龍記》中的張翠山初見殷素素時，殷素素沒婚史亦沒婚約，張無忌初遇的周芷若更只是一個「約莫十歲左右」的小丫頭。[43] 在兩代男女主角的邂逅時間上，幾乎一致。[44]《白娘子永鎮雷峰塔》中的許宣與白娘子相逢於雨中的西湖渡頭，並同舟而行；[45]《白蛇傳》中乃白素貞與小青跟蹤許仙，製造與他同舟的機會；《倚天屠龍記》中的張翠山與殷素素同樣在西湖之雨夜相逢，並在舟上漸生情愫；[46] 而張無忌與周芷若則在漢水舟中相遇，[47]結下情緣。白娘子與白素貞均「如花似玉」，殷素素貌美如花，

38 馮夢龍編著：《警世通言》，頁 421—422。

39 趙清閣：《白蛇傳》，頁 6。

40 金庸：《倚天屠龍記》，第 1 冊，第 5 章，頁 157。

41 馮夢龍編著：《警世通言》，頁 425。

42 趙清閣：《白蛇傳》，頁 15。

43 金庸：《倚天屠龍記》，第 2 冊，第 11 章，頁 422。

44 金庸：《倚天屠龍記》，第 1 冊，第 4 章，頁 136。

45 馮夢龍編著：《警世通言》，頁 422—423。

46 金庸：《倚天屠龍記》，第 1 冊，第 4 章，頁 151—152。

47 金庸：《倚天屠龍記》，第 2 冊，第 11 章，頁 422。

兩者名字中均有「素」字，[48] 前者為「白」蛇，而後者也「手白勝雪」；[49] 周芷若早在十歲左右時已「容顏秀麗，十足是個絕色的美人胚子」，及至十八九歲重逢時更是「清麗秀雅，姿容甚美」，[50] 其名字中的「芷」與「若」均為香草，「芷」指的是白芷，夏天開的白色小花。

《白娘子永鎮雷峰塔》中的白娘子兩次犯盜竊之案，均連累許宣吃了官司；[51]《倚天屠龍記》中的殷素素暗算俞岱巖而奪取屠龍刀，復殺害龍門鏢局數十口性命，屠龍刀的下落與龍門鏢局的命案同樣亦連累了張翠山而導致他後來自殺身亡。[52] 白娘子多次威脅許宣：

> 若聽我言語喜喜歡歡，萬事皆休；若生外心，教你滿城皆為血水，人人手攀洪浪，腳踏渾波，皆死於非命。[53]

《倚天屠龍記》中的殷素素既傷俞岱巖而奪取屠龍刀，復殺害龍門鏢局數十口性命，張翠山「實難相信這嬌媚如花的少女竟是個殺人不眨眼之人」，而「白龜壽素知殷素素面冷心狠」；[54] 張翠山坐在殷素素身旁，香澤微聞，心中甜甜的，不禁神魂飄蕩，忽地聽得白龜壽這麼一喝，登時警覺：「我可不能自墮魔障，跟這邪教女魔頭有

48　趙清閣：《白蛇傳》，頁 4。

49　金庸：《倚天屠龍記》，第 1 冊，第 4 章，頁 152。

50　金庸：《倚天屠龍記》，第 2 冊，第 11 章，頁 422；第 17 章，頁 674。

51　馮夢龍編著：《警世通言》，頁 427、433。

52　金庸：《倚天屠龍記》，第 1 冊，第 10 章，頁 397。

53　馮夢龍編著：《警世通言》，頁 441。

54　金庸：《倚天屠龍記》，第 1 冊，第 5 章，頁 159、177。

甚牽纏。」[55] 至於周芷若則在光明頂出其不意刺了張無忌一劍，[56] 復設局害人盜取倚天劍、屠龍刀，又在少林寺英雄大會上欺騙張無忌而被她擊中吐血。[57] 由此可見，白娘子與殷素素以及周芷若均有其邪惡狠毒的一面。

《白娘子永鎮雷峰塔》中的白娘子所贈予許宣之五十兩銀子印有「字號」；[58]《白蛇傳》中盜官府銀子的是小青，而所贈予許仙的兩錠白銀上亦印有「錢塘縣」的官印，[59] 許仙因而被「配往鎮江，流徙一年」；[60]《倚天屠龍記》中的俞岱巖被人折斷全身筋骨的線索是一隻金元寶，上面有「少林派的金剛指功夫」的五個指印；[61] 周芷若成魔的印證也是以九陰白骨爪的「五指」插入趙敏右肩近頸之處，同時又以五指抓破張無忌胸口衣衫。[62]

《白娘子永鎮雷峰塔》中的白娘子乃「非人」，眾人前往抓盜銀賊時見到：

> 牀上掛著一張帳子，箱籠都有。只見一個如花似玉穿著白衣的美貌娘子，坐在牀上。眾人看了，不敢向前。眾人道：不知娘子是神是鬼？[63]

55　金庸：《倚天屠龍記》，第 1 冊，第 5 章，頁 187。
56　金庸：《倚天屠龍記》，第 3 冊，第 22 章，頁 902。
57　金庸：《倚天屠龍記》，第 4 冊，第 38 章，頁 1589。
58　馮夢龍編著：《警世通言》，頁 426。
59　趙清閣：《白蛇傳》，頁 20、23。
60　趙清閣：《白蛇傳》，頁 31。
61　金庸：《倚天屠龍記》，第 1 冊，第 3 章，頁 110。
62　金庸：《倚天屠龍記》，第 4 冊，第 34 章，頁 1419；第 38 章，頁 1589。
63　馮夢龍編著：《警世通言》，頁 427—428。

張翠山初見女扮男裝的殷素素亦「不似塵世間人」：

> 舟中遊客……只見她側面臉色甚為蒼白，給碧紗燈籠一照，映着湖中綠波，寒水孤舟，冷冷冥冥，竟不似塵世間人。[64]

> 見她頭上戴了頂斗笠，站在船頭，風雨中衣袂飄飄，真如凌波仙子一般。[65]

而在少林寺英雄大會上，周芷若使用九陰白骨爪之際，其形象亦已是「鬼」，范遙忽道：

> 「她是鬼，不是人！」這句話正說中張無忌的心事，不禁身子一顫，若不是廣場上陽光耀眼，四周站滿了人，真要疑心周芷若已死，鬼魂持鞭與殷梨亭相鬥。他生平見識過無數怪異武功，但周芷若這般身法鞭法，如風送冥霧，煙飄黃沙，實非人間氣象，霎時間宛如身在夢中，心中一寒：「難道她當真有妖法不成？還是有甚麼怪物附體？」[66]

許宣因白娘子贈所盜庫銀之累而「配牢城營（蘇州）做工」，[67] 張翠山因殷素素的屠龍刀之累而流落冰火島（第七章）；張無忌中周芷若之計而丟失倚天劍與屠龍刀（第三十一章）。白素貞與許仙產下

64　金庸：《倚天屠龍記》，第 1 冊，第 4 章，頁 136。
65　金庸：《倚天屠龍記》，第 1 冊，第 5 章，頁 157。
66　金庸：《倚天屠龍記》，第 4 冊，第 38 章，頁 1586。
67　馮夢龍編著：《警世通言》，頁 428。

一子；[68] 殷素素與張翠山亦在冰火島生下張無忌。[69] 白素貞在端午節因喝了雄黃酒而現出白蛇真身，許仙因而被嚇死；[70] 殷素素在張三丰壽誕當天向俞岱巖坦承了所犯的一切，張翠山羞愧自殺，殷素素隨之殉夫；[71] 周芷若則在少林寺英雄大會上使用「白蟒鞭」，洩露了其猶如毒「蛇」的身份。[72]

此外，《說唐》中的秦瓊在隋軍三打瓦崗寨時請來羅成大破楊林設下的「一字長蛇陣」；[73]《倚天屠龍記》中的張無忌則三打少林三高僧以長鞭組成的「金剛伏魔圈」：

> 三根長索似緩實急，卻又沒半點風聲，滂沱大雨之下，黑夜孤峰之上，三條長索如鬼似魅，說不盡的詭異。[74]

三根長索之鬼魅猶如「長蛇」。攻打了兩次不成功之後，張無忌忽想到請來周芷若相助：

> 天下哪裏更去找一兩位勝於他們的高手，來破這「金剛伏魔圈」？[75]

68　趙清閣：《白蛇傳》，頁 114。
69　金庸：《倚天屠龍記》，第 1 冊，第 7 章，頁 254。
70　趙清閣：《白蛇傳》，頁 53、54。
71　金庸：《倚天屠龍記》，第 1 冊，第 10 章，頁 397。
72　金庸：《倚天屠龍記》，第 4 冊，第 38 章，頁 1601、1604。
73　無名氏編撰；王秀梅點校：《說唐》，第 29 回，頁 200。
74　金庸：《倚天屠龍記》，第 4 冊，第 36 章，頁 1483。
75　金庸：《倚天屠龍記》，第 4 冊，第 36 章，頁 1519。

《瓦崗英雄》第六十三回「為破陣羅成徹夜不寐，捉刺客陣圖得而復失」，羅成為破長蛇陣而徹夜不眠；[76] 在《倚天屠龍記》第三十八章，則是張無忌亦為破金剛伏魔圈而在晚上前往求周芷若相助，並在其間為受了重傷的宋青書治療，其後：

> 張無忌坐在石上，對着一彎冷月，呆呆出神，回思自與周芷若相識以來的諸般情景、她對自己的柔情蜜意，尤其適才相見時她的言語神態，惆悵纏綿，實難自己。[77]

周芷若已練成九陰白骨爪，招招陰狠，而羅成則從定彥平處學成絕招，並以此打敗定彥平。《瓦崗英雄》第五十九回「楊林大擺一字長蛇陣，羅成設計夜奔瓦崗山」與第六十一回「羅少保甜言探聽白蛇陣，侯君基盜圖夜入麒麟山」中的「蛇」與「白蛇」，[78] 則應是令金庸聯想以白蛇的不同故事版本以結構並衍生《倚天屠龍記》中之兩代情緣糾葛及情節發展。

《白蛇傳》中的白娘子已然乃濟世為民的義妖：「鎮江的瘟疫病人漸漸都被白素貞治好了」，[79] 而其對手法海卻陰險毒辣：

> 那法海已經修成正果，能知過去未來，會施法術。他雖然口念彌陀，居心卻似虎狼；平日只仗着他的魔道詐取那些

---

76 單田芳、王櫪改編：《瓦崗英雄》，第 63 回，頁 484。

77 金庸：《倚天屠龍記》，第 4 冊，第 38 章，頁 1598。

78 單田芳、王櫪改編：《瓦崗英雄》，第 59 回，頁 454—461；第 61 回，470—477。

79 趙清閣：《白蛇傳》，頁 38。

善男信女的香火錢，從不做甚麼於民有利的好事。[80]

殷素素的手下有一位是玄武壇壇主白龜壽，[81]「白龜壽」即《白蛇傳》
前生為千年老龜的法海的化身，但此人物在小說中並沒有起到關鍵
的作用，真正扮演阻攔、破壞張翠山與殷素素兩人關係的一如法海
的功能的先是金毛獅王謝遜，後乃成崑，即後來混進少林成為和尚
的「圓真」。白娘子為救許仙，冒着生命危險去峨嵋盜取仙草救活
許仙，[82] 重生的許仙被法海囚禁在鎮江金山寺：

> 許仙急得在屋裏踩腳，哀號，就像被關在囚籠裏的鳥一
> 樣失去了自由，他憤怒得快要瘋狂了！[83]

法海以禪杖變成「張牙舞爪的青龍」，以蒲團化作沖天「火焰」，[84]
力鬥白素貞與小青；張翠山與殷素素同樣面對謝遜的屠龍刀，又在
島上經歷「火山」。[85] 許宣後來逃脫，而白娘子卻被法海鎮於雷峰塔
之中；張翠山與殷素素一同被金毛獅王謝遜挾持而困於冰火島（第
七章）；張無忌與謝遜、趙敏、周芷若以及殷離亦同樣受困於孤島
之上（第三十一章）。在彈詞《繡像義妖傳》中，二十年後白素貞
之子許夢蛟高中狀元，回到金山寺，打敗法海，並從雷峰塔中救出

80　趙清閣：《白蛇傳》，頁 38。
81　金庸：《倚天屠龍記》，第 1 冊，第 5 章，頁 177。
82　趙清閣：《白蛇傳》，頁 57—62。
83　趙清閣：《白蛇傳》，頁 80。
84　趙清閣：《白蛇傳》，頁 92。
85　金庸：《倚天屠龍記》，第 1 冊，第 7 章，頁 245。

了白娘子。其時水淹金山寺，西湖水乾，身穿黃色僧衣的法海無處可逃而遁入蟹腹，成為蟹黃；張無忌則上少林寺拯救被囚於地牢的義父金毛獅王謝遜，而整個陰謀的主角成崑則搖身一變為「圓真」而隱匿於少林寺中，後來被謝遜廢掉雙目，傷筋斷脈，幾成廢人。[86]

此外，殷天正收了三個江湖人物為家丁，取名為殷無福、殷無祿及殷無壽：

> 張翠山……心想：「這兩個家人的名字好生奇怪，凡是僕役家人，取的名字總是『平安、吉慶、福祿壽喜』之類，怎地他二人卻叫作『無福、無祿』，而且還有個『無壽』？」[87]

這三人之名字，實源自《後白蛇傳》中許夢蛟所生三子，名為德福、德祿及德壽。[88]

自認識了張翠山之後，殷素素由邪而歸正：

> 自與張翠山結成夫婦，逐步向善，這一日做了母親，心中慈愛沛然而生，竟全心全意的為孩子打算起來。[89]

金庸在殷素素此人物的塑造上乃按白娘子從《白娘子永鎮雷峰塔》

---

86 金庸：《倚天屠龍記》，第 4 冊，第 39 章，頁 1636。
87 金庸：《倚天屠龍記》，第 1 冊，第 10 章，頁 367。
88 佚名撰；林木森點校：《後白蛇傳‧義妖白蛇全傳》（瀋陽：遼瀋書社，1991），頁 443。
89 金庸：《倚天屠龍記》，第 1 冊，第 7 章，頁 256。

中的邪惡形象而至《白蛇傳》則轉化為有情有義的形象而書寫，至於同以白素貞為原型的周芷若卻由善良而轉為邪惡，故此在情感上以許宣或許仙作為原型的張無忌則最終捨棄周芷若而選擇改邪歸正的趙敏。

五、奇遇、江山及美人

　　張無忌手下有個滑稽的周顛，實即秦瓊身邊詼諧的程咬金，而金庸又將程咬金的某些性格特徵及際遇用來塑造張無忌。張無忌無意中進入明教光明頂秘道一幕，實源自程咬金之進入地宮。《説唐》中，程咬金進入瓦崗寨地下秘宮（「寒冰地獄」）而發現皇帝衣冠履帶、拜匣，此中刻有「程咬金舉義兵，為三年混世魔王，攪亂天下」，因而被推舉為「皇帝」、「混世魔王」、「大德天子」。[90]《倚天屠龍記》第二十章，張無忌因追擊成崑，獲小昭告知「通道在牀裏」，[91] 從而進入光明頂秘道而獲陽頂天的「乾坤大挪移」心法及教主遺命，出了秘道後便以「乾坤大挪移」打敗六派高手而為明教解圍，因而被推舉為明教教主，本來亦可以在事成之後登上帝位。《瓦崗英雄》中第五十回「程咬金冒險探地穴，瓦崗軍正式舉義旗」，程咬金進入地穴而獲得「混世魔王」、「大德天子」的大印

90　無名氏編撰；王秀梅點校：《説唐》，第 28 回，頁 192—193；單田芳、王樵改編：《瓦崗英雄》，第 50 回，頁 385。

91　金庸：《倚天屠龍記》，第 2 冊，第 20 章，頁 796。

以及冠袍履帶而獲推舉為「魔王」。[92] 而《瓦崗英雄》第八十回「李世民正氣拒蕭后，程咬金二次探地穴」則寫程咬金由地道而通往隋煬帝「養心宮龍牀牀下」，[93] 意圖行刺。《瓦崗英雄》中的地穴直通隋煬帝的龍牀，這與《倚天屠龍記》中教主陽頂天臥室之牀直通秘道，後獲眾人感恩而推舉為「魔教教主」，實乃異曲同工。

張無忌不愛江山愛美人，將皇帝大位拱手讓予朱元璋之抉擇，實又源自《瓦崗英雄》第八十二回「瓦崗山魔王禪讓，大魏國李密稱王」，程咬金不願當「魔王」，說：「這幾年的魔王把我折騰苦了」，[94] 於是將王位禪讓於李密：

> 李密當了魏王之後，事必躬親，對山寨裏的軍事、政事、人事以及生活方面的事情，都定出了章程，自己嚴加遵守，把山寨治理得有條不紊。秦瓊、徐懋功和眾兄弟見他如此，也都暗中佩服。[95]

張無忌自知沒有駕馭與決策之領袖才能，而朱元璋則運籌帷幄，「招兵買馬，攻佔州縣，只殺得蒙元半壁江山煙塵滾滾」，且部下歸心：

> （張無忌）朗聲問道：「適才李文忠將軍言道，本教有一位眾望所歸、已為本教立下大功的人物，請問說的是那一

92　單田芳、王樵改編：《瓦崗英雄》，第 50 回，頁 384—386。
93　單田芳、王樵改編：《瓦崗英雄》，第 80 回，頁 601。
94　單田芳、王樵改編：《瓦崗英雄》，第 82 回，頁 616。
95　單田芳、王樵改編：《瓦崗英雄》，第 82 回，頁 616—617。

漢江初遇（姜雲行 繪）

位？」眾兵將齊聲高叫：「是吳國公朱元璋，吳國公朱元璋！」齊聲吶喊，聲音當真地動山搖。[96]

自朱元璋及其手下逼宮之後，張無忌對明教中人說道：

> 朱元璋如想做教主，只要他能趕走蒙元，還我大漢江山，我就讓他做！[97]

這就是金庸所說的「張無忌不是好領袖」。[98] 程咬金與張無忌辭掉與不當「魔王」、「教主」之位，如出一轍。

此外，以張無忌早年父母雙亡、自小獨處的成長環境，他本該有俠義與復仇的慾望，而不會有詼諧的性格特徵，亦因為母親殷素素臨死有遺言警告他越美麗的女子，越會騙人，越要小心提防。[99] 由此而言，張無忌實不會有情迷四女的可能。父母為奸人所害而自盡，復仇則乃理所當然，而詼諧性格的形成應該是在快樂的環境成長，關鍵更在於必須有伙伴的對話及交往之下方才有表現詼諧的機會，而張無忌早年與嚴於督導他習武的義父謝遜以及父母一起生活於冰火島，後來在山谷中與兩白猿共處，幾乎是野人的生活，何來詼諧的可能？種種的不可能，卻由於金庸將幾部古典小說的人物移植於其身上，由不同角色所造成的複合原型性格所滲入，而導致張無忌具有詼諧與猶豫不決的性格特徵，甚至沉溺美色，竟

96　金庸：《倚天屠龍記》，第 4 冊，第 36 章，頁 1528。
97　金庸：《倚天屠龍記》，第 4 冊，第 36 章，頁 1528。
98　金庸：〈後記〉，《倚天屠龍記》，第 4 冊，頁 1722。
99　金庸：《倚天屠龍記》，第 2 冊，第 17 章，頁 681。

有想享有四女的齊人之福的念頭：

> 張無忌悚然心驚，只嚇得面青唇白。原來他適才間剛做
> 了個好夢，夢見自己娶了趙敏，又娶了周芷若。殷離浮腫的
> 相貌也變得美了，和小昭一起也都嫁了自己。在白天從來不
> 敢轉的念頭，在睡夢中忽然都成為事實，只覺得四個姑娘人
> 人都好，自己都捨不得和她們分離。他安慰殷離之時，腦海
> 中依稀還存留着夢中帶來的溫馨甜意。[100]

這是張無忌在情感上以「心猿意馬」、「狂蜂浪蝶」[101]特徵的許仙為
原型，然而他最終選擇的是白娘子般的趙敏：

> 趙敏將嘴湊到張無忌耳邊，輕聲說道：「你這萬惡不赦的
> 小淫賊！」

又：

> 這一句話似嗔似怒，如訴如慕，說來嬌媚無限，張無忌
> 只聽得心中一蕩，霎時間意亂情迷，極是煩惱：「倘若她並非
> 如此奸詐險毒，害死我表妹，我定當一生和她長相廝守，甚
> 麼也顧不了……」[102]

---

100 金庸：《倚天屠龍記》，第 3 冊，第 29 章，頁 1219。
101 馮夢龍編著：《警世通言》，頁 423。
102 金庸：《倚天屠龍記》，第 4 冊，第 31 章，頁 1316。

「小淫賊」既是情侶般的打情罵俏，卻也揭示了張無忌在趙敏心中的某些定位。

有論者指出：

> 蒙古女子趙敏獻身於漢族男俠張無忌，創傷記憶的想像式治愈，它是以文化書寫的方式，改寫被異族凌辱的集體潛意識。[103]

事實絕非如此，而只是因為趙敏的言行舉動，就是他母親殷素素從良後的形象，也就是從良後的白素貞的化身，故此方成為張無忌的最終選擇。而且，金庸竟安排從良後的趙敏逼張無忌放棄仍未從良的周芷若，《倚天屠龍記》第三十四章「新婦素手裂紅裳」中，張無忌在娶周芷若之際出現紛爭，實即源自《瓦崗英雄》第五十七回「山馬關裵夫人受騙，瓦崗寨程魔王娶親」。「魔王」程咬金騙娶裴仁基之女為妻以逼他歸降，新娘子裴彩霞嫌他模樣長得「醜陋」而氣得「把頭上戴的金花扯掉了，把身上的十字披紅也扯掉，往地上一扔」。[104] 周芷若奉師父滅絕師太遺命，假意與「魔教」教主張無忌成親以謀奪倚天劍與屠龍刀，而趙敏卻突然出現逼張無忌不得與周芷若成親，周芷若的反應是：

> 周芷若霍地伸手扯下遮臉紅巾，朗聲道：「各位親眼所

103 宋偉傑：〈論金庸小説的「家國想像」〉，《金庸小説與二十世紀中國文學國際學術研討會論文集》，頁 331。
104 單田芳、王樵改編：《瓦崗英雄》，第 57 回，頁 442。

見，是他負我，非我負他。自今而後，周芷若和姓張的恩斷義絕。」[105]

卻見周芷若雙手一扯，嗤的一響，一件繡滿金花的大紅長袍撕成兩片，拋在地下，隨即飛身而起，在半空中輕輕一個轉折，上了屋頂。[106]

不同的是，裴彩霞還是與程咬金完成拜堂而結成夫妻，而張無忌與周芷若則就此永訣。這雖有訣別的淒絕，而從金庸之挪用古典小說資源而又令同一原型作鬥爭的角度而言，則是相當有趣。

江山與美人的抉擇，為何一定是二選其一呢？選了江山，不就有了美人嗎？如此抉擇，實又源自張無忌在光明頂上所獲的「何足道哉」的思想的啟悟。

六、何足道哉

金庸在張無忌此人物的塑造上花了很大的功夫，此人集秦瓊、許仙、程咬金、裴元慶以及雄闊海各人之身世、性格及技能於一身，而最終金庸卻又以「醍醐灌頂」的方式以「何足道哉」的思想一以貫之，從而創造了張無忌成為具有寬容和博愛思想的大俠。

「醍醐」是指從牛乳中反覆提煉出的精華，《涅槃經》中將其比

---

105 金庸：《倚天屠龍記》，第 4 冊，第 34 章，頁 1420。
106 金庸：《倚天屠龍記》，第 4 冊，第 34 章，頁 1421。

喻為佛性，乃五味之一，為「世間第一上味」，佛教常用「醍醐」比喻「無上法味」（最高教義）、「佛性」等。「灌頂」，原來是古印度新王登基時的儀式，取四海之水裝在寶瓶中以注新王之頂，象徵新王享有「四海」的統治權力。密宗沿用此法，在僧人升任阿闍黎（規範師）時，「以甘露水而灌佛子之頂，令佛種永不斷故」（《大日經疏》卷十五）。簡而言之，「醍醐灌頂」在佛教中泛指灌輸智慧，使人徹底覺悟。金庸在《倚天屠龍記》中最具創造性之處便是以「醍醐灌頂」的方式灌輸予張無忌「何足道哉」的思想，由此而令他寬恕博愛，而不計較個人的得失與恩怨。

1.「光明頂」與「陽頂天」的隱喻

在上光明頂之前，張無忌乃一個從異域返回中原不久後父母雙亡而流落江湖的蒙昧少年。張無忌因為俠義之心而在滅絕師太的倚天劍下救了明教中人，此乃其與明教憂戚與共之始。張無忌被布袋和尚說不得裝在乾坤一氣袋中帶上了明教總壇「光明頂」，此際他處於「黑暗期」，對周遭事物一無所知。在乾坤一氣袋中，張無忌從楊逍、青翼蝠王韋一笑、鐵冠道人、布袋和尚說不得、周顛以及成崑的對話中，[107] 了解了明教驅除韃虜的義舉以及因成崑之詭計而引發明教與江湖的恩怨。張無忌在追擊成崑時，在小昭的引導下進入「光明頂」的秘道，因而獲得明教教主陽頂天的武功秘訣「乾

---

107 關於布袋和尚「說不得」、彭瑩玉、鐵冠道士張中、冷謙以及周顛的原型人物，可參閱侯磊：〈明教五散人來歷：農民起義領袖彭和尚〉，《國家人文歷史》，2013 年第 4 期，頁 68—69。

坤大挪移」以及明教教規。在此，「陽頂天」與「光明頂」實具有隱喻功能，「陽頂天」的遺囑、武功秘笈及在「光明頂」的所見所聞，均對一直處於蒙昧狀態的張無忌具有「醍醐灌頂」的作用，由被帶上「光明頂」開始，張無忌便茅塞頓開，在此他既練成了「九陽神功」與「乾坤大挪移」的絕世武功，而且其人生方向亦有了確切的目標，其俠義之心便落實在率領明教驅除韃虜、光復漢室的行動上。更關鍵的是「何足道哉」的思想的啟悟，方才令張無忌有別於其他俠客，亦是金庸在此人物的塑造上的創造性所在。

2. 明教教義與「何足道哉」的思想

除了明教教規對張無忌的人生方面具有「醍醐灌頂」式的啟蒙作用之外，金庸一開始便立意書寫「何足道哉」的思想以統一全書的主旨。「何足道哉」的思想實乃以何足道此人物而展開書寫，然而倪匡卻認為：

> 何足道出現在少林寺，目的是將張君寶引出來而已，這個人物，無關緊要。[108]

實非如此，何足道實為配合「何足道哉」的思想而創造的人物。何足道本以為天下無敵，豈知竟敗於少林寺一個不起眼的和尚覺遠，由此而造成自身名字的反諷。

---

108 倪匡：《再看金庸小說》（重慶：重慶大學出版社，2008），頁 133。

「何足道哉」的思想，基本上亦與明教的教義相通，承接「何足道哉」思想的是在「光明頂」上由小昭唱出關漢卿（約1220—1300）的〈喬牌兒〉：

世情推物理，人生貴適意。想人間造物搬興廢，吉藏凶，凶暗吉。

富貴那能長富貴，日盈昃，月滿虧蝕。地下東南，天高西北，天地尚無完體。

展放愁眉，休爭閒氣。今日容顏，老如昨日。古往今來，怎須盡知，賢的愚的，貧的和富的。

到頭這一身，難逃那一日。受用了一朝，一朝便宜。百歲光陰，七十者稀。急急流年，滔滔逝水。[109]

張無忌聽完之後，「咀嚼曲中，不禁魂為之銷」。[110] 再承接此曲，則為明教的經文：

焚我殘軀，熊熊聖火。生亦何歡，死亦何苦？為善除惡，唯光明故。喜樂悲愁，皆歸塵土。憐我世人，憂患實多！憐我世人，憂患實多！[111]

由一開始，金庸便以「何足道哉」的思想貫通全書，武當派的開

---

109 金庸：《倚天屠龍記》，第 2 冊，第 20 章，頁 807。
110 金庸：《倚天屠龍記》，第 2 冊，第 20 章，頁 808。
111 金庸：《倚天屠龍記》，第 2 冊，第 20 章，頁 828。

山宗師張三丰便是當年代少林寺打敗前來挑戰的何足道的那位少年張君寶，自然更深諳此中思想。張三丰乃一代宗師，而為了醫治張無忌的病，他甘願紆尊降貴前往少林寺叩求九陽神功而遭受冷嘲熱諷，他亦毫不計較。後來，張三丰雖被趙敏手下所暗算，但當他後來知悉趙敏棄暗投明後，便對舊事毫無芥蒂，甚至高興得連聲稱好。明教教義之拯救世人、驅除韃虜與張三丰的思想根本一致，張無忌童年時便曾見識張三丰出手教訓元兵。身為張三丰的好徒孫的張無忌更是「何足道哉」的思想的積極追隨者與實踐者，他基本上便是最遵守明教教義的教主及教徒。因為「何足道哉」的思想，張無忌父母之仇可以不報，玄冥二老之恨可以原諒，宋青書一再嫁禍、污衊他也可以寬恕，成崑本該千刀萬剮也可以不計。蝶谷醫仙胡青牛的外號是「見死不救」，而作為私淑弟子的張無忌卻是仁心仁術，救死扶傷，不計恩怨，就連被治愈的蒼猿也對他感恩圖報。[112] 作為一個背負血海深仇的人，張無忌從「何足道哉」的思想中獲得了不一般的解脫，以寬恕、博愛對待一切敵人，這亦是金庸在復仇命題上之突破。更有甚者，後來在朱元璋的逼宮之下，在江山與美人的重大抉擇之間，張無忌毅然選擇了後者，原因就在於「何足道哉」的思想。在周芷若與趙敏兩人之間，周芷若對張無忌從明教教主而登上皇帝寶座有所期待，[113] 而趙敏卻為了張無忌可以拋棄家國，改換服飾，其與張無忌在「何足道哉」思想上契合如一，此亦正是張無忌最終選擇趙敏之所在。

---

112 金庸：《倚天屠龍記》，第 2 冊，第 16 章，頁 633。
113 金庸：《倚天屠龍記》，第 4 冊，第 34 章，頁 1405。

七、結語

　　由以上文學考古的挖掘可見，金庸在《倚天屠龍記》中乃以多部古典小說中的人物的際遇、性格及形象的複合原型而塑造了張無忌，而令他詼諧而猶豫不決，甚至只愛美人而甘於放棄江山。在原型的移植與情節的挪用之外，金庸從一開始便以「何足道哉」的思想貫穿全書，讓歷盡劫難的張無忌將此寬容博愛的思想推展至極致，從而令張無忌在俠客之中頂天立地、獨樹一幟，復亦為《倚天屠龍記》在芸芸的武俠小說中找到了突破之所在。

附錄

一、《説唐》與《倚天屠龍記》

1.《説唐》中的羅成在隋煬帝所設的武狀元比賽中奪魁：

> 羅成大怒，催開西方小白龍，擺開手中爛銀槍……第一
> 條好漢李元霸，被高祖召去出征高麗，不在此。第二條好漢
> 宇文成都，保煬帝在西苑，也不在此。第三條好漢裴元慶已
> 死了，第四條好漢雄闊海還不曾到來。第五條好漢伍雲召，
> 被沒尾駒打死。第六條好漢伍天錫，又死在天昌關了。除了
> 這六人，要算羅成了，那個敵得他過？他爛銀槍連挑四十二
> 員大將下馬，其餘一個也不敢來，竟取了狀元盔甲袍帶。[114]

《倚天屠龍記》中，周芷若在少林寺所舉辦的英雄大會中奪魁（武功天下第一）：

> 眾弟子見掌門人回來，無不肅然起敬。群雄雖見周芷若
> 奪得「武功天下第一」的名頭，大事卻未了結，心中各有各
> 的計算，誰也不下山去。[115]

---

114 無名氏編撰：王秀梅點校：《説唐》，第 41 回，頁 284—285。
115 金庸：《倚天屠龍記》，第 4 冊，第 38 章，頁 1592。

2. 羅成使的是羅家槍及定彥平的鏈子流星錘，周芷若使的是長鞭與短刀：

> 周芷若取出軟鞭，右手一抖，鞭子登時捲成十多個大大小小的圈子，好看已極，左手翻處，青光閃動，露出了一柄短刀。群雄昨日已見識了她軟鞭的威力，不意她左手尚能同時用刀，一長一短，一柔一剛，那是兩般截然相異的兵刃。[116]

很明顯，金庸在塑造周芷若的兇狠及武功方面，乃以羅成為原型。

二、《瓦崗英雄》與《倚天屠龍記》

1.《白娘子永鎮雷峰塔》中的靈鷲嶺的山洞中有白猿；[117]《倚天屠龍記》第十六章的白猿獻上《九陽神功》的構思源於此處。[118]《倚天屠龍記》在連載發表時，寫及張無忌童年在冰火島上，曾有一隻玉面火猴與他作伴，嬉戲玩耍。此外，《瓦崗英雄》中有「十絕」：

> 侯君基的輕身功夫為十絕。侯君基是江西紅桃山人，自幼父母雙亡，流落江湖，後被鎮江鑣師金難獨立老白猿侯登山收養，傳授武藝。因見侯君基小巧玲瓏，快似猿猴，所以取綽號小白猿。[119]

---

116 金庸：《倚天屠龍記》，第 4 冊，第 38 章，頁 1600。
117 馮夢龍編著：《警世通言》，頁 420。
118 金庸：《倚天屠龍記》，第 2 冊，第 16 章，頁 633—637。
119 單田芳、王樵改編：《瓦崗英雄》，第 37 回，頁 263。

《白娘子永鎮雷峰塔》與《瓦崗英雄》中白猿的重複出現，應該是金庸將玉面火猴改為白猿贈送《九陽真經》予張無忌的原因。

2.《瓦崗英雄》中有「十絕」，分別是：秦瓊交友為一絕，程咬金頭三斧為二絕，徐懋功足智多謀為三絕，羅成花槍和狠毒為四絕，姜松的神槍為五絕，王伯党忠於李密為六絕，單雄信忠君不變節為七絕，謝映登神射為八絕，尚師徒的四寶為九絕，侯君基的輕身功夫為十絕。《倚天屠龍記》中的「神箭八雄」的構思，源自謝映登的「神射為八絕」。[120]

3.《瓦崗英雄》第四十七至四十九回中，山東英雄上瓦崗與寨主翟讓談判合伙時，被稱為「凶僧」的二寨主圓覺多方破壞並捉了山東英雄意圖殺害，後來被秦瓊打死。[121]「凶僧」圓覺正是圓真（成崑）之原型，他不但為了報陽頂天奪其女人之仇而密謀消滅明教，更連累謝遜及張翠山、殷素素、張無忌一家以及江湖許多無辜的人，更且投靠元朝淪為漢奸，[122] 其攻上光明頂自是為消滅抗元的明教。在此危急關頭，被困於乾坤一氣袋中的張無忌因禍得福，練成九陽神功，破了圓真（成崑）的幻音指，救了明教一干人等。

4.《瓦崗英雄》第二十三回「元宵逛燈解詩謎，鼓樓練武拉硬弓」：

> 這個老道年過古稀，身材高大，頭戴一字魚尾道冠，身穿灰布道服，腰結水火絲絛，足蹬水襪雲鞋，銀髯飄灑胸

---

120 單田芳、王樵改編：《瓦崗英雄》，第 37 回，頁 263。
121 單田芳、王樵改編：《瓦崗英雄》，第 49 回，頁 373。
122 金庸：《倚天屠龍記》，第 3 冊，第 26 章，頁 1078。

前，好一派仙風道骨。他就是京兆三元縣白雲觀的觀主李靖李藥師。這位李靖乃是當代著名的遊俠，不但武藝出眾，而且博古通今，滿腹韜略，上知天文，下曉地理，中熟人和，對兵法也十分精通。甚麼攻殺戰守，逗引埋伏，排兵佈陣，調兵遣將，無一不能。[123]

李靖的老道形象正是「文武兼資」[124]的張三丰的原型，張三丰之形象如下：

> 張三丰是一個極富傳奇性的人物，在歷史上，以「張三丰」同音異字（如峰、豐、丰）為名的人有好幾位，時間從北宋末至清中葉都有。[125]它們的共同特徵是道士身份，至於懂不懂武功則說法各異。《倚天屠龍記》中的張三丰，基本上是以《明史・方伎傳》的張邋遢（〈傳〉中云其名君寶，以三丰為號，即與《倚天》同）為藍本，但是，這位張三丰據史載並不具武功，反而是宋代的「張三峰」，據清初黃宗羲、黃百家父子的說法，才是所謂「內家拳」的創始者。早在民初，歷史上名為「張三丰」的幾位，就已經混淆不清，「張三丰為內家拳祖師」的說法普遍流傳。金庸在此傳說的基礎上，因為明代的張三丰開觀武當，遂神妙其說，將張三丰塑造成為以「內家」見長的武學宗師，而對於太極拳的創發，取道家

---

123 單田芳、王樵改編：《瓦崗英雄》，第 23 回，頁 148。
124 金庸：《倚天屠龍記》，第 1 冊，第 4 章，頁 130。
125 關於各朝之「張三丰」，參見黃兆漢：《明代道士張三丰考》（台北：學生書局，1998），頁 28—33。

張三丰（姜雲行 繪）

養生練氣、坐忘心齋之學理，多所着墨；同時，又擷取了時代遠後於張三丰的張松溪，列為武當七俠之一，虛虛實實，使人完全忘記所謂的「內家拳」其實與「太極拳」諸多乖舛之處。從此，武俠小說中的武當「內家」一派，與少林「外家」並列為二，半分天下，儘管虛構，卻讓人深信不疑。[126]

林先生乃以歷史事實道出張三丰這個人物乃由不同時代的有關記載構成，而事實上，《倚天屠龍記》中的張三丰的形象，實乃以李世民的大將李靖為原型，《瓦崗英雄》第二十三回「元宵逛燈解詩謎，鼓樓練武拉硬弓」中有描寫其外貌及其他特徵。又：

> 那兩名僧人聽到張三丰的名字，吃了一驚，凝目向他打量，但見他身形高大異常，鬚髮如銀，臉上紅潤光滑，笑眯眯的甚是可親……[127]

當然，《瓦崗英雄》也有不確之處，隋末的李靖應是青年人而非老年人，因為李靖直至李世民的兒子高宗李治在位時，才備受重用，並率兵征伐高麗。故在隋末，李靖不可能已「年過古稀」、「銀髯飄灑」。而「年過古稀」、「身材高大」、「銀髯飄灑」、仙風道骨，「不但武藝出眾，而且博古通今，滿腹韜略，上知天文，下曉地理，中熟人和」的外形與「文武兼資」修養，正是年逾百歲的武當

---

126 林保淳：〈通俗小說的類型整合 —— 試論金庸的武俠與歷史〉，《金庸小說與二十世紀中國文學國際學術研討會論文集》，頁 166。
127 金庸：《倚天屠龍記》，第 1 冊，第 10 章，頁 411。

宗師張三丰的最佳寫照：

> 張三丰活了一百歲，修練了八十幾年，胸懷空明，早已
> 不縈萬物，但和這七個弟子情若父子，陡然間見到張翠山，
> 忍不住緊緊摟着他，歡喜得流下淚來。[128]
> 武學修為震鑠古今、冠絕當時的師父張三丰。[129]

金庸所塑造的張三丰，無論在形象方面還是言行方面，無疑都是非
常成功。

三、《倚天屠龍記》與《説岳全傳》

光明右使范遙易容在蒙古郡主趙敏手下作臥底，實即《説岳》
中的王佐之斷臂混進金營。王佐説道：

> 有了，有了。我曾看過《春秋》、《列國》時，有個「要離
> 斷臂刺慶忌」一段故事。我何不也學他斷了臂，潛進金營去？
> 倘能近得兀朮，拚得捨了此身刺死他，豈不是一件大功勞？[130]

《倚天屠龍記》中的范遙説道：

---

128 金庸：《倚天屠龍記》，第 1 冊，第 10 章，頁 366。
129 金庸：《倚天屠龍記》，第 1 冊，第 10 章，頁 374。
130 錢彩：《説岳全傳》，第 55 回，頁 426。

屬下暗中繼續探聽，得知汝陽王以天下動亂，皆因漢人習武者眾，群相反叛，決意剿滅江湖上的門派幫會。他採納了成崑的計謀，第一步便想除滅本教，我仔細思量，本教內部紛爭不休，外敵卻如此之強，滅亡的大禍已迫在眉睫，要圖挽救，只有混入王府，查知汝陽王的謀劃，那時再相機解救。除此之外，實在別無良策。只是我好生奇怪，成崑既是陽教主夫人的師兄，又是謝獅王的師父，卻何以如此狠毒的跟本教作對。其中原由，說甚麼也想不出來，料想他必是貪圖富貴，要滅了本教，為朝廷立功。本教兄弟識得成崑的不多，我以前卻曾和他朝過相，他是認得我的，要使我所圖不致洩露，只有想法子殺了此人。

　　……范遙道：「我當年和楊大哥齊名，江湖上知道『逍遙二仙』的人着實不少，日子久了，必定露出馬腳，於是一咬牙便毀了自己容貌，扮作個帶髮頭陀，更用藥物染了頭髮，投到了西域花剌子模國去。」[131]

至於王佐斷臂，描寫如下：

　　且說統制王佐，自在營中夜膳，一邊吃酒，心中卻想：「我自歸宋以來，未有尺寸之功，怎麼想一個計策出來，上可報君恩，下可分元帥之憂，博一個名兒流傳青史，方遂我的心懷。」又獨一個吃了一會，猛然想道：「有了，有了。我曾

---

131 金庸：《倚天屠龍記》，第 3 冊，第 26 章，頁 1081。

看過《春秋》、《列國》時，有個『要離斷臂刺慶忌』一段故事。我何不也學他斷了臂，潛進金營去？倘能近得兀朮，拚得捨了此身刺死他，豈不是一件大功勞？」主意已定，又將酒來連吃了十來大杯。叫軍士收了酒席，卸了甲，腰間拔出劍來，騞的一聲，將右臂砍下，咬着牙關，取藥來敷了。[132]

至於范遙，則為了獲取蒙古人的信任而曾殺害三名明教香主，故為了向教主張無忌表示悔過，亦同樣拔劍刺向右臂：

> 范遙見張無忌口中雖說「不便深責」，臉上卻有不豫之色，一伸手，拔出楊逍腰間長劍，右手揮出，在自己左臂上重重刺了一劍，登時鮮血噴流。[133]

四、《倚天屠龍記》中的蒙古郡主趙敏與《薛丁山征西》中的樊梨花

《倚天屠龍記》中的蒙古郡主趙敏對《薛丁山征西》中的樊梨花有一定的借鑑：

> 趙敏道：「這當兒你還是叫我『趙姑娘』麼？我不是朝廷的人了，也不是郡主了，你……你心裏，還當我是個小妖

---

132 錢彩：《說岳全傳》，第 55 回，頁 426。
133 金庸：《倚天屠龍記》，第 3 冊，第 26 章，頁 1083。

女麼？」[134]

　　張三丰聽得她甘心背叛父兄而跟隨張無忌，說道：「好，好！難得，難得！」[135]

至於王保保便是樊梨花之兄樊龍：

　　張無忌點了點頭，想起王保保行事果決，是個厲害人物，料來不肯如此輕易罷手。[136]

五、《倚天屠龍記》與《雷雨》

《雷雨》第二幕的片段：

　　[外面有女人嘆氣的聲音，敲窗戶。]
　　四（推開他）你聽，這是甚麼？像是有人在敲窗戶。
　　萍（聽）胡說，沒有甚麼！
　　四　有，有，你聽，像有個女人在嘆氣。
　　萍（聽）沒有，沒有，（忽然笑）你大概見了鬼。

《倚天屠龍記》即改為以下場景：

---

134 金庸：《倚天屠龍記》，第 4 冊，第 35 章，頁 1440。
135 金庸：《倚天屠龍記》，第 4 冊，第 40 章，頁 1707。
136 金庸：《倚天屠龍記》，第 4 冊，第 35 章，頁 1443。

張無忌順着她目光瞧去，只見長窗上糊的窗紙不知何時破了，破孔中露出一張少女的臉來，滿臉都是一條條傷痕。

……只見那張臉突然隱去，大殿中砰的一聲，周芷若往後摔倒。

……周芷若悠悠醒轉，一見張無忌，縱體入懷，摟住了他，叫道：「有鬼，有鬼！」

……周芷若低低一聲驚呼，又暈了過去。[137]

六、其他

1. 張無忌力戰少林三高僧的金剛伏魔圈：

張無忌既見形跡已露，索性顯一手功夫，好教少林僧眾心生忌憚，善待謝遜。他這一聲清嘯鼓足了中氣，綿綿不絕，在大雷雨中飛揚而出，有若一條長龍行經空際。他足下施展全力，越奔越快，嘯聲也越來越響。少林寺中千餘僧眾在夢中驚醒，直至嘯聲漸去漸遠，方始紛紛議論。[138]

這一場面，便是《天龍八部》中喬峰大鬧少林寺的一幕。[139]

2. 《神鵰俠侶》中的楊過與陸無雙，即《倚天屠龍記》中的張

---

137 金庸：《倚天屠龍記》，第 4 冊，第 40 章，頁 1687、1688、1689。
138 金庸：《倚天屠龍記》，第 4 冊，第 36 章，頁 1501。
139 金庸：《天龍八部》，第 2 冊，第 18 章，頁 792。

無忌與殷離，證據如下：（1）楊過在十一二歲時曾在自己家中見過被李莫愁追殺的童年陸無雙，而張無忌則曾在童年咬過殷離；（2）楊過再見陸無雙時騎着牛，張無忌再逢殷離時自稱曾阿牛；（3）陸無雙跛了一足，殷離因練千蛛萬毒手而導致面部浮腫；（4）楊、張同為陸、殷所喜歡，同裝為鄉下小子而同被稱為「傻蛋」；（5）陸無雙無奈之下拜殺父仇人李莫愁為師，殷離則被靈蛇島的金花婆婆收為徒弟，金花婆婆實乃明教的紫衫龍王，亦與殷離的祖父白眉鷹王有宿怨；（6）陸無雙偷走李莫愁的《五毒秘傳》，殷離則練千蛛萬毒手；（7）《神鵰俠侶》中楊過以長嘯馴獸，[140] 便是後來《倚天屠龍記》中金毛獅王的獅子吼；[141]（8）謝遜的造形與兩次流落孤島的遭遇，乃源自《魯賓遜漂流記》。

3.《倚天屠龍記》與《射鵰英雄傳》

《射鵰英雄傳》中洪七公、郭靖及黃蓉流落海外荒島的種種，基本也就是後來在《倚天屠龍記》中金毛獅王、張翠山及殷素素流落海外荒島中的翻版：

（1）黃蓉捕獲巨蚌，[142] 張翠山獵大魚；

（2）西毒叔侄霸佔山洞，[143] 金毛獅王居於山洞；

（3）均同在樹上搭屋；

（4）同樣紮木筏；

（5）海上惡鬥情景相近：

---

140 金庸：《神鵰俠侶》，第 4 冊，第 34 回，頁 1439。

141 金庸：《倚天屠龍記》，第 1 冊，第 6 章，頁 213—214。

142 金庸：《射鵰英雄傳》，第 3 冊，第 21 回，頁 876。

143 金庸：《射鵰英雄傳》，第 3 冊，第 22 回，頁 908。

張無忌和周芷若剛走上甲板，但見船上到處是火，幾乎無立足之地，一瞥眼見左舷邊縛着條小船，叫道：「周姑娘，你跳進小船去⋯⋯」這時小昭抱着殷離，謝遜抱着趙敏，先後從下層艙中出來。原來適才這麼一炸，船底裂了個大洞，海水立時湧進。

⋯⋯張無忌待周芷若、謝遜、小昭坐進小船，揮劍割斷綁縛的繩索，啪的一響，小船掉入了海中。張無忌輕輕一躍，跳入小船，搶過雙槳，用力划動。[144]

這一幕基本便是《射鵰英雄傳》中洪七公與郭靖、黃蓉在海中智鬥西毒及歐陽克的那一幕。

4.《倚天屠龍記》與《天龍八部》

（1）慕容家的斗轉星移與參合掌「以彼之道，還施彼身」源自《倚天屠龍記》中張無忌以龍爪手勝少林空性神僧之龍爪手：「晚輩以少林派的龍爪手勝了大師，於少林威名有何妨礙？晚輩若不是以少林絕藝和大師對攻，天下再無第二門武功，能佔得大師半點上風。」而在明教光明頂秘道中，張無忌便心想：「成崑一生奸詐，嫁禍於人，我不妨以其人之道，還治彼身。」[145]張無忌又同樣以「以彼之道，還施彼身」將華山掌門鮮于通扇中射出的金蠶蠱毒「用內力逼了回來」，使其反倒害了自己。[146]宋青書的「花開並蒂」四式齊發，卻均給張無忌以「乾坤大挪移」功夫挪移到了他自

---

144 金庸：《倚天屠龍記》，第 3 冊，第 29 章，頁 1215。

145 金庸：《倚天屠龍記》，第 3 冊，第 21 章，頁 858。

146 金庸：《倚天屠龍記》，第 3 冊，第 21 章，頁 865。

己身上。[147] 謝遜道：「常言道得好，量小非君子，無毒不丈夫。己不傷人，人便傷己。那趙敏如此對付咱們，咱們便當以其人之道，還治其人之身。」[148]

（2）段譽以北冥神功的方法，不停吸收別人的內功，實來自張無忌：「他體內有一股極強的吸力，源源不絕的將四人內力吸引過去。」[149]

（3）張無忌在萬安寺塔下以乾坤大挪移接跳下的各派武林高手，[150] 仿如《說唐》中力托千斤大閘以放走群雄之雄闊海（類近《說唐》中的十八路反王）。

（4）趙敏化裝為男人及學男人說話的腔調，[151] 便是《天龍八部》中阿朱的原型。

（5）後來張無忌也從趙敏身上學會了化裝：張無忌道：「我跟汝陽王府的武士動過手，別給他們認了出來，既要去瞧，須得改扮一下。」和周芷若、韓林兒三人扮成了村漢村女模樣，用泥水塗黃了臉頰雙手，跟着街上眾人，湧向皇城。[152]

（6）在彌勒廟中，張無忌與趙敏匿藏於大鼓之中，便是郭靖與黃蓉之匿於牛家村曲靈風家中的秘室一樣，亦即如《十日談》般，聽到了很多故事。在此，他們得悉宋青書對張無忌之獲周芷若之芳心而產生的嫉妒，及答應丐幫陳友諒之建議，回到武當下毒擒拿武當眾人以要脅張無忌及明教。[153]

---

147 金庸：《倚天屠龍記》，第 3 冊，第 22 章，頁 909。
148 金庸：《倚天屠龍記》，第 4 冊，第 31 章，頁 1291。
149 金庸：《倚天屠龍記》，第 3 冊，第 22 章，頁 913。
150 金庸：《倚天屠龍記》，第 3 冊，第 27 章，頁 1128。
151 金庸：《倚天屠龍記》，第 3 冊，第 28 章，頁 1170。
152 金庸：《倚天屠龍記》，第 4 冊，第 34 章，頁 1398。
153 金庸：《倚天屠龍記》，第 4 冊，第 31 章，頁 1315、1317。

（7）張無忌與趙敏將武當四俠藏於山洞之中，聆聽宋青書與丐幫的陳友諒及掌缽龍頭的對話，獲悉武當七俠莫聲谷因撞破宋青書偷窺峨嵋諸女臥室而遭殺害滅口，同時宋青書受丐幫之要脅前往毒害武當眾人。由此張無忌蒙受殺害七俠莫聲谷的不白之冤終於洗脫乾淨，武當之災難也因奸計被識破而得到提前的防備。[154]

（8）張無忌回到杜氏夫婦屋中見二人已慘死，「甚至挖了個深坑，將杜氏夫婦合埋了，與趙敏一齊跪下來拜了幾拜，想起易三娘對待自己二人親厚慈愛，都不禁傷感」。[155] 這便是喬峰回歸少室山下的故居時見到父母之慘死。

（9）周芷若使長鞭之身手「猶如鬼魅」，令張無忌「真要疑心周芷若已死，鬼魂持鞭」、「怪物附體」，而光明右使范遙則直言「她是鬼，不是人」。[156] 事實上，周芷若之如鬼魅般地使用長鞭之形象及其以五爪插入對手頭顱，[157] 這兩種武功，即來自《射鵰英雄傳》中的梅超風。當張無忌顫聲問起楊逍「峨嵋派何以有這門邪惡武功」時，楊逍說：「峨嵋派創派祖師郭女俠外號『小東邪』，她外公黃島主號稱『東邪』，峨嵋派武功中若帶三分邪氣，也不出奇。」後來即為楊過後人的黃衣美女揭穿周芷若使用的便是「九陰白骨爪」及「白蟒鞭」。[158]

（10）殷離拉着他的手臂，將他臉孔轉到月光下，凝視半晌，突然抓住他左耳用力一扭。張無忌痛叫：「啊喲！你幹甚麼？」[159] 殷

---

154 金庸：《倚天屠龍記》，第 4 冊，第 32 章，頁 1348—1350。
155 金庸：《倚天屠龍記》，第 4 冊，第 36 章，頁 1502、1503。
156 金庸：《倚天屠龍記》，第 4 冊，第 38 章，頁 1586。
157 金庸：《倚天屠龍記》，第 4 冊，第 34 章，頁 1419。
158 金庸：《倚天屠龍記》，第 4 冊，第 38 章，頁 1579、1601。
159 金庸：《倚天屠龍記》，第 4 冊，第 40 章，頁 1698。

離對待張無忌，便是《鹿鼎記》中建寧公主之對待韋小寶。

> 張無忌陡地領會，原來她真正所愛的，乃是她心中所想像的小張無忌，是她記憶中在蝴蝶谷所遇上的小張無忌，那個打她咬她、倔強兇狠的小張無忌，卻不是眼前這個真正的張無忌，不是這個長大了的、待人仁恕寬厚的張無忌。……那個少年早就藏在她的心底。真正的人、真正的事，往往不及心中所想的那麼好。[160]

（11）殷離愛的是心象，一如《天龍八部》中段譽所愛的不是王語嫣，而是心中的神仙姐姐一樣。而段譽之癡迷「心象」，即無崖子之所為：

> 他在山中找到了一塊巨大的美玉，便照着我的模樣雕刻一座人像，雕成之後，他整日價只是望着玉像出神，從此便不大理睬我了。我跟他說話，他往往答非所問，甚至是聽而不聞，整個人的心思都貫注在玉像身上。你師父的手藝巧極，那玉像也雕刻得真美。
>
> 你心中把這玉像當成了我小妹子，是不是？
>
> 你不知不覺之間，卻畫成了我的小妹子，你自己也不知道罷……師哥，你心中真正愛的是我小妹子。[161]

---

160 金庸：《倚天屠龍記》，第 4 冊，第 40 章，頁 1701。
161 金庸：《天龍八部》，第 4 冊，第 37 章，頁 1597。

第五章　鏡花水月：

《天龍八部》中蕭峰
的原型及其命運

一、前言

金庸以《天龍八部》這部長篇小說書寫佛家思想的貪、嗔、癡，[1] 並鑲置於風雲迭起之宋、遼、女真、大理、回鶻等列強並峙之歷史時空，可見金庸之雄心，而其駕馭之功亦令整部小說脈絡分明，可謂波譎雲湧、悲喜交集，堪稱傑構。

金庸在《天龍八部》的〈前言〉中指出：

> 書中人物很多身具特異武功或內功（有許多是超現實的，實際人生中所不可能的），又頗有超現實的遭遇（有些人性格極奇極怪），因此以「天龍八部」為書名，強調這不是現實主義的，而是帶有魔幻性質、放縱想像力的作品。[2]

以「魔幻」、「想像」之技巧而書寫實際的歷史時空，這便是金庸在此書中的創造性所在。英雄之矛盾與衝突必須以悲壯的方式撕裂自己的生命於世人面前，以滌清污穢，蕭峰乃整部小說中唯一的俠之大者，其以自殺阻攔遼帝南侵，超乎江湖之行為，乃俠之大者的

---

1 相關論述可參閱仲浩群：〈從佛學角度評析《天龍八部》的警世意義〉，《中山大學學報論叢》，2006 年第 7 期，頁 40—43；李志強：〈漫談小說《天龍八部》與佛教文化〉，《佛教文化》，2004 年第 4 期，頁 42—43。以上兩篇論文雖以佛學角度論述《天龍八部》，然而很明顯的是佛學深度不足。

2 金庸：《天龍八部》（香港：明河出版社，2005），頁 7。

最高境界。然而，蕭峰此人物之身世、外貌及其命運，[3] 實則源自金
庸對《水滸傳》中的武松的有意識的移植，以及創造性的鑲置於
宋、遼交鋒的歷史時空之中，從而演化出蕭峰別具悲劇色彩而又如
夢如幻的人生真諦，以闡釋鏡花水月的佛家思想。

二、蕭峰與武松

1. 身世

《水滸傳》中的武松從小父母雙亡，由兄長武大郎撫養長大，
並自小習武，武藝高強，急俠好義，「萬夫難敵」。[4] 蕭峰（喬峰）
自小父母雙亡，[5] 為三槐公夫婦所撫養，在少林寺玄苦大師與丐
幫幫主汪劍通的調教下，武藝天下無敵，行俠仗義，號稱「北喬
峰」，與「南慕容」的慕容復分庭抗禮，可謂一時瑜亮。

3　有論者誤將蕭峰的命運與俄狄浦斯（Oedipus）作出比附，或從「替罪羊」的形象
　　作出分析，結論自亦是相當牽強。分別見陳尚榮：〈英雄本色：評金庸小說《天龍
　　八部》中的喬峰〉，《南京理工大學學報（社會科學版）》，2004 年第 1 期（2 月），
　　頁 29—32；劉鐵群：〈《天龍八部》的原型分析：從《俄狄浦斯王》談起〉，《廣
　　西大學學報（哲學社會科學版）》，1999 年第 3 期（6 月），頁 80—84；程平：
　　〈《天龍八部》中蕭峰的替罪羊形象解析〉，《湖北經濟學院學報（人文社會科學
　　版）》，2013 年第 12 期（12 月），頁 110—111 轉 126。
4　施耐庵、羅貫中：《水滸全傳》（香港：中華書局，1965），第 1 冊，第 23 回，頁
　　340。
5　稍為不同的是，蕭峰之父蕭遠山仍然在世，只是蕭峰不知自己的身世而已。

2. 外貌

金庸在塑造蕭峰的外貌方面，基本可以謂是完全參照了《水滸傳》中武松的形象而略加調整而已。在《水滸傳》中，武松外貌特徵如下：

> 身軀凜凜，相貌堂堂。一雙眼光射寒星，兩彎眉渾如刷漆。胸脯橫闊，有萬夫難敵之威風；語話軒昂，吐千丈凌雲之志氣。心雄膽大，似撼天獅子下雲端；骨健筋強，如搖地貔貅臨座上。如同天上降魔主，真是人間太歲神。[6]

又：

> 武松身长八尺，一貌堂堂，浑身上下，有千百斤气力，不恁地，如何打得那个猛虎？[7]

《天龍八部》中，金庸對蕭峰的外貌描寫如下：

> 身材魁偉，三十來歲年紀，身穿灰色舊布袍，已微有破爛，濃眉大眼，高鼻闊口，一張四方國字臉，頗有風霜之色，顧盼之際，極有威勢。
>
> ……好一條大漢！這定是燕趙北國的悲歌慷慨之士。不

6　施耐庵、羅貫中：《水滸全傳》，第 1 冊，第 23 回，頁 340—341。

7　施耐庵、羅貫中：《水滸全傳》，第 1 冊，第 24 回，頁 355。

論江南或大理，都不會有這等人物。[8]

身軀魁偉、濃眉大眼、氣宇軒昂，乃兩人之共同特徵，一個是人間太歲神，一個是悲歌慷慨的燕趙壯士。

3. 酒量與食量

武松與蕭峰在酒量與食量方面均十分驚人，可謂旗鼓相當。《水滸傳》中武松如此喝酒吃肉：

> 武松拿起碗，一飲而盡，叫道：「這酒好生有氣力！主人家，有飽肚的買些吃酒。」酒家道：「只有熟牛肉。」武松道：「好的，切二三斤來吃酒。」店家去裏面切出二斤熟牛肉，做一大盤子，將來放在武松面前，隨即再篩一碗酒。武松吃了道：「好酒！」又篩下一碗。恰好吃了三碗酒，再也不來篩。武松敲著桌子叫道：「主人家，怎的不來篩酒？」……武松道：「休要胡說！沒地不還你錢，再篩三碗來我吃！」酒家見武松全然不動，又篩三碗。武松吃道：「端的好酒！主人家，我吃一碗，還你一碗錢，只顧篩來。」酒家道：「客官休只管要飲，這酒端的要醉倒人，沒藥醫。」武松道：「休得胡鳥說！便是你使蒙汗藥在裏面，我也有鼻子。」店家被他發話不過，一連又篩了三碗。武松道：「肉便再把二斤來吃。」酒家又切

---

8   金庸：《天龍八部》，第 2 冊，第 14 章，頁 592。

了二斤熟牛肉，再篩了三碗酒。……再篩了六碗酒，與武松吃了。前後共吃了十五碗……[9]

武松連喝十五碗酒，吃了四斤熟牛肉。《天龍八部》中的蕭峰則豪飲高粱酒：

> 那大漢微笑道：「兄台倒也爽氣，只不過你的酒杯太小。」叫道：「酒保，取兩隻大碗來，打十斤高粱。」那酒保和段譽聽到「十斤高粱」四字，都嚇了一跳。酒保賠笑道：「爺台，十斤高粱喝得完嗎？」那大漢指着段譽道：「這位公子爺請客，你何必給他省錢？十斤不夠，打二十斤。」酒保笑道：「是！是！」過不多時，取過兩隻大碗，一大罈酒，放在桌上。
>
> 那大漢道：「滿滿的斟上兩碗。」酒保依言斟了。這滿滿的兩大碗酒一斟，段譽登感酒氣刺鼻，有些不大好受。他在大理之時，只不過偶爾喝上幾杯，那裏見過這般大碗的飲酒，不由得皺起眉頭。
>
> 那大漢笑道：「咱兩個先來對飲十碗，如何？」……那大漢道：「酒保，再打二十斤酒來。」那酒保伸了伸舌頭，這時但求看熱鬧，更不勸阻，便去抱了一大罈酒來。
>
> 段譽和那大漢你一碗，我一碗，喝了個旗鼓相當，只一頓飯時分，兩人都已喝了三十來碗。[10]

9　施耐庵、羅貫中：《水滸全傳》，第 1 冊，第 23 回，頁 343—344。
10　金庸：《天龍八部》，第 2 冊，第 14 章，頁 592—596。

酒量（王司馬 繪）

蕭峰前後打了四十斤酒與段譽對飲，他個人至少也喝了一半，即約二十斤或以上。此外，蕭峰逃離到雁門關時的酒量也嚇壞了小二：

> 當下兩人折而向南，從山嶺間繞過雁門關，來到一個小鎮，找了一家客店。阿朱不等喬峰開口，便命店小二打二十斤酒來。那店小二見他二人夫妻不像夫妻，兄妹不似兄妹，本就覺得稀奇，聽說打「二十斤」酒，更加詫異，呆呆的瞧着他們二人，既不去打酒，也不答應。喬峰瞪了他一眼，不怒自威。那店小二吃了一驚，這才轉身，喃喃的道：「二十斤酒？用酒來洗澡嗎？」[11]

由此可見，蕭峰的酒量約二十斤，金庸對其酒量的把握，前後絲毫無誤。而蕭峰的酒量，則明顯地比武松有過之而無不及。

4. 打虎

武松與蕭峰均有打虎的經歷，[12] 場面幾乎一致，而處理老虎的方式卻略有不同。《水滸傳》中武松打虎的細節描寫如下：

11　金庸：《天龍八部》，第 3 冊，第 21 章，頁 890。

12　有論者誤將《書劍恩仇錄》中陳家洛智鬥群狼比附為《水滸傳》中的武松打虎。詳見何求斌：〈析《書劍恩仇錄》對《水滸傳》的借鑒〉，《湖北師範學院學報（哲學社會科學版）》，2005 年第 5 期，頁 58。《書劍恩仇錄》無疑對《水滸傳》是有所借鑒，而若就武松的人物形象以及打虎的細節而言，蕭峰與武松兩者如出一轍，而絕非文質彬彬、優柔寡斷的陳家洛可作比附。

蕭峰打虎（王司馬 繪）

武松走了一直，酒力發作，焦熱起來。一隻手提着哨棒，一隻手把胸膛前袒開，踉踉蹌蹌，直奔過亂樹林來。見一塊光撻撻大青石，把那哨棒倚在一邊，放翻身體，卻待要睡，只見發起一陣狂風來。……一陣風過處，只聽得亂樹背後撲地一聲響，跳出一隻弔睛白額大蟲來。武松見了，叫聲：「阿呀！」從青石上翻將下來，便拿那條哨棒在手裏，閃在青石邊。

　　那個大蟲又飢又渴，把兩隻爪在地下略按一按，和身望上一撲，從半空裏攛將下來。武松被那一驚，酒都做冷汗出了。說時遲，那時快，武松見大蟲撲來，只一閃，閃在大蟲背後。那大蟲背後看人最難，便把前爪搭在地下，把腰胯一掀，掀將起來。武松只一躲，躲在一邊。大蟲見掀他不着，吼一聲，卻似半天裏起個霹靂，振得那山岡也動，把這鐵棒也似虎尾，倒豎起來只一剪。武松卻又閃在一邊。原來那大蟲拿人，只是一撲，一掀，一剪；三般提不着時，氣性先自沒了一半。那大蟲又剪不着，再吼了一聲，一兜，兜將回來。武松見那大蟲復翻身回來，雙手掄起哨棒，盡平生氣力，只一棒，從半空劈將下來。只聽得一聲響，簌簌地將那樹連枝帶葉，劈臉打將下來。定睛看時，一棒劈不着大蟲。原來慌了，正打在枯樹上，把那條哨棒折做兩截，只拿得一半在手裏。那大蟲咆哮，性發起來，翻身又只一撲，撲將來。武松又只一跳，卻退了十步遠。那大蟲恰好把兩隻前爪搭在武松面前。武松將半截棒丟在一邊，兩隻手就勢把大蟲頂花皮胳瘩地揪住，一按按將下來。那隻大蟲急要掙扎，早沒了氣力，被武松盡氣力納定，那裏肯放半點兒鬆寬？武松

把隻腳望大蟲面門上、眼睛裏只顧亂踢。那大蟲咆哮起來，把身底下爬起兩堆黃泥，做了一個土坑。武松把那大蟲嘴直按下黃泥坑裏去，那大蟲吃武松奈何得沒了些氣力。武松把左手緊緊地揪住頂花皮，偷出右手來，提起鐵錘般大小拳頭，盡平生之力，只顧打。打到五七十拳，那大蟲眼裏、口裏、鼻子裏、耳朵裏，都迸出鮮血來。那武松盡平昔神威，仗胸中武藝，半歇兒把大蟲打做一堆，卻似擋着一個錦皮袋……那大虫氣都沒了，武松再尋思道：「我就地拖得這死大蟲下岡子去。」就血泊裏雙手來提時，那裏提得動，原來使盡了氣力，手腳都酥軟了。[13]

武松打虎之際，有恐懼、慌亂以及失誤，武松後來向施恩坦認酒在打虎中所起到的作用：「若不是酒醉後了膽大，景陽岡上如何打得這隻大蟲？」[14] 然而，《天龍八部》中的蕭峰的打虎，過程則瀟灑自若：

正要閉眼入睡，猛聽得「嗚嘩」一聲大叫，卻是虎嘯之聲。蕭峰大喜：「有大蟲送上門來，可有虎肉吃了。」側耳聽去共有兩頭老虎從雪地中奔馳而來，隨即又聽到吆喝之聲，似是有人在追逐老虎。……提起右手，對準一頭老虎額腦門重重一掌，砰的一聲響，那頭猛虎翻身摔了個筋斗，吼聲如雷，又向蕭峰撲來。……側身避開，右手自上向下斜掠，

13　施耐庵、羅貫中：《水滸全傳》，第 1 冊，第 23 回，頁 346—347。
14　施耐庵、羅貫中：《水滸全傳》，第 2 冊，第 29 回，頁 450。

嚓的一聲，斬在猛虎腰間。這一斬他加了一成力，那猛虎向前衝出幾步，腳步蹣跚，隨即沒命價縱躍奔逃。蕭峰搶上兩步，右手挽出，已抓住了虎尾，縱聲大喝，左手也抓上了虎尾，雙手使勁回拉，那猛虎正自發力前衝，給他這麼一拉，兩股勁力一逬，虎身直飛向半空。

那獵人提著鐵叉，正在和另一頭猛虎廝鬥，突見蕭峰竟將猛虎摔向空中，一驚當非同小可。只見那猛虎在半空中張開大口，伸出利爪，從空撲落。蕭峰一聲斷喝，雙掌推出，啪的一聲悶響，擊上猛虎肚腹。虎腹是柔軟之處，這一招「見龍在田」正是蕭峰的得意功夫，那大蟲登時五臟碎裂，在地下翻滾一會，倒在雪中死了。[15]

同樣，兩人將要閉眼睡覺之際，老虎便出現。武松聽到虎嘯是大驚，蕭峰聽到虎嘯卻大喜並立刻想到有虎肉可吃。武松所面對的老虎，虎尾一掃，威力無比，而蕭峰竟拉住虎尾而令「虎身直飛向半空」。很明顯，蕭峰的打虎要比武松乾脆、省時且不累，甚至立刻將老虎的血與肉物盡其用地就地解決：

> 猛虎新死，血未凝結，蕭峰倒提虎身，割開虎喉，將虎血灌入阿紫口中。阿紫睜不開眼來，卻能吞嚥虎血，喝了十餘口才罷。蕭峰甚喜，撕下兩條虎腿，便在火堆上烤了起來。阿骨打見他空手撕下虎腿，如撕熟雞，這等手勁實是見

15　金庸：《天龍八部》，第 3 冊，第 26 章，頁 1138—1139。

所未見，聞所未聞，呆呆的瞧着他一雙手，看了半晌，伸出手掌去輕輕撫摸他手腕手臂，滿臉敬仰之色。

　　虎肉烤熟後，蕭峰和阿骨打吃了個飽。[16]

然而，武松打虎時有驚有險，打完老虎後幾乎虛脫，較為寫實。至於蕭峰則在東北雪山打虎而巧遇未來金國的開國皇帝完顏阿骨打（1068—1123；1115—1123 年在位），英雄相逢，惺惺相惜，喝血烤肉，益顯豪邁。

5. 封官

　　武松在陽谷縣景陽岡赤手空拳打死一隻猛虎，因此被陽谷縣令任命為都頭。[17] 後來，武松犯案後投奔二龍山，成為該支「義軍」的三位主要頭領之一。[18] 蕭峰則在長白山空手打死老虎，並救了女真英雄完顏阿骨打，後來又救了大遼國皇帝耶律洪基並助其重奪帝位而被任命為楚王，官居南院大王。[19] 武松身為都頭以及山寨首領所發揮的作用並不大，武松在《水滸傳》中的篇幅及重要性也驟然減退，而蕭峰身為南院大王則負有南侵北宋的政治及軍事任務，由此而埋下其悲劇的根源，其命運再被逆轉。

16　金庸：《天龍八部》，第 3 冊，第 26 章，頁 1140—1141。
17　施耐庵、羅貫中：《水滸全傳》，第 1 冊，第 23 回，頁 350。
18　施耐庵、羅貫中：《水滸全傳》，第 3 冊，第 57 回，頁 963。
19　金庸：《天龍八部》，第 3 冊，第 27 章，頁 1185。

三、雪夜情挑

　　武松與蕭峰均非多情種子，而兩人卻又與女人有直接或間接的孽緣，以致招來橫禍。

1. 姦情

　　《天龍八部》中的孽緣被層層剝開，全緣於康敏對不獲蕭峰青睞的報復，而康敏則乃以《水滸傳》中的潘金蓮為原型。[20]《水滸傳》中武松的兄長武大郎是一個醜陋的侏儒，其美貌妻子潘金蓮試圖勾引叔叔武松而被拒，後被當地富戶西門慶勾引，姦情敗露後，兩人與王婆一起合謀毒死了武大郎。而《天龍八部》中的丐幫副幫主馬大元夫人康敏則在洛陽牡丹花會上一見蕭峰而傾心，因不獲其青睞而懷恨在心，遂設計伺機報復，先是色誘丐幫的白長老、徐長老及全冠清，並毒殺丈夫，再揭發蕭峰的契丹身份，將其逐出丐幫，從而掀起江湖的一場腥風血雨。

2. 情挑

　　潘金蓮情挑武松乃《水滸傳》中的重要一幕，金庸在《天龍八

20　有論者看不出康敏乃以潘金蓮為原型，卻從其瘋癲行為而作出論述，並涉及金庸自身的情感與工作態度，由此而「發現金庸自身的人格或精神分裂」。如此研究，殊不可取。詳見許興陽：〈嗜血的自戀者：金庸《天龍八部》中康敏行為分析〉，《皖西學院學報》，2012年第1期（2月），頁113—116。

雪夜情挑（王司馬 繪）

部》中對這一幕的挪用與改編則更是大肆渲染。

《水滸傳》中，潘金蓮情挑武松的情景如下：

　　　　那婦人也撥個杌子，近火邊坐了。火頭邊桌兒上，擺着杯盤。那婦人拿盞酒，擎在手裏，看着武松道：「叔叔滿飲此杯。」武松接過手來，一飲而盡。那婦人又篩一杯酒來說道：「天色寒冷，叔叔飲個成雙杯兒。」武松道：「嫂嫂自便。」接來又一飲而盡。武松卻篩一杯酒，遞與那婦人吃，婦人接過酒來吃了，卻拿注子再斟酒來，放在武松面前。

　　　　那婦人將酥胸微露，雲鬟半軃，臉上堆着笑容說道：「我聽得一個閒人說道：叔叔在縣前東街上，養着一個唱的，敢端的有這話麼？」武松道：「嫂嫂休聽外人胡說，武二從來不是這等人。」婦人道：「我不信，只怕叔叔口頭不似心頭。」武松道：「嫂嫂不信時，只問哥哥。」那婦人道：「他曉的甚麼！曉的這等事時，不賣炊餅了。叔叔且請一杯。」連篩了三四杯酒飲了。那婦人也有三杯酒落肚，哄動春心，那裏按納得住，只管把閒話來說。武松也知了八九分，自家只把頭來低了。

　　　　那婦人起身去盪酒，武松自在房裏拿起火箸簇火。那婦人暖了一注子酒來到房裏，一隻手拿着注子，一隻手便去武松肩胛上只一捏，說道：「叔叔，只穿這些衣裳不冷？」武松已自有五分不快意，也不應他。那婦人見他不應，劈手便來奪火箸，口裏道：「叔叔，你不會簇火，我與你撥火，只要一似火盆常熱便好。」武松有八分焦燥，只不做聲。那婦人慾心似火，不看武松焦燥，便放了火箸，卻篩一盞酒來，自呷

了一口，剩了大半盞，看着武松道：「你若有心，吃我這半盞
兒殘酒。」[21]

以上的場景，主要有酒、火以及酥胸，這一切均出現於《天龍八
部》之中，而人物關係卻略作調整，而幾乎令讀者渾然不覺。《天
龍八部》中，金庸則以馬夫人康敏情挑舊情人段正淳，而蕭峰此刻
則成為竊聽者以獲取破案真相：

> 東廂房窗中透出淡淡黃光，寂無聲息。蕭峰輕輕一躍，
> 已到了東廂房窗下。……蕭峰湊眼到破縫之上，向裏張去，
> 一看之下，登時呆了，幾乎不信自己的眼睛。
> 只見段正淳短衣小帽，盤膝坐在炕邊，手持酒杯，笑嘻
> 嘻的瞅着炕桌邊打橫而坐的一個婦人。
> 那婦人身穿縞素衣裳，臉上薄施脂粉，眉梢眼角，皆是
> 春意，一雙水汪汪的眼睛便如要滴出水來，似笑非笑、似嗔
> 非嗔的斜睨着段正淳，正是馬大元的遺孀馬夫人。[22]

此際，蕭峰作為窺密者盡悉一切陰謀的內幕：

> 此刻室中的情景，蕭峰若不是親眼所見，不論是誰說與
> 他知，他必斥之為荒謬妄言。他自在無錫城外杏子林中首次
> 見到馬夫人後，此後兩度相見，總是見她冷若冰霜，凜然有

21　施耐庵、羅貫中：《水滸全傳》，第 1 冊，第 24 回，頁 361—362。
22　金庸：《天龍八部》，第 3 冊，第 24 章，頁 1030—1031。

不可犯之色，連她的笑容也是從未一見，怎料得到竟會變成這般模樣。更奇的是，她以言語陷害段正淳，自必和他有深仇大恨，但瞧小室中的神情，酒酣香濃，情致纏綿，兩人四目交投，惟見輕憐密愛，那裏有半分仇怨？

桌上一個大花瓶中插滿了紅梅。炕中想是炭火燒得正旺，馬夫人頸中扣子鬆開了，露出雪白的項頸，還露出了一條紅緞子的抹胸邊緣。炕邊點着的兩枝蠟燭卻是白色的，紅紅的燭火照在她紅撲撲的臉頰上。屋外朔風大雪，斗室內卻是融融春暖。[23]

馬夫人道：「誰希罕你來向我獻殷勤了？我只是記掛你，身子安好麼？心上快活麼？大事小事都順遂麼？只要你好，我就開心了，做人也有了滋味。你遠在大理，我要打聽你的訊息，可有多難。我身在信陽，這一顆心，又有那一時、那一刻不在你的身邊？」

她越說越低，蕭峰只覺她的說話膩中帶澀，軟洋洋地，說不盡的纏綿宛轉，聽在耳中當真是盪氣迴腸，令人神為之奪，魂為之消。然而她的說話又似純係出於自然，並非有意的狐媚。他平生見過的人着實不少，真想不到世上竟會有如此艷媚入骨的女子。⋯⋯這位馬夫人卻是柔到了極處，膩到了極處，又是另一種風流。[24]

⋯⋯全身便似沒了半根骨頭，自己難以支撐，一片漆黑的長髮披下來，遮住了段正淳半邊臉。

23　金庸：《天龍八部》，第 3 冊，第 24 章，頁 1034。
24　金庸：《天龍八部》，第 3 冊，第 24 章，頁 1035。

……伸出雙臂，環抱在段正淳頸中，將臉頰挨在他臉
上，不住輕輕揉擦，一頭秀髮如水波般不住顫動。[25]

同是屋外大雪而屋內炭火高燒，同是扣子散開，很明顯潘金蓮可能
因為挑逗的是小叔子而在行為上還是比較收斂，而康敏則因為是段
正淳的老相好而且此刻有意令他喝下含有蒙汗藥的酒，便更加放蕩
地作出挑逗，金庸在此花了不少工夫，可謂色香味俱到，絲絲入
扣。金庸更為高明之處在於將角色功能分配於幾個次要角色擔當，
從而複雜化了整個事件，亦顯示出其在《水滸傳》基礎上的創造
力：

　　　　馬夫人……大聲道：「喬峰，你這狗賊！當年我惱你正眼
也不瞧我一眼，才叫馬大元來揭你瘡疤。馬大元說甚麼也不
肯，我才叫白世鏡殺了馬大元。你……你今日對我，仍絲毫
也不動心。」[26]

白世鏡與馬夫人又有姦情，而白世鏡則乃以《水滸傳》中的西門慶
為原型。

3. 合謀

　　《水滸傳》中，潘金蓮既與西門慶通姦，為成其好事與陰謀得

25　金庸：《天龍八部》，第 3 冊，第 24 章，頁 1036。
26　金庸：《天龍八部》，第 3 冊，第 24 章，頁 1073。

逞，王婆遂以「長做夫妻」為餌，並要潘金蓮以「毒藥」殺害武大郎。西門慶與王婆的對話如下：

> 王婆冷笑道：「我倒不曾見你是個把舵的，我是趁船的，我倒不慌，你倒慌了手腳。」西門慶道：「我枉自做了男子漢，到這般去處，卻擺佈不開。你有甚麼主見，遮藏我們則個。」
>
> 王婆道：「你們卻要長做夫妻，短做夫妻？」
>
> 西門慶道：「乾娘，你且說如何是長做夫妻，短做夫妻？」
>
> 王婆道：「若是短做夫妻，你們只就今日便分散。等武大將息好了起來，與他賠了話，武二歸來，都沒言語。待他再差使出去，卻再來相約；這是短做夫妻。你們若要長做夫妻，每日同一處，不擔驚受怕，我卻有一條妙計，只是難教你。」
>
> 西門慶道：「乾娘周全了我們則個，只要長做夫妻。」
>
> 王婆道：「這條計，用着件東西，別人家裏都沒，天生天化，大官人家裏卻有。」
>
> 西門慶道：「便是要我的眼睛，也剜來與你。卻是甚麼東西？」
>
> 王婆道：「如今這搗子病得重，趁他狼狽裏，便好下手。大官人家裏取些砒霜來，卻教大娘子自去贖一帖心疼的藥來，把這砒霜下在裏面，把這矮子結果了。一把火燒得乾乾淨淨的，沒了蹤跡，便是武二回來，待敢怎地？自古道：『嫂叔不通問。』『初嫁從親，再嫁由身。』阿叔如何管得？暗地裏來往半年一載，等待夫孝滿日，大官人娶了家去，這個不是長遠夫妻，偕老同歡？──此計如何？」西門慶道：「乾娘此計甚妙。自古道：『欲求生快活，須下死工夫。』罷，罷，

罷！一不做，二不休！」²⁷

《天龍八部》中，金庸則透過丐幫的吳長老與白世鏡的對質，道出馬夫人的姦情、「長久夫妻」之詞及毒計：

> 吳長老道：「這七香迷魂散，她從哪裏得來？」白世鏡臉有慚色，道：「是我給他的。我說：『小乖乖，咱們的事他已知道得清清楚楚，你說怎麼辦？』她說：『男子漢大丈夫，敢做就敢擔當！要是你怕了，即刻就請便吧，以後再也別來見我。』我說：『那可捨不得，我想跟你做長久夫妻。』她說：『行！先下手為強，後下手遭殃！』於是我傷了馬大元的喉頭，送了他性命。」²⁸

以上的誘餌及毒計幾乎沒分別，而結局卻頗為不同。《水滸傳》中，武松為報仇而先殺潘金蓮再殺西門慶，因此獲罪而被流放孟州。《天龍八部》中，蕭峰雖查獲馬夫人康敏謀殺親夫馬大元而卻沒有殺害她，而康敏卻陰差陽錯地被阿紫虐待，劃花了她一向自負的容顏，她最終是被鏡中自己的醜陋嚇死。金庸在處理馬夫人康敏被自己的醜陋容貌嚇死亦是花了心思，這位素以美貌自負並掀起軒然大波的女人，終有業報，可見容顏並非長久，一切皆鏡花水月，而同時在此亦突顯了阿紫之妒忌與狠毒，又令蕭峰對康敏多了一絲同情，同時亦少了武松血刃潘金蓮之血腥。

---

27 施耐庵、羅貫中：《水滸全傳》，第 1 冊，第 25 回，頁 397。
28 金庸：《天龍八部》，第 3 冊，第 24 章，頁 1063。

四、快活林與遼國皇位

1. 奪回快活林與皇位

　　《水滸傳》中，武松在孟州受到施恩的照顧並結為兄弟，為了報恩，武松醉打蔣門神，幫助施恩奪回了「快活林」酒店。[29] 而《天龍八部》中，蕭峰則在遼國備受耶律洪基之禮遇，同樣亦結為兄弟，適逢南院大王楚王及其父皇太叔趁耶律洪基外出圍獵而造反，耶律洪基一方處於劣勢，甚至有自盡之意，此際蕭峰想到的是：

> 　　此刻見義兄面臨危難，倒不便就此一走了之，好歹也要替他出番力氣，不枉了結義一場。[30]

蕭峰遂於百萬軍中，盡顯武功之作用，藏身馬腹之下，射殺楚王並擒獲皇太叔，[31] 平息動亂，助耶律洪基重奪皇位。

2. 喝酒與武功

　　酒與武功之結合與發揮，對於《水滸傳》中的武松與《天龍八部》中的蕭峰，均同樣重要，亦如出一轍。《水滸傳》中的武松在

29　施耐庵、羅貫中：《水滸全傳》，第 2 冊，第 29 回，頁 447—455。
30　金庸：《天龍八部》，第 3 冊，第 27 章，頁 1168—1169。
31　金庸：《天龍八部》，第 3 冊，第 27 章，頁 1181—1183。

醉打蔣門神之前，是一路喝酒前進的：

> 武松笑道：「我說與你，你要打『蔣門神』時出得城去，但遇着一個酒店，便請我吃三碗酒，若無三碗時，便不過望子去：這個喚做『無三不過望』。」施恩聽了想道：「這快活林離東門去，有十四五里田地，算來賣酒的人家，也有十二三家，若要每戶吃三碗時，恰好有三十五六碗酒，才到得那裏。恐哥哥醉了，如何使得？」武松大笑道：「你怕我醉了沒本事；我卻是沒酒沒本事。帶一分酒，便有一分本事，五分酒，五分本事。我若吃了十分酒，這氣力不知從何而來。若不是酒醉後了膽大，景陽岡上如何打得這隻大蟲？那時節我須爛醉了，好下手，又有力，又有勢。」……武松又行不到三四里路，再吃過十來碗酒。此時已有午牌時分，天色正熱，卻有些微風。武松酒卻湧上來，把布衫攤開。雖然帶着五七分酒，卻裝做十分醉的，前顛後偃，東倒西歪。[32]

《天龍八部》中，蕭峰在聚賢莊中逐一與眾江湖人物喝酒後展開生死決鬥，這便是以武松醉打蔣門神之前沿途喝酒作為原型：

> 喬峰說道：「兩位游兄，在下今日在此遇見不少故人，此後是敵非友，心下不勝傷感，想跟你討幾碗酒喝。」
>
> ……喬峰道：「小杯何能盡興？相煩取大碗裝酒。」兩

---

32 施耐庵、羅貫中：《水滸全傳》，第 2 冊，第 29 回，頁 450、452。

名莊客取出幾隻大碗，一罈新開封的白酒，放在喬峰面前桌上，在一隻大碗中斟滿了酒。喬峰道：「都斟滿了！」兩名莊客依言將幾隻大碗都斟滿了。

喬峰端起一碗酒來，說道：「這裏眾家英雄，多有喬峰往日舊交，今日既有見疑之意，咱們乾杯絕交。哪一位朋友要殺喬某的，先來對飲一碗，從此而後，往日交情一筆勾銷。我殺你不是忘恩，你殺我不算負義。天下英雄，俱為證見。」……

殊不知喬峰卻是多一分酒意，增一分精神力氣，連日來多遭冤屈，鬱悶難伸，這時將一切都拋開了，索性盡情一醉，大鬥一場。……

喬峰躍入院子，大聲喝道：「哪一個先來決一死戰！」群雄見他神威凜凜，一時無人膽敢上前。喬峰喝道：「你們不動手，我先動手了！」手掌揚處，砰砰兩聲，已有兩人中了劈空拳倒地。他隨勢衝入大廳，肘撞拳擊，掌劈腳踢，霎時間又打倒數人。[33]

酒意已有十分，內力鼓盪，酒意更漸漸湧將上來，雙掌飛舞，逼得眾高手無法近身。[34]

由此可見，蕭峰在酒量上似乎要比武松更厲害。而且，武松喝酒後面對的只是蔣門神及他的幾個伙計而已，而蕭峰酒後面對的卻是一眾江湖中人。《水滸傳》中的武松成為打虎英雄，金庸雖在《天龍

33　金庸：《天龍八部》，第 2 冊，第 19 章，頁 841—845。
34　金庸：《天龍八部》，第 2 冊，第 19 章，頁 847。

八部》在酒量與打虎方面給予了蕭峰極為瀟灑的表現，而在「聚賢莊」大戰這一幕上還算相當收斂，蕭峰雖然大開殺戒，卻仍是有所不敵，必須由其父蕭遠山出手搭救：

> 此時喬峰三處傷口血流如注，抱着阿朱的左手已無絲毫力氣，一給長繩捲起，阿朱當即滾落。眾人但見長索彼端是個黑衣大漢，站在屋頂，身形魁梧，臉蒙黑布，只露出了兩隻眼睛。那大漢左手抱起喬峰，挾在脅下，長繩甩出，捲住大門外聚賢莊高高的旗桿。群雄大聲呼喊，霎時間鋼鏢、袖箭、飛刀、鐵錐、飛蝗石、甩手箭，各種各樣暗器都向喬峰和那大漢身上射去。那黑衣大漢一拉長繩，悠悠飛起，往旗桿的旗斗中落去。騰騰、啪啪、嚓嚓，響聲不絕，數十件暗器都打在旗斗上。只見長索從旗斗中甩出，繞向八九丈外的一株大樹，那大漢挾着喬峰，從旗斗中盪出，頃刻間越過那株大樹，已在離旗桿十餘丈處落地。他跟着又甩長繩，再繞遠處大樹，如此幾個起落，已然走得無影無蹤。[35]

除卻後來中了遼國皇妃的蒙汗藥而被擒之外，這是蕭峰在《天龍八部》中唯一的一次力有不逮。即是說，蕭峰的酒量似乎要比武松還要厲害，而武松卻沒有像蕭峰一樣中過蒙汗藥而失手；在打虎的過程中，武松雖不及蕭峰般瀟灑，但卻在與敵人交鋒時又從沒像蕭峰在「聚賢莊」中一樣幾乎瀕臨被殺。由此可見，金庸雖將蕭峰寫成

35　金庸：《天龍八部》，第 2 冊，第 20 章，頁 862—863。

比武松更像「人間太歲神」，而實際上還是在某些場景中還其血肉之軀，整體的應變能力及保全自身方面，蕭峰實不如武松，而兩位英雄之不為美色所惑則如出一轍。

五、化裝逃亡及歸宿

1. 化裝逃亡

武松與蕭峰雖武功超群，然卻均須「化裝」以逃亡或避過追擊。在《水滸傳》中，武松在逃亡過程中，得到張青、孫二娘夫婦的幫助，假扮成帶髮修行的「行者」：

> 孫二娘道：「二年前，有個頭陀打從這裏過，吃我放翻了，把來做了幾日饅頭餡。卻留得他一個鐵界箍，一身衣服，一領皂布直裰，一條雜色短穗縧，一本度牒，一串一百單八顆人頂骨數珠，一個沙魚皮鞘子，插着兩把雪花鑌鐵打成的戒刀。這刀時常半夜裏鳴嘯的響，叔叔前番也曾看見。今既要逃難，只除非把頭髮剪了，做個行者，須遮得額上『金印』。又且得這本度牒保護身符，年甲貌相，又和叔叔相等，卻不是前緣前世？阿叔便應了他的名字，前路去，誰敢來盤問？這件事好麼？」……張青道：「我且與你扮一扮看。」孫二娘去房中取出包裹來，打開，將出許多衣裳，教武松裏外穿了。武松自看道：「卻一似與我身上做的。」着了皂直裰，

繫了縧，把氈笠兒除下來，解開頭髮，折疊起來，將界箍兒箍起，掛着數珠。張青、孫二娘看了，兩個喝采道：「卻不是前生注定！」武松討面鏡子照了，也自哈哈大笑起來。張青道：「二哥為何大笑？」武松道：「我照了自也好笑，我也做得個行者。大哥便與我剪了頭髮。」張青拿起剪刀，替武松把前後頭髮都剪了。[36]

因緣際會，武松喬裝為「行者」，亦即修行的佛教徒，由此亦決定了他在《水滸傳》中的形象及未來的歸宿。《天龍八部》中，蕭峰在追尋帶頭大哥的過程中得到阿朱的建議及幫忙，喬裝打扮，以避開中原江湖中人的追殺：

　　阿朱微笑道：「要他們認不出，那就容易不過。只是名滿天下的喬大俠，不知肯不肯易容改裝？」說到頭來，還是「易容改裝」四字。

　　喬峰笑道：「我不是漢人，這漢人的衣衫，本就不想穿了。但如穿上契丹人衣衫，在中原卻是寸步難行。阿朱，你說我扮作甚麼人的好？」

　　阿朱道：「你身材魁梧，一站出去就引得人人注目，最好改裝成一形貌尋常、身上沒絲毫特異之處的江湖豪士。這種人在道上一天能撞見幾百個，那就誰也不會來向你多瞧一眼。」

　　喬峰拍腿道：「妙極！妙極！喝完了酒，咱們便來改扮吧。」

36　施耐庵、羅貫中：《水滸全傳》，第 2 冊，第 31 回，頁 483。

他二十斤酒一喝完，阿朱當即動手。麵粉、漿糊、墨膠，各種各樣物事一湊合，喬峰臉容上許多與眾不同之處一一隱沒。阿朱再在他上唇加了淡淡一撇鬍子。喬峰一照鏡子，連自己也不認得了。阿朱跟着自己改裝，扮成個中年漢子。[37]

蕭峰之易容喬裝卻沒對他的命運有任何的警示，不久之後他便出手擊斃同樣是易容喬裝為段正淳而赴決鬥之約的阿朱。同樣是易容喬裝，武松最終是獲得了出家六和寺的圓滿歸宿，從血腥暴力中放下屠刀，從江湖風雨而終歸寧定智慧，然而蕭峰卻誤殺易容喬裝的阿朱，令他此後失去了一個導師般的伴侶，由此揭開了其人生悲劇的序幕。

2. 歸宿

武松與蕭峰在歸宿方面截然不同，這從他們喬裝上的不同已見徵兆。武松在征方臘時在陣上斷了一臂：

> 那包天師在馬上，見武松使兩口戒刀，步行直取鄭彪，包道乙便向鞘中掣出那口玄元混天劍來，從空飛下，正砍中武松左臂，血暈倒了。卻得魯智深一條禪杖忿力打入去，救得武松時，已自左臂砍得伶仃將斷，卻奪得他那口混天劍。武松醒來，看見左臂已折，伶仃將斷，一發自把戒刀割斷了。[38]

37　金庸：《天龍八部》，第 3 冊，第 21 章，頁 890—891。
38　施耐庵、羅貫中：《水滸全傳》，第 4 冊，第 117 回，頁 1757—1758。

最終，斷臂的武松出家於六和寺，由此而獲得了與魯智深般的智慧，算是因禍得福，終得善終，冥冥之中終應「行者」之名。而蕭峰則因拒絕執行耶律洪基的南侵命令，在遼、宋之間，在忠、義兩難全之下，挾迫遼帝放棄南侵後自殺身亡：

> 蕭峰大聲道：「陛下，蕭峰是契丹人，今日威迫陛下，成為契丹的大罪人，此後有何面目立於天地之間？」拾起地下的兩截斷箭，內功運處，雙臂一回，噗的一聲，插入了自己的心口。
>
> 耶律洪基「啊」的一聲驚叫，縱馬上前幾步，但隨即又勒馬停步。
>
> 虛竹和段譽只嚇得魂飛魄散，雙雙搶近，齊叫：「大哥，大哥！」卻見兩截斷箭插正了心臟，蕭峰雙目緊閉，已然氣絕。
>
> 虛竹忙撕開他胸口的衣衫，欲待施救，但箭中心臟，再難挽救，只見他胸口肌膚上刺着一個青的狼頭，張口露齒，神情極是猙獰。[39]

失去阿朱的蕭峰，基本亦令其情俠結構失衡，[40] 蕭峰選擇了如尸毗

---

39 金庸：《天龍八部》，第 5 冊，第 50 章，頁 2189。
40 相關論述可參閱陳岸峰：《醍醐灌頂：金庸武俠小説中的思想世界》，頁 130—152。

王般的捨身餵鷹的大慈悲，以自殺阻遼帝南侵的悲劇而告終。[41]

由以上分析可見，金庸乃以《水滸傳》中的武松的形象以及事跡（俗稱「武八回」）來塑造《天龍八部》中的蕭峰。然而，金庸又對蕭峰此人物的命運作出迥然不同於武松的書寫而又富有創作性之所在，便是以銅鏡、湖水及相關象徵以對其命運作出預示，由此而令蕭峰以至於《天龍八部》整部小説獲得了極富哲學意味的色彩。

六、鏡花水月

金庸在《水滸傳》中的武松這一人物的基礎上塑造了蕭峰的形象，而他的巧思之所在又在於命運悲劇性的力度上賦予蕭峰截然不同於武松之所在。此中，「銅鏡」與湖水的意象與功能，在《天龍八部》中具有極為重要的象徵意義，卻從未有論者拈出予以論述。

銅鏡在《天龍八部》中具有多重功能，意義非凡，亦乃此小説之關鍵所在。在蕭峰大鬧少林寺時，銅鏡第一次出現。

在少林寺中，蕭峰吃了一驚：「好身手，這人是誰？」[42] 這好身手而令他大吃一驚的高手，其實便是他自己：

41　然而有論者認為：「蕭峰不夠英雄的另一原因，正是他不能勘破狹隘的民族觀，他敢於正面抗衡披着民族大義外衣、以圖成就個人名望權位的耶律洪基，若果他再能看破虛名，不怕被誣為『遼奸』而不自殺，他的勝利才能算更為全面。」見潘國森：《話説金庸》，頁 96。金庸乃將蕭峰置於當時的歷史時空，蕭峰自然具有忠義兩難任之困境，亦唯有自殺以謝罪，蕭峰方才具備《大莊嚴論經》中的尸毘王捨身餵鷹的大慈悲。

42　金庸：《天龍八部》，第 2 冊，第 18 章，頁 792。

鏡子將自己的人影照了出來。銅鏡上鐫着四句經偈，佛像前點着幾盞油燈，昏黃的燈光之下，依稀看到是：「一切有為法，如夢幻泡影，如露亦如電，當作如是觀。」[43]

金庸以銅鏡對蕭峰作出預示性的棒喝，剎那間蕭峰似乎窺視到自己的命運。其時，他在讚美那男子樣貌堪比段譽，可見他仍為幻象所惑，猛然又似乎有所省悟：「我不久之前曾見過我自己的背影，那是在甚麼地方？」[44] 其實，那背影便是阿朱的易容喬裝。銅鏡亦助蕭峰避過偷襲：

對面銅鏡將這一腳偷襲照得清清楚楚，那僧斜身避過，反手還掌。[45]

同時，銅鏡在此又變為防守的盾：

一移銅鏡，已護住了虛清，只聽得啪的一聲悶響，銅鏡聲音啞了，原來這鏡子已為玄難先前的掌力打裂，這時再受到玄慈方丈的金剛劈空拳，便聲若破鑼。[46]

刻有偈語的銅鏡如今碎裂，亦即預兆了蕭峰的命運：「每塊碎片之

43　金庸：《天龍八部》，第 2 冊，第 18 章，頁 792。
44　金庸：《天龍八部》，第 2 冊，第 18 章，頁 792。
45　金庸：《天龍八部》，第 2 冊，第 18 章，頁 794。
46　金庸：《天龍八部》，第 2 冊，第 18 章，頁 799。

中，都映出了他的後影。」[47] 此即象徵人生之鏡花水月，預兆蕭峰在江湖上之身敗名裂：

> 為甚麼每次我看到自己背影，總是心下不安？到底其中有甚麼古怪？[48]

如此不祥的感覺，最終將成事實：

> 突然之間，想起在少林寺菩提院的銅鏡之中，曾見到自己背影，當時心中一凜，隱隱約約覺得有甚麼不安，這時聽她說了改裝脫險之事，又忽起這不安之感，而且比之當日在少林寺時更加強烈。[49]

「不安」之感，終將成為蕭峰與阿朱的命運的預兆。又：

> 原來這時他才恍然想起，那日在無錫趕去相救丐幫眾兄弟，在道上曾見到一人背影，當時未曾在意，直至在菩提院的銅鏡中見到自己背影，才隱隱約約想起，那人的背影和自己直是一般無異，那股不安之感，便由此而起，然而心念模糊，渾不知為了何事。[50]

47　金庸：《天龍八部》，第 2 冊，第 18 章，頁 800。
48　金庸：《天龍八部》，第 2 冊，第 18 章，頁 800。
49　金庸：《天龍八部》，第 2 冊，第 20 章，頁 873。
50　金庸：《天龍八部》，第 2 冊，第 20 章，頁 873。

及至追尋帶頭大哥至大理，在阮星竹別墅附近的湖水又猶如少林寺中的銅鏡，預示蕭峰的命運：

> 在月光下見到自己映在湖中的倒影，淒淒冷冷，孤單異想，心中一酸……手出一掌，勁風到處，擊得湖水四散飛濺，湖中影子也散成了一團碎片。[51]

銅鏡的預兆及其延伸，一直縈繞於蕭峰心中，可惜他乃被置於「命運」的波濤之中，無力回天。銅鏡的再一次出現，即報應在謀害他的康敏身上：

> 惶急、兇狠、惡毒、怨恨、痛楚、惱怒，種種醜惡之情……她一生自負美貌，可是在臨死之前，卻在鏡中見到了自己這般醜陋的模樣。[52]

一切皆是鏡花水月，康敏自負的美貌與計謀，亦復如此，最終竟被自己素以自負的美貌嚇死。而臨死之前，她仍忘不了她用盡毒計、色相以迫害為她所陷害的蕭峰。這一切均源於慾念之失控，而這一切在銅鏡中所呈現的則為醜陋。如此書寫，無疑已從現實情慾之糾纏而上升至哲理的探討，終歸到底，人間一切均是鏡花水月之如夢如幻。然而，這鏡花水月的命運播弄終非一介勇夫如蕭峰者所能擺脫，故此蕭峰雖恍恍惚惚若有所悟，命運的悲劇預示一而再再而三

51　金庸：《天龍八部》，第 3 冊，第 23 章，頁 1026。
52　金庸：《天龍八部》，第 3 冊，第 24 章，頁 1077。

地出現於其眼前腦海，而他卻又不自主地一步步走向命運的悲劇性歸宿。這便是金庸在《天龍八部》中賦予蕭峰不同於武松之所在，亦是他賦予《天龍八部》的形而上的哲理之所在。

七、結語

簡而言之，金庸塑造蕭峰此人物及其人生軌跡乃按《水滸傳》中的武松為原型而展開其創造性的書寫：一、以潘金蓮為原型的康敏的揭露蕭峰的契丹身世而揭開悲劇的序幕；二、《水滸傳》中以潘金蓮情挑武松，《天龍八部》中的康敏則情挑段正淳而洩露其謀害蕭峰之陰謀；三、潘金蓮與西門慶合謀殺夫，馬夫人康敏則與白世鏡等殺馬副幫主；四、武松與蕭峰均打虎而有奇遇，為命運之改寫埋下伏筆；五、武松為施恩奪回快活林，蕭峰則為遼帝奪回皇位，又各招來橫禍；六、武松血濺鴛鴦樓而復仇，蕭峰則在「聚賢莊」大戰以與中原武林決裂；七、武松上了二龍山當了二頭領，蕭峰則成為遼國的南院大王；八、武松征方臘而斷一臂，蕭峰止遼帝南侵而一死以謝罪，武松獲得了出家的寧定與智慧，而蕭峰則捨身餵鷹，成其為俠之大者。不同的是，蕭峰於銅鏡與湖水之反照及對偈語雖不甚理解，而其經歷種種卻均闡釋了人在命運的播弄下如鏡花水月般的如夢如幻之佛家思想。這便是金庸在《天龍八部》中為以《水滸傳》中的武松為原型的蕭峰所添加的宿命，由此而令蕭峰具有比武松更為震撼人心的悲劇色彩，更將《天龍八部》在武俠與江湖的刀光劍影的層面之上推至了佛家哲理之思索，此乃其在挪用之外的創造性所在。

附錄

一、《天龍八部》與《紅樓夢》

《天龍八部》中的段譽的原型乃《紅樓夢》中的賈寶玉。

1. 名字的寓意

段譽即「斷慾」，寶玉即「飽慾」。段譽正為慾望過盛，逢美便愛，實為「心象」，終有領悟，即為「斷慾」。寶玉之出家，在家飽嘗一切慾望，終以出家以了斷一切。二者名字稍異，歸宿如一。

2. 癡

賈寶玉的癡：

> 那林黛玉正自傷感，忽聽山坡上也有悲聲，心下想道：「人人都笑我有些癡病，難道還有一個癡子不成？」想着，抬頭一看，見是寶玉。[53]

而段譽則是：

> 爹爹媽媽常叫我「癡兒」，說我從小對喜愛的事物癡癡迷迷……[54]

---

53 曹雪芹著；俞平伯校訂；王惜時參校：《紅樓夢八十回校本》（北京：人民文學出版社，1993），上冊，第 28 回，頁 285。

54 金庸：《天龍八部》，第 1 冊，第 2 章，頁 63。

3. 父親要寶玉讀書求功名，寶玉不聽而被打：

> 小廝們不敢違，只得將寶玉按倒凳上，舉起大板，打了十來下。寶玉自知不能討饒，只是嗚嗚的哭。賈政猶嫌打的太輕，一腳踢開掌板的，自己奪過來，狠命的又打了三四十下。[55]

同樣父輩要段譽練武功，段譽索性逃跑：

> 這一次爹爹叫我開始練武，恰好我正在研讀易經，連吃飯時筷子伸出去挾菜，也想着這一筷的方位是「大有」呢還是「同人」。我不肯學武，到底是為了不肯拋下易經不理呢，還是當真認定不該學打人殺人的法子？爹爹說我「強辭奪理」，只怕我當真有點強辭奪理，也未可知。媽最明白我的脾氣，勸我爹爹說，「這癡兒那一天愛上了武功，你就是逼他少練一會兒，他也不會聽。他此刻既然不肯學，硬掀着牛頭喝水，那終究不成。」唉，要我立志做甚麼事可難得很，倒盼望我那一天迷上了練武，爹爹、媽媽，還有伯父，自然歡喜得很。我練好了武功，不打人、不殺人就是了，練武也不是非殺人不可。[56]

55　曹雪芹著；俞平伯校訂；王惜時參校：《紅樓夢八十回校本》，上冊，第33回，頁346。

56　金庸：《天龍八部》，第1冊，第2章，頁63。

4. 段譽視王語嫣為仙子而自己為凡夫俗子，寶玉則視女人為水，男子為泥：

> 説起孩子話來也奇怪，他説：「女兒是水作的骨肉，男人是泥作的骨肉。我見了女兒，我便清爽；見了男子，便覺濁臭逼人。」[57]

5. 賈寶玉為花園命名而大顯才華：

> 抬頭忽見山上有鏡面白石一塊，正是迎面留題處。賈政回頭笑道：「諸公請看此處，題以何名方妙？」眾人聽説，也有説該題「疊翠」二字，也有説該題「錦嶂」的，又有説「賽香爐」的，又有説「小終南」的，種種名色，不止幾十個。原來眾客心中早知賈政要試寶玉的功業進益何如，只將些俗套來敷衍。寶玉亦料定此意。
> 賈政聽了，便命寶玉擬來。寶玉道：「嘗聽見古人有云：編新不如述舊，刻古終勝雕今。況此處並非主山正景，原無可題之處，不過是探景一進步耳，莫若直書古人『曲徑通幽處』這句舊詩在上，倒還大方氣派。」眾人聽了，都讚道：「是極，二世兄天分高，才情遠，不似我們讀腐了書的。」賈政笑道：「不可謬獎。他年小，不過以一知充十用，取笑罷了。再俟選擬。」

---

[57] 曹雪芹著；俞平伯校訂；王惜時參校：《紅樓夢八十回校本》，上冊，第 2 回，頁 19。

説着，進入石洞來。只見佳木蘢蔥，奇花熌灼，一帶清流，從花木深處曲折瀉於石隙之下。再進數步，漸向北邊，平坦寬豁。兩邊飛樓插空，雕甍繡檻皆隱於山坳樹杪之間。俯而視之，則青溪瀉雪，石磴穿雲，白石為欄，環抱池沿；石橋三港，獸面啣吐。橋上有亭。賈政與諸人上了亭子，倚欄坐了。因問：「諸公以何題此？」諸人都道：「當日歐陽公醉翁亭記有云：『有亭翼然』，就名『翼然』。」賈政笑道：「『翼然』雖佳，但此亭壓水而成，還須偏於水題方稱。依我拙裁，歐陽公之『瀉出於兩峰之間』，竟用他這一個『瀉』字。」有一客道：「是極，是極。竟是『瀉玉』二字妙。」賈政拈髯尋思，因抬頭見寶玉侍側，便笑命他擬一個來。寶玉聽説，連忙回道：「老爺方才所議已是。但是如今追究了去，似乎當日歐陽公題釀泉用一『瀉』字則妥，今日此泉若亦用『瀉』字，則覺不妥。況此處雖省親駐蹕別墅，亦當入於應制之例，用此等字眼，亦覺粗陋不雅。求再擬較些蘊藉含蓄者。」賈政笑道：「諸公聽此論若何？方才眾人編新，你又説不如述古；我們如今述古，你又説『粗陋不妥』。你且説你的來，我聽。」寶玉道：「有用『瀉玉』二字，莫若『沁芳』二字，豈不新雅？」賈政拈髯點頭不語。眾人都忙迎合，讚寶玉才情不凡。賈政道：「匾上二字容易，再作一副七言對聯來。」寶玉聽説，立於亭上，四顧一望，便機上心來，乃念道：「繞堤柳借三篙翠，隔岸花分一脈香。」

　　賈政聽了，點頭微笑。眾人先（又）稱讚不已。於是出亭過池，一山一石，一花一木，莫不著意觀覽。忽抬頭看見前面一帶粉垣，裏面數楹精舍，有千百竿翠竹遮映，眾人都

道：「好個所在！」於是大家進入，只見入門便是曲折遊廊，階下石子漫成甬路。上面小小兩三間房舍，一明兩暗，裏面都是合着地步打就的牀几椅案。從裏間房內，又得一小門出去，則是後院，有大株梨花兼着芭蕉，又有兩間小小退步。後院牆下忽開一隙，得泉一派，開溝僅尺許，灌入牆內，繞階緣屋，至前院盤旋竹下而出。賈政笑道：「這一處還罷了。若能月夜坐此窗下讀書，不枉虛生一世。」說畢，看着寶玉，嚇的寶玉忙垂了頭。眾人忙用話開釋，又說道：「此處的匾該題四個字。」賈政笑問那四字。一個道是「淇水遺風」，賈政道「俗」；又一個說是「睢園雅跡」，賈政道「也俗」。賈珍笑道：「還是寶兄弟擬一個來。」賈政道：「他未曾做，先就要議論人家的好歹，可見就是個輕薄人。」眾客道：「議論的極是，其奈他何。」賈政忙道：「休如此縱了他。」因命他道：「今日任你狂為亂道，先設議論來，然後方許你做。方才眾人說的可有使得的？」寶玉見問，答道：「都似不妥。」賈政冷笑道：「怎麼不妥？」寶玉道：「這是第一處行幸之處，必須頌聖方可。若用四字的匾，又有古人現成的，何必再做？」賈政道：「難道『淇水』『睢園』不是古人的？」寶玉道：「這太板腐了。莫若『有鳳來儀』四字。」眾人都閧然叫妙。⋯⋯

　　寶玉卻等不得了，也不等賈政的命，便說道：「舊詩有云：『紅杏梢頭掛酒旗』，如今莫若『杏簾在望』四字。」眾人都道：「好個『在望』。又暗合『杏花村』意。」寶玉冷笑道：「村名若用『杏花』二字則俗陋不堪了。又有古人詩云：『柴門臨水稻花香』，何不就用『稻香村』的妙？」眾人聽了，一發閧聲拍手道妙。⋯⋯

寶玉道：「果然不是。這些之中也有藤蘿薜荔。那香的是杜若蘅蕪，那一種大約是茝蘭，這一種大約是清葛，那一種是金䔭草，這一種是玉蕗藤，紅的自然是紫芸，綠的定是青芷。想來離騷文選等書上所有的那些異草：也有叫作甚麼藿蒳薑彙的，也有叫作甚麼綸組紫絳的，還有石帆水松扶留等樣，又有叫作甚麼綠荑的，還有甚麼丹椒蘼蕪風連。如今年深歲改，人不能識，故皆像形奪名，漸漸的喚差了也是有的。」未及說完，賈政喝道：「誰問你來！」嚇的寶玉倒退，不敢再說。……

　　說着一徑引人繞着碧桃花，穿過一層竹籬花障編就的月洞門，俄見粉墙環護，綠柳周垂。賈政與眾人進去，一入門，兩邊都是遊廊相接。院中點綴幾塊山石，一邊種着幾本芭蕉；那一邊乃是一棵西府海棠，其勢若傘，絲垂翠縷，葩吐丹砂。眾人讚道：「好花，好花。從來也見過許多海棠，那裏有這樣妙的。」賈政道：「這叫作『女兒棠』，乃是外國之種。俗傳係出女兒國中，云彼國此種最盛，亦荒唐不經之說罷了。」眾人笑道：「雖然不經，如何此名傳久了？」寶玉道：「大約騷人詠士，以此花之色紅暈若施脂，輕弱似扶病，大近乎閨閣風度，所以以女兒命名。想因被世間俗惡聽了，他便以野史纂入為証，以俗傳俗，以訛傳訛，都認真了。」眾人都搖身讚妙。一面說話，一面都在廊外抱廈下打就的榻上坐了。賈政因問：「想幾個甚麼新鮮字來題此？」一客道：「『蕉鶴』二字最妙。」又一個道：「『崇光泛彩』方妙。」賈政與眾人都道：「好個『崇光泛彩』。」寶玉也道：「妙極。」又嘆：「只是可惜了。」眾人問：「如何可惜？」寶玉道：「此處蕉棠

兩植，其意暗蓄『紅』『綠』二字在內。若只說蕉，則棠無着落，若只說棠，蕉亦無着落。固有蕉無棠不可，有棠無蕉更不可。」賈政道：「依你如何？」寶玉道：「依我題『紅香綠玉』四字，兩全其妙。」[58]

而段譽則在「曼陀山莊」中大炫茶花知識：

> 他低了頭呆呆出神，只見四個婢女走入船艙，捧了四盆花出來。段譽一見，不由得精神一振。四盆都是山茶，更是頗為難得的名種。普天下山茶花以大理居首，而鎮南王府中名種不可勝數，更是大理之最。段譽從小就看慣了，暇時聽府中十餘名花匠談論講評，山茶的優劣習性自是爛熟於胸，那是不習而知，猶如農家子弟必辨菽麥、漁家子弟必識魚蝦一般。他在曼陀山莊中行走里許，未見真正了不起的佳品，早覺「曼陀山莊」四字未免名不副實，此刻見到這四盆山茶，暗暗點頭，心道：「這才有點兒道理。」

> 只聽得王夫人道：「小茶，這四盆『滿月』山茶，得來不易，須得好好照料。」那叫做小茶的婢女應道：「是！」段譽聽她這句話也太外行，嘿的一聲冷笑。王夫人又道：「湖中風大，這四盆花在船艙裏放了幾天，不見日光，快拿到日頭裏曬曬，多上些肥料。」小茶又應道：「是！」段譽再也忍耐不住，放聲大笑。

---

58 曹雪芹著；俞平伯校訂；王惜時參校：《紅樓夢八十回校本》，上冊，第 17 回，頁 163—171。

王夫人聽他笑得古怪，問道：「你笑甚麼？」段譽道：「我笑你不懂山茶，偏偏要種山茶。如此佳品竟落在你的手中，當真是焚琴煮鶴，大煞風景之至。可惜，可惜，好生令人心疼。」王夫人怒道：「我不懂山茶，難道你就懂了？」突然心念一動：「且慢！他是大理人姓段，說不定倒真懂得山茶花。」但兀自說得嘴硬：「本莊名叫曼陀山莊，莊內莊外都是曼陀羅花，你瞧長得何等茂盛爛漫？怎說我不懂山茶？」段譽微笑道：「庸脂俗粉，自然粗生粗長。這四盆白茶卻是傾城之色，你這外行人要是能種得好，我就不姓段。」

　　王夫人極愛茶花，不惜重資，到處去收購佳種，可是移植到曼陀山莊之後，竟沒一本名貴茶花能欣欣向榮，往往長得一年半載，便即枯萎，要不然便奄奄一息。她常自為此煩惱，聽得段譽的話後，不怒反喜，走上兩步，問道：「我這四盆白花有甚麼不同？要怎樣才能種好？」段譽道：「你如向我請教，當有請教的禮數，倘若威逼拷問，你先砍了我的雙腳，再問不遲。」

　　王夫人怒道：「要斬你雙腳，又有甚麼難處？小詩，先去將他左足砍了。」那名叫小詩的婢女答應了一聲，挺劍上前。阿碧急道：「舅太太，勿來事格，你倘若傷仔俚，這人倔強之極，寧死也不肯說了。」王夫人原意本在嚇嚇段譽，左手一舉，小詩當即止步。

　　段譽笑道：「你砍下我的雙腳，去埋在這四本白茶之旁，當真是上佳的肥料，這些白茶就越開越大，說不定有海碗大小，哈哈，美啊，妙極！妙極！」

　　王夫人心中本就這樣想，但聽他語氣說的全是反語，一

時倒說不出話來，怔了一怔，才道：「你胡吹甚麼？我這四本白茶，有甚麼名貴之處，你且說來聽聽。倘若說得對了，再禮待你不遲。」

段譽道：「王夫人，你說這四本白茶都叫做『滿月』，壓根兒就錯了。你連花也不識，怎說得上懂花？其中一本叫作『紅妝素裹』，一本叫作『抓破美人臉』。」王夫人奇道：「『抓破美人臉』？這名字怎地如此古怪？是哪一本？」

段譽道：「你要請教在下，須得有禮才是。」

……王夫人卻甚有得意之色，說道：「段公子，你大理茶花最多，但和我這裏相比，只怕猶有不如。」段譽點頭道：「這種茶花，我們大理人確是不種的。」王夫人笑吟吟的道：「是麼？」段譽道：「大理就是尋常鄉下人，也懂得種這些俗品茶花，未免太過不雅。」王夫人臉上變色，怒道：「你說甚麼？你說我這些茶花都是俗品？你這話未免……欺人太甚。」

段譽道：「夫人既不信，也只好由得你。」指着樓前一株五色斑斕的茶花，說道：「這一株，想來你是當作至寶了，嗯，這花旁的玉欄干，乃是真正的和闐美玉，很美，很美。」他嘖嘖稱賞花旁的欄干，於花朵本身卻不置一詞，就如品評旁人書法，一味稱讚墨色烏黑、紙張名貴一般。

這株茶花有紅有白，有紫有黃，花色極是繁富華麗，王夫人向來視作珍品，這時見段譽頗有不屑之意，登時眉頭蹙起，眼中露出了殺氣。段譽道：「請問夫人，此花在江南叫作甚麼名字？」王夫人氣忿忿的道：「我們也沒甚麼特別名稱，就叫它五色茶花。」段譽微笑道：「我們大理人倒有一個名字，叫它作『落第秀才』。」

王夫人「呸」的一聲，道：「這般難聽，多半是你捏造出來的。這株花富麗堂皇，那裏像個落第秀才了？」段譽道：「夫人你倒數一數看，這株花的花朵共有幾種顏色。」王夫人道：「我早數過了，至少也有十五六種。」段譽道：「一共是十七種顏色。大理有一種名種茶花，叫作『十八學士』，那是天下的極品，一株上共開十八朵花，朵朵顏色不同，紅的就是全紅，紫的便是全紫，決無半分混雜。而且十八朵花形狀朵朵不同，各有各的妙處，開時齊開，謝時齊謝，夫人可曾見過？」王夫人怔怔的聽着，搖頭道：「天下竟有這種茶花！我聽也沒聽過。」

　　段譽道：「比之『十八學士』次一等的，『十三太保』是十三朵不同顏色的花生於一株，『八仙過海』是八朵異色同株，『七仙女』是七朵，『風塵三俠』是三朵，『二喬』是一紅一白的兩朵。這些茶花必須純色，若是紅中夾白，白中帶紫，便是下品了。」王夫人不由得悠然神往，抬起了頭，輕輕自言自語：「怎麼他從來不跟我說。」

　　段譽又道：「『八仙過海』中必須有深紫和淡紅的花各一朵，那是鐵拐李和何仙姑，要是少了這兩種顏色，雖然是八色異花，也不能算『八仙過海』，那叫做『八寶妝』，也算是名種，但比『八仙過海』差了一級。」王夫人道：「原來如此。」

　　段譽又道：「再說『風塵三俠』，也有正品和副品之分。凡是正品，三朵花中必須紫色者最大，那是虯髯客，白色者次之，那是李靖，紅色者最嬌艷而最小，那是紅拂女。如果紅花大過了紫花、白花，便屬副品，身份就差得多了。」有言道是「如數家珍」，這些各種茶花原是段譽家中的珍品，他

説起來自是熟悉不過。王夫人聽得津津有味，嘆道：「我連副品也沒見過，還說甚麼正品。」

段譽指着那株五色茶花道：「這一種茶花，論顏色，比十八學士少了一色，偏又是駁而不純，開起來或遲或早，花朵又有大有小。它處處東施效顰，學那十八學士，卻總是不像，那不是個半瓶醋的酸丁麼？因此我們叫它作『落第秀才』。」王夫人不由得噗哧一聲，笑了出來，道：「這名字起得也忒尖酸刻薄，多半是你們讀書人想出來的。」

……王夫人出神半晌，轉過話題，說道：「適才得聞公子暢說茶花品種，令我茅塞頓開。我這次所得的四盆白茶，蘇州城中花兒匠說叫做滿月，公子卻說其一叫作『紅妝素裹』，另一本叫作『抓破美人臉』，不知如何分別，願聞其詳。」

段譽道：「那本大白花而微有隱隱黑斑的，才叫作『滿月』，那些黑斑，便是月中的桂枝。那本白瓣上有兩個橄欖核兒黑斑的，卻叫作『眼兒媚』。」王夫人喜道：「這名字取得好。」

段譽又道：「白瓣而灑紅斑的，叫作『紅妝素裹』。白瓣而有一抹綠暈、一絲紅條的，叫作『抓破美人臉』，但如紅絲多了，卻又不是『抓破美人臉』了，那叫作『倚欄嬌』。夫人請想，凡是美人，自當嫻靜溫雅，臉上偶爾抓破一條血絲，總不會自己梳裝時粗魯弄損，也不會給人抓破，只有調弄鸚鵡之時，給鳥兒抓破一條血絲，卻也是情理之常。因此花瓣這抹綠暈，是非有不可的，那就是綠毛鸚哥。倘若滿臉都抓

破了，這美人老是與人打架，還有甚麼美之可言？」[59]

6. 兩人同樣整天周旋於不同女子間而煩惱不休。

7. 段譽與寶玉最終也是完婚後再出家為僧。

二、《水滸傳》中的魯智深與《天龍八部》中的虛竹

1. 《水滸傳》中的魯智深又名「花和尚」，嗜酒好肉：

> 智深猛聞得一陣肉香，走出空地上看時，只見牆邊沙鍋裏煮着一隻狗在那裏。智深道：「你家見有狗肉，如何不賣與俺吃？」莊家道：「我怕你是出家人，不吃狗肉，因此不來問你。」智深道：「洒家的銀子有在這裏。」便將銀子遞與莊家道：「你且賣半隻與俺。」那莊家連忙取半隻熟狗肉，搗些蒜泥，將來放在智深面前。智深大喜，用手扯那狗肉，蘸着蒜泥吃，一連又吃了十來碗酒。吃得口滑，只顧要吃，那裏肯住。莊家倒都呆了，叫道：「和尚，只恁地罷！」智深睜起眼道：「洒家又不白吃你的，管俺怎地？」莊家道：「再要多少？」智深道：「再打一桶來。」莊家只得又舀一桶來。智深無移時又吃了這桶酒，剩下一腳狗腿，把來揣在懷裏，臨出門又道：「多的銀子，明日又來吃。」嚇得莊家目瞪口呆，罔知所

59　金庸：《天龍八部》，第 2 冊，第 12 章，頁 500—505。

措。看見他早望五台山上去了。[60]

金庸則同樣安排《天龍八部》中的少林和尚虛竹吃肉，場面同樣充滿喜劇味道：

> 說話之間，店伴端上兩碗素麵。虛竹道：「相公，小僧要吃麵了。」那少年道：「青菜蘑菇，沒點油水，有甚麼好吃？來來來，你到我這裏來，我請你吃白肉，吃燒雞。」虛竹道：「罪過，罪過。小僧一生從未碰過葷腥，相公請便。」說着側過身子，自行吃麵，連那少年吃肉吃雞的情狀也不願多看。

> 他肚中甚飢，片刻間便吃了大半碗麵，忽聽得那少年叫道：「咦，這是甚麼？」虛竹轉過頭去，只見那少年右手拿着一隻羹匙，舀了一羹匙湯正待送入口中，突然間發見了甚麼奇異物件，羹匙離口約有半尺便停住了，左手在桌上撿起一樣物事。那少年站起身來，右手捏着那件物事，走到虛竹身旁，說道：「和尚，你瞧這蟲奇不奇怪？」

> 虛竹見他捏住的是一枚黑色小甲蟲，這種黑甲蟲到處都有，決不是甚麼奇怪物事，便問：「不知有何奇處？」那少年道：「你瞧這蟲殼兒是硬的，烏亮光澤，像是塗了一層油一般。」虛竹道：「嗯，一般甲蟲，都是如此。」那少年道：「是麼？」將甲蟲丟在地下，伸腳踏死，回到自己座頭。虛竹嘆道：「罪過，罪過！」重又低頭吃麵。

60　施耐庵、羅貫中：《水滸全傳》，第 1 冊，第 4 回，頁 71—72。

他整日未曾吃過東西，這碗麵吃來十分香甜，連麵湯也喝了個碗底朝天，他拿過第二碗麵來，舉箸欲食，那少年突然哈哈大笑，說道：「和尚，我還道你是個嚴守清規戒律的好和尚，豈知卻是個口是心非的假正經。」盧竹道：「我怎麼口是心非了？」那少年道：「你說這一生從未碰過葷腥，這一碗雞湯麵，怎麼卻又吃得如此津津有味。」

盧竹道：「相公說笑了。這明明是碗青菜蘑菇面，何來雞湯？我關照過店伴，半點葷油也不能落的。」那少年微笑道：「你嘴裏說不茹葷腥，可是一喝到雞湯，便咂嘴咂舌的，可不知喝得有多香甜。和尚，我在這碗麵中，也給你加上一匙羹雞湯罷！」說着伸匙羹在面前盛燒雞的碗中，舀上一匙湯，站起身來。

盧竹大吃一驚，道：「你……你……你剛才……已經……」

那少年笑道：「是啊，剛才我在那碗麵中，給你加上了一匙羹雞湯，你難道沒瞧見？啊喲，和尚，你快快閉上眼睛，裝作不知，我在你麵中加上一匙羹雞湯，包你好吃得多，反正不是你自己加的，如來佛祖也不會怪你。」

盧竹又驚又怒，才知他捉個小甲蟲來給自己看，乃是聲東擊西，引開自己目光，卻乘機將一匙羹雞湯倒入面中，想起喝那麵湯之時，確是覺到味道異常鮮美，只是一生之中從來沒喝過雞湯，便不知這是雞湯的滋味，現下雞湯已喝入肚中，那便如何是好？是不是該當嘔了出來？一時之間彷徨無計。

那少年忽道：「和尚，你要找的那六個和尚，這不是來了

麼？」説着向門外一指。

　　盧竹大喜，搶到門首，向道上瞧去，卻一個和尚也沒有。他知又受了這少年欺騙，心頭老大不高興，只是出家人不可嗔怒，強自忍耐，一聲不響，回頭又來吃麵。

　　盧竹心道：「這位小相公年紀輕輕，偏生愛跟我惡作劇。」當下提起筷子，風捲殘雲般又吃了大半碗麵，突然之間，齒牙間咬到一塊滑膩膩的異物，一驚之下，忙向碗中看時，只見麵條之中夾着一大片肥肉，卻有半片已被咬去，顯然是給自己吃了下去。盧竹將筷子往桌上一拍，叫道：「苦也，苦也！」

　　那少年笑道：「和尚，這肥肉不好吃麼？怎麼叫苦起來？」

　　盧竹怒道：「你騙我到門口去看人，卻在我碗底放了塊肥肉。我……我……二十三年之中，從未沾過半點葷腥，我……我……這可毀在你手裏啦！」那少年微微一笑，説道：「這肥肉的滋味，豈不是勝過青菜豆腐十倍？你從前不吃，可真是傻得緊了。」

　　盧竹愁眉苦臉的站起，右手扠住了自己喉頭，一時心亂如麻，忽聽得門外人聲喧擾，有許多人走向飯店而來。[61]

2. 魯智深一再犯戒之後被派往相國寺看守田園，在當地收服意欲欺凌他的眾潑皮：

61　金庸：《天龍八部》，第 4 冊，第 32 章，頁 1402—1404。

話説那酸棗門外三二十個潑皮破落戶中間，有兩個為頭的，一個叫做「過街老鼠」張三，一個叫做「青草蛇」李四。這兩個為頭接將來，智深也卻好去糞窖邊，看見這伙人都不走動，只立在窖邊，齊道：「俺特來與和尚作慶。」智深道：「你們既是鄰舍街坊，都來廟宇裏坐地。」張三李四便拜在地上，不肯起來，只指望和尚來扶他，便要動手。智深見了，心裏早疑忌道：「這伙人不三不四，又不肯近前來，莫不要擿洒家？那廝卻是倒來捋虎鬚！俺且走向前去，教那廝看洒家手腳。」智深大踏步近眾人面前來。那張三李四便道：「小人兄弟們特來參拜師父。」口裏說，便向前去，一個來搶左腳，一個來搶右腳。智深不等他佔身，右腳早起，騰的把李四先踢下糞窖裏去；張三恰待走，智深左腳早起，兩個潑皮都踢在糞窖裏掙扎。後頭那二三十個破落戶驚的目瞪口呆，都待要走。智深喝道：「一個走的，一個下去；兩個走的，兩個下去。」眾潑皮都不敢動彈。只見那張三李四在糞窖裏探起頭來。原來那座糞窖沒底似深，兩個一身臭屎，頭髮上蛆蟲盤滿，立在糞窖裏叫道：「師父饒恕我們。」智深喝道：「你那眾潑皮，快扶那鳥上來，我便饒你眾人。」眾人打一救，攙到葫蘆架邊，臭穢不可近前。智深呵呵大笑道：「兀那蠢物，你且去菜園池子裏洗了來，和你眾人說話。」

　　兩個潑皮洗了一回，眾人脫件衣服，與他兩個穿了。智深叫道：「都來廟宇裏坐地說話。」智深先居中坐了，指着眾人道：「你那伙鳥人，休要瞞洒家；你等都是甚麼鳥人？來這裏戲弄洒家！」那張三李四並眾伙伴一齊跪下，說道：「小人祖居在這裏，都只靠賭博討錢為生。這片菜園是俺們衣飯

碗，大相國寺裏幾番使錢，要奈何我們不得。師父卻是那裏
來的長老，恁的了得！相國寺裏不曾見有師父，今日我等願
情伏侍。」智深道：「洒家是關西延安府老种經略相公帳前
提轄官，只為殺的人多，因此情願出家，五台山來到這裏。
洒家俗姓魯，法名智深。休說你這三二十個人直甚麼，便是
千軍萬馬隊中，俺敢直殺的入去出來。」眾潑皮喏喏連聲，
拜謝了去。智深自來廟宇裏房內，收拾整頓歇臥。次日，眾
潑皮商量湊些錢物，買了十瓶酒，牽了一個豬，來請智深。
都在廟宇安排了，請魯智深居中坐了，兩邊一帶，坐定那
二三十潑皮飲酒。[62]

《天龍八部》中的虛竹犯戒後上少林寺自首，被罰於少林寺菜園中
幹活，也被菜園中的管事和尚緣根欺負，而懲罰緣根（潑皮）的則
是靈鷲宮的人：

他走到菜園子中，向管菜園的僧人說道：「師兄，小僧虛
竹犯了本門戒律，戒律院的師叔罰我來挑糞澆菜。」

那僧人名叫緣根，並非從少林寺出家，因此不依「玄
慧虛空」字輩排行。他資質平庸，既不能領會禪義，練武也
沒甚麼長進，平素最喜多管瑣碎事務。這菜園子有兩百來畝
地，三四十名長工，他統率人眾，倒也威風凜凜，遇到有僧
人從戒律院裏罰到菜園來做工，更是他大逞威風的時候。他

62　施耐庵、羅貫中：《水滸全傳》，第 1 冊，第 7 回，頁 110—111。

一聽盧竹之言，心下甚喜，問道：「你犯了甚麼戒？」盧竹道：「犯戒甚多，一言難盡。」緣根怒道：「甚麼一言難盡。我叫你老老實實，給我說個明白。莫說你是個沒職司的小和尚，便是達摩院、羅漢堂的首座犯了戒，只要是罰到菜園子來，我一般要問個明白，誰敢不答？我瞧你啊，臉上紅紅白白，定是偷吃葷腥，是也不是？」

盧竹道：「正是。」緣根道：「哼，你瞧，我一猜便着。說不定私下還偷喝酒呢，你不用賴，要想瞞我，可沒這麼容易。」盧竹道：「正是，小僧有一日喝酒喝得爛醉如泥，人事不知。」緣根笑道：「嘖嘖嘖，真正大膽。嘿嘿，灌飽了黃湯，那便心猿意馬，這『色即是空，空即是色』八個字，定然也置之腦後了。你心中便想女娘們，是不是？不但想一次，至少也想了七次八次，你敢不敢認？」說時聲色俱厲。

盧竹嘆道：「小僧何敢在師兄面前撒謊？不但想過，而且犯過淫戒。」緣根又驚又喜，戟指大罵：「你這小和尚忒也大膽，竟敢敗壞我少林寺的清譽。除了淫戒，還犯過甚麼？偷盜過沒有？取過別人的財物沒有？和人打過架、吵過嘴沒有？」盧竹低頭道：「小僧殺過人，而且殺了不止一人。」……緣根見盧竹戴上銬鐐，心中大定，罵道：「賊和尚，瞧不出你小小年紀，居然如此膽大妄為，甚麼戒律都去犯上一犯。今日不重重懲罰，如何出得我心中惡氣？」折下一根樹枝，沒頭沒腦的便向盧竹頭上抽來。盧竹收斂真氣，不敢以內力抵禦，讓他抽打，片刻之間，便給打得滿頭滿臉都是鮮血。他只是念佛，臉上無絲毫不愉之色。緣根見他既不閃避，更不抗辯，心想：「這和尚果然武功盡失，我大可作踐於他。」想

到盧竹大魚大肉、爛醉如泥的淫樂，自己空活了四十來歲，從未嘗過這種滋味，妒忌之心不禁油然而生，下手更加重了，直打斷了三根樹枝，這才罷手，惡狠狠的道：「你每天挑一百擔糞水澆菜，只消少了一擔，我用硬扁擔、鐵棍子打斷你的兩腿。」[63]

被懲罰後的緣根說道：

> 「師兄要不要喝酒？要不要吃狗肉？我去給師兄弄來。」[64]
> 這天盧竹食罷午飯，緣根泡了壺清茶，說道：「師兄，請用茶。」[65]

3. 大鬧五台山與少林大戰。《水滸傳》中魯智深大鬧五台山乃精彩的一幕：

> 智深走到半山亭子上，坐了一回，酒卻湧上來，跳起身，口裏道：「俺好些時不曾拽拳使腳，覺道身體都困倦了，洒家且使幾路看。」下得亭子，把兩隻袖子搭在手裏，上下左右，使了一回。使得力發，只一膀子，搧在亭子柱上，只聽得刮剌剌一聲響亮，把亭子柱打折了，坍了亭子半邊。門子聽得半山裏響，高處看時，只見魯智深一步一攧，搶上山

63　金庸：《天龍八部》，第 4 冊，第 39 章，頁 1658—1659。
64　金庸：《天龍八部》，第 4 冊，第 39 章，頁 1662。
65　金庸：《天龍八部》，第 4 冊，第 39 章，頁 1663。

來。兩個門子叫道：「苦也！前日這畜生醉了，今番又醉得不小！」便把山門關上，把拴拴了。只在門縫裏張時，見智深搶到山門下，見關了門，把拳頭擂鼓也似敲門，兩個門子那裏敢開。智深敲了一回，扭過身來，看了左邊的金剛，喝一聲道：「你這個鳥大漢，不替俺敲門，卻拿着拳頭嚇洒家，俺須不怕你。」跳上台基，把柵剌子只一拔，卻似撧蔥般拔開了；拿起一根折木頭，去那金剛腿上便打，簌簌的泥和顏色都脫下來。門子張見道：「苦也！」只得報知長老。智深等了一回，調轉身來，看着右邊金剛，喝一聲道：「你這廝張開大口，也來笑洒家。」便跳過右邊台基上，把那金剛腳上打了兩下，只聽得一聲震天價響，那尊金剛從台基上倒撞下來。智深提着折木頭大笑。[66]

《天龍八部》中則有虛竹力戰鳩摩智以挽救少林：

> 　　虛竹眼見對方掌到，斜身略避，雙掌推出，仍是韋陀掌中一招，叫做「山門護法」，招式平平，所含力道卻甚是雄渾。
> 　　鳩摩智身形流轉，袖裏乾坤，無相劫指點向對方。虛竹斜身閃避，鳩摩智早料到他閃避的方位，大金剛拳一拳早出，砰的一聲，正中他肩頭。虛竹踉踉蹌蹌的退了兩步。鳩摩智哈哈一笑，說道：「小師父服了麼？」料想這一掌開碑裂石，已將他肩骨擊成碎片。哪知虛竹有「北冥真氣」護體，

66　施耐庵、羅貫中：《水滸全傳》，第 1 冊，第 4 回，頁 71—72。

只感到肩頭一陣疼痛，便即猱身復上，雙掌自左向右划下，這一招叫做「恆河入海」，雙掌帶着浩浩真氣，當真便如洪水滔滔、東流赴海一般。

鳩摩智見他吃了自己一拳恍若不覺，兩掌擊到，力道又如此沉厚，不由得暗自驚異，出掌擋過，身隨掌起，雙腿連環，霎時之間連踢六腿，盡數中在虛竹心口，正是少林七十二絕技之一的「如影隨形腿」，一腿既出，第二腿如影隨形，緊跟而至，第二腿隨即自影而變為形，而第三腿復如影子，跟隨踢到，直踢到第六腿，虛竹才來得及仰身飄開。

鳩摩智不容他喘息，連出兩指，嗤嗤有聲，卻是「多羅指法」。虛竹坐馬拉弓，還擊一拳，已是「羅漢拳」中的一招「黑虎偷心」。這一招拳法粗淺之極，但附以小無相功後，竟將兩下穿金破石的多羅指指力消於中途。

鳩摩智有心炫耀，多羅指使罷，立時變招，單臂削出，雖是空手，所使的卻是「燃木刀法」。這路刀法練成之後，在一根乾木旁快劈九九八十一刀，刀刃不能損傷木材絲毫，刀上發出的熱力，卻要將木材點燃生火，當年蕭峰的師父玄苦大師即擅此技，自他圓寂之後，寺中已無人能會。「燃木刀法」是單刀刀法，與鳩摩智當日在天龍寺所使「火焰刀法」的凌虛掌力全然不同，他此刻是以手掌作戒刀，狠砍狠斫，全是少林派武功的路子。他一刀劈落，波的一響，虛竹右臂中招。虛竹叫道：「好快！」右拳打出，拳到中途，右臂又中一刀。鳩摩智真力貫於掌緣，這一斬已不遜鋼刀，一樣的能割首斷臂，但虛竹右臂連中兩刀，竟渾若無事，反震得他掌緣隱隱生疼。

……鳩摩智這麼一輪快速的搶攻，盧竹手忙足亂，無從招架，惟有倒退，這時連「韋陀掌」也使不上了，一拳一拳的打出，全是那一招「黑虎偷心」，每發一拳，都將鳩摩智逼退半尺，就是這麼半尺之差，鳩摩智種種神妙的招數，便都不能及身。項刻之間，鳩摩智又連使十六門少林絕技，少林群僧只看得目眩神馳，均想：「此人自稱一身兼通本派七十二絕技，果非大言虛語。」但盧竹用以應付的，卻只一門「羅漢掌」，而且在對方迅若閃電的急攻之下，心中手上全無變招的餘裕，打出一招「黑虎偷心」，又是一招「黑虎偷心」，來來去去，便只依樣葫蘆的一招「黑虎偷心」，拳法之笨拙，縱然是市井武師，也不免為之失笑。但這招「黑虎偷心」中所含的勁力，卻竟不斷增強，兩人相去漸遠，鳩摩智手指手爪和盧竹的面門相距已逾一尺。[67]

4. 二龍山首領與逍遙派掌門。《水滸傳》中的魯智深先上了二龍山當了首領：

少刻，只見兩個小嘍囉扶出鄧龍來，坐在交椅上。曹正、楊志緊緊地幫着魯智深到階下。鄧龍道：「你那廝禿驢！前日點翻了我，傷了小腹，至今青腫未消，今日也有見我的時節。」魯智深睜圓怪眼，大喝一聲：「撮鳥休走！」兩個莊家把索頭只一拽，拽脫了活結頭，散開索子，魯智深就曹

67　金庸：《天龍八部》，第 4 冊，第 40 章，頁 1688—1690。

正手裏接過禪杖，雲飛輪動，楊志撇了涼笠兒，提起手中朴刀，曹正又掄起桿棒，眾莊家一齊發作，併力向前。鄧龍急待掙扎時，早被魯智深一禪杖，當頭打着，把腦蓋劈作兩半個，和交椅都打碎了。手下的小嘍囉，早被楊志搠翻了四五個。

　　曹正叫道：「都來投降！若不從者，便行掃除處死！」寺前寺後，五六百小嘍囉並幾個小頭目，驚嚇的呆了，只得都來歸降投伏。隨即叫把鄧龍等屍首，扛抬去後山燒化了。一面去點倉敖，整頓房舍，再去看那寺後有多少物件，且把酒肉安排些來吃。魯智深並楊志做了山寨之主，置酒設宴慶賀。[68]

而《天龍八部》中的虛竹則成為逍遙派掌門：

　　你是逍遙派的掌門人，我又已將生死符、天山折梅手、天山六陽掌等一干功夫傳你，從今日起，你便是縹緲峰靈鷲宮的主人，靈鷲宮九天九部的奴婢，生死一任你意。[69]

當然，魯智深最終還是上了梁山，成為一員戰將，最終是征方臘後圓寂，而虛竹則在成為逍遙派掌門之後，還娶了「夢姑」，成為西夏駙馬。

68　施耐庵、羅貫中：《水滸全傳》，第 1 冊，第 17 回，頁 247。
69　金庸：《天龍八部》，第 4 冊，第 37 章，頁 1593。

三、《天龍八部》與《三國演義》

1.《天龍八部》中蕭峰的「掛印封金」：

> 「皇上叫阿紫去幹甚麼？定是要她勸我聽命伐宋。我如堅
> 不奉詔，國法何存？適才在南郊爭執，皇上手按刀柄，已啟
> 殺機，想是他顧念君臣之情，兄弟之義，這才強自克制。我
> 如奉命伐宋，帶兵去屠殺千千萬萬宋人，於心卻又何忍？何
> 況爹爹此刻在少林寺出家，若聽到我率軍南下，定然大大不
> 喜。唉，我抗拒君命乃是不忠，不顧金蘭之情乃是不義，但
> 若南下攻戰，殘殺百姓是為不仁，違父之志是為不孝。忠孝
> 難全，仁義無法兼顧，卻又如何是好？罷，罷，罷！這南院
> 大王是不能做了，我掛印封庫，給皇上來個不別而行。」……
> 便在這時，帳外有人輕叫：「皇上！」耶律洪基走到帳外，見
> 是派給蕭峰去當衛士的親信。那人低聲道：「啟稟皇上：蕭大
> 王在庫門口貼了封條，把金印用黃布包了，掛在樑上，瞧這
> 模樣，他……他……他是要不別而行。」[70]

此即《三國演義》中，關羽「掛印封金」：

> 關公一連去了數次，皆不得見；乃往張遼家相探，欲言
> 其事，遼亦託疾不出。關公思曰：「此曹丞相不容我去之意。

70　金庸：《天龍八部》，第 5 冊，第 49 章，頁 2137。

我去志已決，豈可復留？」即寫書一封，辭謝曹操。……寫畢封固，差人去相府投遞；一面將累次所受金銀，一一封置庫中，懸漢壽亭侯印於堂上。[71]

2. 蕭峰與田豐。《天龍八部》中蕭峰在獄中作出如下預言：

> 只聽那四名說客兀自絮絮不已，蕭峰突然問道：「咱們契丹大軍，已渡過黃河了吧？」四名說客愕然相顧，默然半晌。一名說客道：「蕭大王此言甚是，咱們大軍剋日便發，黃河雖未渡過，卻也是指顧間的事。」蕭峰點頭道：「原來大軍尚未出發，不知哪一天是黃道吉日？」四名說客互使眼色。一個道：「咱們是小吏下僚，不得與聞軍情。」另一個道：「只須蕭大王回心轉意，皇上便會親自來與大王商議軍國大事。」
>
> 蕭峰哼了一聲，便不再問，心想：「皇上若勢如破竹，取了大宋，便會解我去汴梁相見。但如敗軍而歸，沒面目見我，第一個殺的人便是我。」[72]

此實即《三國演義》中袁紹謀士田豐作出袁紹若敗必惱羞成怒而殺他的預言：

> 卻說田豐在獄中。一日，獄吏來見豐曰：「與別駕賀喜！」豐曰：「何喜可賀？」獄吏曰：「袁將軍大敗而回，君必見重

---

71 羅貫中：《三國演義》(香港：中華書局，1991)，上冊，第 26 回，頁 212。
72 金庸：《天龍八部》，第 5 冊，第 50 章，頁 2151—2152。

矣。」豐笑曰：「吾今死矣！」獄吏問曰：「人皆為君喜，君何言死也？」豐曰：「袁將軍外寬而內忌，不念忠誠。若勝而喜，猶能赦我；今戰敗則羞，吾不望生矣。」[73]

四、《天龍八部》與《雷雨》中的孽緣

1. 雷雨之夜

以《雷雨》中的兄妹孽緣制造矛盾衝突，而最後只有刀白鳳與段譽以及段延慶知悉段譽與這些女子全沒血緣關係，因為段譽的父親乃段延慶而非段正淳。段家的幾乎亂倫，想必啓發於曹禺的《雷雨》，即易卜生 (Ibsen) 的《群鬼》(*Ghosts*)：

> 遠處傳來悶聲鬱雷，似乎給壓住了轟不出來，看來這一晚多半會大雷雨。[74]
> 驀地裏電光一閃。[75]

《雷雨》中「雷雨」的場景：

> 雷聲轟轟，大雨下，舞台漸暗，一陣風吹開窗戶，外面黑黝黝的。忽然一片藍森森的閃電，……閃電止了，窗外又

---

73 羅貫中：《三國演義》，上冊，第 31 回，頁 248—249。
74 金庸：《天龍八部》，第 3 冊，第 23 章，頁 998。
75 金庸：《天龍八部》，第 3 冊，第 23 章，頁 1001。

是黑漆漆的。再閃時，⋯⋯雷更隆隆地響着⋯⋯[76]

以上為《雷雨》與《天龍八部》中孽緣糾纏的背景。

2. 孽緣

（1）段譽與相戀之女子為兄妹的橋段，又來自曹禺《雷雨》中的周萍與魯四鳳，繁漪勾引了大少爺周萍，而刀白鳳則委身於段延慶，均為情恨之復仇。

（2）《雷雨》中的雷雨之夜，魯四鳳死於觸電，[77] 而化裝為段正淳的阿朱卻死於蕭峰的降龍二十八掌之下。阿紫說：「大雷雨之夜，我見到你打死我姊姊。」[78]

（3）《雷雨》中的人物都是一家人，《天龍八部》中的蕭峰、虛竹及段譽三人既是結拜兄弟，而彼等所愛之女人，均或為段正淳的風流債所留下的女兒，或有姻親關係，正如段譽自己所說都是「一家人」。[79] 四鳳說：「媽，這不會是真的。」[80] 段譽亦叫道：「媽，媽，這不是真的，不是真的。」[81]

（4）《雷雨》中的周樸園說：「跪下，萍兒！不要以為自己是在做夢，這是你的生母。」[82]《天龍八部》中的刀白鳳對段譽說：「孩兒，這個段延慶，才是你真正的父親。」[83]

76　曹禺：《雷雨》（香港：三聯書店，2001），頁 172—173。

77　曹禺：《雷雨》，頁 224。

78　金庸：《天龍八部》，第 5 冊，第 49 章，頁 2132。

79　金庸：《天龍八部》，第 5 冊，第 44 章，頁 1891。

80　曹禺：《雷雨》，頁 223。

81　金庸：《天龍八部》，第 5 冊，第 48 章，頁 2092。

82　曹禺：《雷雨》，頁 223。

83　金庸：《天龍八部》，第 5 冊，第 48 章，頁 2092。

（5）《雷雨》的悲劇是在一天之內發生的事。《天龍八部》中蕭峰誤殺阿朱則「在短短不到一個時辰之間，大出意料之外的事紛至沓來」。[84]

（6）《天龍八部》中的段譽的孽緣一直延宕，主人公一直信以為真，而最終為孽緣付出代價的是阿朱，因誤以為她父親段正淳便是殺害蕭遠山一家的中原武林的帶頭大哥，而在雷雨之夜為前來決戰的蕭峰所殺，即如《雷雨》中的四鳳之死於雷雨之夜。

五、其他

1. 《天龍八部》中的王語嫣於武學之外，對世間一無所知，頗似《神鵰俠侶》中的小龍女。

2. 《天龍八部》中蕭峰在遼國內亂時擒皇太叔的方法，[85] 便是楊過「伏在牛腹之下，手腳抱住牛身」的方法。[86]

3. 《天龍八部》中阿紫的邪恐以及葉二娘之搶別人家的孩子分別來自舊版《射鵰英雄傳》中的黃蓉割掉富人的鼻子叫他夫婦抬轎；去人家滿月酒時大鬧一番，又說要去搶人家的小孩來玩幾天：

> 黃蓉道：「我但求自己心中平安舒服，那去管旁人死活。」[87]
>
> 黃蓉道：「我想起剛才那孩兒倒也有趣，外婆去抱來

---

84 金庸：《天龍八部》，第 5 冊，第 48 章，頁 2092。

85 金庸：《天龍八部》，第 3 冊，第 27 章，頁 1181—1183。

86 金庸：《神鵰俠侶》，第 1 冊，第 8 回，頁 339。

87 金庸：《射鵰英雄傳》，第 4 冊，第 32 回，頁 1349。

玩上幾天，再還給人家。」[88]

在牛家村曲靈風家中的密室療傷前曾想殺掉傻姑以絕後患，還有以
下例證：

> 黃蓉也連連拍手，渾忘了這陷人的機關原本是她親手佈
> 下的。[89]
> 我不喜歡別的女人整天跟着你，說不定我發起脾氣來，
> 一劍在她心口上刺個窟窿。[90]

4.《天龍八部》中的段譽的凌波微步，亦源自《射鵰英雄傳》
中的黃蓉：

> 但見黃蓉上身穩然不動，長裙垂地，身子卻如在水面
> 飄盪一般，又似足底裝了輪子滑行，想是以細碎腳步前趨
> 後退。[91]

5.《神鵰俠侶》中的雙足折斷，脅下撐着一對六尺來長的拐杖
的尼摩星，[92] 便是《天龍八部》中段延慶的原型。
6.「以彼之道，還施彼身」源自《倚天屠龍記》中張無忌以

88　金庸：《射鵰英雄傳》，第 4 冊，第 32 回，頁 1350。
89　金庸：《射鵰英雄傳》，第 3 冊，第 21 回，頁 902。
90　金庸：《射鵰英雄傳》，第 3 冊，第 25 回，頁 1059。
91　金庸：《射鵰英雄傳》，第 1 冊，第 9 回，頁 362。
92　金庸：《神鵰俠侶》，第 4 冊，第 35 回，頁 1511。

龍爪手勝少林空性神僧之龍爪手：「晚輩以少林派的龍爪手勝了大師，於少林威名有何妨礙？晚輩若不是以少林絕藝和大師對攻，天下再無第二門武功，能佔得大師半點上風。」[93] 在明教光明頂秘道中，張無忌便心想：「成崑一生奸詐，嫁禍於人，我不妨以其人之道，還治彼身。」張無忌又同樣以「以彼之道，還施彼身」將華山掌門鮮于通扇中射出的金蠶蠱毒「用內力逼了回來」，反倒害了他自己。[94] 張無忌指着楊不悔道：「這個小姑娘，六年前給你們封了穴道，強灌毒酒，我沒法給她解開，今日令徒也是一般。」[95] 宋青書的「花開並蒂」四式齊發，卻均給張無忌以「乾坤大挪移」功夫挪移到了他自己身上。[96] 謝遜道：「常言道得好，量小非君子，無毒不丈夫。己不傷人，人便傷己。那趙敏如此對付咱們，咱們便當以其人之道，還治其人之身。」[97]

7.《天龍八部》中的段譽以北冥神功的方法，不停吸收別人的內功，來自《倚天屠龍記》中的張無忌：「他體內有一股極強的吸力，源源不絕的將四人內力吸引過去。」[98]

8.《倚天屠龍記》中趙敏的化裝為男人及學男人說話的腔調，[99] 便是《天龍八部》中阿朱的原型。

9.《天龍八部》中虛竹之名來自《射鵰英雄傳》中黃蓉為洪七

93　金庸：《天龍八部》，第 2 冊，第 19 章，頁 858。
94　金庸：《倚天屠龍記》，第 3 冊，第 21 章，頁 849。
95　金庸：《倚天屠龍記》，第 3 冊，第 21 章，頁 878。
96　金庸：《倚天屠龍記》，第 3 冊，第 22 章，頁 909。
97　金庸：《倚天屠龍記》，第 4 冊，第 31 章，頁 1291。
98　金庸：《倚天屠龍記》，第 3 冊，第 22 章，頁 913。
99　金庸：《倚天屠龍記》，第 3 冊，第 28 章，頁 1170。

公下廚的「好逑湯」中的其中一個典故「竹解心虛，乃是君子」。[100]
虛竹被天山童姥攜帶於樹上飛行，即《鹿鼎記》中韋小寶被白衣尼「提着疾行，猶似騰雲駕霧一般，一棵棵大樹在身旁掠過」。[101]

10.《天龍八部》中蕭峰、段譽以及虛竹一干人等前往西夏參加銀川公主的招駙馬之會，吐蕃王子阻擾其他人等參加，而後來又被虛竹奪得公主，實乃改編自《説岳》中的岳飛槍挑小梁王一幕。小梁王為阻其他人與他爭奪武狀元，也阻擾其他人入住客棧，並自以為武狀元乃志在必得，可惜竟被岳飛挑於馬下致死。

---

100 金庸：《射鵰英雄傳》，第 2 冊，第 12 回，頁 488。
101 金庸：《鹿鼎記》，第 3 冊，第 26 回，頁 1111。

第六章　竹林琴音：
《笑傲江湖》中令狐沖的「魏晉風度」

一、前言

「魏晉風度」，按魯迅（周樹人，1881—1936）先生〈魏晉風度及文章與藥及酒之關係〉一文而言，其關鍵便是藥與酒所產生的作用，[1] 而這便是武俠世界中常見的俠客所必不可少的兩種元素。再按《世說新語》中所體現的「魏晉風度」的其他關鍵元素而呈現於金庸武俠的人格中的，還有長嘯、任誕以及一往情深。金庸在《笑傲江湖》中所塑造的令狐沖便乃此中之集大成者。有論者指出：

> 他（令狐沖）也許是金庸按照自己的人格理想而塑造出來的大英雄大豪俠、「愛開玩笑」、「有幽默感」、「淡泊功名利祿」、「不為世俗觀念所囿」、「我行我素、偏執任性、蔑視禮教」。[2]

這一切便正是金庸在《笑傲江湖》中藉令狐沖而體現其所創造的「魏晉風度」之俠，亦即「魏晉風度」與俠義精神之結合的武俠新境界，[3] 而這一切的人格塑造以及場景設置，基本均源自金庸對《世說新語》的挪用與改編。

1　魯迅：〈魏晉風度及文章與藥及酒之關係〉，《而已集》（北京：人民出版社，1973），頁 86—87。
2　王劍叢：《香港文學史》（南昌：百花洲文藝出版社，1995），頁 354。
3　相關論述可參閱陳岸峰：《醍醐灌頂：金庸武俠小說中的思想世界》，頁 154—173。

二、「魏晉風度」譜系

金庸在《笑傲江湖》中書寫了江湖中人之虛偽與江湖黑暗，令狐沖與任盈盈在刀光劍影、爾虞我詐的江湖中，奏起竹林琴音，馳想「魏晉風度」。

《笑傲江湖》中導引令狐沖傳承「魏晉風度」的是華山劍宗長老風清揚，其形象其實乃源自黃藥師：「這人身背月光，臉上蒙了塊青布，只露出一雙眼睛。」[4] 這正是令狐沖想起的那個「青袍蒙面客」，[5] 正是黃藥師在《射鵰英雄傳》中初出場的形象，而風清揚的形象則是「白鬚青袍老者，神氣抑鬱，臉如金紙」。[6] 令狐沖與風清揚精神相契，一見如故：

> 風清揚是高了他兩輩的太師叔，但令狐沖內心，卻隱隱有一份平輩知己、相見恨晚的交誼，比之恩師岳不群，似乎反而親切得多。[7]

更為關鍵的引導令狐沖進入魏晉精神世界的是任盈盈，其居所：「好大一片綠竹叢，迎風搖曳，雅致天然。」[8] 竹林，便是七賢雅聚

4　金庸：《笑傲江湖》，第 1 冊，第 8 章，頁 330。
5　金庸：《笑傲江湖》，第 1 冊，第 8 章，頁 348。
6　金庸：《笑傲江湖》，第 1 冊，第 10 章，頁 400。
7　金庸：《笑傲江湖》，第 1 冊，第 10 章，頁 425。
8　金庸：《笑傲江湖》，第 2 冊，第 13 章，頁 569。有論者認為「對令狐沖來說，走進綠竹巷恰似步入超然淡遠的隱者世界」。見仲浩群：〈心靈的解脫與精神的超越──評析武俠人物令狐沖〉，《當代文學》，2007 年第 12 期，頁 70。

之所在，世稱「竹林七賢」。[9] 任盈盈乃魏晉譜系中人，能彈奏從嵇康（叔夜，約223—263）〈廣陵散〉改編而成的〈笑傲江湖〉，而令狐沖第一次聽到的〈笑傲江湖〉，則乃曲洋所奏。[10] 故此，令狐沖絕然不同於江湖中人如任我行、東方不敗、岳不群及左冷禪等人的爭權奪利，只因其「當暢情適意」。[11] 又：

> 令狐沖默然，一陣北風疾颭過來，不由得機伶伶的打了個寒噤，說道：「人生數十年，但貴適意，卻又何若如此？左冷禪要消滅嵩峒、崑崙，吞併少林、武當，不知將殺多少人，流多少血？」[12]

此實即來自《世說新語‧識鑒第七》第二十則張翰（季鷹）所說的「人生貴得適意爾，何能羈宦數千里以要名爵！」[13]

「魏晉風度」，即為沖決一切束縛與壓抑，追求精神的自由，劍術亦復如是，行雲流水，率性任意，便所向無敵。風清揚認為：

> 大丈夫行事，愛怎樣便怎樣，行雲流水，任意所之，甚

9　「竹林七賢」包括嵇康、阮籍、山濤（巨源，205—283）、劉伶（伯倫，約221—300）、阮咸（仲容，234—305）、向秀（子期，約227—272）及王戎（濬沖，234—305）。

10　金庸：《笑傲江湖》，第2冊，第13章，頁571。

11　金庸：《笑傲江湖》，第2冊，第17章，頁706。

12　金庸：《笑傲江湖》，第3冊，第30章，頁1269。

13　見劉義慶編著；陳岸峰導讀及譯注：《世說新語》（香港：中華書局，2012），頁158。

麼武林規矩，門派教條，全是放他媽的狗臭屁！[14]

風清揚的「魏晉風度」釋放了令狐沖在武學上因種種規矩所造成的障礙，他個性本瀟灑自在，風清揚所授的獨孤九劍正契合其個性，故而劍因人而活，人藉劍而笑傲江湖。由此，金庸便在《笑傲江湖》中建構了一群以令狐沖為首的不甘沉溺於江湖上的爭權奪利而具備「魏晉風度」的自由精神的俠客。

三、一往情深

「魏晉風度」的其中一個重要元素，便是一往情深。魏晉中人對情之執著，源自對生命之珍視，以抗衡其時人生之短促、社會之黑暗。《世說新語・傷逝第十七》第十六則記載：

> 王子猷、子敬俱病篤，而子敬先亡。子猷問左右：「何以都不聞消息？此已喪矣！」語時了不悲。便索輿來奔喪，都不哭。子敬素好琴，便徑入，坐靈牀上，取子敬琴彈；弦既不調，擲地云：「子敬，子敬，人琴俱亡！」因慟絕良久。月餘亦卒。[15]

14　金庸：《笑傲江湖》，第 1 冊，第 10 章，頁 417。
15　劉義慶編著；陳岸峰導讀及譯注：《世說新語》，頁 262—263。

琴乃魏晉人之精神體現，而王徽之（子猷，約 338 — 386）因王獻之（子敬，344 — 386）之亡而「慟絕良久」，亦是對生命短促之縱情悲慟。任盈盈、儀琳均對令狐冲「一往情深」，[16] 而令狐冲情傾的卻是對他「一往情深」的任盈盈：

> 令狐冲見到她雪白的後頸，心中一蕩，尋思：「她對我一往情深，天下皆知。」[17]

而令狐冲與任盈盈琴簫合奏，終成「笑傲江湖」的神仙眷侶。

除了愛情層面的一往情深，曲洋與劉正風之〈笑傲江湖〉曲譜乃傳承自嵇康的〈廣陵散〉，可見彼等在精神境界對「魏晉風度」之一往情深。故此，他們甘於不顧所謂的正、邪不兩立，決心脫離江湖而逍遙於音樂的精神世界，可惜的是他們欲罷不能，所謂正派中人均欲誅之而後快。當劉正風見到英風俠骨的令狐冲，便在臨終之前以〈笑傲江湖〉之曲譜交託，引為同道中人。

由此，在令狐冲與任盈盈而言，彼等之一往情深，既是愛情層面之互相傾心相許，又是「魏晉風度」之契合，實為金庸武俠小說中最為高層次的愛情書寫。在曲洋與劉正風而言，則乃音樂與精神境界之契合，亦是友誼的最高境界。

16　金庸：《笑傲江湖》，第 3 冊，第 30 章，頁 1294。
17　金庸：《笑傲江湖》，第 3 冊，第 30 章，頁 1294。

四、任誕

「任誕」，是魏晉中人蔑視禮教的行為藝術。阮籍（嗣宗，210—263）在司馬昭（子上，211—265）面前張開大腿而飲酒；在母喪之際蒸小豬而食，喝酒兩斗，再而大哀至於吐血。[18] 劉伶縱酒放達，脫衣裸形於屋中。[19] 阮籍送嫂，甚至睡在當壚婦人之側而不涉亂。[20]《笑傲江湖》中，令狐沖胡鬧任性、輕浮好酒，[21] 與眾女同行亦屬任誕而卻守禮如君子：

> 莫大先生續道：「我見你每晚總是在後艄和衣而臥，別說對恆山眾弟子並無分毫無禮的行為，連閒話也不說一句。令狐世兄，你不但不是無行浪子，實是一位守禮君子。對着滿船妙齡尼姑，如花少女，你竟絕不動心，不僅是一晚不動心，而且是數十晚始終如一。似你這般男子漢、大丈夫，當真是古今罕有，我莫大好生佩服。」[22]

令狐沖最早出現於讀者面前，金庸所設置的竟是讓他滯留於妓院，而這正是謝安之「攜妓出風塵」。[23] 令狐沖的這一切特質，卻是具有

18　劉義慶編著；陳岸峰導讀及譯注：《世說新語》，頁 301。
19　劉義慶編著；陳岸峰導讀及譯注：《世說新語》，頁 299。
20　劉義慶編著；陳岸峰導讀及譯注：《世說新語》，頁 300。
21　金庸：《笑傲江湖》，第 3 冊，第 28 章，頁 1211。
22　金庸：《笑傲江湖》，第 3 冊，第 25 章，頁 1083—1084。
23　劉義慶編著；陳岸峰導讀及譯注：《世說新語》，頁 164。

任誕（王司馬 繪）

「君子劍」之稱並文質彬彬的師父岳不群所永遠也不可能企及的境界。令狐沖的任誕，正是對所謂的「大人先生」的嘲弄，亦即「魏晉風度」對所謂「君子」如岳不群的抗衡：

> 令狐沖生性倜儻，不拘小節，與素以「君子」自命的岳不群大不相同。[24]

令狐沖於世俗的禮法教條，從不放在眼裏，[25] 而他師父岳不群卻為了一統江湖而甘於「自宮」，練起「辟邪劍法」。然而，整個江湖幾乎均為「君子劍」岳不群所蒙蔽：

> 岳不群號稱「君子劍」，就連少林方丈方證大師也向令狐沖說：「尊師岳先生執掌華山一派，為人嚴正不阿，清名播於江湖，老衲向來十分佩服。」[26]

岳不群在人前自也裝模作樣，一派君子，言辭得體，岳不群說道：「時時說得仁義為先，做個正人君子。」[27] 岳不群賊喊抓賊，用盡方法誣陷徒弟令狐沖偷取《辟邪劍譜》，又再一臉道貌岸然地勸說令狐沖改邪歸正：

> 你於正邪忠奸之分這一點上，已十分糊塗了。此事關涉

24　金庸：《笑傲江湖》，第 2 冊，第 16 章，頁 675。
25　金庸：《笑傲江湖》，第 1 冊，第 5 章，頁 211。
26　金庸：《笑傲江湖》，第 2 冊，第 18 章，頁 762。
27　金庸：《笑傲江湖》，第 1 冊，第 7 章，頁 303。

到你今後安身立命的大關節，我華山第七戒，所戒者便是在
此，這中間可半分含糊不得。[28]

五仙教毫無男女之防，見到四個苗女各自捲起衣袖，露出雪白的手
臂，跟着又捲起褲管，直至膝蓋以上。[29] 岳不群由此又便想到色誘
以及名聲的問題。由此可見，岳不群的「大人先生」形象非常突
出。任誕，正是對所謂的「大人先生」一如所謂的「君子」的岳不
群的映襯。[30] 而在任我行眼中的岳不群卻是：

此人一臉孔假正經，只可惜我先是忙着，後來又失手遭
了暗算，否則早就將他的假面具撕了下來。[31]

岳不群的「年輕」與「神功」的關係，連江湖中的人也懷疑，[32] 關
鍵便在於「自宮」後逐漸掉鬍鬚的現象。金庸藉桃幹仙道出：「岳
先生人稱『君子劍』，原來也不是真的君子。」[33] 桃谷六仙四處搗
亂，插科打諢，而卻不失正義。六仙更一起大便以逃脫儀琳母親的
追趕，可謂鬧劇的高潮，最後更鑽於令狐沖與任盈盈洞房之牀下。
金庸以桃谷六仙之任誕，為整部小說帶來滑稽突梯的節奏，以調節
令狐沖的傷痛與冤屈。

28　金庸：《笑傲江湖》，第 1 冊，第 7 章，頁 305。
29　金庸：《笑傲江湖》，第 2 冊，第 16 章，頁 671。
30　金庸：《笑傲江湖》，第 2 冊，第 16 章，頁 675。
31　金庸：《笑傲江湖》，第 2 冊，第 20 章，頁 875。
32　金庸：《笑傲江湖》，第 1 冊，第 6 章，頁 232。
33　金庸：《笑傲江湖》，第 2 冊，第 16 章，頁 666。

五、飲酒、服藥及長嘯

　　飲酒與服藥，對魏晉中人而言，乃密不可分。《世說新語》中有以下關於酒的記載：「王光祿云：『酒，正使人人自遠』」；「王衛軍云：『酒，正自引人著勝地』」；「王忱嘆言：『三日不酒飲，覺形神不復相親』」；張翰認為身後名聲：「不如即時一杯酒」。[34] 畢茂世說得更為具體：

> 一手持蟹螯，一手持酒杯，拍浮酒池中，便足了一生。[35]

令狐沖自稱是「胡鬧任性、輕浮好酒」、「浮滑無行、好酒貪杯的浪子」。[36] 五毒教的五寶花蜜酒，人人畏懼，唯獨他敢喝：

> 這五仙大補藥酒，是五毒教祖傳秘方所釀，所釀的五種小毒蟲珍奇無匹，據說每一條小蟲都要十多年才培養得成，酒中另外又有數十種奇花異草，中間頗具生克之理。服了這藥酒之人，百病不生，諸毒不侵，陡增十餘年功力，原是當世最神奇的補藥。[37]

令狐沖的出場便是酒館、妓院，他甚至向乞丐討酒喝，實乃金庸藉

34　分別見劉義慶編著；陳岸峰導讀及譯注：《世說新語》，頁 310、313、316、305。
35　劉義慶編著；陳岸峰導讀及譯注：《世說新語》，頁 305。
36　金庸：《笑傲江湖》，第 3 冊，第 28 章，頁 1211、1283。
37　金庸：《笑傲江湖》，第 2 冊，第 17 章，頁 703。

西湖品酒（王司馬 繪）

酒以呈現令狐沖的「魏晉風度」。

此中，令狐沖在西湖的梅莊喝酒一幕最為精彩絕倫，[38] 西湖梅莊的丹青生如此道出他釀造西域美酒的苦心：

> 那西域劍豪莫花爾徹送了我十桶三蒸三釀的一百二十年吐魯番美酒，用五匹大宛良馬馱到杭州來，然後我依法再加一釀一蒸，十桶美酒，釀成一桶。屈指算來，正是十二年半以前之事。這美酒歷關山萬里而不酸，酒味陳中有新，新中有陳，便在於此。[39]

他甚至「特地到北京皇宮之中，將皇帝老兒的御廚抓了來生火蒸酒」。[40] 然後，兩人又以不同的杯子喝不同的美酒。田伯光找到美酒後只留下兩甕，更挑着酒上華山找令狐沖共飲。田伯光雖是「淫賊」，但他千里迢迢，挑酒上華山之巔找令狐沖共飲，情誼可嘉：

> 田某是個無惡不作的淫賊，曾把你砍得重傷，又在華山腳邊犯案累累，華山派上下無不想殺之而後快。今日擔得酒來，令狐兄卻坦然而飲，竟不怕酒中下了毒，也只有如此胸懷的大丈夫，才配喝這天下名酒。[41]

曾經作生死之鬥而在美酒之前泯仇怨，自有一番灑落之胸襟。田伯

38　金庸：《笑傲江湖》，第 2 冊，第 14 章，頁 616。

39　金庸：《笑傲江湖》，第 2 冊，第 19 章，頁 815。

40　金庸：《笑傲江湖》，第 2 冊，第 19 章，頁 817。

41　金庸：《笑傲江湖》，第 1 冊，第 9 章，頁 377。

光因為同樣任誕，故慧眼識英雄，甚為敬重令狐沖，而他挑美酒路上又犯案，同樣荒誕：

　　我挑了這一百斤美酒，到陝北去做了兩件案子，又到陝東去做兩件案子，這才上華山來。[42]

縱情聲色，飲酒服藥，均是魏晉中人對短暫生命的盡情揮灑。[43] 此一特質在令狐沖身上呈現出來則為任誕不羈、豪爽任俠。故此，他並沒有門派之見，亦沒有任何做「君子」的企圖，故能容納田伯光這種所謂的「淫賊」，由此方能笑傲江湖。

　　飲酒、服藥，則必須「行散」以消解體熱及令藥力發作。行散至空曠的山林之處，面對蒼茫天地，感慨頓生，自免不了長嘯，藉以抒情，故長嘯亦是「魏晉風度」的重要元素之一。唐代的孫廣在他所著的《嘯旨》一書中，全面地揭示了嘯與道教的關係。在道教看來，「嘯」有養生作用，發嘯前的精神準備正是修神煉氣的開始，而「嘯」的過程則是修神煉氣的深化。[44] 晉人成公綏（子安，231—273）的〈嘯賦〉，以賦的形式將「嘯」的方法、「嘯」音的特徵及效果作出細緻描繪，其〈天地賦〉中便有「慷慨而長嘯」之說。魏晉時期，嘯有了很大的發展，宗教色彩漸淡，音樂特性漸

42　金庸：《笑傲江湖》，第 1 冊，第 9 章，頁 377。

43　相關論述可參閱陳岸峰：〈顧日影而彈琴：嵇康的痛苦及其追求〉，《詩學的政治及其闡釋》（香港：中華書局，2013），頁 27—35。

44　「嘯詠」是道教「內養」之方，「服食」是道家「外養」之法，相關論述可參閱李零：《中國方術考》（北京：人民出版社，1993），頁 324—329；邰德仁：〈釋「嘯」〉，《吉林省教育學院學報》，2013 年第 9 期第 29 卷，頁 125—126。

濃，並有明確的五音規定，依五音結構旋律，以表現不同情感。魏晉名士往往以「嘯」代替語言，作為心靈的溝通。「嘯」只為形式，而倨傲狂放則乃其靈魂。《世說新語・棲隱第十八》第一則記載了阮籍與蘇門真人以嘯作出的交流：

> 阮步兵嘯聞數百步。蘇門山中，忽有真人，樵伐者咸共傳說。阮籍往觀，見其人擁膝巖側，籍登嶺就之，箕踞相對。籍商略終古，上陳黃、農玄寂之道，下考三代盛德之美以問之，仡然不應。復敍有為之教，棲神導氣之術以觀之，彼猶如前，凝矚不轉。籍因對之長嘯。良久，乃笑曰：「可更作。」籍復嘯。意盡，退還半嶺許，聞上嗑然有聲，如數部鼓吹，林谷傳響；顧看，乃向人嘯也。[45]

魏晉中人多乃長嘯高手，長嘯在唐代也甚為流行，「詩佛」王維（摩詰，701-761）便是此中高手，《舊唐書》記其：「彈琴賦詩嘯詠終日。」[46] 其詩曰：「獨坐幽篁裏，彈琴復長嘯」[47]、「靜言深溪裏，長嘯高山頭」。[48] 自唐代之後，嘯便漸不流行。令狐沖在想到左冷禪乃挑動武林風波的罪魁禍首，故「一聲清嘯，長劍起處，左冷禪眉心、咽喉、胸口三處一一中劍」。[49] 金庸在此以「清嘯」結合獨孤九劍，

45　劉義慶編著；陳岸峰導讀及譯注：《世說新語》，頁 265。
46　見劉昫等撰：《舊唐書》（北京：中華書局，1975），卷 202，頁 5052；王維撰、趙殿成箋注：《王右丞集箋注》（香港：中華書局，1975），下冊，頁 496。
47　王維：〈輞川集二十首・竹里館〉，《王右丞集箋注》，上冊，卷 13，頁 249。
48　王維：〈黃花川〉，同上注，卷 4，頁 65。
49　金庸：《笑傲江湖》，第 4 冊，第 38 章，頁 1665。

以呈現令狐沖的精神與武功境界，一舉擊斃邪惡的左冷禪。令狐沖身處明代，[50] 其嘯功自也不免相形見絀，而他卻在任盈盈的調教下，努力學習古琴，以彈奏改編自〈廣陵散〉的〈笑傲江湖〉。

六、《笑傲江湖》與〈廣陵散〉

金庸在《笑傲江湖》中從劉正風、曲洋寫起，下及令狐沖、任盈盈，金庸對酒、琴、簫、長嘯及〈廣陵散〉、〈笑傲江湖〉之書寫，實乃對「魏晉風度」以及作為竹林七賢的精神領袖的嵇康的崇高致意。[51] 此中有這樣的一段文字：

> 黃鍾公道：「聽說風少俠懷有〈廣陵散〉的古譜。這事可真麼？老朽頗喜音樂，想到嵇中散臨刑時撫琴一曲，說道：『廣陵散從此絕矣！』每自嘆息。倘若此曲真能重現人世，老朽垂暮之年得能按譜一奏，生平更無憾事。」說到這裏，蒼白的臉上竟然現出血色，顯得頗為熱切。[52]

---

50 由朝廷授劉正風「參將」之職，及其時首都為北京，可見《笑傲江湖》的時代為明朝。金庸：《笑傲江湖》，第 1 冊，第 6 章，頁 234；第 2 冊，第 19 章，頁 817。潘國森認為具體時間應在明孝宗弘治年間至神宗萬曆初年，即是約在 1490 至 1590 年的一百年之間。見潘國森：〈明代的《笑傲江湖》〉，《雜論金庸》（香港：明窗出版社，1995），頁 146。

51 關於嵇康的相關論述，可參閱陳岸峰：〈顧日影而彈琴：嵇康的痛苦及其追求〉，《詩學的政治及其闡釋》，頁 27—57。

52 金庸：《笑傲江湖》，第 2 冊，第 20 章，頁 848。

而獲得嵇康〈廣陵散〉的便是曲洋與劉正風。令狐沖本以為曲洋與劉正風「這二人愛音樂入了魔」,[53] 劉正風卻向他道出〈笑傲江湖〉曲與嵇康〈廣陵散〉的傳承關係:

> 這〈笑傲江湖〉曲中間的一大段琴曲,是曲大哥依據晉人嵇康的〈廣陵散〉而改編的。[54]

又:

> 這〈廣陵散〉琴曲,説的是聶政刺韓王的故事。全曲甚長,我們這曲〈笑傲江湖〉,只引了他曲中最精妙的一段。劉兄弟所加簫聲那一段,譜的正是聶政之姊收葬弟屍的情景。聶政、荊軻這些人,慷慨重義,是我等的先輩,我託你傳下此曲,也是為了看重你的俠義心腸。[55]

「慷慨重義」,乃〈廣陵散〉的精神核心。劉正風認為正、邪之鬥「殊屬無謂」,而他與曲洋「琴簫相和,武功一道,從來不談」、[56]「知他性行高潔,大有光風霽月的襟懷」,[57] 故方有金盆洗手以昭告天下。然而,身處江湖風波中的劉正風可謂欲罷不能:

---

53 金庸:《笑傲江湖》,第 1 冊,第 7 章,頁 277。
54 金庸:《笑傲江湖》,第 1 冊,第 7 章,頁 278。有關嵇康〈廣陵散〉的相關論述,可參閱陳岸峰:〈顧日影而彈琴:嵇康的痛苦及其追求〉,《詩學的政治及其闡釋》,頁 43—47。
55 金庸:《笑傲江湖》,第 1 冊,第 7 章,頁 279。
56 金庸:《笑傲江湖》,第 1 冊,第 6 章,頁 247。
57 金庸:《笑傲江湖》,第 1 冊,第 6 章,頁 248。

劉某只盼退出這腥風血雨的鬥毆，從此歸老林泉，吹簫
課子，做一個安分守己的良民，自忖這份心願，並不違犯本
門門規和五嶽劍派的盟約。[58]

劉正風一眼看出令狐沖具備魏晉風骨，故決定在臨危之際將〈笑傲
江湖〉之曲譜託付給他：

　　要兩個既精音律，又精內功之人，志趣相投，修為相
若，一同創製此曲，實是千難萬難了。……這是〈笑傲江湖〉
曲的琴譜簫譜，請小兄弟念着我二人一番心血，將這琴譜攜
至世上，覓得傳人。[59]

令狐沖與任盈盈邂逅於竹林，料想不到的是作為日月神教掌門之女
的任盈盈竟乃魏晉風度中人，她能彈奏從〈廣陵散〉中變化而來的
〈笑傲江湖〉：

　　這婆婆所奏的曲調平和中正，令人聽着只覺音樂之美，
卻無曲洋所奏熱血如沸的激奮。
　　……令狐沖道：「這叫做〈笑傲江湖〉之曲，這位婆婆當
真神乎其技，難得是琴簫盡皆精通。」[60]

58　金庸：《笑傲江湖》，第 1 冊，第 6 章，頁 250。
59　金庸：《笑傲江湖》，第 1 冊，第 7 章，頁 278。
60　金庸：《笑傲江湖》，第 2 冊，第 13 章，頁 571。

任盈盈既會彈奏〈笑傲江湖〉，且解了令狐沖之圍，而令狐沖竟能
聽出其所奏與曲譜之別，這便是任盈盈與令狐沖之精神契合處及
緣份之交匯處。任盈盈乃魔教的大小姐，而家居陳設卻儼然魏晉
風韻：

> 桌椅几榻無一而非竹製，牆上懸着一幅墨竹，筆勢縱橫，
> 墨跡淋漓，頗有森森之意。桌上放着一具瑤琴，一管洞簫。[61]

以「竹」作為築居之所及陳設，以琴、簫陳列其間，足見其對竹林
精神之嚮往。任盈盈乃「魏晉風度」中人，她能彈奏從〈廣陵散〉
中變化而來的〈笑傲江湖〉，「難得是琴簫盡皆精通」。[62] 有見及此，
令狐沖向任盈盈呈上傳承自竹林七賢精神領袖嵇康的〈廣陵散〉而
改編的〈笑傲江湖〉曲譜：

> 适才弟子得聆前輩這位姑姑的琴簫妙技，深慶此曲已逢
> 真主，便請前輩將此曲譜收下，奉交婆婆，弟子得以不負撰
> 作此曲者的付託，完償了一番心願。[63]

由此可見，令狐沖對劉正風之託念茲在茲，而他竟一眼認定未曾謀
面、只聞琴音的「婆婆」（任盈盈）便是值得託付〈笑傲江湖〉曲
譜之人，實乃智的直覺，亦是知音之人。任盈盈以〈清心普善咒〉

61　金庸：《笑傲江湖》，第 2 冊，第 13 章，頁 574。
62　金庸：《笑傲江湖》，第 2 冊，第 13 章，頁 571。
63　金庸：《笑傲江湖》，第 2 冊，第 13 章，頁 574。

之琴音為令狐沖「調理體內真氣」。[64] 作為琴音治療，〈清心普善咒〉
具備魏晉精神的感召：

> 正是洛陽城那位婆婆所彈的〈清心普善咒〉。令狐沖恍如
> 漂流於茫茫大海之中，忽然見到一座小島，精神一振，便即
> 站起。[65]
>
> 只聽得草棚內琴聲輕輕響起，宛如一股清泉在身上緩緩
> 流過，又緩緩注入了四肢百骸，令狐沖全身輕飄飄地，更無
> 半分着力處，便似飄上了雲端，置身於棉絮般的白雲之上。
> 過了良久良久，琴聲越來越低，終於細不可聞而止。[66]
>
> 令狐沖精神一振，站起身來，深深一揖，說道：「多謝婆
> 婆雅奏，令晚輩大得補益。」[67]

又曰：

> 你不服藥，身上的傷就不易好，沒精神彈琴，我心中一
> 急，哪裏還會有力氣爬過去？[68]

「琴」與「精神」在此之關係密不可分。「服藥」、「彈琴」以獲得「精
神」及治療，基本便成為令狐沖在整部小說中的常態。金庸以琴音

64　金庸：《笑傲江湖》，第 2 冊，第 13 章，頁 578。
65　金庸：《笑傲江湖》，第 2 冊，第 17 章，頁 711。
66　金庸：《笑傲江湖》，第 2 冊，第 17 章，頁 718—719。
67　金庸：《笑傲江湖》，第 2 冊，第 17 章，頁 719。
68　金庸：《笑傲江湖》，第 2 冊，第 17 章，頁 737。

作治療，很明顯地超出古代醫學，卻又與當今的音樂治療互通，實乃武俠小說中的創造性突破。漸漸地，令狐沖與任盈盈便有精神的匯通之處：

> 　　令狐沖謙謝道：「前輩過獎了，不知要到何年何月，弟子才能如前輩這般彈奏那〈笑傲江湖〉之曲。」那婆婆失聲道：「你……你也想彈奏那〈笑傲江湖〉之曲麼？」
> 　　……那婆婆不語，過了半晌，低聲道：「倘若你能彈琴，自是大佳……」語音漸低，隨後是輕輕的一聲嘆息。[69]

很明顯，任盈盈所期待的並非俊男巨賈，而是一位精神互契的魏晉中人。〈笑傲江湖〉與〈廣陵散〉之別在於：

> 　　令狐沖問道：「我曾聽曲前輩言道，那一曲〈笑傲江湖〉，是從嵇康所彈的〈廣陵散〉中變化出來，而〈廣陵散〉則是抒寫聶政刺韓王之事。之前聽婆婆奏這〈笑傲江湖〉曲，卻多溫雅輕快之情，似與聶政慷慨決死的情景頗不相同，請婆婆指點。」[70]

令狐沖雖不懂琴理琴技，卻一語點中其中分野，可謂別具慧根。任盈盈已因令狐沖具備「魏晉風度」而情愫暗生，特別是令狐沖提及合奏，而令她心動：

69　金庸：《笑傲江湖》，第 2 冊，第 13 章，頁 579—580。
70　金庸：《笑傲江湖》，第 2 冊，第 13 章，頁 580。

學琴（王司馬 繪）

那婆婆道：「曲中溫雅之情，是寫聶政之姊的心情。他二人姊弟情深，聶政死後，他姊姊前去收屍，使其弟名垂後世。你能體會到琴韻中的差別，足見於音律頗有天份。」頓了一頓，聲音低了下來，說道：「你我如能相處時日多些，少君日後當能學得會這首〈笑傲江湖〉之曲，不過……那要瞧緣份了。」[71]

故此，任盈盈便作為精神導師般向令狐沖說出〈笑傲江湖〉所蘊含的俠義精神：

　　那婆婆嘆了口氣，溫言道：「這〈笑傲江湖〉之曲，跟〈廣陵散〉的確略有不同。聶政奮刀前刺之時，音轉蕭殺，聶政刺死韓王，其後為武士所殺，琴調轉到極高，再轉上去琴弦便斷；簫聲沉到極低，低到我那竹筑便吹不出來，那便是聶政的終結。此後琴簫更有大段輕快跳躍的樂調，意思是說：俠士雖死，豪氣長存，花開花落，年年有俠士俠女笑傲江湖。人間俠氣不絕，也因此後段的樂調便繁花似錦。據史事云，聶政所刺的不是韓王，而是俠累，那便不足深究了。」[72]

此際，任盈盈的情愫已透過〈有所思〉作出傳達。[73] 由此，任盈盈便導引了令狐沖進入「魏晉風度」的譜系，並埋下了他日兩人合奏

71　金庸：《笑傲江湖》，第 2 冊，第 13 章，頁 580。
72　金庸：《笑傲江湖》，第 2 冊，第 13 章，頁 581。
73　金庸：《笑傲江湖》，第 2 冊，第 13 章，頁 581。

此曲的契機，以傳承曲洋與劉正風之「魏晉風度」以及俠義之風。

及至令狐沖與任盈盈結婚之際，兩人在婚禮之上琴簫合奏：

> 　　兩人所奏的正是那〈笑傲江湖〉之曲。這三年中，令狐
> 沖得盈盈指點，精研琴理，已將這首曲子奏得頗具神韻。令
> 狐沖想起當日在衡山城外荒山之中，初聆衡山派劉正風和日
> 月教長老曲洋合奏此曲。二人相交莫逆，只因教派不同，雖
> 以為友，終於雙雙斃命。今日自己得與盈盈成親，教派之異
> 不復能阻擋，比之撰曲之人，自是幸運得多了。又想劉曲二
> 人合撰此曲，原有彌教派之別、消積年之仇的深意，此刻夫
> 婦合奏，終於完償了劉曲兩位前輩的心願。[74]

由此，金庸由《射鵰英雄傳》、《神鵰俠侶》以及《倚天屠龍記》
中關於「魏晉風度」的書寫，終於在《笑傲江湖》中大放異彩，並
以圓滿的結局將「魏晉風度」與俠義相結合，這方才是《笑傲江湖》
的核心精神所在。

74　金庸：《笑傲江湖》，第 4 冊，第 40 章，頁 1739。

七、結語

　　曲洋與劉正風之〈笑傲江湖〉曲譜乃傳承自嵇康的〈廣陵散〉，可見彼等之精神境界。令狐沖英風俠骨，故獲曲、劉兩人在臨終前以〈笑傲江湖〉交託，自乃引為同道中人。

　　令狐沖乃抗邪辟惡之特立獨行的俠者，任盈盈作為其精神導師，引領同具「魏晉風度」的令狐沖琴簫合奏，以獨孤九劍與「魏晉風度」相給合，從精神而至於實際行動而笑傲江湖。而這一切，均源自金庸對「魏晉風度」的嚮往，故藉着《世說新語》中的「魏晉風度」的各種元素及場景而展開對《笑傲江湖》的書寫。俠的「魏晉風度」，實乃金庸一直念茲在茲努力建構的俠的崇高風格。

附錄

一、《笑傲江湖》與《水滸傳》

金庸筆下的採花大盜的角色均源於《水滸傳》,《笑傲江湖》中的淫賊田伯光如此被抓:

> 田伯光搖頭道:「那位和尚便是太師父了。原來太師父一直便在找我,終於得到線索,找到了開封府。我白天在這家人家左近踩盤子,給太師父瞧在眼裏。他老人家料到我不懷好意,跟這家人說了,叫小姐躲了起來,他老人家睡在牀上等我。」[75]

此即《射鵰英雄傳》中的丐幫長老黎生於程瑤迦家中對付採花大盜歐陽克的手法:

> 黎生走到小姐牀邊,揭開繡被,鞋也不脫,滿身骯髒的就躺在香噴噴的被褥之上。黎生蓋上綢被,放下紗帳,熄滅燈燭,翻身朝裏而臥。[76]

而這一幕最終都是源自《水滸傳》中的魯智深對待桃花寨的搶親:

75　金庸:《笑傲江湖》,第 3 冊,第 29 章,頁 1242。
76　金庸:《射鵰英雄傳》,第 2 冊,第 15 章,頁 642。

魯智深把房子桌椅等物件都撖過了；將戒刀放在牀頭，禪杖倚在牀邊；把銷金帳子下了，脫得赤條條地，跳上牀去坐了。[77]

二、《笑傲江湖》與《碧血劍》

《碧血劍》中的玉璣子，乃以鐵劍為掌門信物，同樣的人物亦出現於《笑傲江湖》中：「從懷中取出了一柄黑黝黝的鐵鑄短劍。」[78]

三、《笑傲江湖》與《天龍八部》

1. 林平之父母被殺而雙目失明，頗類近《天龍八部》中的游坦之，兩人又均練邪門功夫。

2. 辟邪劍譜之迷惑人心之至於甘願自宮：

林平之道：「決計不是。天下習武之人，任你如何英雄了得，定力如何高強，一見到這劍譜，決不可能不會依法試演一招。試了第一招之後，決不會不試第二招；試了第二招後，更不會不試第三招。不見劍譜則已，一見之下，定然着迷，再也難以自拔，非從頭至尾修習不可。就算明知將有極

77　施耐庵、羅貫中：《水滸全傳》，第 1 冊，第 5 回，頁 84。
78　金庸：《笑傲江湖》，第 4 冊，第 32 章，頁 1367。

大禍患，那也一切都置之腦後了。」[79]

正如游坦之為了阿紫與武功而淪為半人半獸：

> 他緊緊抱着阿紫小腿，不住吻她腳背腳底。
>
> 不過現在頭上套了這勞什子，給整治得人不像人，鬼不像鬼，跟死了也沒多大分別。
>
> 故意將他打扮得花花綠綠，不男不女，像個小丑模樣。
>
> 一眼也沒瞧向游坦之，似乎此人便如那條死蜈蚣一般，再也沒甚麼用處了。[80]

---

79 金庸：《笑傲江湖》，第 4 冊，第 35 章，頁 1515。
80 金庸：《天龍八部》，第 3 冊，第 28 章，頁 1210、1217、1219、1232。

第七章　任誕與假譎：
《鹿鼎記》中韋小寶
的原型及其意義

一、前言

　　一般而言，在武俠小說中，俠客及核心人物，其言行決定該書的成敗，故幾乎所有的俠客大多形象崇高，武功超群，光明磊落，心繫家國。金庸在塑造了蕭峰、郭靖、楊過、張無忌及令狐沖等深入人心的大俠之後，卻在《鹿鼎記》中突然冒出了韋小寶，此舉無疑頗有反高潮的意味，因此而招來口誅筆伐。有論者指出：「歷史的神聖光澤，人世的莊嚴外表，在《鹿鼎記》中遭到了徹底的解構。」[1] 亦有論者認為韋小寶是金庸「對中國文學的一個貢獻，是中國武俠小說史上的一個里程碑式的人物」。[2] 究竟，韋小寶的原型又源自哪裏？此人物在武俠世界有何不同凡響之所在？金庸創造韋小寶這人物又有何目的？而韋小寶在金庸武俠小說中，又該如何定位？

二、任誕

　　在《鹿鼎記》中，韋小寶七美相伴，左擁右抱，成為笑談。究其原因，便在於韋小寶認為「英雄」便該多情：

1　劉登翰：《香港文學史》（北京：人民文學出版社，1999），頁 275。
2　王劍叢：《香港文學史》，頁 355。

那個陳圓圓唱歌，就有一句叫做英雄甚麼是多情。既是英雄，自然是要多情的。[3]

因此，韋小寶對癡迷於陳圓圓的胡逸之說：

我喜歡了一個女子，卻一定要她做老婆，我可沒你這麼耐心。[4]

如此直截了當，故有論者指出：

《鹿鼎記》中的韋小寶對女人的情愛根本就沒有形而上的層面，他只有未經文化教養修飾的原始慾望。[5]

韋小寶在前半部小說中因年齡小的原因而仍然未有「原始慾望」，他對任何事物都很實在，對女人更實在，而事實上又有多少男性對女性具有「形而上的層面」呢？除了被建寧公主強迫之外，韋小寶對令他心動的女子均有崇高的愛意與敬意，特別是阿珂，簡直就是他心中的女神般聖潔無瑕。韋小寶又確是七美同歡，實乃縱情之人物，此乃「魏晉風度」的特徵之一。而韋小寶的好色或不拘於禮教的男女大防，亦源自《世說新語》：

3　金庸：《鹿鼎記》（香港：明河出版社，2006），第 4 冊，第 33 回，頁 1412。
4　金庸：《鹿鼎記》，第 4 冊，第 33 回，頁 1416。
5　林崗：〈江湖・奇俠・武功──武俠小說史上的金庸〉，《金庸小說與二十世紀中國文學國際學術研討會論文集》，頁 134。

阮籍嫂嘗還家，籍相見與別。或譏之，籍曰：「禮豈為我輩設耶？」[6]

阮公鄰家婦有美色，當壚酤酒。阮與王安豐常從婦飲酒，阮醉，便眠其婦側。夫始殊疑之，伺察，終無他意。[7]

至於韋小寶的縱情，又幾近《世說新語》中的任誕。「任誕」是魏晉中人蔑視禮教的行為藝術。阮籍在司馬昭面前張開大腿而飲酒；在母喪之際蒸小豬而吃，喝酒二斗，再大哀而吐血。[8] 此乃魏晉中人個性解放之抗爭。韋小寶自然也蔑視禮教，當日在揚州之時他所懷抱的雄心大志，除了開幾家大妓院之外，更要到麗春院來大擺花酒，叫全院妓女相陪，而最終竟七女同牀。[9] 此外，韋小寶又命手下將他與七女同牀在揚州大街上招搖過市：

其時天已大明，大牀在揚州大街上招搖過市。眾親兵提了「肅靜」、「迴避」的硬牌，鳴鑼開道，前呼後擁。揚州百姓見了，無不嘖嘖稱奇。[10]

其好色而令女人上街應近乎《世說新語》關於王敦（處仲，266—324）的這一則故事：

6　劉義慶編著；陳岸峰導讀及譯注：《世說新語》，頁 300。
7　劉義慶編著；陳岸峰導讀及譯注：《世說新語》，頁 300。
8　劉義慶編著；陳岸峰導讀及譯注：《世說新語》，頁 299。
9　金庸：《鹿鼎記》，第 4 冊，第 39 回，頁 1695。
10　金庸：《鹿鼎記》，第 4 冊，第 39 回，頁 1700。

七女同床（姜雲行 繪）

王處仲，世許高尚之目。嘗荒恣於色，體為之弊。左右諫之，處仲曰：「吾乃不覺爾，如此者甚易耳！」乃開後閤，驅諸婢妾數十人出路，任其所之，時人歎焉。[11]

而自韋小寶受了陳近南的熏陶後，身負反清復明之重任，故此他便以搞亂的方式當官，由此而認為接受賄賂乃反清復明的好方法：

沿途官員迎送，賄賂從豐。韋小寶自然來者不拒，迤邐南下，行李日重。跟天地會兄弟們說起，就道我們敗壞韃子的吏治，賄賂收得越多，百姓越是抱怨，各地官員名聲不好，將來起兵造反，越易成功，等於是「反清復明」。徐天川等深以為然。[12]

相對韋小寶之縱情、任誕而卻無往而無不利，突顯正是百無一用是書生，呂留良歎道：

當年我和顧兄，還有一位黃梨洲黃兄，得蒙尊師相救，今日不慎惹禍，又得韋兄弟解難。唉，當真百無一用是書生，賢師徒大恩大德，更無以為報了。[13]

韋小寶力救三賢與天地會的吳六奇，而在清廷方面又立了大功，且

11　劉義慶編著；陳岸峰導讀及譯注：《世說新語》，頁 230。
12　金庸：《鹿鼎記》，第 4 冊，第 39 回，頁 1642。
13　金庸：《鹿鼎記》，第 4 冊，第 39 回，頁 1728。

又克盡孝道，真可謂粗中有細，比書中奔走於反清復明而卻無所作為又屢遭劫難的顧炎武、黃宗羲以及呂留良更管用。

三、嗜賭

此外，金庸在書中多次書寫韋小寶的好賭，其來有自：

> 韋小寶在揚州之時，每逢大戶人家有喪事，總是去湊熱鬧，討賞錢，乘人忙亂不覺，就順手牽羊，拿些器皿藏入懷中，到市上賣了，便去賭錢。[14]

自韋小寶誤入清宮伊始，便與小太監開賭，跟康熙賭，[15] 其後處處開賭，無所不賭，逢賭必贏，而且場面熱鬧非凡，氣勢奪人：

> 韋小寶原來的四百兩銀子再加贏來的四百兩，一共八百兩銀子，向前一推，笑道：「索性賭得爽快些。」喝一聲：「賠來！」[16]

又：

14　金庸：《鹿鼎記》，第 1 冊，第 7 回，頁 278。
15　金庸：《鹿鼎記》，第 1 冊，第 4 回，頁 122—125、133。
16　金庸：《鹿鼎記》，第 1 冊，第 10 回，頁 422。

韋小寶叫道：「上場不分大小，只吃銀子元寶！英雄好漢，越輸越笑，王八羔子，贏了便跑！」在四粒骰子上吹了口氣，一把撒將下來。

……但聞一片呼么喝六、吃上賠下之聲，宛然便是個大賭場。賭了一個多時辰，賭台上已有二萬多兩銀子。有些輸光了的，回營去向不賭的同袍借錢來翻本。

韋小寶一把骰子擲下，四骰全紅，正是通吃。眾人甚是懊喪，有的咒罵，有的嘆氣。趙齊賢伸出手去，正要將賭注盡數掃進，韋小寶叫道：「且慢！老子今日第一天帶兵做莊，這一注送給了眾位朋友，不吃！」[17]

其賭性幾乎是天生似的，而卻又非常怕死：

他在粟桶中時，早料到會遭剖心開膛，去祭鰲拜，此刻事到臨頭，還是嚇得全身皆酥，牙齒打戰，格格作響。[18]

事實上，韋小寶的嗜賭乃源自《世說新語》：

桓宣武少家貧，戲大輸，債主敦求甚切。思自振之方，莫知所出。陳郡袁耽俊邁多能，宣武欲求救於耽。耽時居艱，恐致疑，試以告焉，應聲便許，略無慊客。遂變服，懷布帽，隨溫去與債主戲。耽素有藝名，債主就局，曰：「汝故

17　金庸：《鹿鼎記》，第 3 冊，第 22 回，頁 892。
18　金庸：《鹿鼎記》，第 1 冊，第 7 回，頁 278。

當不辦作袁彥道邪？」遂共戲。十萬一擲，直上百萬數，投馬絕叫，傍若無人，探布帽擲對人曰：「汝竟識袁彥道不？」[19]

此處寫的是梟雄桓溫（元子，312—373）年輕時賭輸了錢，由大名士袁耽（彥道）替他贏回來，場面震撼，氣勢攝人。又，一代名相謝安（安石，320—385）在年輕時也好賭，連代步的牛車也輸掉了：

謝安始出西戲，失車牛，便杖策步歸。道逢劉尹，語曰：「安石將無傷！」謝乃同載而歸。[20]

丟了牛車的教訓並沒有令謝安戒賭，在以傾國之力的「淝水之戰」大戰前後，謝安開賭如常：

時符堅強盛，疆場多虞，諸將敗退相繼。安遣弟石及兄子玄等應機征討，所在克捷。拜衞將軍、開府儀同三司，封建昌縣公。堅後率眾，號百萬，次於淮肥，京師震恐。加安征討大都督。玄入問計，安夷然無懼色，答曰：「已別有旨。」既而寂然。玄不敢復言，乃令張玄重請。安遂命駕出山墅，親朋畢集，方與玄圍棋賭別墅。安常棋劣於玄，是日玄懼，便為敵手而又不勝。安顧謂其甥羊曇曰：「以墅乞汝。」安遂遊涉，至夜乃還，指授將帥，各當其任。玄等既破堅，有驛

19 劉義慶編著；陳岸峰導讀及譯注：《世說新語》，頁309。
20 劉義慶編著；陳岸峰導讀及譯注：《世說新語》，頁311。

書至，安方對客圍棋，看書既竟，便攝放牀上，了無喜色，棋如故。客問之，徐答云：「小兒輩遂已破賊。」既罷，還內，過户限，心喜甚，不覺屐齒之折，其矯情鎮物如此。[21]

謝安一直不擅於賭博，而最終他贏了，憑的就是泛海而不懼以安天下的「魏晉風度」。韋小寶在金庸筆下是逢賭必贏，臨危先懼，而最終卻又憑着詭詐復以滑稽的方式取勝，這明顯是金庸有意識地逆向參照而改編、塑造的人物。

在此，金庸以吳六奇、陳近南等天地豪傑，以至於明末清初的顧炎武（寧人，1613—1682）、黃宗羲（太沖，1610—1695）、呂留良（用晦，1629—1683），甚至搭上謝安、桓溫、袁耽、長平公主以陪襯主人公韋小寶之任誕。謝安以牛車與別墅為賭資，韋小寶以假骰子娛樂了大眾，甚至以性命、國家豪賭，打戰之前自己作弊投骰子，[22] 這便是金庸的蓄意戲謔，而嗜賭竟也是魏晉英雄的特性之一。

四、假譎與智謀

　　江湖自有一套手段，絕頂高手可以中伏身亡，不學有術如韋小寶卻憑智謀而逍遙自在，甚至幫高手一把。故此，何謂高手？長

21　房玄齡：《晉書》（北京：中華書局，2003），第 7 冊，卷 79，頁 2074—2075。
22　金庸：《鹿鼎記》，第 4 冊，頁 1485；第 5 冊，頁 2091；第 3 冊，頁 900。

金頂門（姜雲行 繪）

平公主行走江湖，卻閱歷不深，而為韋小寶所蒙騙，長平公主道：

> 江湖上人心險詐，言語不可盡信。但這孩子跟隨我多
> 日，並無虛假，那是可以信得過的。他小小孩童，豈能與江
> 湖上的漢子一概而論？[23]

事實上，韋小寶是江湖上最狡猾的老手，其他有勇無謀的江湖中人
均望塵莫及：

> 韋小寶見七名喇嘛毫不疑心，將碗中藥酒喝得精光，心
> 中大喜，暗道：「臭喇嘛枉自武功高強，連這一點粗淺之極的
> 江湖之道兒也不提防，當真可笑。」[24]

韋小寶騙在追殺長平公主的喇嘛說他已練成「金頂門」：

> 我練成了「金頂門」的護頭神功，你在我頭頂砍一刀試
> 試，包管你這柄大刀反彈轉來，砍了你自己的光頭。……你
> 瞧，我的辮子已經練斷了，頭髮越練越短，頭頂和頭頸中的
> 神功已練成。等到頭髮練得一根都沒有，你就是砍在我胸口
> 也不怕了。[25]

---

23 金庸：《鹿鼎記》，第 3 冊，第 25 回，頁 1065。
24 金庸：《鹿鼎記》，第 3 冊，第 26 回，頁 1091。
25 金庸：《鹿鼎記》，第 3 冊，第 25 回，頁 1103—1104。

此謊言雖然荒誕無稽，然卻又救了長平公主與阿珂的性命。這是一場生死之賭博，靠的是刀槍不入的護身寶衣，而韋小寶確實是以自己的生命作賭注。這又源自《世說新語》「假譎」中曹操以謊言殺人而令左右相信他有特異功能一樣：

> 魏武常言：「人欲危己，己輒心動。」因語所親小人曰：「汝懷刃密來我側，我必說『心動』。執汝使行刑，汝但勿言其使，無他，當厚相報。」執者信焉，不以為懼，遂斬之。此人至死不知也。左右以為實，謀逆者挫氣矣。[26]

所謂的「假譎」，在江湖或用兵上，實即智謀。其後，他又再以海大富的「化屍粉」弄死其他喇嘛，化解一場劫難。白衣尼縱有神功，卻因為負重傷而無反抗之力，若非韋小寶的混混手段，她必然受辱或有生命之虞。更為重要的是，他在白衣尼與阿珂面前證明自己比延平郡王世子鄭克塽更有勇有謀、更有應變能力。後來，韋小寶藏身於棺材之中，因棺材蓋並未密合，因而了解了鄭克塽與其兄長之內訌以及他與馮錫範對陳近南的誣陷。在陳近南臨將被偷襲時，韋小寶終以「隔板刺人」與「飛灰迷目」刺傷了馮錫範並制服了鄭克塽，從而救了陳近南一命。[27] 其舉措雖不瀟灑，但難道這便非俠義之舉？手段本身並沒所謂的正邪之分，是假譎還是智謀，視乎使用者的目的是否正義而已。

韋小寶身兼多職，分別是清廷鹿鼎公、天地會香主、神龍教

26　劉義慶編著；陳岸峰導讀及譯注：《世說新語》，頁 350。
27　金庸：《鹿鼎記》，第 3 冊，第 29 回，頁 1207—1217。

白龍使、羅剎國管領東方轄韄地方的伯爵，穿梭於海大富、假太后、陳近南、康熙、順治、白衣尼、吳三桂以至羅剎，來去自如，滑不溜手，真是間諜的不二人選，當然亦是江湖的絕頂人材。關鍵在於他善惡分明，一心拯救好人：

> 他在康熙面前大說九難、楊溢之、陳近南三人的好話，以防將來三人萬一被清廷所擒，有了伏筆，易於相救。[28]

基於以上金庸有關「江湖」的論述，可見「江湖」不外如此，所謂的「俠」亦不外如此，韋小寶亦是在不外如此的「江湖」以不外如此的手段應對一下而已。韋小寶以其混混手段而逍遙於江湖，其大志並不在於成為大俠，這便是俠之世俗化。

五、武功的現實主義

「江湖」，亦即日常生活的凡夫俗子，像洪七公、周伯通、黃藥師、郭靖、楊過、張無忌、蕭峰、段譽、虛竹這些高手，自然是難得一見，至於南帝與歐陽鋒等域外之人，更是難得一見。陳近南、陳家洛、九難等則忙於反清復明而行蹤不定。最可能出現於市井的，應該便是常去茶樓聽說書及去市場買菜的韋小寶了。這便是

---

28 金庸：《鹿鼎記》，第 3 冊，第 28 回，頁 1192—1193。

金庸將俠客世俗化的意圖所在。

俠客既然世俗化，故此其武功亦並非至關重要。武功之人間化的最明顯人物便是韋小寶，有論者認為：

> 韋小寶不懂武功而武功高手死在他手下，他靠的是匕首、寶衣、爐灰、沙子、蒙汗藥之類的東西。無勝有是東方深厚的傳統智慧之一。[29]

這似乎難以上升至有、無的哲學思考。韋小寶歷拜名師，幾乎全是當世高手，包括海大富、陳近南、神龍教的洪安通夫婦以及長平公主，並曾在少林寺達摩院首座澄觀的指導下練習。然而，以上這些高手師父所傳之招數並不管用：

> 韋小寶拚命掙扎，但手足上的繩索綁得甚緊，卻哪裏掙扎得脫，情急之際，忽然想起師父來：「老子師父拜了不少，海大富老烏龜是第一個，後來是陳總舵主師父，洪教主壽與天齊師父，洪夫人騷狐狸師父，小皇帝師父，澄觀師侄老和尚師父，九難美貌尼姑師父，可是一大串師父，沒一個教的功夫當真管用。」[30]

由於韋小寶生性懶懶，所記得的便不多，但卻制服過假太后，並打

29　林崗：〈江湖·奇俠·武功 —— 武俠小說史上的金庸〉，《金庸小說與二十世紀中國文學國際學術研討會論文集》，頁 139。

30　金庸：《鹿鼎記》，第 3 冊，第 29 回，頁 1242。

敗長平公主的徒弟阿珂。[31] 而且，他又救過長平公主、茅十八、康熙、方怡、沐劍屏、陶紅英、順治以及天地會與沐王府一干人等。他所打擊的全是惡人或平西王府的漢奸、神龍教以至於清兵，其所作所為基本就是俠義之舉，雖其間不無順手牽羊或貪戀女色，但止於欣賞而已，而且這些小缺點根本不影響他對忠奸善惡的判斷。金庸曾透過何惕守之口認同韋小寶的目標為本的下三濫手段：

> 甚麼下作上作？殺人就是殺人，用刀子是殺人，用拳頭是殺人，下毒用藥，還不一樣是殺人？江湖上的英雄好漢瞧不起？哼，誰要他們瞧得起了？像那吳之榮，他去向朝廷告密，殺了幾千幾百人，他不用毒藥，難道就該瞧得起他了？[32]

故論者一直以來對韋小寶之所為嗤以之鼻，甚至認為金庸在《鹿鼎記》乃反俠之書寫，實值得商榷。

由此可見，武功在《鹿鼎記》已備受質疑，此中最關鍵的便是當世絕頂高手陳近南，其「凝血神抓」驚世駭俗，然而卻逃不過馮錫範的偷襲，最終亦需韋小寶以下三濫手段相救。韋小寶的三濫手段，亦源自《世說新語》中曹操的詭計：

> 魏武少時，嘗與袁紹好為遊俠。觀人新婚，因潛入主人園中，夜叫呼云：「有偷兒賊！」青廬中人皆出觀，魏武

31　金庸：《鹿鼎記》，第 3 冊，第 26 回，頁 1070。
32　金庸：《鹿鼎記》，第 5 冊，第 41 回，頁 1770。

乃入，抽刃劫新婦，與紹還出，失道，墜枳棘中，紹不能得
動。復大叫云：「偷兒在此！」紹遑迫自擲出，遂以俱免。[33]

韋小寶的下三濫手段與「功夫」之別只是技巧之別，而其自脫目的
則與曹操如一。而在金庸逐漸將俠之塑造朝向人間化的同時，武功
自然亦逐漸失去蕭峰、郭靖、楊過及張無忌等大俠之出神入化。韋
小寶在武功方面之現實主義，亦就可以理解了。

六、俠之省思

　　韋小寶作為武俠小說的主角，其語言、形象及素質惹來很多
質疑。因為韋小寶的出現，故而有論者指出金庸筆下的俠乃從「形
似」而走向「神似」的演變。[34]「形似」與「神似」實不可二分，真
正的俠客必須「形似」加「神似」，而若要對金庸武俠小說中俠客
的演變作出區分的話，實應稱之為從俠之崇高走向俠之世俗。
　　蕭峰之作為大俠，就在於具備俠的原始精神 —— 急人之難：

　　　　阿朱奇道：「你也不認得他麼？那麼他怎麼竟會甘冒奇
　　　險，從龍潭虎穴之中將你救了出來？嗯，救人危難的大俠，

33　劉義慶編著：陳岸峰導讀及譯注：《世說新語》，頁 349。
34　林崗：〈江湖・奇俠・武功 —— 武俠小說史上的金庸〉，《金庸小説與二十世紀中
　　國文學國際學術研討會論文集》，頁 132。

本來就是這樣的。」[35]

此外，東邪黃藥師乃文化與武功之集大成者，實為中國文化之批判者，亦即對魯迅「吃人禮教」之致意。張三丰乃一代宗師，甚至是神化了的道家人物，在金庸筆下，他親切和藹，樸素卑下，愛幼憐弱，而其武功卻博大精深，舉世無敵。一燈大師以一陽指醫治垂危的黃蓉而元氣大傷，五年之內武功全失。[36] 令狐沖身負重傷之下卻挺身而營救曲非煙，曲洋稱譽他為「英風俠骨」。[37] 俠客形象鮮明崇高，但又不缺乏偽俠之書寫。《俠客行》中的「河北通州聶家拳」在江湖上頗有「英俠」之名，而卻是「暗中無惡不作」的偽俠，[38] 故滿門盡為俠客島所滅。《飛狐外傳》的湯沛號稱「甘霖惠七省」，而卻奸淫袁紫衣之母。《天龍八部》中的中原武林豪傑，在蕭遠山口中乃「南朝大盜」，[39] 在蕭峰心中卻不及畜生。由此可見，俠之魚龍混雜，連真正的大俠亦身受其害。江湖混濁，方才是真江湖。

俠也是人，傳統武俠小說的缺失就在於將俠客樣板化，令他們失去了常人所應有的七情六慾。我們幾乎看不到《七俠五義》中的展昭有任何的兒女私情，《水滸傳》中的燕青與李師師有情有義，卻無疾而終，更多的是江湖好漢對女性的殘殺。金庸關於俠與女性的曲折而細膩的書寫，在在突顯其將俠朝向人間化的書寫，還原他們作為血肉之軀的身份。《天龍八部》中的蕭峰雖受盡馬夫人

35　金庸：《天龍八部》，第 2 冊，第 20 章，頁 871。
36　金庸：《射鵰英雄傳》，第 3 冊，第 30 回，頁 1260。
37　金庸：《笑傲江湖》，第 1 冊，第 7 章，頁 277。
38　金庸：《俠客行》，第 2 冊，第 19 回，頁 642。
39　金庸：《天龍八部》，第 3 冊，第 21 章，頁 916。

康敏的禍害，而最終卻沒有手刃仇人，並且終其一生只愛阿朱一人，對阿紫毫不動男女之情。段譽更是備受情慾折磨，虛竹則享受無端飛來的艷福。郭靖對黃蓉是一見鍾情，此情不渝。楊過在小龍女之外，亦處處留情，終有情花之毒的折磨，終歸專一。張無忌更是坦言想四美共用，難捨難分。陳家洛亦曾擁有霍青桐與香香公主。至於一向備受鄙視的韋小寶，更是七女同歡，不亦樂乎。韋小寶表面上就如他自己的自得體認「瘌痢頭阿三」，故在俠的「形似」方面，他是自愧不如的，甚至在他自己的心中，也不會認為自己的所作所為具有俠義的內涵。韋小寶雖出身妓院，母親韋春花是婊子，而他行事卻以《大明忠烈傳》為準則，就僅憑說書所得的基本價值觀的影響，其所作所為已遠勝很多江湖中人甚至世家子弟。方怡的師兄劉一舟貪生怕死，鄭克塽更是一再忘恩負義甚至乃綺紈子弟。甚至於論者指出金庸在《鹿鼎記》中有「反俠的趨勢」，[40]而韋小寶則位居「小流氓」之列。[41] 從而得出金庸武俠小說「俠氣漸消，邪氣漸漲」。[42] 亦有論者指出，《鹿鼎記》讓一個不會武功的無賴擔任主角，是一部「反英雄、反武俠的作品」。[43] 究其原因，便是認為《鹿鼎記》中主人公韋小寶的所作所為皆非俠的行徑。事實並非如此。何謂「仗義每多屠狗輩」？金庸為甚麼書寫了那麼多

40　楊春時：〈俠的現代闡釋與武俠小說的終結 ── 金庸小說歷史地位評說〉，《金庸小說與二十世紀中國文學國際學術研討會論文集》，頁 184。

41　陳墨：〈金庸小說與二十世紀中國文學〉，《金庸小說與二十世紀中國文學國際學術研討會論文集》，頁 76。

42　陳墨：〈金庸小說與二十世紀中國文學〉，《金庸小說與二十世紀中國文學國際學術研討會論文集》，頁 75。劉登翰亦用了「英雄與無賴」、「大俠與反俠」的對立概念。詳見劉登翰：《香港文學史》，頁 272。

43　王劍叢：《香港文學史》，頁 359。

的偽俠、偽君子如岳不群、左冷禪、余滄海、朱九齡？而韋小寶之出現，只是去掉俠的光環，還其屠狗輩的面目而已。韋小寶之所為，就連陳近南、白衣尼以及陳圓圓都予以肯定的，這難道不也就是金庸創作之意圖？手段本身並沒所謂的正邪之分，而是使用者本身及目的是否正義而已，這是歷來論者的誤區，彼等之見識，亦即茅十八與阿珂的見識：

> 茅十八道：「好端端地，人家為甚麼會來惹你？第二件，倘若跟人家打架，不許張口咬人，更不許撒石灰壞人眼睛，至於在地上打滾，躲在桌子底下剁人腳板，鑽人褲襠，捏人陰囊，打輸了大哭大叫、躺着裝死這種種勾當，一件也不許做。這都是給人家瞧不起的行徑，不是英雄好漢之所為。」[44]
> 阿珂道：「哼，你轉世投胎，也贏不了。你打得贏一個喇嘛，我永遠服了你。」韋小寶道：「甚麼打得贏一個？我不是已殺了一個喇嘛？」阿珂道：「你使鬼計殺的，那不算。」[45]

以上乃匹夫愚婦之見而已。英雄如吳六奇對韋小寶亦刮目相看，甚至有些佩服：「這小娃兒見事好快，倒也有些本事。」[46]陳近南則更對韋小寶在反清復明上寄以厚望：「你這一雙肩頭，挑着反清復明的萬斤重擔，務須自己保重。」[47]陳近南與吳六奇以至於黃宗羲等人對韋小寶之寄予重望，這不就是司馬遷在《史記‧遊俠列傳》中

44　金庸：《鹿鼎記》，第 1 冊，第 2 回，頁 83。
45　金庸：《鹿鼎記》，第 3 冊，第 26 回，頁 1099。
46　金庸：《鹿鼎記》，第 4 冊，第 34 回，頁 1430。
47　金庸：《鹿鼎記》，第 4 冊，第 34 回，頁 1437。

之所言：

> 今拘學或抱咫尺之義，久孤於世，豈若卑論儕俗，與世
> 沉浮而取榮名哉！而布衣之徒，設取予然諾，千里誦義，為
> 死不顧世，此亦有所長，非苟而已也。[48]

陳近南與吳六奇對韋小寶之刮目相看是英雄本色，就連黃宗羲與呂
留良等大儒亦已放下身段，改變觀念，領悟值此亂世該以另一套標
準衡量人物，從而認定韋小寶堪託國家重任。事實上，韋小寶就是
他們心目中「設取予然諾，千里誦義，為死不顧世」的布衣之俠，
亦即市井之俠。由此可見，金庸塑造韋小寶的目的，實乃對俠的概
念及形象之拓寬。至於那批評貶低韋小寶與批評金庸創造此慵懶人
物者乃「反俠」、「反英雄」，實乃對司馬遷《史記・遊俠列傳》有
所不知而已。故此，金庸方才安排他與陳近南及吳六奇在大風雨的
海上泛舟同行的重要一幕：

> 此時風勢已頗不小，布帆吃飽了風，小船箭也似的向江
> 心駛去。江中浪頭大起，小船忽高忽低，江水直濺入艙來。
> ……這時風浪益發大了，小船隨着浪頭，驀地裏升高丈
> 餘，突然之間，便似從半空中掉將下來，要鑽入江底一般。
> 韋小寶被拋了上來，騰的一聲，重重摔上艙板，尖聲大叫：
> 「乖乖不得了！」船篷上嘩喇喇一片響亮，大雨灑將下來，跟

48　司馬遷著；馬持盈注：《史記今注》（台北：商務印書館，1979），第 6 冊，卷
　　124，頁 3222。

着一陣狂風颳到，將船頭、船尾的燈籠都捲了出去，船艙中的燈火也即熄滅。韋小寶又是大叫：「啊喲，不好了！」

從艙中望出去，但見江面白浪洶湧，風大雨大，氣勢驚人。……風勢奇大，兩名船夫剛到桅桿邊，便險些給吹下江去，緊緊抱住了桅桿，不敢離手。大風浪中，那小船忽然傾側。[49]

風雨聲中，吳六奇放喉高歌：

走江邊，滿腔憤恨向誰言？老淚風吹，孤城一片，望救目穿，使盡殘兵血戰。跳出重圍，故國悲戀，誰知歌罷剩空筵。長江一線，吳頭楚尾路三千，盡歸別姓，雨翻雲變。寒濤東捲，萬事付空煙。精魂顯大招，聲逐海天遠。

曲聲從江上遠送出去，風雨之聲雖響，卻也壓他不倒。……兩人惺惺相惜，意氣相投，放言縱談平生抱負，登時忘了身外風雨。[50]

其實，這便是《世說新語‧雅量第六》第二十八則，謝安與王羲之（逸少，303—361）及孫綽（興公，314—371）出海暢遊時的驚險一幕：

謝太傅盤桓東山時，與孫興公諸人泛海戲。風起浪湧，

49　金庸：《鹿鼎記》，第 4 冊，第 34 回，頁 1425、1426。
50　金庸：《鹿鼎記》，第 4 冊，第 34 回，頁 1427。

孫、王諸人色並遽，便唱使還。太傅神情方王，吟嘯不言。
舟人以公貌閒意說，猶去不止。既風轉急，浪猛，諸人皆喧
動不坐。公徐曰：「如此，將無歸？」眾人即承響而回。於是
審其量，足以鎮安朝野。[51]

《鹿鼎記》中這一幕的主角當然是吳六奇及陳近南，而韋小寶亦乃
此次出海遨遊的人物之一，而他的角色功能亦在於在悲歌危境之中
插科打諢，而金庸不忘《世說新語》中這著名的一幕，亦不忘在這
一幕寫上韋小寶，益證金庸挪用了很多《世說新語》中的場景及
「魏晉風度」中的特徵來塑造韋小寶這人物。最終，一再完成紅花
會的任務並拯救眾英雄的，便是任誕與假譎及縱情的韋小寶。

七、結語

　　韋小寶之書寫，乃金庸對「俠」的概念的另一突破。在其筆
下，俠不再止於「高、大、全」，現實中的市井之徒、屠狗之輩，
實亦不乏具俠心俠舉而武功並不怎樣高明的另類俠客。金庸在「仗
義每多屠狗輩」的觀念上深入挖掘，以《世說新語》中的「任誕」
與「假譎」及縱情作為《鹿鼎記》中的韋小寶的小癩子模式，朝向
以智取勝、無武而有俠方面作出刻劃，在武俠小說史上作出逆向書

51　劉義慶編著；陳岸峰譯注：《世說新語》，頁 144。

寫，從而豐富了俠的層次，亦令俠從虛擬的精神層面走向現實層面，作出精彩的呈現。

第八章 《三岔口》與《十日談》的混合結構

一、前言

　　金庸在「隱型結構」方面，除了有意識地移植各種經典中的人物及他們的成長經歷、性格、情節以至於小道具之外，更有一套以兩部中外經典結合的混合結構，以多變的方式穿插其中，從而一方面淡化了移植經典的痕跡，另一方面則令故事情節奇幻莫測，引人入勝。這兩部經典分別是京劇《三岔口》與義大利文藝復興時期作家喬萬尼・薄伽丘（Giovanni Boccaccio，1313—1375）所著的《十日談》（*Decameron*）。《三岔口》講述的是北宋之際，楊延昭（楊六郎）手下的大將焦贊因打死奸臣王欽若女婿謝金吾而被發配沙門島，楊延昭命任堂惠於途中暗中保護。焦贊與解差夜宿於三岔口店中，任堂惠跟蹤而至，同住一店。店主劉利華夫婦懷疑任堂惠欲暗中謀害焦贊，於是劉利華深夜潛入臥室欲殺任堂惠，在黑暗中二人展開劇鬥，焦贊聞聲趕來參戰。後經劉氏妻取來燈火，說明情況，始釋誤會。此中，「黑暗」的場景與「誤會」以及釋除疑惑的「燈火」乃金庸常予以挪用，並且幻化多端，令人難以捉摸。至於《十日談》的故事則發生於 1348 年的佛羅倫斯，七位姑娘與三位男士在面對瘟疫時一起上山避難，其中有三位美麗的少女乃這三位男士的情人，十天之中他們共講了一百個故事。不同版本的故事，原本是有釋疑的動機，然而版本增多了，復又亦令真相益加撲朔迷離。金庸以《三岔口》與《十日談》這兩部中外經典的混合變化而穿插於各部小說，令情節複雜化，故事發展一波三折，扣人心弦。

二、《射鵰英雄傳》中的「牛家村密室」

　　金庸運用《三岔口》與《十日談》的混合結構首見於在《射鵰英雄傳》中的「牛家村密室」。其時，黃蓉陪伴郭靖進入曲靈風酒店中的密室療傷的七天之中，猶如《十日談》中的上山避難，金庸直言：「全部的人物，天南地北，一下子都聚集於牛家村。」[1] 身處密室的他倆目睹了以下情況：（1）完顏洪烈入宮所盜的並非《武穆遺書》；[2]（2）陸冠英與程瑤迦在黃藥師的強行主婚下成親；[3]（3）歐陽克因戲侮穆念慈而死於楊康手下；[4]（4）楊康欺騙眾人說郭靖已死；[5]（5）黃藥師與全真派七子因誤會而打鬥，梅超風與全真派的譚處端死於歐陽鋒手下；[6]（6）最後，黃藥師見江南六怪前來而將要展開廝殺之際，郭靖破牆而出。[7] 此前全是疑團與誤會，及至郭靖的破牆而出，從而化解一場血光之災，便是《三岔口》劉氏妻「點燈」說明誤會的功能。此際，黃藥師既見女兒黃蓉仍然存活，亦知郭靖並沒有在去桃花島之前曾偷學《九陰真經》等等真相，於是誤會全消，並且默許郭靖為婿。[8] 此中，黃蓉、程瑤迦以及穆念慈便分別是郭靖、陸冠英以及楊康之戀人。以上種種，即符合《三岔

1　金庸：《射鵰英雄傳》，第 3 冊，第 25 回，頁 1062。
2　金庸：《射雕英雄傳》，第 3 冊，第 24 回，頁 998。
3　金庸：《射雕英雄傳》，第 3 冊，第 25 回，頁 1041。
4　金庸：《射雕英雄傳》，第 3 冊，第 25 回，頁 1055。
5　金庸：《射雕英雄傳》，第 3 冊，第 25 回，頁 1061。
6　金庸：《射雕英雄傳》，第 3 冊，第 25 回，頁 1083。
7　金庸：《射雕英雄傳》，第 3 冊，第 26 回，頁 1090。
8　金庸：《射雕英雄傳》，第 3 冊，第 26 回，頁 1092。

口》與《十日談》的混合結構的特徵。

同樣一齣《三岔口》，金庸再應用於《射鵰英雄傳》中撒麻爾罕附近的村莊，在同一屋中黑燈瞎火，卻展開了郭靖、歐陽鋒、周伯通以及裘千仞這四大高手的過招。[9] 此次高手不必點火，而是憑過招及聲音而辨悉彼此身份：

> 這四大高手密閉在這漆黑一團、兩丈見方的斗室之中，目不見物，耳不聽聞，言語不通，四人都似突然變成又聾又啞。[10]

最終，還是郭靖將大石扔向屋頂：

> 天空星星微光登時從屋頂射了進來。周伯通怒道：「瞧得見了，還有甚麼好玩？」[11]

郭靖之以石破屋頂，實即《三岔口》中劉氏妻來「點燈」，打鬥才告結束。同一齣《三岔口》的「點燈」，金庸竟在《射鵰英雄傳》中改為兩個截然不同的情節，由此可領略其運用混合結構的變化之妙。「牛家村密室」模式，郭靖與黃蓉猶如在暗處觀看幾齣不同的摺子戲，又獲悉摺子戲中人所不知的前後事件的細節及真相，這是金庸在其武俠小說中運用得最為成功的混合結構。

9　金庸：《射鵰英雄傳》，第 4 冊，第 38 回，頁 1547—1553。
10　金庸：《射鵰英雄傳》，第 4 冊，第 38 回，頁 1551。
11　金庸：《射鵰英雄傳》，第 4 冊，第 38 回，頁 1551。

牛家村密室（姜雲行 繪）

三、《天龍八部》中的「窗外」

《天龍八部》中，在蒙受被誣陷殺害丐幫副幫主馬大元，並被指乃契丹人的不白之冤後，蕭峰輾轉追尋，終於在馬大元家的窗外聽到了陷害者敘說原委：

> 東廂房窗中透出淡淡黃光，寂無聲息。蕭峰輕輕一躍，已到了東廂房窗下。……蕭峰湊眼到破縫之上，向裏張去，一看之下，登時呆了，幾乎不信自己的眼睛。只見段正淳短衣小帽，盤膝坐在炕邊，手持酒杯，笑嘻嘻的瞅著炕桌邊打橫而坐的一個婦人。
>
> 那婦人身穿縞素衣裳，臉上薄施脂粉，眉梢眼角，皆是春意，一雙水汪汪的眼睛便如要滴出水來，似笑非笑、似嗔非嗔的斜睨著段正淳，正是馬大元的遺孀馬夫人。[12]

此處更為高明的是，螳螂捕蟬，秦紅棉與木婉清早在窺視，而蕭峰黃雀在後，情況比《三岔口》更為複雜，金庸又繼續揭開謎團：

> 此刻室中的情景，蕭峰若不是親眼所見，不論是誰說與他知，他必斥之為荒謬妄言。他自在無錫城外杏子林中首次見到馬夫人後，此後兩度相見，總是見她冷若冰霜，凜然有

12　金庸：《天龍八部》，第 3 冊，第 24 章，頁 1030—1031。

不可犯之色，連她的笑容也是從未一見，怎料得到竟會變成這般模樣。更奇的是，她以言語陷害段正淳，自必和他有深仇大恨，但瞧小室中的神情，酒酣香濃，情致纏綿，兩人四目交投，惟見輕憐密愛，那裏有半分仇怨？[13]

即是說，馬夫人曾暗示，段正淳是殺害蕭峰一家的帶頭大哥，而其目的卻在於逼段正淳前來相見而已。此下再續的是挪用《水滸傳》中潘金蓮情挑武松的場景，原本男主角應該是蕭峰，而此處卻置換為段正淳，又見金庸在改編上的匠心獨運。此處已在第五章中作出論述，在此不贅。

四、《倚天屠龍記》中的「布袋」、「皮鼓」及「山洞」

1. 布袋

張無忌被布袋和尚說不得裝在乾坤一氣袋並帶上了明教總壇「光明頂」，此際他處於「黑暗期」，對周遭事物一無所知：

張無忌回過頭來想看，突然間眼前一黑，全身已遭一隻

13　金庸：《天龍八部》，第 3 冊，第 24 章，頁 1034。

極大的套子套住，跟着身子懸空，似乎是處身在一隻布袋之中，給那人提了起來。[14]

說不得在布袋上輕輕踢了一腳，說道：

> 袋中這個小子，和天鷹教頗有淵源，最近又於五行旗有恩，將來或能着落在這小子身上，調處雙方嫌隙。[15]

張無忌被裝在說不得和尚的布袋中，實與郭靖置身於「牛家村密室」中的功能一樣，[16] 一切均源自《三岔口》：

> 張無忌藏身布袋之中，雖目不見物，但於各人說話，一切經過，全都聽得清清楚楚。[17]

張無忌從楊逍、青翼蝠王韋一笑、鐵冠道人張中、布袋和尚說不得、周顛及彭瑩玉（明教的五散人）以及成崑的對話中，了解了明教驅除韃虜的義舉以及因成崑而引發明教與江湖的恩怨，[18] 令張無忌對明教頓生好感，並以一人之力打敗成崑、滅絕師太以及一幫所謂的名門正派，從而化解明教瀕臨滅絕之危機，及後又應允成為明教教主，這便是楊逍無意中扮演了劉氏妻「點燈」的功能。說不得

14　金庸：《倚天屠龍記》，第 2 冊，第 18 章，頁 747。
15　金庸：《倚天屠龍記》，第 2 冊，第 19 章，頁 760。
16　金庸：《倚天屠龍記》，第 2 冊，第 19 章，頁 758。
17　金庸：《倚天屠龍記》，第 2 冊，第 19 章，頁 759。
18　金庸：《倚天屠龍記》，第 2 冊，第 19 章，頁 753。

和尚的識人之明，改變了張無忌的人生歷程，令他從蒙昧的魯莽行俠而屢屢受害的困境中進入具象徵功能的「光明頂」，接受明教教主「陽頂天」為他作出啟蒙，實猶如「醍醐灌頂」。同時，此舉亦徹底改變了明教四分五裂而瀕臨滅亡的危機，在張無忌作為明教拯救者的英雄式召喚下，浴火重生，實行驅除韃虜，恢復漢室的義舉。

2. 皮鼓

張無忌又與趙敏置身於鼓中：

> 他向前竄出，從屋簷旁撲下，雙足鉤住屋簷，跟着兩腿回縮，滑到了左側一座佛像之後。[19]

「皮鼓」同樣是「牛家村密室」的衍變，即《三岔口》與《十日談》的混合結構：

> 張無忌遊目四顧，一時找不到躲藏之所。趙敏向着一隻大皮鼓一指，那鼓高高安在一支大木架上，離地丈許，和右側的巨鐘相對。張無忌登時省悟，貼牆繞到皮鼓之後，右手食指在鼓上橫劃而過，嗤的一聲輕響，蒙在鼓上的牛皮裂開一條大縫。他左足搭上木架橫撐，食指再豎直劃下，兩劃交

---

19 金庸：《倚天屠龍記》，第 4 冊，第 31 章，頁 1312。

又成一十字。他抱着趙敏，從十字縫中鑽進。[20]

由此，他在鼓中得知宋青書在眾人面前污衊他誘惑趙敏及其他女子，[21] 宋青書的小人面目由此被揭開。同時，張無忌又聽到陳友諒與宋青書打算同上武當陷害張三丰及其一眾徒弟的驚人消息，此中包括宋青書與莫七俠的事則含糊之中語帶威脅，[22] 雖無法一時作出判斷，但宋青書已嫉妒成仇並伙同陳友諒等人企圖毒害武當師徒之陰謀，在此均被張無忌與趙敏獲悉。

其實《倚天屠龍記》的這一幕乃源自《天龍八部》中蕭峰夜闖少林時躲在佛像之後的那一幕：

> 百忙中無處藏身，見殿上並列着三尊佛像，當即竄上神座，躲到了第三座佛像身後。聽腳步聲共是六人，排成兩列，並肩來到後殿，各自坐在一個蒲團之上。喬峰從佛像後窺看……喬峰在佛像之後看得明白，心下大奇，不知這些少林僧何以忽起內訌。……喬峰這時如要脫身而走，原是良機，但他好奇心起，要看個究竟，為甚麼這少林僧要戕害同門，銅鏡後面又有甚麼東西，説不定這事和玄苦大師被害之事有關。[23]

金庸在此並非簡單地重複，此中關鍵是在此際又設計了藉銅鏡的反

20　金庸：《倚天屠龍記》，第 4 冊，第 31 章，頁 1313。
21　金庸：《倚天屠龍記》，第 4 冊，第 31 章，頁 1314。
22　金庸：《倚天屠龍記》，第 4 冊，第 31 章，頁 1317—1318。
23　金庸：《天龍八部》，第 2 冊，第 18 章，頁 799。

射而向蕭峰作出剎那的命運的警示，此銅鏡與後來在阮星竹家附近的湖中的碎影，揭示的便是鏡花水月的佛家思想。雖然，蕭峰在這兩個剎那間均若有所觸動，然而仍然無法超脫這冥冥之中的命運悲劇。

3. 山洞

　　金庸又再設置張無忌與武當諸俠在山洞後聽悉宋青書與陳友諒的對話提及殺害莫七俠：

> 　　陳友諒道：「不錯。他親手害死他師叔莫聲谷，自有他本派中人殺他，這種不義之徒的髒血，沒的污了咱們俠義道的兵刃。」[24]

張無忌認定趙敏乃島上下毒害死殷離並傷害周芷若之兇手，然而在他被誤以為殺害武當七俠莫聲谷後，方知世間乃有不白之冤。而此刻在山洞後所獲悉的一切，原來是宋青書偷窺峨嵋諸女臥室被莫聲谷撞見而殺人滅口，[25]並受要脅前往毒害武當眾師長以挾持明教，目的竟在於奪取江山。由此可見，布袋、皮鼓及山洞對於張無忌的人生及小說情節的推展，均具有絕大的重要性。

24　金庸：《倚天屠龍記》，第4冊，第32章，頁1349。
25　金庸：《倚天屠龍記》，第4冊，第32章，頁1349。

五、《笑傲江湖》中的「磷光」、「雪人」及「桌下」

1.「磷光」

《笑傲江湖》第三十八章在華山思過崖「聚殲」一幕，左冷禪、林平之及一眾瞎子圍攻令狐沖及任盈盈，又是另一齣於黑暗中打鬥的《三岔口》。任盈盈於黑暗中撿到一把短棍：

> 喀的一聲響，那短棍被敵劍削去了一截。令狐沖一低頭讓過長劍，突然之間，眼前出現了幾星光芒。這幾星光芒極是微弱，但在這黑漆一團的山洞之中，便如是天際現出一顆明星，敵人身形劍光，隱約可辨。[26]

削去了一截，死人骨頭中有鬼火磷光，才令二人獲取光明而退敵。在此，魔教長老的白骨所發出的磷光以令真相大白，其實便是《三岔口》中劉氏妻的「點燈」。由「磷光」而鬼火，不只救了令狐沖與任盈盈的性命，關鍵在於此設計之鬼魅氛圍，可謂相當有創意。

2.「雪人」

金庸又分別在《神鵰俠侶》與《笑傲江湖》中同樣以「雪人」

26　金庸：《笑傲江湖》，第 4 冊，第 35 章，頁 1663—1666。

雪人（王司馬 繪）

的方式，作為混合結構。《神鵰俠侶》第三十回中有以下一幕：

> 那瘦丐出其不意，急忙回頭，只道是彭長老到了身後，臉上充滿了驚懼之色。楊過笑道：「別怕，別怕。」伸手點了他胸口、脅下、腿上三處穴道，將他提到門前，放眼盡是白茫茫的大雪，童心忽起，叫道：「龍兒，快來幫我堆雪人。」隨手抄起地下白雪，堆在那瘦丐的身上。小龍女從屋中出來相助，兩人嘻嘻哈哈的動手，沒多久間，已將那瘦丐周身堆滿白雪。這瘦丐除了一雙眼珠尚可轉動之外，成為一個肥胖臃腫的大雪人。

如此場景，便是《笑傲江湖》第二十八章中的以下一幕：

> 四人手牽手的站在雪地之中，便如僵硬了一般。大雪紛紛落在四人頭上臉上，漸漸將四人的頭髮、眼睛、鼻子、衣服都蓋了起來。
> ……令狐沖剛想：「這曠野間有甚麼雪人？」隨即明白：「我們四人全身堆滿了白雪，臃腫不堪，以致師父、師娘把我們當作了雪人。」[27]

此刻，令狐沖他們四人以雪人的方式隱匿，仿如郭靖、黃蓉在「牛家村密室」中一樣，令狐沖也獲知一直懸之於心的癡戀終該了結。

27　金庸：《笑傲江湖》，第 3 冊，第 28 章，頁 1205—1206。

由師父之誘騙以女許嫁，師娘的否定兩人婚嫁的可能性，[28] 再到岳靈珊與林平之的海誓山盟，[29] 以及任我行對岳靈珊的評價，[30] 一直傾向於期待與岳靈珊重拾舊好的令狐沖終於絕望，遂一心傾向對他垂青已久的任盈盈。這一幕雪人的設置，乃令狐沖在愛情糾纏中的重大轉捩點，方才有日後他與任盈盈的「笑傲江湖」的可能。

3. 桌下

密室的另一種變形便為「桌下」。《笑傲江湖》中桃谷六仙被方證大師以「獅子吼」震倒後塞在供桌之下，然而他們卻偷聽了日月神教教主任盈盈與令狐沖的對話，得知任我行早已於華山朝陽峰上斷命，而他倆又將日月神教的「千秋萬載，一統江湖」的口號，改為「千秋萬載，永為夫婦」。[31] 由此，他們又將別人聽不到的有關日月神教的重大變動，公之於世，令原本埋了三十二處地雷、二萬斤炸藥的玉石俱焚的緊張氛圍消彌於無形，而彼等維妙維肖的學舌，更平添許多諧趣。此外，任盈盈想到喬裝成懸空寺中的聾啞僕婦又是另一種之解真相的方法，[32] 亦是「密室」的另一種變形，在此不贅。

28　金庸：《笑傲江湖》，第 3 冊，第 28 章，頁 1211—1212。
29　金庸：《笑傲江湖》，第 3 冊，第 28 章，頁 1218—1219。
30　金庸：《笑傲江湖》，第 3 冊，第 28 章，頁 1220。
31　金庸：《笑傲江湖》，第 4 冊，第 40 章，頁 1735—1736、1740。
32　金庸：《笑傲江湖》，第 4 冊，第 37 章，頁 1575。

六、《鹿鼎記》中的「衣櫃」、「蠟燭」及「破窗而出」

　　金庸在《鹿鼎記》中同樣亦運用了《三岔口》與《十日談》的混合結構，先是「衣櫃」：

> 　　太后不答，轉過身來，望着衣櫃，一步步走過去，似乎對這櫃子已然起疑。……
>
> 　　但聽得掌聲呼呼，鬥了一會，突然眼前一暗，三座燭台中已有一枝蠟燭給掌風撲熄。
>
> 　　……驀地裏燭火一暗，一個女子聲音輕哼一聲，燭光又亮……
>
> 　　綠衣宮女右手攬住韋小寶，破窗而出……[33]

在此，綠衣宮女、太后與男嗓宮女、韋小寶共三方人物，燭光忽明忽暗，始終未如韋小寶所願而滅，讓他趁黑逃走。事實上，三方均不知彼此的身份，韋小寶雖知其中一人是「太后」，卻不知何以她身邊多了個男嗓宮女，亦不知綠衣宮女的身份及其行刺「太后」及男嗓宮女的目的，「太后」及男嗓宮女不知綠衣宮女躲於衣櫃之中，而且雙方亦同樣不知韋小寶躲於牀下。「燭光」雖並未起到關鍵性作用，而卻是韋小寶的關切重心，而綠衣宮女與韋小寶的藏匿

33　金庸：《鹿鼎記》，第 14 回，頁 592—594。

燭火（姜雲行 繪）

實際上已令此次在慈寧宮的生死之搏，較諸《三岔口》更為兇險。唯一看清全局的是韋小寶，亦是他的黃雀在後方救了陶宮娥，亦救了他自己。像《射鵰英雄傳》中在撒麻爾罕附近的村莊，在黑夜房中的郭靖、歐陽鋒、周伯通以及裘千仞四人的打鬥那一幕一樣，郭靖最終向屋頂扔出巨石而令星光透入，陶宮娥雖已知是韋小寶相救，但為了避開前來救援的太監，仍然右手攬住韋小寶「破窗而出」。

金庸又在《鹿鼎記》的第二十五回中，以另一種方式演繹《三岔口》的結構模式：

> 但見白衣尼仍穩坐椅上，右手食指東一點，西一戳，將太后凌厲的攻勢一一化解。太后倏進倏退，忽而躍起，忽而伏低，迅速之極，掌風將四枝蠟燭的火燄逼得向後傾斜，突然間房中一暗，四枝燭火熄了兩枝，更拆數招，餘下兩枝也都熄了。……只見白衣尼將火摺輕輕向上一擲，火飛起數尺，左手衣袖揮出，那火摺為袖風所送，緩緩飛向蠟燭，竟將四枝燭火逐一點燃，便如有一隻無形的手在空中拿住一般。白衣尼衣袖向裏一招，一股吸力將火摺吸了回來，伸右手接過，輕輕吹熄了，放入懷中。[34]

在此，韋小寶與陶紅英躲起來，是為一方，太后是另一方，而白衣尼（長平公主）又是另一方，打鬥的是白衣尼與太后，但因彼此武

34　金庸：《鹿鼎記》，第 3 冊，第 25 回，頁 1046—1047。

功甚為懸殊，主要突顯的是白衣尼以袖風飛送火摺「點燈」的莫測神功。然後，眾人便聽到假太后毛東珠仿如《十日談》般講故事：

> 只聽太后又道：「真太后是滿洲人，姓博爾濟吉特，是科爾沁貝勒的女兒。晚輩的父親姓毛，是浙江杭州的漢人，便是大明大將軍毛文龍。晚輩名叫毛東珠。」……
>
> 白衣尼忽然想起一事，說道：「不對。你說老皇帝從不睬你，可是……可是你卻生下了一個公主。」太后道：「這個女兒，不是皇帝生的。他父親是個漢人，有時偷偷來到宮裏和我相會，便假扮了宮女。這人……他不久之前不幸……不幸病死了。」
>
> ……只見櫃內橫臥着一個女人，身上蓋着錦被。白衣尼輕輕一聲驚呼，問道：「她……她便是真皇后？」
>
> ……白衣尼見那女子容色十分憔悴，更無半點血色，但相貌確與太后除去臉上化裝之前甚為相似。[35]

如此的驟變而洞悉真相，亦是《三岔口》模式的成功運用所致。接着，金庸又以《十日談》的方式，讓假太后毛東珠與白衣尼談及關於《四十二章經》的下落的不同故事版本。[36] 由《三岔口》模式的宮中混戰以引出長平公主及假太后，確是高潮迭起，復以《十日談》引出「甲申之變」期間滿清政權的自保心態，而《十日談》般地談論《四十二章經》則又令故事充滿懸疑感。

---

35 金庸：《鹿鼎記》，第 3 冊，第 25 回，頁 1050—1053。
36 金庸：《鹿鼎記》，第 3 冊，第 25 回，頁 1055。

七、《鹿鼎記》與《雪山飛狐》中的「說故事」

在《雪山飛狐》中，金庸乾脆依樣畫葫蘆，令眾人如《十日談》般上山上說故事，並且幾乎完全套用了《三岔口》與《十日談》的混合結構。先是苗若蘭的不同的版本，[37] 寶樹加入，作出質疑，[38] 平阿四又提供另一版本。[39] 金庸在此甚至用了「聽他說起故事來」。寶樹即閻基，即在商家堡打劫的那位，其身份由平阿四提供。[40] 平阿四揭發閻基並沒有按胡一刀的吩咐向苗人鳳說清楚他們胡、苗、范、田四家的種種誤會。[41] 平阿四又揭發乃寶樹（即閻基）害死胡一刀。[42] 至於陶子安講述田青文，即為故事中的故事，此中包括田歸農的死因以及田家女兒的私通，[43] 令整部小說千頭萬緒，極之複雜。由此而揭開田家的醜聞，並導出田歸農家的報應及其死亡的線索。而整部小說的關鍵是「牀底」與「燈籠」：

> 當下慢慢爬到牀邊，正要躍出，手臂伸將出去，突然碰到一人的臉孔，原來牀底下已有人比我先到。
>
> ⋯⋯ 就在此時，眼前一亮，周師哥已提了燈籠來到。⋯⋯ 只聽得噗的一響，那人發了一枚暗器，打滅燈籠，

37　金庸：《雪山飛狐》，第 1 冊，第 5 章，頁 114—119。

38　金庸：《雪山飛狐》，第 1 冊，第 5 章，頁 119。

39　金庸：《雪山飛狐》，第 1 冊，第 5 章，頁 121。

40　金庸：《雪山飛狐》，第 1 冊，第 5 章，頁 123。

41　金庸：《雪山飛狐》，第 1 冊，第 5 章，頁 125。

42　金庸：《雪山飛狐》，第 1 冊，第 5 章，頁 130。

43　金庸：《雪山飛狐》，第 1 冊，第 7 章，頁 165—171。

跟着翻手竟來奪得手中寶刀。[44]

「牀底」即黑暗情況，「燈籠」，亦即劉氏妻的「點燈」。藏寶地圖卻在苗人鳳的不守婦道的妻子南蘭的珠釵之中。[45] 及至發現寶藏，金庸又作出一如後來《連城訣》中的古廟藏寶的混戰場面。

　　《雪山飛狐》對過去事跡的回述，用了講故事的方式，金庸特別在回覆讀者的時候作出澄清：

> 　　我用幾個人講故事的形式寫《雪山飛狐》，報上還沒發表完，香港就有很多讀者寫信問我：是不是模仿電影「羅生門」？……
>
> 　　日本電影「羅生門」在香港放映，很受歡迎，一般人受了這電影的教育，以為如果有兩人說話不同，其中一人說的是假話，那就是「羅生門」。[46]

又：

> 　　她的故事一個套一個，巴格達一名理髮匠有六個兄弟，自己講一個故事，六兄弟又各講一個，故事有真有假，三姊妹中兩個姊姊變成了黑狗，三姊妹固然各有故事，每隻黑狗也都有奇妙故事。說到講真假故事，世上自有《天方夜譚》

44　金庸：《雪山飛狐》，第 1 冊，第 7 章，頁 172。
45　金庸：《雪山飛狐》，第 1 冊，第 7 章，頁 181。
46　金庸：〈後記〉，《雪山飛狐》，頁 257。

之後，橫掃全球，「羅生門」何足道哉！[47]

《雪山飛狐》決非《羅生門》式的故事，因為小說中已決定胡一刀與苗人鳳乃俠義仁善之士，所言必真，平阿四早已知殺害胡一刀者乃閻基（即寶樹）而非苗人鳳。故此故事乃聚集一批人上山說故事，最後由平阿四指出閻基乃真兇，而陶百歲又揭開閻基的幕後主使人乃田歸農，再由劉元鶴揭開田歸農與清廷勾結以及賽總管之意在李自成之藏寶的陰謀。

平阿四確知兇手並非苗人鳳，而是閻基（寶樹），再由他人補充閻基乃受田歸農指使，當然目的就是為了寶刀與地圖，因此方有勾引苗人鳳之妻南蘭的一連串劣行。此中，苗若蘭便是證人，而兇手閻基亦沒有否認，即版本最終只有一個，其他人的故事只是將其他細節作了補充而已，兇案已水落石出，苗人鳳並非胡斐的殺父仇人與復仇對象。準此而言，平阿四早在胡斐上山之前，便該一早告知早已武功超群的胡斐，而不可能等他在山上講完胡一刀之死的故事後，全部的聽眾都知悉內情，唯獨受害人的兒子胡斐卻被蒙在鼓裏。即使平阿四有難言之隱而不一早告訴胡斐，至少他在講完故事後受閻基（寶樹）所傷，後來上山的胡斐也見了他，也不可能不在關鍵時刻告知真相而讓他與苗人鳳決一死戰。如按以上的情理及事情的發展脈絡推論，根本就沒可能有胡斐仿如《王子復仇記》（*Hamlet*）般的砍不砍那一刀的疑問。

47　金庸：〈後記〉，《雪山飛狐》，頁 260。

山上説故事（王司馬 繪）

八、結語

　　從以上的分析可見，金庸以《三岔口》與《十日談》的混合結構為《射鵰英雄傳》、《神鵰俠侶》、《倚天屠龍記》、《天龍八部》、《笑傲江湖》以及《鹿鼎記》帶來意想不到的懸疑性，而《雪山飛狐》中則幾乎全部以混合結構作為脈絡推展，令整部小說全由不同人物講述不同版本的故事，導致撲朔迷離。

　　《三岔口》與《十日談》乃金庸武俠小說中的雙刃劍，其混合結構的大量使用，在關鍵時刻猶如孫悟空鑽入鐵扇公主的肚子一樣，鐵扇公主看不見孫悟空而不停道出真相，令疑霧重重的故事透出一絲亮光，在盤根錯節的脈絡中，誘使狐疑不已的讀者在閱讀的森林中繼續跋涉，並最終逐漸獲得閱讀的快感。如沒有這兩個混合結構的使用，英雄必然蒙冤受屈，甚至因此而身亡，壞人必然逍遙法外，正義終將無法伸張。

第九章　總結

金庸既挪用了經典中既有的故事人物作為原型，甚至亦借用了故事發展的部分情節以及某些小道具，然而金庸對人物的性格以至於遭遇，均設計了不受原著的影響，以別開生面，從而完成其創造性之所在。大致有以下幾方面：

　　一、《射鵰英雄傳》中以《說岳全傳》中的岳飛與陸文龍以及曹寧分別作為郭靖與楊康的原型，及至第三十六回楊康死後，金庸便基本全力以岳飛作為榜樣而塑造郭靖，相對而言，這部小說的移植與改編，並不算複雜，同樣亦不算很有創造性。

　　二、《神鵰俠侶》中以唐僧及其徒弟作為小說的隱型結構，重心在於以唐僧與孫悟空作為小龍女與楊過原型，彼此既是師徒，復為戀人。金庸再以《世說新語》中「魏晉風度」的一往情深，令楊過與小龍女二人攜手抗擊禮教的情感壓抑。由此，金庸便將以取經路上降妖伏魔並克制自我慾望的《西遊記》為原型的《神鵰俠侶》寫成一部可歌可泣的情書，其顛覆原著之目的及書寫能力之強，可見一斑，由此亦由改編而達至創造的境界。

　　三、《倚天屠龍記》中以許仙、秦瓊、程咬金、雄闊海、裴元慶等人物作為張無忌的複合原型，使其具備義氣、詼諧以及神力，並屢有奇遇，而在複合原型而構成的矛盾性格中，張無忌更明顯地流露出傾向於許仙之依戀女性並在女性面前猶豫不決的性格。英雄多情亦屬事實，張無忌在女性面前的表現，其實亦影響了日後《鹿鼎記》中的韋小寶的人物塑造。男人，甚至於俠客，對於女人的渴求，亦不外人性的真實呈現，這便是金庸塑造的俠客在情感上的人間化。[1] 故此，無論金庸移植了多少不同人物的性格特徵於張無忌身

1　相關論述可參閱陳岸峰：《醍醐灌頂：金庸武俠小說中的思想世界》，頁 131—152。

上，而一以貫之的便是他對女性的渴求，而這性格特徵正符合他自幼失去母愛的悲慘遭遇所產生的情感傾向。

　　四、《天龍八部》中以武松為原型的蕭峰，在經歷了一連串猶如武松般的冤屈之後，金庸令蕭峰選擇自殺身亡，此舉猶如捨身餵鷹，遂造成了悲劇般的震撼。以魯智深為原型的虛竹則成為西夏駙馬，娶了夢姑，夢想成真。而以賈寶玉為原型的段譽則成為大理皇帝並連娶三妻，盡享人間之樂。由此，蕭峰之自殺比武松之斷臂、出家更為悲壯，作為少林寺和尚的虛竹竟獲得了「夢姑」，比一生不知情為何物的魯智深更為圓滿，而段譽在猶如賈寶玉般的歷經情海翻波後，竟獲得了智慧，擺脫了「心象」的糾纏，[2] 順應天命，娶妻生子，當個好皇帝，及至晚年才按大理皇室的傳統出家，這就完全泯沒了《紅樓夢》中賈寶玉的悲劇感。

　　五、及至後期，金庸逐漸放開手腳，漸從臨摹而走向創造，他以《世說新語》中「魏晉風度」的精神理念、故事、場景及道具作為《笑傲江湖》與《鹿鼎記》之書寫原型，前者以獨孤九劍與「魏晉風度」的完美結合，令狐沖與任盈盈終成俠侶而「笑傲江湖」，韋小寶則以詼諧、任誕及智謀的方式顛覆所謂的「江湖」，而兩者均同樣豐富了「俠」的不同層面。

　　由上述可見，金庸從《天龍八部》、《射鵰英雄傳》、《神鵰俠侶》以及《倚天屠龍記》中均移植了大量的古典小說作為故事的主幹，此為「大結構」的移植。在此基礎上，金庸再進行了多方面的改編與嵌置，再添上出神入化的武功秘笈及可歌可泣的愛恨情仇，再以這些人物及情節服務其中心思想，由此而達至自成一

2　相關論述可參閱陳岸峰：《醍醐灌頂：金庸武俠小說中的思想世界》，頁 142—143。

家的創境。[3]

　　總括而言，此書「上篇：金庸武俠小說的思想世界」中所闡述的江湖、俠義、愛情、武功、歷史及「魏晉風度」等概念，乃金庸武俠小說在理念上的突破，「下篇：金庸武俠小說的隱型結構」則挖掘其精心佈局的地下宮殿。此書之研究，既揭示了金庸之思想及其創作方法，同時亦了解金庸超越同儕而成為武俠小說的一代宗師之所在。

3　關於「創境」的論述，可參閱陳岸峰：《詩學的政治及其闡釋》，頁 15—19。

徵引書目

凡例

一、本書目只包括正文及註釋曾徵引的書籍和論文
二、本書目分兩部分：

1：專著；

2：期刊文章。

三、中文資料排列，以著、編者等姓氏第一字筆劃為序。

一、中文專著

三毛等：《諸子百家看金庸（肆）》（香港：明窗出版社，1997）。

毛子水等註譯：《四書今註今譯》（臺北：商務印書館，1995）。

中國史學會編：《戊戌變法》（上海：神州國光社，1953）。

王維撰、趙殿成箋注：《王右丞集校箋》（香港：中華書局，1975）。

王劍叢：《香港文學史》（南昌：百花洲文藝出版社，1995）。

司馬遷著；馬持盈註：《史記今註》（臺北：臺灣商務印書館，1979）。

安徽大學等合編：《中國古代文學作品選》（江蘇人民出版社，1979）。

岑大利：《中國乞丐史》（臺北：文津出版社，1992）。

余子等：《諸子百家看金庸（壹）》（香港：明窗出版社，1997）。

吳文治編：《宋詩話全篇》（江蘇：江蘇古籍出版社，1998）。

佚名撰；林木森點校：《後白蛇傳 • 義妖白蛇全傳》（瀋陽：遼瀋書社，
1991）。

吳承恩：《西遊記》（北京：人民出版社，2008）。

宋偉傑：《從娛樂行為到烏托邦衝動——金庸小說再解讀》（南京：江蘇人民出版社，1999）。

李零：《中國方術考》（北京：中國人民出版社，1993）。

余嘉錫：《余嘉錫論學雜著》（北京：中華書局，2007）。

吳曉東、計璧瑞編：《2000'北京金庸小說國際研討會論文集》（北京：北京大學出版社，2002）。

房玄齡：《晉書》（北京：中華書局，2003）。

房玄齡等撰：《晉書》（北京：中華書局，2003）。

周作人：《周作人文類編：本色》（長沙：湖南文藝出版社，1998）。

周作人著；止庵校訂：《自己的園地》（石家莊：河北教育出版社，2002）。

周作人著；止庵校訂：《知堂文集》（石家莊：河北教育出版社，2002）。

周作人著；止庵校訂：《苦竹雜記》（石家莊：河北教育出版社，2002）。

周作人著；止庵校訂：《苦雨齋序跋文》（石家莊：河北教育出版社，2002）。

周作人著；止庵校訂：《新文學的源流》（石家莊：河北教育出版社，2002）。

周作人著；止庵校訂：《藝術與生活》（石家莊：河北教育出版社，2002）。

金庸：《天龍八部》（香港：明河出版社，2005）。

金庸：《飛狐外傳》（香港：明河出版社，2004）。

金庸：《俠客行》（香港：明河出版社，2004）。

金庸：《神鵰俠侶》（香港：明河出版社，2003）。

金庸：《倚天屠龍記》（香港：明河出版社，2005）。

金庸：《連城訣》（香港：明河出版社，2004）。

金庸：《笑傲江湖》（香港：明河出版社，2006）。

金庸：《書劍恩仇錄》（香港：明河出版社，2002）。

金庸：《射鵰英雄傳》（香港：明河出版社，2003）。

金庸：《雪山飛狐》（香港：明河出版社，2004）。

金庸：《鹿鼎記》（香港：明河出版社，2006）。

金庸：《碧血劍》（香港：明河出版社，2003）。

郁達夫：《郁達夫文集》（香港：三聯書店，1982）。

計六奇撰；魏得良、任道斌點校：《明季北略》（北京：中華書局，1984）。

施耐庵、羅貫中：《水滸全傳》（香港：中華書局，1965）。

姜義華：《章太炎全集》（上海：上海人民出版社，1984）。

胡適：《白話文學史》（北京：東方出版社，1996）。

胡適：《胡適文存》（臺北：遠東圖書公司，1953）。

陳平原：《千古文人俠客夢》（臺北：麥田出版社，1995）。

倪匡：《三看金庸小說》（重慶：重慶大學出版社，2009）。

倪匡：《看金庸小說》（重慶：重慶大學出版社，2008）。

倪匡：《再看金庸小說》（重慶：重慶大學出版社，2009）。

徐扶明：《牡丹亭研究資料考釋》（上海：上海古籍出版社，1987）。

夏志清：《愛情‧社會‧小說》（臺北：純文學出版社，1985）。

陳岸峰：《文學史的書寫及其不滿》（香港：中華書局，2014）。

陳岸峰：《甲申詩史：吳梅村書寫的一六四四》（香港：中華書局，2014）。

陳岸峰：《詩學的政治及其闡釋》（香港：中華書局，2013）。

陳岸峰譯註：《戰國策》（香港：中華書局，2013）。

陳岸峰譯註；劉義慶編著：《世說新語》（香港：中華書局，2012）。

徐朔方：《湯顯祖評傳》（南京：南京大學出版社，1993）。

郭紹虞編：《中國歷代文論選》（上海：上海古籍出版社，1990）。

張枬、王忍之：《辛亥革命前十年間時論選集》（北京：三聯書店，1977）。

梁啟超：〈記東俠〉，《時務報》，1897（39）。

梁啟超：《飲冰室合集》（北京：中華書局，1989）。

單田芳；王樵改編：《瓦崗英雄》（山西：山西人民出版社，1985）。

無名氏編撰；王秀梅點校：《說唐》（北京：中華書局，2001）。

湯志鈞：《章太炎政論選集》（北京：中華書局，1977）。

馮夢龍編著：《警世通言》（香港：中華書局，1958）。

湯顯祖著；徐朔方、楊笑梅校註：《牡丹亭》（北京：人民文學出版社，1978）。

趙清閣：《白蛇傳》（上海：上海文化出版社，1956）。

餘子等：《諸子百家看金庸（壹）》（香港：明窗出版社，1997）。

魯迅：《而已集》（北京：人民出版社，1973）。

劉再復、葛浩文、張東明等編：《金庸小說與二十世紀中國文學國際學術研討會論文集》（香港：明河社，2000）。

劉昫等撰：《舊唐書》（北京：中華書局，1975）。

歐陽哲生編：《胡適文集》（北京大學出版，1998）。

潘國森：《話說金庸》（香港：明窗出版社有限公司，1998）。

潘國森：《雜論金庸》（香港：明窗出版社有限公司，1995）。

劉紹銘、陳永明編：《武俠小說論卷》（香港：明河社出版有限公司，1998）。

劉登翰：《香港文學史》（北京：人民文學出版社，1999）。

錢彩：《說岳全傳》（臺北：桂冠，1994）。

錢理群：《周作人傳》（北京：十月文藝出版社，2001）。

錢理群：《返觀與重構——文學史的研究與寫作》（上海：上海教育出版社，2000）。

譚嗣同：《譚嗣同集》（瀋陽：遼寧人民出版社，1994）。

嚴可均輯：《全晉文》（北京：商務印書館，2006）。

蘇墱基：《金庸的武俠世界》（香港：明窗出版社有限公司，1997）。

二、期刊論文

王洪力：〈追溯《天龍八部》中的段氏兒女〉，《文史雜誌》，2006 年第 6 期，頁 57-58。

仲浩群：〈心靈的解脫與精神的超越——評析武俠人物令狐沖〉，《當代文學》，2007 年第 12 期，頁 69-72。

仲浩群：〈從佛學角度評析《天龍八部》的警世意義〉，《中山大學學報論叢》，2006 年第 7 期，頁 40-43。

佚名：〈要看小說最好看偵探小說與俠義小說〉，《新聞報》，1922-3-9（第 5 張第 1 版）.

吳秀明、陳擇綱：〈金庸：對武俠本體的追求與構建〉，《當代作家評論》，

1992 年第 2 期，頁 49-58。

李志強：〈漫談小說《天龍八部》與佛教文化〉，《佛教文化》，2004 年第 4 期，頁 42-43。

何求斌：〈析《書劍恩仇錄》對《水滸傳》的借鑒〉，《湖北師範學院學報（哲學社會科學版）》，2005 年第 5 期，頁 56-60。

何求斌：〈析金庸小說對《西遊記》的借鑒〉，《湖北師範學院學報（哲學社會科學版）》，2012 年第 2 期，頁 23-28。

何求斌：〈從金庸對《虯髯客傳》的評說看其武俠小說的情節要素觀〉，《湖北師範學院學報（哲學社會科學版）》，2007 年第 6 期，頁 39-44 轉 111。

何求斌：〈試論金庸小說對古典詩詞的借用〉，《湖北師範學院學報（哲學社會科學版）》，2004 年第 2 期，頁 29-33。

何求斌：〈論「華山論劍」的文化淵源〉，《湖北師範學院學報（哲學社會科學版）》，2013 年第 6 期，頁 8-10。

邰德仁：〈釋「嘯」〉，《吉林省教育學院學報》，2013 年第 9 期第 29 卷，頁 125-126。

祝一勇：〈愚：談《射鵰英雄傳》中人物郭靖〉，《齊齊哈爾師範高等專科學校學報》，2011 年第 4 期，頁 44-45 轉 48。

哀時客：〈尊皇論〉，《清議報》，1899-3-22（9）。

施愛東：〈金庸小說的對照法則與蒙古想像：以《射鵰英雄傳》郭靖英雄形象的塑造為例〉，《內蒙古民族大學學報（社會科學版）》，2006 年第 1 期（2 月），頁 25-29。

侯磊：〈明教五散人來歷：農民起義領袖彭和尚〉，《國家人文歷史》，2013 年第 4 期，頁 68-69。

陳尚榮：〈英雄本色：評金庸小說《天龍八部》中的喬峰〉，《南京理工大學學報（社會科學版）》，2004 年第 1 期（2 月），頁 29-32。

倪鐘鳴：〈論長嘯與魏晉風度〉，《深圳大學學報（社會科學版）》，1985 年第 3 期，頁 14-21。

曹甯、李蘭蘭：〈金庸武俠小說的民間敘事模式：以《射鵰》三部曲中的復仇母題為案例〉，《社會科學論壇》，2009 年 5 月（下），頁 158-161。

許興陽：〈嗜血的自戀者：金庸《天龍八部》中康敏行為分析〉，《皖西學院學報》，2012 年第 1 期（2 月），頁 113-116。

程平：〈《天龍八部》中蕭峰的替罪羊形象解析〉，《湖北經濟學院學報（人文

社會科學版）》，2013 年第 12 期（12 月），頁 110-111 轉 126。

魯德才：〈歷史中的俠與小說中的俠〉，《南開學報》，2001 年第 1 期，頁 61-67。

劉鐵群：〈《天龍八部》的原型分析：從《俄狄浦斯王》談起〉，《廣西大學學報（哲學社會科學版）》，1999 年第 3 期（6 月），頁 80-84。

三、外文專著

Emerson, Caryl, ed., *Problems of Dostoevsky's Poetics,* trans. Caryl Emerson (Manchester: Manchester UP, 1984).

Guerin, Wilfred et. al, *A Handbook of Critical Approaches to Literature* (New York: Oxford University Press, 1992).

Holquist, Michael, ed., *The Dialogic Imagination: Four Essay,* trans. Caryl Emerson & Michael Holquist (Austin: U of Texas P, 1981).

Michael Holquist, *Dialogism: Bakhtin and His World* (London: Routledge, 1990).

Stephen Ching-kiu Chan, "Figures of Hope and the Filmic Imaginary of Jianghu in Contemporary Hong Kong Cinema", *Cultural Studies*, 15(3/4)2001, p. 491-500.

Tzvetan Todorov, *Mikhail Bakhtin: The Dialogical Principle,* trans. Wlad Godzich (Minneapolis: U of Minnesota P, 1984).

White, Hayden, *Tropics of Discourse: Essays in Cultural Criticism* (Batimore and London: The Johns Jopkins University Press, 1978).

後 記

　　閱讀金庸，始於小學時代。然而，最先接觸的武俠小說，並非金庸，而是梁羽生。梁羽生的《白髮魔女傳》、《七劍下天山》、《萍踪俠影》寫的均是反清復明的事跡，思想、結構、人物以至於詩詞，均令我相當佩服。然而，梁氏其他芸芸著作，均不甚了了，或乃書寫過多而招架不來的草率、應付之作。不久，我便開始閱讀金庸，自此則一發不可收拾。金庸之長篇，篇篇佳作，而且在歷史時間上是有意為之的連續貫通的重構歷史之作，真可謂乃恢宏的史詩傑構，當今之世，無出其右。唯一可議者，則乃金庸不擅短篇，拙文〈語言藝術，短篇典範：論老舍的《斷魂槍》〉中已曾作出論述，在此不贅。兩相對比，金庸之優於梁羽生者，在數部長篇鉅作之連續性，更何況還有深入俗世的武功招數，以及令人噴飯的戲謔之作《鹿鼎記》與《笑傲江湖》，故嚴肅與詼諧齊下，愛情與家國並驅，則更令其聲名遠播矣。至於金庸在影視界的經驗以及其以影視傳播作品的策略，則由此而令其作品與影視相結合，自二十世紀六十年代始，其作品即統佔報章與影視傳媒，華人社會爭相追看金庸，堪稱奇蹟。每次有新的金庸武俠的新電視劇出現，即必有經典名曲的誕生，幾可謂每一首均是名曲，或柔情泣訴，或慷慨悲歌，皆動人心弦，由此而傳唱天下，金庸之作益深入民心，由此而不朽。

　　此後，從小學至研究院寒暑假期間，我共重讀金庸四遍，有三次是以作假日消遣，第四次是閱讀新修版。至於第五次閱

讀，則是為研究生所開的金庸武俠小說專題研究而讀。此次在短時間之內邊閱讀邊在書上作評論以及作筆記，由此寫下《醍醐灌頂：金庸武俠小說中的思想世界》與《文學考古：金庸武俠小說中的「隱型結構」》。前者在釐清金庸武俠小說之重要概念，既讓讀者對把握金庸的思想以及其武俠小說中的重要概念有一系統化的認識，更重要是針對當前金庸研究之雜亂無章而發。至於後者，則更是揭示金庸創作之謎，亦是昭示金庸武俠小說與中外小說的互涉之所在。

我為金庸研究，耗力甚多，所幸者此兩書自面世不久，即大獲好評，《文學考古：金庸武俠小說中的「隱型結構」》更獲「2016 年香港書展十大好書」，且兩書上市不久即告售罄，故此將兩書合訂為一，前者乃思想探索，後者則為文學考古，現分作上、下編，在文字上略作修訂，並冠以總論一篇於前，以作統攝。

在此謝謝中華書局（香港）有限公司的趙東曉與黎耀強兩先生一直以來的幫忙。同樣謝謝各方讀者的支持。

陳岸峰

2017 年 10 月 28 日

增訂版後記

　　二十世紀中國社會崇尚武俠之源，來自日本，經梁啟超等人之鼓吹，而歸功於金庸及其他武俠小説家的精彩書寫而大放異彩。金庸武俠小説促進了武俠的多元化，書寫了武俠在國族危機中的角色功能，並作出其歷史詮釋及批判。可惜的是，世人或所謂的「學者」已不知或不在乎俠義精神與崇俠的因緣，此乃我研究金庸武俠小説的動機所在。

　　《鏡花水月：金庸武俠小説的思想與結構（增訂版）》既有義理闡釋、創作考證及文本淵源之揭示。此次再出增訂版，增添了上編第一章「導論」中有關清末民初的武俠啟蒙與創作實踐，並對該章其他部分的文字作了修訂。

　　金庸武俠小説衍生了一批刀光劍影的銀幕作品，大抵庸俗粗率之作居多，反而部分歌曲卻頗有古曲風韻，固有娛樂作用，也不失移風易俗之功能。於我而言，其小説彰顯俠氣義膽，壯我胸懷，而其優美文字，則建構了一個前所未有的古典氛圍，讓我漫遊於純樸清明的世界，酒館茶肆，衣飾器物，溫潤心靈；漫步於荒山大漠，徘徊於南方秀麗湖溪，渾然超凡脱俗，忘卻塵累。

　　吾常獨酌，聽悲歌，觀風雨，思入風雲，筆墨酣暢，書畫紛呈，此乃胸中浩然俠氣所使然也。昔我往矣，苦雨青燈，拙作無論是作為「學術研究」或「金庸研究」，均沒浪費光陰，而「金庸研究」不外是我「獨孤九劍」中的一式而已。

　　時值金庸先生誕辰一百周年紀念之際，耀強兄惦記拙著，

熱心安排再出增訂版，非常感恩，也同時謝謝其他工作人員的
協助。

陳岸峰

2024 年 4 月 8 日